走过这片田野

叶明镜———— 著

文汇出版社

图书在版编目(CIP)数据

走过这片田野 / 叶明镜著. —上海：文汇出版社，2019.4

ISBN 978-7-5496-2875-9

Ⅰ.①走… Ⅱ.①叶… Ⅲ.①散文集-中国-当代

Ⅳ.①I267

中国版本图书馆 CIP 数据核字(2019)第 101586 号

走过这片田野

著　　者 / 叶明镜

责任编辑 / 熊　勇

出版策划 / 力扬文化

出版发行 / **文匯**出版社

　　　　　上海市威海路 755 号

　　　　　(邮政编码 200041)

印刷装订 / 成都兴怡包装装潢有限公司

版　　次 / 2019 年 4 月第 1 版

印　　次 / 2019 年 4 月第 1 次印刷

开　　本 / 880×1230　1/32

字　　数 / 325 千

印　　张 / 13

ISBN 978-7-5496-2875-9

定　　价 / 35.00 元

想象力让散文化平淡为神奇

　　散文拒绝虚构，但不排斥想象。

　　爱因斯坦说："想象力比知识更重要。"对于散文作家（作者）而言，想象力是一种必备的天赋，它是创作能力的重要元素。

　　对于散文而言，想象力具有化平淡为神奇的魔力，是建造散文世界不可或缺的力量。

　　散文终究要在语言文字上一拼高低。好的散文应当是美文。美就美在文字凝练，美在语言形象生动，富于表现力。这离不开语言文字功底，当然是不会错的，因为这是基础。但同时也离不开想象力。想象是一种形象思维活动。灿烂的文采不会凭空而来，是在形象思维的过程中产生并形成的。在这个过程中，表现对象首先在写作者的脑海中形成具体生动的生活图像。与此同时，形象思维也就成为提炼语言文字的熔炉。想象的过程就是围绕这个图像对丰富多彩、纷繁复杂的语言文字进行扬弃，并最终转换成文学作品，即用文学语言将表现对象艺术再现出来。如果说，一篇篇散文就是一座座精神建筑，那么想象力就是散文创作的设计室和原材料加工基地。只有那些运用精心设计的形式和精心提炼的材料构建而成的作品，才能超越平淡，实现华丽转身，让人耳目一新，回味无穷。

当然，光有辞采还难以构成美文。因为心灵的火花才是散文中最感人的东西。它源自游荡的心灵与生活相互碰撞，形成为我们平常所说的感悟。心灵游荡的路径是靠想象力开辟的。想象力贫乏的心灵注定只能停留在生活的表层。生活往往将本质的东西深深地隐藏着，只有形象思维功力深厚的写作者才能引导心灵由表及里深化，去洞悉和挖掘最本质的东西。文章中的闪光点往往是在这样的心灵游荡中感悟出来的。光点的意蕴或许是"风吹草低见牛羊"，给受众带来一阵惊喜；或许是"牧童遥指杏花村"，给受众以满怀希望；或许是"黄河之水天上来"，撞击着受众那根最敏感的神经。其实，悟性就是形象思维能力。

我不否认想象力与生俱来，但赖以生长发育的土壤还是生活。热爱生活，闯荡生活，理解生活，想象力才能得到滋养，日渐强大。

这或许是一孔之见，但却是我进入散文世界的一把钥匙。

总　序

吴亚丁

　　20 世纪下半叶以来，在中国辽阔大地所发生的重大历史性事件之一，是深圳的崛起。迄今为止，四十年过去，深圳作为中国改革开放的先行地区，作为改革开放的重大成果，它以充满活力的形象，耸立在中国的南方。

　　濒临香港的罗湖区，是深圳的中心城区之一。20 世纪 70 年代末期以来，改革开放成为中国社会经济政治文化生活的主流，香港因素则成为深圳特区发展的重要因素。深圳文学秉承改革开放的深刻影响，在粤港澳文化氛围中发展成为具有鲜明深圳地域特色的新南方文学。作为深圳文学的参与者，同时，也作为《罗湖文艺》的主编，时至今日，我仍然记得 2014 年那个秋天，我们首次在《罗湖文艺》提出"南方叙事"或"南方写作"的概念。不，岂止是概念呢？事实上，那一年，我们正急切地期待一种全新的命名，来概括和诠释当代深圳文学的写作。

那是一次偶然的机缘。那年的某一天，我与文学评论家、深圳大学教授汤奇云博士曾就深圳文学的现状与未来展开讨论。深圳地处南海之滨，接续港台之风熏陶，在经济与贸易层面与国际诸多接轨，这些都对人们的生活和观念产生了莫大影响。在这座城市里，热爱写作的人日益增多，遍布在社会的各个阶层，每年都有新人新作问世。在这里，青春的面孔织就了写作的版图，新人辈出，佳作不断。在这里，年轻的活力正在引领写作的潮流，且日益成为引人注目的文学创作优势和标识。在这里，文学创作已经成为蔚为壮观、活力四射的不可阻挡之势。是的，深圳当代文学，经过数十年来的创新与发展，正在步入一个更具宽度与深度的活跃期。作为受惠于改革开放、日益繁荣发展的深圳文学，理应得到世人更多的关注与重视。在这充满希望之地，在这最具活力的南方经济之城，深圳的文学，更加迫切地需要寻找到自己的发展坐标与路径，需要认清楚自己的未来与使命。我们共同认为，深圳文学应该赓续和弘扬自屈原以来的浪漫主义传统，融合和发展源远流长的南方文化基因，在理想的旗帜下，承继古老而新锐的文学梦想。基于此，我们想给深圳文学的旗帜，写上这样的大字："南方叙事"，或者"南方写作"。

自然，我们也有困扰。其中之一的困扰便是，深圳文学研究弱势相对明显。深圳虽然地处全国一线城市，可是大学少，文化（文学）研究机构少。在深圳，能从理论上系统研究探讨深圳文学现状与发展的专业人员也相对较少。一言以蔽之，我们面临的情况就是，我们仍然缺少为深圳文学摇旗呐喊、为深圳文学的发展鼓与呼的人。于是，我们设想，是不是能以罗湖为核心，即以罗湖以深圳的作家为核心，以《罗湖文艺》等文学期刊为平台，团结更多的创作力量，一起来联手推动这项文学运动呢？这样的念头与想法，其实在更早的年份，我们也曾经产生过。若干年（近十年）前，在深圳的文学圈内，我们也曾聚集过一群重要的中青年作家谈论我们的理想。主要是大力鼓励和推动文学创作，鼓励推出新作品——创作出令人心动的新小说、新散文与新诗歌，齐心协力，一起为深圳的文学创造辉煌。这些设想与动机，犹如星星之火，轻易便点燃了"南方叙事"或"南方写作"的熊熊火炬。

从那个秋天开始，我们携起手来，利用掌握文学期刊和团结了一批作家的优势，正式亮出了"南方叙事"的旗帜。次年春季，有感于"南方叙事"构想的顺利推进，我写下了如下文字表达我的热望：

关于"南方叙事"，我们其实是想表达一个梦想，一个关于深圳文学的期待。深圳人，数十年间，经由祖国四面八方而来，聚集在这座辉煌的城市里，充满热情，奋力拼搏，努力耕耘。经过三十余年的努力，取得了不容忽视的成就。我们认为，从这个意义上来说，这是一种新型文学，具备了一种崭新的文学视野，它所讲述的，是关于新城市的叙事，也是关于南方的叙事。——这是我们推出"南方叙事"这个概念的缘由。

从那时起，我们满怀热情，立足罗湖与深圳，在文学期刊中开辟"南方叙事"的平台，聚焦本地重要作家与诗人。为了推动文学创作，扩大社会影响，我们与深圳大学部分文学教授与学者精诚合作，重点配发关于当代深圳文学的最新评论与理论研究成果。当然，更重要的是，我们用主要精力来推介深圳作家作品，在这方面，我们有主要栏目"南方叙事·作家作品推介"。关于"南方叙事"的理论探讨，我们有"南方叙事·论坛（理论）"；关于"南方叙事"的作家作品评价和研讨，我们有"南方叙事·评论"等栏目。通过立体的栏目构建，我们力图让读者对深圳文学的现状与发展有一个全方位的观察和认识。在这样的努力下，深圳的作家和诗人们，以重点篇幅出场，以新的面目示人，以风格各异的身姿陆续走进读者的视野。

由于杂志的篇幅和时间所限，在深圳范围内，仍有许多重要的作家尚没有收录进来。这是一个遗憾。现在，这套"南方叙事"丛书的编撰与出现，便成为深圳文学多声部呈现的另一个重头戏。在对深圳当代文学的巡视或扫描中，我们认为，通过杂志发表作品，当然是一个重要方式；通过出版社的出版和发行来推动文学的创作与繁荣，同样也是一个不容忽视的重要途径。我们相信，这些通过不同方式铸就的文字、画面与声响，将一道构筑起深圳的文学群像，构筑起丰盛迷人的"南方叙事"崭新的文学景观。

在此，我们想强调的是，与寻常意义上的"文学南方"不同，我们现今所提倡的"南方叙事"，并不单纯是一个地域或方位的概念，而是一个突出人与文学的双重自觉的文化概念。我们心目中的"南方叙事"，尤为关注它的世界意识和现代价值。

正是在这个意义上，我们自觉地将自己纳入宏大辽阔的南方概念，纳入南方的范畴。由于深圳地处南方特殊的地理位置，由于频繁国际交往和粤港澳台诸多因素的各种影响，这些由内地各省投奔深圳而来的作家艺术家，他们远离寒冷辽阔的北方，驻足于温暖南方的天空下，呼吸南方的空气，感受南方的花木，身受南方文化的影响，日渐形成了身上混搭一新的新南方气质。这些人，因此又被称为深圳新移民。我们希望，这种新移民身上新生的南方气质，能够与广州珠三角地区，与南粤大地，与整个南中国的文学风气，遥相呼应，形成气候。假以时日，他们将以新的南方文学基因，完成不同文化融合，以创新的姿态，进入中国南方新的文学编程，续写南方文学的浪漫新篇章。

这套"南方叙事丛书"，便是在这样的时代与文学背景下产生的。

收录在这套丛书中的 11 位作家与诗人，其所撰作品体裁遍及小说、诗歌和散文。他们中间，有自 20 世纪八九十年代便来闯深圳的前辈们，数十年来，辛勤耕耘在深圳这方土地上，收获颇丰。有来深圳较晚的年轻姑娘与小伙子，他们在这里嫁人成家，娶妻生子，却仍心怀文学梦想，在繁忙的工作之余致力文学创作，屡有佳构。他们无论男女长幼，都一直忙碌地活跃在当下的深圳，在每一个夜晚与白昼，心甘情愿地执着奋斗于文学的疆场。他们热爱文字，愿意为自己写作，愿意为深圳写作，愿意为梦想写作。他们愿意为生命写作。他们的写作，构成泱泱深圳民间庞大写作史的一部分。他们本身，也即是"南方叙事"大潮中的一群文学弄潮儿。

倘若阅读他们的作品，我祈愿作为读者的您——能够读到一个新鲜好奇的深圳，发现一个心仪有趣的南方……

2018 年 12 月 24 日于深圳

（注：吴亚丁，小说家。中国作家协会会员，深圳市作协副主席，深圳市罗湖区作协主席，《罗湖文艺》主编。现居深圳。）

目录
Contents

第六辑　后记

第一辑

——传统的乡村

走过这片田野

　　水稻把家安在田野里，它们喜欢这个地方，一辈子也不离开半步。当它们走到生命的尽头，成片成片地倒下的时候，人们会感到田野丢了魂，变得死气沉沉。

　　水稻对回乡的游子十分热情，每一次回寨下围，列队迎接我的总是它们。在一条比田埂大不了多少的回村路上，站成一排排的禾苗乘着风势不停地向我招手、点头致意。身旁的禾苗会伸出温柔的手在我的裤腿上这里蹭蹭那里摸摸，场面热闹温馨，仿佛是在举行一场盛大的欢迎仪式。

　　作为人生开始的地方，小时候的我曾一次又一次地走过这片田野。那些一遍又一遍地被种植、一遍又一遍地被收割的水稻，那些滋润我心灵的田野气息，让我想起用一生时光来耕种水稻的父母和乡亲们。

　　相比其他庄稼，水稻算是难侍候的。它们短暂的一生活在一定的季节里，农活和应着农时，犁田、耙田、播种、插秧、中耕、除草、施肥、收割，一环扣着一环，哪一环也不能耽搁。

到了农忙季节，农活更是多得堆成山、乱成麻，让你忙得团团转。

春节后的第一声惊雷就是春耕的时令，父母和乡亲们齐刷刷像是有了某种心灵感应，一年的农活马上从春耕开始。第二天一大早，父亲扛起铁犁赶着牛下地去了。这是一头母黄牛，温顺且有灵性。父亲用吆喝和摆动牛绳与黄牛互动，左手还拿着一条竹鞭。但鞭子从不落在牛身上。父亲说：牛身也是肉长的，在乡村生活最苦的是牛，干活最多的也是牛。其实，父亲早把这头黄牛看作是家中的一员。农忙时节，会熬上一盆稀饭让牛喝，补补身子。夏天的黄昏总是用谷壳覆盖在干草上面，点燃后产生出一股呛人的浓烟，用这种土办法驱赶牛栏里的蚊子，让黄牛睡上一个安稳觉。临睡前，父亲喜欢独自坐在牛栏门前抽上一袋烟，听一会黄牛反刍磨牙的声音。在我的印象里，家中那头黄牛对父亲是有感情的，每次见了父亲总会甩甩尾巴，"哞哞"地叫几声。这是它与父亲之间的一种独特的情感交流。最令我惊奇的是，犁地时，它与父亲配合得非常默契，该快就快，该慢就慢，该转弯就转弯，让父亲省了许多力气。翻出的地深浅均匀，几乎不留死角。犁沟一排挨着一排，从远处看，我总觉得它像父亲创作的一幅版画，粗犷的线条、拙朴的图案，给我留下许多想象的空间。

农活一茬接着一茬，忙完一茬，田野就是一番新景象。父亲喜欢及时地给新翻的地灌水泡田。水汪汪的，在阳光下闪闪烁烁，直晃眼睛，看来看去，农田又成了一面镜子。乡亲们不会耽误农时，不用几天，田野就摆满了无数块不同几何形状的镜子。这恐怕是任何一个玻璃厂都造不出来的。当然，镜子跟曾经存在又消失的版画一样不会摆放太久，顶多一个礼拜，经过耙田、插秧，明亮的镜子全都消失得无影无踪。田野被染上点点的绿色。起初，秧苗蔫蔫的。但无妨，只要耘田、除草、施肥，忙活上一阵子，秧苗很快返青，照样生机勃勃，一天长一个样。水稻靠水滋养。我偶尔会跟随父亲在黄昏的时候去查看田水。我们坐在田埂的青草上，看着清水汩汩地流进稻田里，任凭凉风轻轻地拂过脸颊。天慢慢地黑了下来，田野也开始热闹起来：萤火虫在空中划出无数的忽明忽灭的线条，青蛙、昆虫纷纷出来低吟浅唱，秧苗攒足力气分蘖、拔节、长高。这一切编织成初夏夜晚的奇妙世界。存在于白天的田野一下子全变了样。它像童话一样感动着我。

第二天一大早起来，我突然发现，秧苗是多么的苗壮，它们已经走过了幼年，进入了青少年时期，该称它们为禾苗了。一棵棵的禾苗连缀起来，铺天盖地，覆盖着整个田野，无论是处于静止状态，还是在风中汹涌澎湃，都一样的气势不凡。我有时把它们想象成铺在田野上的绿色地毯，有时又把它们想象为乡村自己的海。其实都无关紧要。作为乡村的一道风景，它的观赏功能已经释放出来，人们能受到感染就足够了。

盛夏的田野是个金色的梦。水稻从头到脚都是金灿灿的。它们是乡村的梦，是农民的梦。不过，梦的情节有些惨烈：父母和乡亲们舞动镰刀，大片大片的水稻匍匐于地，昆虫、青蛙、麻雀四处逃窜，六七天后，田野脱下盛装，赤身裸体地进入人们的视野。残留着稻根的水田看上去像癞痢头，有些丑陋。一束束干枯的稻草了无生机。田园风光被镰刀洗劫一空，确实让人心里有点失落。但人们需要粮食，水稻的种植和收割，连同田园风光的创造与破坏是个必然的过程，这也是水稻的宿命，无法绕过的。

其实，人们大可不必这么敏感。不用很长时间，水稻新一轮生命旅程将在这片田野展开。水稻的生命轮回是没有尽头的，会一造一造地继续下去。农活也会周而复始地继续下去。我知道，依赖泥土生存的父母已将生命托付给这片田野，只要一口气还在，手中的农活是不会停止的。

父亲和母亲到这世上走一趟，确实是专为忙碌而来的。除了农活，还有忙不完的家务：打柴、割草、放牛、喂猪、养鸡、种菜……哪一样都不能落下。对于我的父亲和母亲来说，忙碌就是生活，就是希望，就是每一天。生命的旅程非常充实，也极其艰辛。

我对父亲的印象集中在他那双大脚板上。在父亲的心目中，穿鞋的概念是很淡薄的，总是赤着双脚在田野上走动，脚板被田中的烂泥和路上粗砺的沙石打磨得又粗又硬。双脚直接接触养育我们的泥土，让父亲心里踏实。我也注意到母亲那张脸似乎从来就没有年轻过，黝黑的皮肤重叠着岁月的刻痕。在纵横交错的皱纹里总是塞着一些稻花和草屑，那是田野送给母亲的念想。

父亲和母亲早已走出这片田野，一句话也没留下，坟茔就在村子对面山坡的荒草丛中。近些年，当我走过这片田野给双亲扫坟的时候，故乡已经物是人非，还在这里走动的熟人越来越少了。留下来的是这片田野，还有田野中那些生生不息的水稻。

本文获由中国散文学会主办的"2009 年全国散文作家论坛征文大赛"一等奖，入选《全国散文作家精品集》（2009 年卷），发表于《散文选刊·下半月》2012 年第 4 期。

谦卑的番薯

在贫困的乡村生活中，我将许多想入非非的少年时光花在对食物的追逐幻想中。

一大片绿色的番薯地，风华正茂，十分抢眼，为我饥肠辘辘的生理追求带来一线可望而不可即的希望。

我常常坐在田埂上，在这些谦卑的番薯面前打发少年的时光。

之所以说番薯谦卑，是相对于水稻而言的。在故乡的生活体验中，这两种粮食作物都给我留下了深刻、难忘的印象。拿两者作比较，无非是惯性思维而已。在我的少年生活中，很难吃上一顿纯粹的干饭。颜色和味道相去甚远的米饭和番薯每餐都会同时出现在粗糙的瓷碗中。混搭出来的饭食叫番薯片饭。这种饮食习惯也不知沿袭了多少代人。味道的不断重复一直维持着我对水稻和番薯的感情。

在水汪汪的稻田里，禾苗像古战场上排兵布阵的士兵，给故乡的土地带来波澜壮阔的场景。由此我知道，水稻是有气象的。在精神生活可以忽略不计的乡村，我常常在稻浪中穿行，用童心观赏水稻的一生，用近乎幼稚的智力去参悟水稻生存哲学的玄机，最终得出了一个让自己都吃了一惊的结论：水稻的一生是张扬的一生，是索取的一生。

在色彩丰富的乡土世界中，水稻始终是故乡最亮眼的主色。乡亲们都得看水稻的脸色行事。农事活动大多得围绕水稻来安排。水稻以改变颜色和形态来告诉乡亲们，今天该干什么，明天该干什么。乡亲们都看得明明白白，不敢有丝毫的怠慢。从最初的播种、插秧，到中耕、除草、施肥，直到收割，水稻与农民自古以来建立起来的默契几乎配合得天衣无缝。但这种配合却让乡亲们累得腰酸背痛。

水稻是一种有大气场的作物。自从它们从深山老林被我们的老祖宗请出山之后，便以主粮的身份走进我们的生活。在故乡的土地上满眼都是它们晃动的影子，四处飘荡着它们散发出来的淡淡清香。乡亲们迷恋百吃不厌的稻米。对它们的关注和呵护远远超过其他作物。在乡亲们的悉心照料下，水稻一生都挺直腰杆，身姿昂扬，精神抖擞。直到最后奉献出果实之时，才会低下金贵的头，向为它们辛劳付出的乡亲们表示敬意。

秋收结束后，水稻将土地交给了冬种作物。番薯的颜色和味道再次温暖着故乡。故乡人爱种水稻，也爱种番薯，认为番薯是土地上生长出来的最高产杂粮。以我对冬种杂粮的了解，小麦和粟米的味道要高贵得多，但质高产低，乡亲们也就种那么一点点，用以尝尝鲜，以便为番薯腾出更多的土地。我曾经历三年饥饿折磨的时光，深知饥饿是一件很痛苦的事，也是一件很难熬的事。故乡人对番薯的热爱于我是刻骨铭心的认同。

番薯是名正言顺的杂粮，不用交公余粮，种得多，收得多，家家户户分得多。一日三餐少不了它，一年三百六十五日又是那样的漫长，但只要屋角里堆满了番薯，心里就会踏实许多。

故乡人种番薯也是有讲究的，无非是投其所好。番薯喜爱泥土，开种前，先将地块培成垄，上面挖成沟，撒上草木灰，然后将截成两三尺长的番薯藤，一半埋入沟中，一半裸露在外，为番薯营造出一个温暖舒适的家。初种半个月，早晚淋水。番薯很快扎下根来，在阳光、雨露的拉扯之下，身段不断伸展，藤蔓叶茂，生机勃勃。也就一个多月，整块地便一片青翠。从此之后，番薯的生长便交给了季节。

我记得，在收获番薯的冬日里，生产队的男女老少都来了，田头地尾洋溢着少有的欢乐气氛。收番薯不是最重的活，也不是轻松活。分两步走，先割藤，后挖番薯。根部的藤韧劲十足，镰刀也得十足锋利方能割断。垄上泥土干结，为了不伤及番薯，得从两旁开挖，相当费功夫。在乡村，最多的就是农活，一个接一个，没完没了，让乡亲们忙得像陀螺一样团团转。劳累自不必说。特别是重活，对身体是一种慢性伤害，于我有一种本能的害怕。不知为什么对收番薯我却一百个愿意。其实，我所能做的也就是为大人当当下手，将番薯和番薯藤归拢成堆。这就让我多了一些观察了解番薯的机会。不同于水稻，番薯气质内敛，全身匍匐于地，显得低眉顺眼，完全是一副谦卑的模样。但并不是怯懦，更不是无所作为。尽管稻米的口感和养分胜于番薯，但从生产队分到手的稻谷十分有限，填饱肚子的希望自然就落在了番薯的头上。足见故乡人对番薯的看重。番薯的茎块（果实）深藏不露，不像水稻那样将金灿灿、沉甸甸的谷穗高举在头顶上，在炫耀自己的同时，难免招来雀鸟、昆虫、老鼠的掠夺。番薯就避免了许多不必要的损失和麻烦。今天想来，番薯是有生存智慧的。

在故乡人的眼皮底下，番薯一次又一次地完成了生命轮回。作为养家糊口的粮食早已在故乡人的心目中奠定了坚如磐石的地位。其实，番薯作为一种植物也是能拨动人的心弦的，尽管外貌朴素，尽管色彩缺少变化，故乡人也不会刻意去欣赏它。但它浑身上下苍翠欲滴的绿色总能让人在不经意间心里打个激灵，滑过一阵莫名的愉悦与感动。

很难想象，如果没有番薯我的少年时光会是一个啥模样。

在那段岁月里，遵循着一日三餐的习惯，番薯一次不落地顺着食道进入我的肠胃，温暖我的身心，滋养我的五脏六腑，化作我活蹦乱跳的体能。无论是到山坡上去放牛，还是到密林中去砍柴，抑或是上学读书，番薯都在体内默默地支持着我。如果没有番薯，我的少年乃至初始的青春必然一事无成，暗淡无光。虽然我与番薯早已生分，但是我敢断言，我的生命体的一半是番薯塑造出来的。

番薯以生命的本色涵养过故乡人的精神世界，收获之后又以杂粮的本分养育过我和乡亲们的身体。除了感恩，我还能说什么呢？

我年轻时就离开了故乡，但永远不会忘记故乡的番薯。它们依然在故乡繁衍生息，只是角色被边缘化了。有时成为城里人换换口味的绿色食品，有时又被加工成各种各样的点心和零食。同样是番薯，同样是人的肠胃，怎么名堂就变了呢？想到这里，心中难免生出几分感慨。

故乡场景

一、消失的围墙

岁月将风雨的味道留在那堵墙上，墙体便变得比松树皮还粗糙，表层的老年斑也日渐多了起来，怎么看，也是风烛残年的样子。

这就是我家乡的围墙。它将村庄与外面世界严严实实地分隔开来，长年累月地抵御着风吹，抵御着雨打。在那匪事频仍、宗族纷争的年月里，它将村子搂在怀里，守护着一代又一代的村民。

我曾经在墙上投注过无数的童年目光，从洞口张望外面世界。越过长长短短的距离，在竹林、小河、田野、山峦之间游走，享受视觉带来的快乐。我也曾一遍又一遍地与玩伴在墙根下捉迷藏，用敏捷的脚步丈量围墙的长度，也丈量着我童年的长度。

这个承载过我童年生活的地方叫寨下围，一个名不见经传的粤北山区客家屋村。砖瓦房大都连体，穿堂入室，会碰上同一屋檐下的几家人；小巷或直或弯或折，毫无章法地将村落分割成不同的几何形状；鹅卵石铺路，圆滑凹凸，按摩着路人的脚板。全村有三四百户、1000 多人，在山区算是个大村落。其实，全村就是一个叶姓宗族大家庭，见面招呼都得按着尊卑长幼辈分，大哥、细叔、姨妈、姑姐叫着让人心里热乎。有着围墙的卫护，族人就有一种安全感。村庄已存在几百年，许多东西匆匆而去，留下的是传统农业社会风情。家禽家畜露天放养，雄鸡报晓，母鸡下蛋，灵犬看家，麻雀、燕子傍屋而居。村民守着农时，日出而作，日落而息，一日三餐吃的粮食、蔬菜，喝的茶叶都是自己种的。自给自足，其乐融融。生活是散淡的，除了劳作，空档的时光，村民喜欢在围墙内侧空间地带聚集，天南地北地闲聊。孩子们的打闹偶尔会中断他们的对话。

围墙是我童年世界的一部分。我熟悉它的许多细节。五六里长的墙体高高低低，犬牙交错。墙上那些用作观察的洞口也是高高低低的。东南西北四个门楼静静地肃立着。那股沧桑的味道总让我想起一代又一代的先人。有时我还会突发奇想，是哪一代先人下定决心，不辞劳苦，用灰沙和石头为村庄筑起一道坚固的长城，让族人生活在圈子里。尽管外面世界危机四伏，围墙内的生活却宁静祥和。长大后我一次又一次地穿过南粤大地，发现山水间点缀着一个又一个的客家古村落，都无一例外地建有围墙。饱受中原战乱和颠沛流离之苦的客家人，大至渴望社会和谐，小至追求日子的安稳。一堵围墙就是一项平安工程。在社会动乱的年代里有着实实在在的意义，它符合那种环境下客家人的生存之道。

时光荏苒，世事更迭。社会终于完成从乱到治的过程，围墙的功能随之弱化。不知是谁异想天开，选用几个废弃的破瓦盆，装上泥土，放置围墙上，种上火葱，浇水施肥，火葱刷刷地往上长。当然是有样学样，没多久，围墙就鲜活起来，恰如一条绿色的翡翠项链，把村子缠绕起来，成了一道风景线。

失去功能的东西，大都很难存留下来。围墙先是被打开几个口子，用作通道。继而被一段一段地推倒，在腾出的空间里建起小学、篮球场、民居和村道。围墙终究掉进时光的陷阱，跌得粉碎，消失得无影无踪。

围墙因客家古村落存在而存在，因太平盛世而消失。

二、一段水世界

在村庄的东面，一条小河沿着自己的轨迹蜿蜒前行，构成故乡的一段水世界。

河水是深山幽谷的精灵，在穿过田野的时候，总是歪来扭去的展示自己的活力。河水源源不绝，后面的水追逐着前面的水，它们永远不会停下脚步。水的柔软、水的明净、水的亮丽正是在流淌中实现的。

河水以不懈的努力打造自己的世界。一日复一日的冲刷，让河床铺满光滑的鹅卵石，让河滩铺上金碧辉煌的沙子。河水蚕食着两岸，将掉落的泥土带走，一点一点地扩张自己的领地。河水的滋润造就出两岸的形态，茂盛的竹林、野草和棕芒是小河为自己编织的花边。

有水就有生命。一段水世界就是一条生命线。众多的水中生物在这里繁衍生息，最常见的鱼类有白哥和红翼，只有拇指大小，成群结队，在水中穿梭觅食。它们以众多的数量和闪电般的速度逃避天敌，延续种群。鲶鱼、角虬和河虾在大白天大多藏身水草丛和石缝中，很难一窥其身影。河鱼味道鲜美，不可避免地惹来杀身之祸。村民常常以撒网、垂钓和引君入瓮的方式捕鱼，让鱼虾付出惨痛代价。但鱼虾却以少数的牺牲换来多数的生存。水中的生命是不会绝迹的，它们仍在这里扰扰嚷嚷，一代一代地延续下去，就像河中的水，原有的一拨流走了，新的一拨又流进来，水世界仍旧生生不息。

有时，河水会暂别自己的世界，一扭身汩汩地流进田野，它们就留在那里，把泥土泡软，让村民在上面犁田耙地，插上秧苗，水就把秧苗抱在怀里，哺育它们成长。等到田野由绿变黄，变成金子一样的颜色，水又离开田野，回到自己的世界。河水来了又去，去了又来，哺育出一造又一造的水稻。

当东方第一缕曙光照到河面上，许多村民也来到河边，与曙光几乎同步。一天的乡村生活马上从这里开始。众多的村民在这里忙碌着，洗衣服、洗菜、挑水淋菜、挑水做饭……在落日的余晖中，村民们再度来到河边，忙着同样的事情。河水就这样直接进入村民的生活，进入家家户户。

夏天，孩子们以游泳的方式与小河互动，用稚嫩的身体去感受水的温柔和清凉。偶然，会呼朋引伴搭上顺流而下的木排，在漂流中延伸自己的简单快乐。

日出日落，河水流淌，田野绿了黄了、黄了绿了，这就是我故乡的日子，我童年曾生活过的场景。日子带走了过往的一切，却带不走我心中的记忆。

三、收获的季节

春、夏、秋、冬，季节连着季节，不停地向前移动。季节的每一次转换都是这样的执着，这样的守时。每一次的转换都写在天空里，写在田野上。

村民对田野的努力似乎是阶段性的，从犁田、耙田、插秧、中耕，直至收割，每项农活都在很短的日子内完成。水稻生长的全过程交给了季节。季节蕴含着阳光雨露，调节着风霜雨雪，不分日夜地照料着禾苗，一步一步地拉扯着它们长大、成熟。那么细心，那么柔情。

夏收的季节一步一步地走到跟前，对于村民来说是件大事。收割是按照传统的方式进行的，准备是个必不可少的环节。镰刀、箩筐、禾板凳、竹围……一切与收割有关的农具从杂物间被一一拎出来，虽然闲置了好些时日，但仍然残留着稻谷的香味。其实，那是上一个收获季节的味道。

在等待收割的田野上，突然热闹起来。男女老少，能下地的都来了。在酷热的阳光下，挥汗如雨；镰刀的闪光晃着眼睛，水稻一行一行地倒下；打禾脱粒的声音此起彼伏，在空中回荡；人形的稻草束站成各种阵容。整个田野仿佛就是舞台，原始的劳动场景一再在这里上演，表达着悲喜、伤痛，还有渴望。

收割是田野生儿育女的一次痛苦分娩，过程有些惨烈。禾秆作为连结婴儿与母体的脐带，被镰刀无情地割断。收割之后，就是脱粒、晒干、进仓。田野的儿女被村民作为种子和粮食收藏起来。

收割后的田野静静地躺在那里，成了产后的母亲，泥土就是有生命的肌体，她一丝不挂、袒胸露腹地呈现在人们的面前，容颜憔悴、神情疲惫，却掩盖不住母性的光辉。

深秋来临，村民又聚集在田野上，重复着与夏收同样的事情。就像季节，来来去去，循环往复。

我从小就看着这片田野摆在故乡的天空下，是季节将希望一次又一次地留在这里，让村民收获，让生命延续。

本文获由中国散文学会主办的"2010年全国散文作家论坛征文大赛"一等奖，入选《全国散文作家精品集》（2010年卷）。同时获《散文家》特别推荐，发表于《散文家》2012年第6期。

乡村的事真逗

在乡村，纷纭的生命以自己独一无二的活法与村民以及其他物种巧妙地周旋、共处。生活或许有丁点磕碰，有丁点苦涩，但绝对是有滋有味。

调皮的草

在乡村最调皮的莫过于野草，整天跟村民捉迷藏。耕地整理出来，还来不及播撒种子，野草已捷足先登，占地为王。还在风中搔首弄姿，向村民卖弄风情。在庄稼地里，野草也毫不客气地挤进去，与庄稼共享阳光、雨露和养分，俨然是土地的主人。村民一年四季在地里忙活，最烦心的就是这些生性倔强的野草。为了抵御它们的入侵，还动用了一切用得上的工具和手段：锄头、镰刀、铁锹、除草剂，甚至火攻。但实际上收效甚微。耕地从来就没有停止过野草的造访。"野火烧不尽，春风吹又生。"村民们最终明白了这个道理。野草是永远征服不了的。

当然，也有比较安分的。它们不会与庄稼争地盘，随便找一个地方，就把家安顿下来。田头地尾、田埂小路、荒山野岭，到处都可以看到它们多姿多彩的身影。甚至在墙头、石缝中，只要一撮尘土、几滴露珠，也活得有滋有味。野草跑到耕地里安家，很可能是风和小鸟的恶作剧。是它们故意把种子送到那里去的。其实，那些耕地在没有开垦出来之前，野草就是那里的主人了。那时候，随便怎么长都行，日子过得轻轻松松。不像现在这样担惊受怕，今天被一只手连根拔起，明天被镰刀五马分尸，后天又被火烧成灰烬。尽管灾难深重，但又不甘心把原本属于自己的家园拱手让给村民，于是，野草耍了点小聪明，把许多根留在那里，一有机会就冒出来，够村民忙乱上一阵子。

话分两头，我和村民们一样其实心底里并不讨厌野草，也不会赶尽杀绝，只是不想它们过多地侵占耕地，骚扰庄稼罢了。何况野草在乡村的生活中用处多多。它们也确实有献身精神。最明显的就是我家那头食量惊人的黄牛，每天都得用青草和干草喂饱它的肚子，才有力气拉着犁呀耙呀在地里跑。上中学的寒假暑假，放牛就成了我的职业。那些日子，我把牛赶到水草茂盛的野地里，黄牛就像一部割草机，把鲜嫩的草整整齐齐地切割下来，统统吞进胃里。也让我体验了一把田园牧歌的生活。又比如一日三餐灶膛里烧的草，是母亲从山上割回来的。再比如在那段艰难岁月里，当我饥肠辘辘的时候，是采集回来的老鼠耳、蕨菜这些野草填满了我的肚子，让我获得生存的基本需求。

野草作出那么多的牺牲，理所当然得到村民的接纳，并建立起有条件的亲密友好关系。小时候的我就常常躺在野草温柔的怀抱里，白天看蓝天白云，晚上看星星月亮，听蛙鸣虫唱，当然也聆听野草在风中的絮语。

终于有一天，我长大了，要离开家乡到遥远的省城求学。当我踏出家门，路边的野草就不断地纠缠着我。我知道是它们舍不得我这位相处了近20年的邻居。

最苦的牛

在乡村最苦的是牛。牛的鼻子被一根绳子拴着，绳子的另一头不是系在树桩上，就是捏拿在主人的手心里。一生听得最多的是主人的吆喝，一生干得最多的是犁地耙田，一生吃得最多的是缺油少盐的青草。

牛长着两个大而朝前的鼻孔，这个要害被人抓住之后，命运便注定了。在某个村庄的某个角落安个窝，成为某个家庭的一名苦力。这在乡村也是稀松平常的事。

人拽着牛的时光一步一步向前走，直到生命的尽头。人的情绪深刻地影响着牛的际遇。心情好的时候，信牛由缰，兴许还梳理一番牛毛，顺手将牛蜱除掉。心情坏的时候，使劲拽拽牛绳，甚至加上一顿鞭子，让你痛入骨髓，生不如死。但牛鼻子被主人牵着，还能怎么样？只好认命。

可我大伯家那头水牛牯却不信这个邪。也就是一个黄昏，它正埋头在小溪边吃草。突然口感出奇的好，鲜嫩多汁的美食几乎用不着咀嚼就溜进肚子里去了。正当它准备放开肚皮饱享一顿口福的时候，突然鼻子一阵剧痛像是刀割一样。它当然知道使劲拽自己的是主人，也知道自己享用了不该享用的秧苗。但剧痛已让它失去理智，并迅速作出激烈的反应。此时，双方都红了眼，互不相让，像拔河一样较上了劲。结果可想而知，牛鼻子也是肉长的，一会工夫，鼻子豁了个口子，肉往外翻，血流如注。痛得它落荒而逃。

生而为牛，皮肉之苦是注定的。但像它这样公然反抗主人，不惜用肉体伤残以明志的却极为罕见。从此，它就落下裂鼻牛的雅号。裂鼻牛的诞生在乡村是件大事。往往会产生轰动效应，在村民和牛群中都会引起强烈的反响。果不其然，裂鼻破相不仅没有损害它的形象，反而让它成为牛群心目中的英雄。牛牯们，无论是水牛牯还是黄牛牯见了它老远就肃立一旁行注目礼，连村民都得礼让三分。那些母水牛会煞费苦心没事找事向前搭讪，甩甩尾巴，哞哞地叫几声。甚至迎上前去亲热地舔舔屁股。我听不懂它们的话，里面是否有挑逗的成分不好说。

牛活一辈子不容易，一辈子与人相处更不容易。牛不会说话，说的话也不算数，算数的只有人。有了矛盾，耍耍牛脾气，肯定惹来一顿鞭子。鞭子挨得多了，也就长了见识，长了记性。到了农忙季节，它们不再使奸耍滑，把牛劲全使出来，动作也符合主人的意图标准规范，不仅少了牛绳的许多拉拽，少挨了许多鞭子，还会赢得主人的欢心，得到物质奖励，喝上一盆稀饭，顺便也把生活的苦涩一起吞进肚里。

也是一个晚上，我和玩伴们兴之所至，便玩起捉迷藏的游戏。我躲进牛栏巷里，小巷两旁全是牛圈，可以清楚地听见它们反刍磨牙的声音。突然，我的脚踩到一滩黏乎乎的带着体温的东西，淹没了脚踝，溅到脸上、衣服上。一股熟悉的臭味马上暴露了脚下的秘密。我肯定是某头牛搞的鬼,这里离牛圈只有几步之遥,却把粪拉到巷子里,显然是个陷阱,等着看人的笑话。我宁愿吃个哑巴亏也不声张,狼狈地跑到河里清洗了老半天。后来我还为这事生气了好几天。

在乡村,人和牛就这种关系。

快乐的鸟

在乡村最快乐的是小鸟。身披五彩羽衣,光艳照人。天生一副金嗓子,出口成歌。展翅蓝天,把生命演绎到极致。小鸟天赋异禀,不快乐都不行。

有一次,我利用暑假的一个上午到自留山砍柴,我放倒一棵大小适中的松树,再砍成小段,装上粪箕,我心满意足地躺在一棵树荫下,打算稍事休息,让汗流浃背、气喘吁吁的身体恢复一下。我在一阵阵清风的吹拂下,竟慢慢地睡着了。唤醒我的是两只画眉,就在给我遮荫的树冠上唱歌。时而高亢激越,时而如诉如泣。我在这样经典的旋律中陶醉了很久。它们唱得很投入,台风一流,似乎并不打算结束只有我一个听众的专场演出。虽然我的肚子饿得直叫唤,但我也不打算提前离场。我无法听懂这些鸟语歌词的含义,但我却固执地坚信它们是为自己生活的美好而歌唱。

还有一次,我跟堂叔一块到山上放牛,与他形影不离的是一只鹩哥。几个月前从山上捡回来时不过是一团小绒球,现在已长成一个伶俐乖巧、能唱会飞的歌手。它时而停在堂叔的肩膀上,时而停在牛背上,时而在空中盘旋一阵子。鹩哥也认出了我，像见到熟人一样，无拘无束地跟在我的身前身后，我就逗着它玩。不料路上发生了意外，堂叔那头黄牛牯把一个赶集卖梨的箩筐给撞翻了，沙梨撒了一地，有七八个还摔坏了。我们俩赶紧帮着将沙梨捡回筐里，一面向卖梨的赔不是，顺便也把黄牛牯骂了几句。但摔坏的梨如何处置却成了道难题。卖梨的让堂叔买下来。可我们叔侄俩袋子里空空如也。说白了，堂叔根本就没闲钱买零食。但对方挣钱也不容易，何况又是自己的牛闯的祸。对方的要求并不过分。这下子真让堂叔张口结舌，有口难开，落了个大红脸。

鹩哥一定是看出了主人的尴尬处境。人往往低估小鸟的智商，但说不准小鸟比人还有办法呢！瞧，鹩哥轻轻一跳，站在箩筐边，朝着卖梨的就是一段清唱，清甜脆亮，如同一股泉水流过心田，气氛一下子缓和过来。堂叔灵机一动，把话题转到鹩哥身上。说鹩哥有灵性，对谁唱歌谁家准大喜临门。也不知是相信了堂叔的话，还是被鹩哥的歌声所打动，卖梨的心里一高兴，就将那几个坏梨硬塞给我们，说是送的。

鹩哥用歌声帮主人轻而易举地化解了一场纷争。

在更多的时候，我总是听到麻雀的歌声。天蒙蒙亮的时候它们在唱，到河边洗涮的时候它们在唱，去菜地浇水的时候它们在唱……它们的歌声千篇一律，单音节、快节奏，类似港台音乐频道播放的某种半念半唱的劲歌金曲。我特喜欢麻雀大合唱，边唱边跳，气氛热烈浓郁，让乡村充满生命的张力。

我在乡村生活多年，接触过不少小鸟，它们有着共同的活法，就是飞翔。大白天，小鸟总会把很多时间花在飞翔上。饿的时候飞，饱的时候飞。想飞就飞，在天地间来来去去，任凭气流把自己送到空中游荡。上面有深邃的天穹，但它们喜欢眼睛向下，俯瞰大地，地面的景象更丰富多彩，更赏心悦目。说不准还能看到一些有趣的事。比如两只狗为了一块骨头，打得不可开交，让鸟们嗤之以鼻。一个母鸡下过蛋，咯咯咯叫上半天，也让鸟们忍俊不禁……有时候距离让地面的人和物变得渺小，变得模糊不清，仿佛小鸟才是这个世界的主宰。它们偶尔在天空中自鸣得意地叫唤几声，那是对日子心满意足的自言自语。

忠心的狗

狗对主人重情重义，一片忠心，加上看家护院的本领，所以在乡村几乎家家户户都养狗。

三更半夜，总会听到几声低沉的狗吠声，那是守夜的狗在报平安，足以让主人安心入睡。同时也给那些不安好心的狐狸呀黄鼠狼呀，还有那些见不得光的小偷呀发出警告，表明自己的身份。这种警告往往总是有效。要是狗狂吠不止，十有八九有情况，主人会快速反应，摸黑起床，操上家杂，到家中安全工作重点部位巡视一番。一旦发生险情，狗总是胆大包天，勇往直前，奋不顾身冲在前面，甚至不惜以生命保护人畜和财产安全。

在家畜中，狗是最通人性的动物。谁养它，就跟谁亲，谁就是主人。它从不挑选主人，只由人挑选自己。一旦确立起这种亲密关系，它就对主人忠心耿耿，不会去计较主人的贫富贵贱、社会地位。在狗的生命中没有世态炎凉，没有见异思迁。

无论发生什么变故，对主人始终不离不弃。这是狗天性中最本质的东西。

相比之下，人对于狗就显得薄情寡义。平时给予狗的是残羹剩饭。逢年过节狗也只能享受主人啃光了肉的骨头。守夜的狗偶然神经紧张，报错了警，扰了主人的清梦，轻则招来一句"狗杂种"的骂名，重则被踢上一脚。狗不会争辩，只会躲进角落里，呜呜地低泣几声，半是委屈，半是认错。要是老了，不能再看更值夜，准会落得个退毛碎尸下锅的下场，终于把一生毫不保留地献给了主人。

记得小时候家里先后养过好几条狗，有条黄狗给我的印象最深。初进家门时，个头还小，浑身滚圆，毛发金黄，虎头虎脑，人见人爱。我给它取了个名字叫金毛。每当呼唤它的名字，就摇头摆尾，老远跑到跟前。金毛在我的眼皮底下一天一个样。长大后，更是英气逼人，腰圆体壮，活力无边。毛发金灿灿的，柔软光亮。金毛跟全家人都很亲，一生也为这个家尽了应尽的责任。我高中毕业时，它已活成老狗，常常耷拉着眼皮，蜷缩在屋檐下，一声不哼。只在一日三餐时，眼睛才露出些许神采。生命力在随着时光慢慢流失。金毛垂垂老矣！看家护院已是心有余而力不足。"看来金毛不行了！"终于有一天，父亲边说边横下心将绳子套在金毛的脖子上。金毛还来不及明白其中的含义，便被吊上一棵树杈上，双脚乱蹬了一阵子，两眼慢慢翻白。父亲难过地叹了口气，将狗放下，解开绳套，回身到厨房去了。待烧好开水出来，却吃惊地发现金毛不翼而飞，生死未卜，去向不明。父亲在大半个下午都沉默无语，失魂落魄，丢三落四。晚饭时，父亲突然开口："给金毛倒碗饭吧！"话音刚落，门口居然传来金毛应答的轻叫声。全家人都高兴得跳起来。我盛了一大碗饭，还淋上青菜汤倒进狗钵。回到餐桌上，在昏黄的灯光下，我看见几颗晶莹的泪珠在父亲的眼眶里打转。

一年后，在省城求学的我暑假回家，此时家里多了一条不大不小的黄狗，样子宛若当年金毛再世。死里逃生的金毛却不见踪影。我没有勇气问起它的下落，面对可能的种种结局，我选择了逃避。就让金毛活在我的记忆中吧！

机灵的猫

在乡村最机灵的是猫。在猫的一生中干得最多的是捉老鼠，享受最多的是瞌睡，受气最多的是被狗欺负。

大白天很多时候总是看不见猫，它们全都躲了起来。墙根旮旯、竹林、草丛这些隐蔽安静之地是猫喜欢待的地方。猫有时候蜷缩一团，有时候蹲坐地上，有时候仰面朝天，享受睡觉的慵懒时光。竹梢上的麻雀居高临下，毫不费力就发现了猫的行踪，不过它们并不在意。夜猫子折腾了一个晚上，筋疲力尽，睡意正浓，对于麻雀吱吱喳喳的打闹没有兴趣，只眼开只眼闭，任由它们折腾。

其实，猫有自己的苦衷。白天，猫睡得并不踏实，充其量只能算瞌睡。这全是叫狗闹的。在乡村，猫和狗同是侍候人，应该称兄道弟才对。但猫却常常无缘无故被狗欺负。只要碰到一块，狗不是吆三喝四，就是动手动脚。这让猫又气又怕，却又无可奈何。猫在狗那里得不到应有的尊重，但并不影响它在乡村的地位。猫是森林之王老虎的微缩版，虽然个头无法相比，但猫毕竟长得虎头虎脑，火眼金睛，尖牙利爪，是老鼠的天生杀手。这让它在乡村无可争议地占有一席之地。乡村鼠患猖獗，每天不知要糟蹋多少庄稼、粮食和衣物。赶不走，杀不绝，让人心烦。这个时候，人们自然想到老鼠的天敌。猫就这样来到一个村庄，进入某个家庭，成为其中的一员。人需要猫，猫就有了最大的安全保障。猫在家里，温驯乖巧，一副懒洋洋的样子。在主人面前，猫跟狗一样会做出许多撒娇的举动，同样得到宠爱。主人会亲昵地抚摸猫的头和腰，顺手扔去一块咸鱼头。狗通常不敢当着主人的面欺负猫。否则会遭到严厉的呵责。但出了家门就完全不一样了。为了躲开狗的骚扰，猫不得不小心翼翼，夹起尾巴，连瞌睡都得挑选地方。但狗大白天无所事事，东游西逛，鼻子又灵，往往使猫原本想安心睡觉的种种措施变成一场空。

但说到底，猫要对付的是昼伏夜行、会打洞钻洞、生性狡诈多疑的老鼠，难度之大不难想象。不过猫早就摸清了老鼠的生活习性和活动规律。为了适应斗争环境，猫唯有脱胎换骨，让自己变成夜猫子。入夜之后，猫全身充满着本能的冲动，目光像两颗夜明珠，闪闪发光。猫很快在老鼠必经之路设下埋伏，并有足够的耐心，可以一动不动守候几个小时。待老鼠进入伏击圈，猫一跃而起，老鼠手到擒来，连哼一声都来不及，已命丧尖牙利爪之下。猫忠诚于主人的重托，努力地维护着乡村之夜的正常秩序，也为自己赢得一份高蛋白夜宵。

正常的情况下，猫也就在某个家庭过完一辈子，得以善终。结局要比狗和牛好得多。

乐天的鸡

鸡贱生贱养，且肉质鲜美、营养丰富，所以，在乡村家家户户或多或少都会养鸡。

鸡的祖先归顺人类之后，便给子孙后代埋下了祸根，从此不得善终。村民逢年过节、婚庆喜事总是席不离鸡。鸡没有能力保护自己，唯有引颈就戮，变身美食。成全了口福，温暖了人心。公鸡还被村民用作祭祖。赤身裸体、油光发亮、弯脚缩颈，蹲坐于供桌的盘子之上。生前的趾高气扬荡然无存。村民将自己的幸福快乐建立在鸡的痛苦之上，实在不公。但又能怎样，谁让自己是鸡呢！

天生为鸡，赴汤蹈火，命中注定，无法避免。好在鸡的生性简单，乐天知命。如果撇开倒霉的结局不说，日子过得还算有声有色。鸡以食为天。除了一天早晚两餐有主人的供给保障外，不足部分都得自理。鸡是杂食主义者，荤素皆宜，且拥有硬喙利爪，觅食乃是强项。大白天，鸡喜欢四处游荡，到草地上啄虫子，在泥土中刨蚯蚓，在餐桌四周捡饭粒、菜渣。有时还忘乎所以，以为自己是老大，闯进菜园或稻田尝鲜。一旦行踪暴露，便吓得屁滚尿流，落荒而逃。但通常都不会有人赶尽杀绝，一场虚惊而已。

公鸡打鸣、母鸡下蛋是乡村的一道最具标志性风景。母鸡下蛋十分高调，下蛋前会唱一段序曲，酝酿好心情。下蛋后会高声叫唤大半天，生怕主人不知道，公开邀功请赏，往往总会得到一把碎米的奖励。四五更天，公鸡还躺在窝里，空间逼仄，缺乏昂首挺胸的余地，虽然憋屈，但公鸡忠于司晨的职责，知难而鸣。大白天，公鸡喜欢表现，兴之所至便登上高处，伸长脖子，一鸣惊人，其实是自鸣得意。然后抖动鲜艳雄伟的鸡冠，扇动流光溢彩的翅膀，威风凛凛，实为乡村一大奇观，惹得村民刮目相看。但在主人看来，公鸡打鸣比不得母鸡下蛋来得实惠，所以得到的也就是精神鼓励。

公鸡好色、母鸡抱窝是与生俱来的繁殖本能。公鸡的性格张扬十分疯狂。不分时间，不分地点，主动出击，直奔主题。纵欲无度的结果往往让身子形销骨立，但却难改逞勇斗狠、争风吃醋的本性。同性相遇，必有一场恶斗，直至两败俱伤，给平淡的乡村生活制造出一点点刺激。相比之下，母鸡的性趣就要含蓄得多，总是被动接受。母鸡对抱窝十分投入，鲜有离窝吃喝。直至毛茸茸、圆滚滚的小鸡降生，才领着这些小宝宝云游四方，传授生存技巧。一有风吹草动，便将子女置于自己翅膀的保护之下。对于靠前的人、狗、猫十分警惕。一旦察觉险情，便迅速作出反应，发出警告，甚至主动攻击，不惜以生命保护子女的安全。在母鸡的悉心照料下，小鸡大都能健康成长。

我家的养鸡史打从我懂事起就已存在。年年养鸡、杀鸡、吃鸡。让我终生难忘的是一只创造奇迹的三黄（嘴黄、毛黄、脚黄）母鸡。长大后浑身黄灿灿、胖乎乎。走起路来一摇三摆，特别能下蛋，一天一个，简直是一部下蛋机器。全家人对它疼爱有加，左邻右舍更是赞不绝口。有一天，母鸡突然消失了，自然是全家总动员，把全村找了个遍，就是不见踪影。母亲急得茶饭不思。在她的心目中早把它看作是家中的一员，分量非同小可。生要见鸡，死要见尸。不达目的，决不罢休。大凡能藏身之处，反反复复地找，最终还是失望而归。十多天下来，母亲明显瘦了一圈。也就是一个多月后的一天中午，突然喜从天降，三黄母鸡居然带着一群可爱的小鸡出现在家门口。母唤儿，儿叫娘，吱吱喳喳，热闹非凡。无异于一场生离死别后的重逢，让全家人兴奋莫名。母亲双眼泛着泪光，抓了几把米碎撒在地上，眼定定地看着母鸡、小鸡啄食。人往往对鸡的智慧不屑一顾，但世事无绝对，说不定它们有时还聪明过人呢！瞧，在这场捉迷藏的游戏中，三黄母鸡轻而易举地躲过了全家人的视线，在某个隐秘的柴草房里下蛋、抱窝，生儿育女，实现了做母亲的梦想。真的是很了不起。三黄母鸡一生下蛋无数，同时孵化、拉扯大好几窝小鸡。作为家中一员贡献良多，功不可没。直至5岁时，已活成老母鸡，进入更年期，渐渐的蛋尽巢空，下蛋抱窝已无能为力，最终结局可想而知。每每忆及，心头难免升起一缕悲凉。

　　鸡这一辈子说容易也不容易，要活得长寿就真不容易。说到底，鸡的命运掌握在主人手中。有能力创造下蛋纪录的母鸡方能打动主人，以贡献换得长寿。公鸡则另当别论。作为种鸡的候选对象，中选的几率微乎其微。只有机缘巧合、运气极佳的公鸡才能在千挑万拣之中脱颖而出，从此与性结缘，专职传播基因，远离杀身之祸。至于绝大多数落选的公鸡，初啼时便被处以宫刑，痛不欲生。一些时日过后，雄性特征丧失殆尽，告别性和打鸣，一门心思全放在吃喝上，身体日渐痴肥，从此落下阉鸡的骂名，颜面尽失，在同类那里得不到应有的尊重，却在主人那里得到意外的赏识。那是因为阉鸡意味着口福，作为传统极品美食，阉鸡通常越不过春节这道坎。

在乡村，人与鸡的恩恩怨怨就这样。

无奈的猪

人对猪肉的向往，让猪的家族日渐兴旺起来，纷纷到乡村安家落户。猪圈既是它们的安乐窝，也是它们的牢笼。

猪好吃懒做。吃饱了睡、睡醒了吃便是基本的生活方式。好在猪是素食主义者，且不挑食，无论是浮水莲之类的野菜，还是庄稼的边角料，或者是主人的剩饭剩菜，猪都来者不拒，多多益善。更何况一日三餐还有主人伺候着，不用为生计劳碌奔波，虽然食物的质量不怎么样，但从过日子的角度来说，还是算舒服的。

猪过于贪嘴，从小到大不知要吃掉多少食物，饲料储备决非易事。记得小时候家里番薯半年粮，秋种冬收，副产品番薯藤多得堆成山，恰好用来喂猪。加工的方法也简单：斩碎、晒干、进仓。但耗时费力。喂猪时熬上一大锅，够吃好几天。每餐还要烧热，加上少许米粥。味道怎么样不好说，不过家里养过的那些猪都吃得津津有味，照样长个、发福。

拜主人所赐，猪圈便是整个世界，不得越雷池半步，吃喝拉撒全在里头。但骨子里，猪是不甘寂寞的，总想到外面闯荡江湖。越栏逃走之事时有发生。对这种行为主人通常是零容忍，决不姑息。除了严加管束，还会加强防范，甚至加上一顿鞭子。苦头吃得多了，身上仅存的那点野性也渐渐消磨殆尽。并最终明白了一个道理：猪就是猪，只配待在猪圈里。其实，并非是主人成心要为难猪，而是事出有因。猪头脑简单，四肢发达，皮厚毛多，一身蛮力，动作粗鲁。一旦越栏成功，便恣意妄为，这里闻闻，那里拱拱，四处捣乱，偷吃庄稼不在话下。主人当然不愿放任这种后果发生。

猪鲜有交际，深刻地影响它的心态。平日里得过且过，从不讲究形象，浑身脏兮兮、臭烘烘。吃相同样很不雅观，进食时整个下巴泡在猪潲中，"吧嗒吧嗒"响个不停，食物溅得一天一地。但并不影响它在主人心目中的地位。

在正常的情况下，猪也就在某个猪圈过完了一生。结局可想而知。猪这一辈子失去最多的是自由，看得最多的是空无一物的四壁，闻得最多的是自己粪便的骚臭。平日里最想见到的是主人，那是因为见面意味着开饭。猪的一生过得冷清寡淡，但身后事却热闹非凡，从杀猪、销售，到烹调、享用。甚至制成罐头、腊肉，运销世界各地。每一个环节都不知有多少人参与其中，也不知有多少人从中受益。猪因为自己一身肉反害了自己的性命，实属无奈。

养猪除了吃肉，也是村民积攒零钱的法子。把平日养猪的零星开销和时间、精力的付出都归拢到猪的身上，猪的成长过程也就是零钱积少成多的过程。一头大猪卖出去总共也就七八十元钱，但在当年已不是小数目了。主要用于一年的大笔支出，包括孩子的学杂费，春节缝制新衣裳，购置农具，偿还债务以及购买猪苗。这些用度都出在这头猪身上。它承载的可是全家人的幸福与希望。

既然是四脚朝地背朝天的畜牲，猪命中自有定数，慷慨赴难舍我其谁。不过杀猪的手段过于残忍，让人不忍卒视。乡村杀猪通常半夜开始，为的是赶上早市。猪在死亡线上挣扎的凄厉嚎叫在寂静的夜空中传得很远，让人心寒。10 岁时，我曾亲眼目睹家中那头黑白土猪被宰杀的经过，吓得心惊胆战。四蹄被绑得紧紧的，动弹不得，被几个帮手按在凳子上。屠夫就是我的一位堂叔，白刀子进红刀子出，血流如注，装了一盆，也溅了一地。猪死后，抬进大锅里，边烫水边褪毛。干净后，抬上案桌大卸二边，下水摆放一地，热气腾腾的血腥味十分刺鼻。在我看来，杀猪应该归入特殊工种，不是普通人所能干的。除了胆量、技术，还得心狠手辣。从此以后，每每碰上这位堂叔，心里总是惧怕三分。难怪《儒林外史》中的范进中举后，高兴过度，迷失心智，疯疯癫癫，却被当屠户的老丈人一巴掌拍醒过来。

中国人的厨艺简直出神入化。将猪肉配上不同佐料，在锅里倒腾一番，便出来不同风味的美食。我自小爱吃猪肉，对红烧猪肉和糖醋排骨更是爱得刻骨铭心。后来看影视剧得知，毛主席也爱吃猪肉，每逢生日，最奢侈的就是来一碗红烧猪肉庆祝庆祝。爱屋及乌，在新中国成立之后，还给全国人民写了《关于养猪业的一封信》，明确猪的名分应为六畜之首，"一人一猪，一亩一猪，如果能办到了，肥料的主要来源就解决了。这是有机化学肥料，比无机化学肥料优胜十倍。一头猪就是一个小型有机化肥工厂。而且猪又有肉，又有鬃，又有皮，又有骨，又有内脏（可以制作药原料），我们何乐而不为呢"？

在毛主席的笔下，猪全身是宝，且富于奉献精神。猪窝囊一辈子，获此殊荣，也不枉此生了。

本文获"中国当代散文奖"，入选《散文家力作选》。

农具素描

犁

整个冬天，犁无所事事，靠在杂物间的墙上，一副懒洋洋的样子。

到了春天，我在田野上碰上它，是一副龙精虎猛的状态。也许是积聚了一个冬天的力量，急于舒展筋骨。牛、犁、人组成黄金搭档，面对沉睡的土地，开始了探险的旅程。犁喜欢泥巴的味道，喜欢探索黑暗深处的秘密。世界上恐怕没有谁能像犁那样忘情地在田野上奔走，这样激情澎湃地劈波斩浪。犁的造访给田野带来一阵阵骚乱。青蛙、泥鳅、黄鳝、蟋蟀的家被翻得底朝天，它们气急败坏，边逃窜，边抗议。不过，犁的忙碌也就半个月光景，待田野翻了个遍，犁也就像玩恶作剧累了的坏孩子又告别田野，回到原来待的地方。

很可惜，犁错过了更多好玩的机会。在闲赋在家的日子里，田野上演着更精彩的一幕幕。田野从黝黑走向金黄仅仅几个月，变化之剧超乎想象。先是秧苗茁壮成长，铺排成绿色的海洋，然后又以无边的金黄覆盖整个田野。缕缕稻香，温馨而又美好。

等到犁再次回到田野，金黄的稻谷早已离开。犁参与了田园风光的创造，但却一次又一次与田园风光失之交臂。犁确实有点失落，却又坦然地接受了自己的命运。

耙

在犁的后面，牛、耙、人又一个黄金组合吆喝登场。耙露出十几根尖利的耙齿，将翻松的泥土咬啐嚼烂。做到这一点，只要跟在牛的后面简单地来来回回走动就可以了。但对于一副好耙来说那是远远不够的。它会将隆起的泥堆送到低洼处，将农家肥均匀地洒落到每一寸土地，还会将杂草清理干净。经过耙的精心料理，水田显得柔软、平展，成为秧苗的温馨家园。这时，耙就心满意足地站在水沟里，边洗刷边守望着秧苗兴高采烈地迁进新居。此时，耙乐得龇牙咧嘴，露出银白的耙齿，在夕阳的余晖中闪闪发光。

当秧苗全部搬进新家，耙才回到犁的身旁。它向犁唠叨着田野绿波荡漾的模样，惹得犁好生嫉妒。

锄头

出勤率最高的是锄头，一年四季都闲不住。田野上总是可以看到它们拓荒、松土、修渠、除草的忙碌身影。在乡村，有太多的农活离不开锄头。因此，大大小小的锄头就顺理成章地进入家家户户，成为其中的一员。

一把顺手锄头的诞生，往往要经历一些时日的磨合。那些在农事忙碌中被泥土长期打磨得闪闪发光的锄嘴，那些在双手反复抚摸中被汗水浸渍得油光滑溜的锄柄，方显出它是主人得心应手的伙伴。它们总是被主人扛在肩膀上走遍整个田野，与主人一起经历一年四季的神奇。亲眼目睹蔬菜种子发芽、生长、开花，与水稻一起走过从绿色到金黄的生命旅程。同时，也把自己的生命力一点一滴地洒在田野上。它们的忙活给村民留下了希望。

无疑，在农具中，锄头是最见多识广的家伙。这一点得归功于它们的付出。

每当看见锄头，就会想起它们与主人同甘共苦的时光。

禾镰

在水稻生命的尽头，总会看到禾镰的寒光。它们在为水稻送最后一程。

水稻一次又一次地在田野上诞生、长大、成熟、收割。一次生命轮回也就从起点走到了终点。

这是一种决绝的送别，仪式盛大而又悲壮。一钩弯月似的禾镰凭借犬牙交错的利齿将田园风光一扫而光，确实给人类留下了不尽的思念和淡淡的忧伤。但同时也为供养人类收获了粮食，为水稻的生命轮回准备了种子。对于人类来说是一种温暖。对于水稻来说又何尝不是。

禾镰就这样在一片多元的反应中，冷静、坚定地送走了水稻最后的美丽时光。

禾板凳

禾板凳用来打稻谷。

一个三脚架斜斜地支撑着一块三四尺见方的木板。木板必须是厚实的，经得起摔打的。禾板凳就这个样子。平日里，它被闲置在杂物间里，影子也见不着。但真的忙起来，那就是晕头转向，从大清早到天黑都闲不住。

打谷的场往往选在路边较为干燥的稻田。禾板凳放置在竹围一端，两旁刚收割下来的水稻堆成山。打谷的活累人，大都由男人担当。一副禾绞将水稻交叉捆住，高高举起，重重摔下，谷粒雨点似的洒落下来。禾板凳嘭嘭地响着，有节奏，很响亮，此起彼伏，在田野上空回荡。其实，这是乡村亘古不变的鼓点，是一种让村民心安的理由。

竹围

用竹篾编织而成的竹围用作晒五谷杂粮。当然，晒得最多的是稻谷。

平日里，竹围卷成长筒斜靠在屋檐下，默默地守望着乡村的忙碌时光。其实，守望是一种期待，期待下一茬稻谷的成熟。

晒场通常设在村口的空旷处，屋影和树荫绝对够不着的地方。几十条竹围铺排开来，大鹏展翅似的，每条竹围都展开 3 米宽 5 米长的平面。上面撒满数不清的谷粒。竹围被炽热的阳光包围着。它们一块尽情地享受着阳光浴。也就十天八天，谷子全部晒干进仓。竹围被村民看重的就是这种平面姿态。之后，又被久久搁置。

谷箩

谷箩是稻谷的容器，也是它们的代步工具。

两个谷箩装满谷粒，中间一条扁担挑着。扁担咿呀咿呀唱着，脚步咚咚地打着节拍。伴随着这支古老的民谣，稻谷便被送到该去的地方。

谷箩在村子里随便什么地方一站，鸡们便咯咯咯地被吸引过来，绕着谷箩不停转圈子。"鸡公圈谷箩"，为的是那些供养生命的粮食。

用竹篾编织而成的竹箩，因为与稻谷扯上了关系，不仅受到人类的重视，同时也受到家禽的关注。

当无数的谷箩出现在田野上，我知道收割的时节到了。

本文获"2010 年度中国散文年会"征文二等奖，载于《散文选刊·下半月》2010 年增刊（2）。

故乡风物

天井

有村庄就有房屋，从容一点的房屋通常都有天井。

天井是房屋的聚宝盆。天井不光能接纳天上洒落的阳光、雨露和月色，还能吸纳大自然的习习凉风和清新空气。天井牛，让乡亲足不出户就能拥有一个近乎完美的世界。

天井空无一物，只有一段垂直空间。从天井看天，大不超过一间房。偶有云彩飘荡，有小鸟飞翔，有炊烟燎绕。雨掉下来湿了井底，阳光进来只红一块。乡亲们看多了，习以为常。

天井连结着一座房子，同时连结着一个家庭。爷爷、奶奶、孙子，几代同堂，其乐融融。在天井四周说话、走动、做事、吃饭、睡觉，还有鸡鸣狗叫，天井便充满人间烟火气。人在，烟火在，天井在。人走了，烟火绝了，天井就会衰败、坍塌。

有天井的房屋是乡亲的人间天堂，也是麻雀、燕子的天堂。麻雀知道，在天井周围的地板上有遗落的五谷杂粮或饭粒、菜渣，那是乡亲特意留给它们的佳肴。乡亲们的前脚刚迈出门槛，麻雀便三五成群从天井进来，享用属于自己的那一份。春天，燕子成双成对回来，从熟悉的天井找到屋梁上或墙壁上熟悉的老巢。在乡亲们的眼皮底下，卿卿我我，双宿双飞，生儿育女。深秋，又带着长大的儿女远走高飞，长途旅行。翌年春天，还会准时回来。那是因为割舍不了属于自己的天堂。

沙井

　　故乡有条小河。有小河就有沙滩，有沙滩就有沙井。小河是故乡的母亲河，沙井水是母亲河的乳汁，哺育着一代又一代的乡亲。

　　在沙滩上扒个坑，河水经过沙的过滤渗透进坑里便是沙井。简易的沙井不抗时间，不到一天的工夫便被夷为沙滩的一部分。合格的沙井用木桩围拢水，木桩外围覆盖着大块的缸瓦片，井沿铺上鹅卵石。合格的沙井不抗洪水。洪水夹带着泥沙将沙井淹没。但在洪水过后经过一番清理，沙井还是那个合格的沙井。

　　活水不停地渗进来，晃动着井水。井水晃动着故乡的蓝天白云、日月星辰，也晃动着故乡悠长的光阴。

　　沙井为乡亲储存一汪清澈见底的水。水位永远与小河持平。小河涨则沙井满，河水浅则沙井半。小河不枯，沙井便是永远的沙井。河在，沙井在，村庄在。沙井水源源不绝，取之不尽，用之不竭。世世代代不知有多少乡亲喝了多少沙井水，喝腻了，走了。也不知有多少娃子接着来喝沙井水。沙井一直以这种方式来维系故乡的生命接力赛。

　　沙井将乡亲们的影子深深地刻在心窝里。全村的人大多认识。沙井不会说话，不记名字，记住相貌就足够了。

一早一晚，要挑水的乡亲都前后脚来了，然后挑着满满的两桶水走了。他们只作短暂的停留，在井台构成不大不小的热闹。此时，井台也俨然成了交流平台，有信息发布，有嘘寒问暖，有家长里短，也有欢歌笑语。

乡亲造出沙井，沙井便以涌泉相报。

田埂

田埂是田野的阡陌，将耕地分割成不同的几何形状。从此，耕地有了边界，有了面积，有了主。田埂制约着人对耕地的非分之想，让乡村少了纷争，多了祥和。

田埂是乡村最小的路，小得只容一人通行。田埂是乡村考场，只有在田埂上行走自如的人才是合格的农民。

田埂是乡亲走不完的路。今天走，明天走，后天走。白天走，晚上走。世世代代，不知有多少乡亲在田埂上走完了一辈子，又降生成娃娃继续走。

人不在田埂走，田埂也没闲着。昆虫、青蛙、四脚蛇乘机到田埂上溜达。田埂是人与小动物共有的路。小动物通情达理，从不与人抢道。

田埂围拢稻田，也围拢水。水不深不浅，让禾苗在水中滋养生长。田埂留有缺口，用以调节稻田的水位，禾苗便不愁水多了淹着、水少了旱着。

收获季节，田埂上就多出一道风景。一箩箩沉甸甸的稻谷压在大姑娘、小媳妇的肩膀上，也压在田埂上。人们不见金灿灿的稻谷，只见汗水湿透的衣衫紧贴着身子，在田埂上行走，一步一摇晃，颤颤悠悠。

篱笆

有村庄就有菜园，有菜园就有篱笆。篱笆是菜园的楚河汉界，为各家各户圈起一片小小的天地。

一个篱笆三个桩。桩立在那里，篱笆就立在那里。桩是篱笆的主心骨。桩牢则篱笆牢，桩倒则篱笆倒。用树枝编扎的篱笆斑驳陆离，粗糙不堪。但近乎简陋的篱笆却代表着乡村的一种秩序。对馋嘴的鸡、鸭、鹅、猪、牛、羊有着实实在在的约束力，总是能成功地将它们的脚步阻挡在菜园子的外面，给蔬菜生长创造出一个安全的环境。

菜园是乡村的画卷，看见了篱笆就像看见了画卷的框架。那些水灵灵的蔬菜招蜂引蝶，更招人喜爱。篱笆关不住满园色彩，与欣赏的目光相遇，就成了画。

篱笆圈着一块地，乡亲们在地上种上各种各样的蔬菜：水菜、通心菜、豆角、丝瓜、苦瓜……浇水、施肥、松土、除草。蔬菜长了一茬又一茬，收了一茬又一茬，乡亲们吃了一茬又一茬。吃进肚子里，就化作生存的养分，化作干活的力气，化作做梦的激情。

篱笆护着一个菜篮子，四时瓜菜不断，乡亲们餐桌上常换常鲜。吃不完的，还可以晒成菜干或腌成酸菜、咸菜，也可以拿到集市上卖钱。可见，篱笆护着一个菜园子，不仅仅是为乡亲护着一个菜篮子，其实也是为乡亲护着一个钱袋子。

竹林

有小河就有村庄，写意的村庄通常都有一片竹林。

竹子沿着河岸种植生长发育成林。竹林与小河守护相望。河水的滋润让竹林愈发繁茂，竹林便成为小河的绿色屏障。盘根错节的根系紧紧地咬住两岸的泥土，让河堤坚如磐石。河道不大不小，不宽不窄，畅通无阻。河流还是清流，还是故乡的母亲河。

竹林不走水走，竹林将影子托付给小河流浪远方，去见识外面世界的奇妙。

竹林是麻雀的村庄。黄昏，忙了一天的麻雀回到村里，竹林顿时充满麻雀说话的声音。晚上，它们就睡在人手够不着的竹梢中。

炎炎夏日，竹林制造出一片清凉。竹林便成为人与麻雀共有的家园。乡亲们累了，在竹林中歇脚、纳凉、拉家常。小朋友呼朋引伴，在竹林中奔跑、打闹、捉迷藏。日复一日，年复一年，竹林迎来送往，不知道有多少熟脸孔陆续走了，又有多少生脸孔先后来了。

竹林有数之不尽的竹子，有竹子就有竹器。竹器是竹林的化身。竹椅、竹席、竹帘、粪箕、竹篓、竹围……它们走进家家户户，走进日常生产生活。乡亲们离不开竹器，其实是离不开竹林。竹器就是会走动的竹林。

本文在《海外文摘》杂志社和《散文选刊·下半月》杂志社共同举办的"2015年度中国散文年会"评选活动中获得二等奖。载于《散文选刊·下半月》2015年第10期。

曾经照亮故乡黑夜的物质

一

当父母那一代农民成为乡村生活重心的时候，照亮故乡漫漫长夜的大多是那摇曳的松竹光。我知道，家家户户是有煤油灯的，但买煤油的花费比松竹要贵得多。性价比自然成为选择的导向。什么时候点煤油灯，什么时候点松竹，乡亲们心中都有数。

冬夜寒风呼啸。吃过晚饭，忙完家务之后，串门便开始了。一些人家在厨房或厅堂点亮了松竹，燃烧的火焰是聚会的信号，左邻右舍像是趋光的生命，向着某个光点集结。人多了，就挤在一块，难免有肢体接触，往往能闻到相互间的呼吸，感受到彼此间的体温。晃动的火焰，映照着一张张熟悉的脸孔，显得安祥、满足、亲切。这是故乡生活中一个常见的温馨画面。

那时候，我常常跟着母亲串门，幼小的心灵也能感觉到，那些终日操劳、表面粗糙的农民乡亲，其实都有一副软心肠，是不乏温情的。

二

有一个终生难忘的场景：锅里沸腾着金黄色的松脂，浓香四溢。坐在锅边的堂叔公将一条两三尺长且用粥水沾满锯末的细长竹片弯成弓，在锅里来回过上几遍，一端会留下两寸空白，一根松竹便制作完工。冷却后，20 根捆成一扎，卖 5 分钱，用以帮补家用。

堂叔公是门绝户，老夫妇相依为命。但在冬夜里，他的家却是最热闹的。天刚擦黑，老人早早点亮了松竹，乡亲们熟门熟路，登堂入室，只是招呼一声，没有太多的客套，像是回到家里。四壁和棚顶被烟熏得漆黑，空气中弥漫着淡淡的松香。跳跃的火焰映照着乡亲们的脸，质朴、平和、充满温情，像是个数代同堂、子孙绕膝的大家庭。松竹燃烧的光明和温暖拉近了乡亲们彼此之间的距离，也拉近了彼此之间的感情。作为光明和温暖的创造者，老夫妇自然被亲切和敬重的目光包围着，俨然成了这个大家庭的长辈，成了这个大家庭的主心骨。

我想，此时此刻，老人心里肯定不再孤单，乡亲们心里也会滋生出某种眷恋的情愫。

三

在我的记忆里，那时候夜晚出行通常用竹火把照明。故乡的夜生活无非是喂猪、喂牛、上厕所、串门……街巷村道高低不平，便点燃竹火把照亮脚下的路。

竹火把用细长的山竹制作而成，只需要掌握一点点窍门。将竹子去掉枝叶，从头至尾锤破，放在河水中浸泡两天，捞起晒干即可。

入夜，村道上出现了稀落而流动的火焰，这是故乡生活中另一个常见的生动画面。只要画面没有消失，就表明村庄没有入睡，表明乡亲们的眼睛还睁着。那些心怀鬼胎的黄鼠狼呀、狐狸呀就不敢进村轻举妄动，孩子们就可以放胆满村子疯玩。

四

我熟悉这两种照明物质燃烧的气息，也注意到两者之间细微的差别。松竹红色的火焰，暖洋洋的，香味颇重。竹火把青绿、清冷，透着些许竹腥。它们都来自大山。父母那一辈农民靠山用山、靠山吃山，也懂得靠山护山、靠山养山。那时候，故乡的草木是何等的繁茂。

知足、简朴的生活，让人心境平和、友善。推己及人及物，了无贪念。父母那一辈农民以这种传统的方式生活，对自然资源的予取予夺总是降到最低。他们不会被贪得无厌的物质享受堵塞心灵向善的通道，不至于伤及生态与生灵。父母那一辈农民穷其一生，辛勤耕耘，最终只能满足基本的生活需求，未能给子孙留下物质财富，但却留下了一笔特殊的精神遗产。精神之光也许是微弱的，就像松竹和竹火把燃烧的火焰，但足以照亮我这位农民子弟的脚下之路。

本文为2014"中国散文年会"入围作品，载于《散文选刊·下半月》2014年第8期。

惦念大山

　　一座大山拴住了先人的匆忙脚步，拴住了一代又一代村民的念想，也拴住了我童年的时光。

　　其实，山不大，也不高，由一串山头组合而成，逶迤并婉延着，方圆约 3 平方公里。大山很野，啥都长得乱哄哄的，从村子里望去，莽莽苍苍的一片。

　　我的祖先是在明朝末年为逃避战乱从中原南迁的客家人，看中大山的风水，在它的南面建立家园，开荒种地，世世代代定居下来，繁衍生息。一个名叫寨下围的粤北山区古村落由此诞生。这也是顺理成章的事。

　　未经破坏的大山暗藏着神秘的生态功能，直接影响周边农作物的生长和收成。在传统农业社会，生产力落后，种庄稼依赖风调雨顺，靠天吃饭。这种敬畏自然、尊重自然、探索自然的心态，才让我的祖先对大山的风水如此着迷，生出打造生态农业的梦想，引导子孙后代守护大山的一切——有灵的和无灵的。创造出人与自然和谐相处的生存环境。这个理念在村民中代代传承，被顽强地坚持下来。除了要归功历代祖先的言传身教，对于村民来说，大自然的启示同样重要。在农事活动中，亲眼目睹原始状态下的大山如何保持水土、如何调节气温，亲眼目睹糟蹋庄稼的害虫、老鼠如何遭到天敌的捕食，村民们可以直接体验到自然界万物之间微妙联系，而自己作为其中平等的一员又该怎样善待它们，与它们一起共享岁月和空间。

时至今日，农业社会的许多传统还在村子里被坚持下来。家禽家畜与村民共处一方乐土。街头巷尾，鸡鸣犬吠，自由嬉戏，随处觅食。麻雀和燕子在屋檐下筑巢安家，来去自由。婴孩拉的屎是家犬的最爱，作为回报，家犬乐意舔干净婴孩的屁股眼。电视已进入家家户户，但串门仍然是村民夜生活的重要方式。三五成群聚集在某家的灯光下，或看电视，或拉家常，或互通信息，了解外面世界的精彩，消磨晚饭后的时光。村子的这种氛围，让人感到温馨。

事实上，村民与大山已形成共生共存的关系。在村民世世代代的悉心呵护下，大山的原始生态得以原汁原味地延续下来。这里的一切都是物竞天择，天生天养。呈现出物种的多样性和垂直空间的层次性。我最喜欢的是一种土名叫"锥子"树的野果。它霸气十足，树干又高又粗，两三个人才可合抱，为了争夺阳光，把身子蹿到四五十米的高空，开枝散叶，遮天蔽日。冬天结果，果子类似板栗，状圆，外有硬壳，色泽金黄，且以果实大小分为"米粹锥"和"水缸锥"。其实锥果都不大。可生食熟食。生食味道鲜美，香中带甜。熟食香味四盈，甜味尽失。挂果期外壳还由一层带刺的绿衣包裹着。尖刺如锥子般锋利和坚硬。这大概是得名的缘由。两层外壳将果肉藏得严严实实，成长期间，无论如何也看不见它的真实形态。农历十二月下旬，锥果慢慢成熟，外衣由绿变黄。北风鼓荡，林木澎湃，落叶萧萧，外壳终于豁开口子，成熟的锥果脱离母体，散落在山坡上，扎进枯枝败叶的缝隙中，开始繁衍后代的旅程。我记得总是在北风刮得最凶的晚上，第二天一大早爬起来，一溜小跑，第一个来到某棵锥子树下。大山刚刚苏醒，轻烟在树梢浮动，鹧鸪在初试啼声，松鼠在树枝间跳跃。我知道锥果的藏身之处，扒开坑坑洼洼地面上的枯枝败叶，马上带来一阵惊喜，它们就汇聚在腐殖质的表层。我尽情地享用锥果的美味。这时，玩伴们也陆续赶来，和我一起分享大山的馈赠。

斑驳混杂的树林和坡上厚厚的腐殖质涵养雨水。大山厚蓄薄流，涓涓细流终年不断，谷地的山塘接纳了它们，让它们在怀里弥漫和荡漾。越来越多的水终于让大大小小的山塘盛满。但山塘不会永远地将它们收藏。在适当的时候，水被释放出去，滋润山下的农田，化作庄稼的甘露。这是大山对农业的反哺。如此往复循环，永无止境。

每年开春，村集体便在山塘放养鲢鱼、鲤鱼和草鱼。以后没有人再去理会它们，任凭山塘养育。直到春节前夕，鱼苗已长成为大鱼，便开始一年一度的盛事——"干塘"。家家户户都派出一位男丁，在山塘四周集结。闹得孩子们心痒痒的，呼朋引伴，拥向山塘助阵。"干塘"从山口由低向高依次展开。第一口山塘的水终于放干，无数银白色的大鱼在烂泥中扑腾。人们一拥而上，将鱼抓进木桶，任凭泥水溅得满身。这时大山一片欢声笑语。丰收的喜悦挂在每一个人的脸上。

但我最喜欢的还是夏天的山塘。舒展的莲叶安静地躺在水面上，亭亭玉立的莲花在轻风中摇曳，水中有杂草纠缠，有鱼和青蛙游动，有大树和自己稚嫩的身影。耳边不时响起湿热的风吹动树叶的絮语；有小鸟银铃般的歌声，它们在歌唱爱情。四周散发出一种混杂的气息，分不清哪些是花的芬芳，哪些是落叶的霉味，哪些是树木释放的体味，哪些是森林吐出的氧气。所有的气味已经搅和、调匀。这是大山的气息，能滋养心灵，给人一种安宁、祥和的感觉。

然而，大山的"风水"终究未能保住。1958年大炼钢铁，村里没有铁矿，没有设备，没有燃料，干部们头脑发热，异想天开，土法上马，带领村民到大山野蛮地砍伐树木。公社下达了炼铁指标，限期完成。这也是没法子的事。砍倒的树干被锯成木板，制作风箱，树枝被劈成木柴，作为燃料。刹那间，大山一片狼藉，鸟兽四散。数百年风霜雨雪都挺过来的参天古树一棵接一棵地轰然倒地，然后被肢解得支离破碎，送进炉膛，灰飞烟灭。连同它们与村民朝夕相处的漫长岁月也一起消失得无影无踪。好像它们从来就没有存在过似的。每棵大树倒地都会发出"咿呀"的长长叹息，在山谷中久久地回荡，也在我幼小的心灵深处久久地回荡。半年后，森林生态彻底被毁，大山伤痕累累，满目疮痍，完全失去荒野的生机勃勃的植物气息，到处弥漫着血肉模糊的味道，让人失魂落魄的感觉。

折腾了大半年，收获的都是些炉渣疙瘩，在山坡上堆放了好几年，谁见谁堵心。

次年，家乡发生罕有的旱灾，但大山已不再神秘，也不再慷慨。日渐僵硬的山体已蓄不住水，面对干渴的土地，失去水源的山塘难以为继，庄稼失收。村民饱受饥饿的折磨，年老体弱的最终过不了这道坎。这就是因果报应。任何以牺牲生态环境为代价的经济活动，都是一把双刃剑，在伤害大自然的同时，也在为自己吞咽灾难性苦果作准备。不由你不信。

许多年过去了，我已经成为一个局外人。童年的记忆渐走渐远，但对大山的惦念仍在心中缠绕，不经意间回首，大山的影子再次清晰，锥果的风味也别样诱人。近年，偶然回一次故乡，只见大山正在展开另一趟浴火重生的生命旅程，但我知道，要恢复到最初的和谐，非得上百年甚至更长的时间不可。

本文获"石膏山杯我与自然全国散文大赛"二等奖，同时获《散文家》特别推荐，发表于《散文家》2012 年第 6 期。

新茶亭老茶亭

茶亭散发着浓郁的农耕文明气息，从时间深处走来，走进我的记忆。

记忆中的故乡茶亭有两个。一个叫新茶亭，位于离村 10 里外枚棠山山岗上。另一个叫老茶亭，位于离村 20 里外的七告山半山腰。

茶亭的选址和建筑结构都有讲究。两个茶亭都建在同一条山路的路中间，这是乡亲们进山的一条主要通道。建筑结构大同小异。主体建筑分两部分。一半为长（看守）茶亭的人的生活及服务区，有天井、厨房、卧室、厅及杂物间，生活起居之需一应俱全。另一半是路人的休息区。为一大堂，道路穿堂而过，两旁砌有长条石凳。特别是新茶亭，大堂高达 3 丈。宽敞的空间及内外的温差引发空气流通，形成川流不息的穿堂风，打造出一片清凉世界。

茶亭，其实就是乡亲们的人生驿站，也是乡亲们的人生加油站。

　　我的故乡位于粤北山区的和平县，山坑田几乎占去全村耕地的一半。村民耕种山坑田、上山放牛、砍柴割草，路远山陡，崎岖难行，十分劳累。半路上需要一块遮风挡雨的地方歇歇脚、喝喝水，以便恢复体力。于是，茶亭应运而生。新茶亭建于20世纪40年代，老茶亭要早建十多年，但规模要小得多，都是全村各家各户有钱出钱无钱出力共同建起来的。

　　长茶亭的人换了一个又一个，都是上了五十岁年纪的男人。他们顾得了全村这个大家，就顾不了自己的小家，所以都是志愿者。既要有服务精神，还要耐得寂寞，最特殊的要求是胆子要大。到了晚上，连个说话的人都没有，四周荒无人烟，山高林密，常有野兽出没。20世纪四五十年代，还在新茶亭附近发现过老虎的踪迹，挺吓人的。长茶亭有责任也有报酬。主要是为路过的乡亲或外乡人供应开水，同时保持环境整洁。村上则给他们配置两亩山坑田和一片山林。但只有使用权，没有所有权。在长茶亭的人当中，我印象最深的是庆叔。庆叔一看就是个老实厚道的人。他完全把自己看守的新茶亭当作了家。每天黄昏便下山挑水，把两个大水缸装得满满的，以满足第二天开水供应之需。天蒙蒙亮已烧好一大桶水，以便让早行人能喝上开水。他总是把茶亭内外打扫得干干净净，整理得井井有条。遇到本村人，无论男女老幼，总是笑脸相迎，主动招呼，让人心里热乎乎的。

　　平日里，一早一晚是茶亭的热闹时光。进山、下山的乡亲们都会在茶亭里作短暂的停留。爬山爬得双脚发软，干活干得腰酸背痛。他们巴不得快点坐在凉快的石板凳上，让穿堂风抹干身上的汗水，让凉开水滋润干渴的心田，让时间调整透支的体能。相互间问长问短，拉拉家常。聚会开心而又匆忙。

不过，最热闹的时光还是在双夏大忙季节。那年头提倡大干、苦干。于是，村子里三个生产队就索性轮流组织社员到这两个茶亭驻扎下来，直到农活忙完。这些日子，既是庆叔最忙碌的日子，也是他最快乐的日子。生产上的事归队长管，但生活上的事都由他指挥、安排。到了晚上，茶亭灯火闪烁，人声鼎沸，热闹非凡。庆叔忙里忙外，还得里里外外照应大家，俨然是个管生活的副队长。社员们对他更是尊重有加。

有个暑假，我到新茶亭附近的山上放牛。那时正值山捻子成熟的季节。我把牛赶到半山腰，便迫不及待去摘山捻子去了。成熟的山捻子浑身紫黑色，甜入心肺，于我无异于山珍海味。起初我也不敢掉以轻心，一直不让牛离开我的视线。后来，吃饱了，袋子装满了，身子也累了，就找了块树荫躺下休息。想不到一躺下居然睡着了。醒来时，太阳快要下山，却发现牛不见了。虽然满山乱喊乱找，却始终不见踪影。牛是生产队的，由我家养。要是走失了或在山崖上摔死了，事情就大了。想到这里，我急得真想哭。后来转念一想，庆叔长茶亭十几年，对这里的一草一木都了如指掌，也许他有办法。于是，我赶紧下山，去茶亭里找到庆叔。他得知情况后，一边安慰我，一边与我返回山上，翻过山梁，直奔山后的一处山窝。庆叔好像能掐会算，拨开一丛丛阻碍视线的小杂树，果然看到牛吃饱了正躺在地上休息。我高兴得跳起来。问庆叔怎么知道牛会藏在这里。庆叔笑着说："我也是猜的。我来过这里好几次。你看，这里有泉眼，四周都长满了嫩草。牛的鼻子最灵，哪里有水，哪里有嫩草，很远都闻得出来。所以就来这里碰碰运气。"庆叔用他的生活经验和人生智慧帮我找回了牛，不仅让我生出感激之情，同时也让我生出敬重之心。

几十年过去了，庆叔早已去世。茶亭的命运可想而知。村里的年轻人都进城谋生去了。山坑田已丢荒多年。现在家家户户都用上了煤气，再也不用上山砍柴割草。加上镇镇村村通公路，通往茶亭的山路已是人迹罕至，荒废日久，荆棘丛生。两个茶亭早已失去存在的价值，无人看守。前些年回故乡，特意去看看新茶亭，映入眼帘的是一片废墟。看来，故乡的茶亭只能存在于记忆中了。

上中学那些日子

　　四联中学是和平县靠我们公社这半边唯一的公立完全中学，我做梦都想到那里读书，这是我生命中的期待。

　　1958年我升入初中。那一年，各行各业都在"大跃进"，教育也不例外，一股全民办学的热潮在家乡展开。根据免试就近上学的原则，我回到刚从那里毕业的公和小学就读。公社的民办初中就附设在那里。这让我大失所望。当然不是说我对小学母校没有感情，更不是心里有什么疙瘩。小学毕业好比是求学路上的一个中转站，必须换乘另一列车才能赶往新的人生目标。但现在却由小学来承担我的初中教育，原有的校舍、原有的老师、原有的同学，这让我有一种时光倒流的感觉。心中的那份期待也随之破灭。失落感当然难免。

　　第一节化学课给我留下的印象非常深刻。叶连城老师手里拿着几支试管和两个漏斗，第一句话是向学生道歉，说是学校没有理化实验室，仪器也只有这些，以后的实验就没法做了。果然除了试纸测试酸和碱的实验外，我们再也享受不到直观教育的乐趣。

那是个穷折腾的年代，课程安排带有很大的随意性，劳动课特多。由于教育经费来自公社，所以初中班必须听从公社的指令。大炼钢铁和大食堂缺燃料，就安排学生上山砍柴。农忙季节停课放假是个惯例，少则一个星期，多则九天十天，学生、教师全部回生产队帮耕。文化课的时间大打折扣。

唯一不受干扰的是每天的两节晚自习课。只有它让我感觉到在昏黄的煤油灯下静静流淌的时间是真正属于自己的。我可以看书，可以做功课，也可以苦思冥想。下课后就在学校住宿。到了冬天，饥荒开始蔓延，饿得很难受。粤北山区的冬夜很冷，有时低至摄氏零下二三度。课室没有暖气设备，许多同学没有棉衣和袜子，冻得全身发抖，双脚发麻。但晚自习却极少有人缺席。同学们学习确实是很认真的。在那些文化知识逐渐贬值、食物短缺的岁月里，这个偏僻的乡村民办初中的孩子们仍然保持着旺盛求知欲望，正是这股欲望，驱走了寒冷和饥饿，让学校的夜晚多了一分美丽。

上初中的头两年终于过去。初三第二学期开学不久，学校突然宣布附设初中班解散，原因是公社财力难以为继。就像一阵风吹过，民办初中突然出现又突然消失了。我们这些农民子女只能回生产队劳动。长期的饥饿让我这个身材瘦小的 16 岁少年看上去比实际年龄要小得多，应付粗重的农活非常吃力。我默默地承受着失学的煎熬，当时的感觉是到了人生的尽头，已经走投无路。父亲和母亲看在眼里，急在心里，但又无计可施。

一个多月后，事情突然有了戏剧性的转机。那天上午，我在山上和社员们一起积肥，突然接到生产队长转来的书面通知，让我第二天到四联中学报名插班复读。我兴奋得当时就跳起来，眼泪也止不住哗哗地流下来。乡亲们都被我的眼泪感动了。第二天到校时，才得知在几百名民办初中三年级学生中只挑出八名学生复读。比例非常小。后来每当想起此事，总是心存感激。如果没有这次宝贵的复读机会，我的人生轨迹肯定是另一个样子。

四联中学位于黄土岭。脚下的土地是金黄色的，不适宜种庄稼，却适宜培育人才。校门前的大片平地是师生的运动场。校舍的布局呈长方形。从大门往校园直视，视线刚好与学校的中轴线重叠。中轴线两旁的课室、宿舍全是清一色的岭南骑楼，门前的长廊连接起来构成校园的主要通道。斑驳陆离的墙体和随处可见的风雨浸蚀的痕迹，表明了它曾经历的岁月沧桑。学校的样貌近乎简陋，但在我的心目中却是一座圣殿，能成为其中的一名学生，让我有一种幸福感，而且非常强烈，一直冲击着神经，几个晚上不能入睡。

初三年级按成绩编为甲乙丙三个班。八名复读生分别插进乙班和丙班。我则成为初三丙班的学生。班主任陈锡畴老师气质飘逸，一表人才，教我们班的语文和美术，是个多才多艺的老师。他的板书是自创的美术体，笔画刚劲，变化多端，连缀成篇，自有一股雄浑的意境。学校和初三年级的"学习园地"全由他来美化装饰。靠着三角尺和几支彩色粉笔在黑板上轻描淡写一番，"园地"便鸟飞花开草长，生机盎然，很有些艺术气息。"园地"每两周换一次版面，挺有吸引力。我知道班上不少同学是陈老师的崇拜者，我也是其中之一。在后来的几年时间里，我的笔迹中总有陈老师书法的味道。

从复读第一天算起，离学期中段考试只有一个月。考试成绩是学业优差的标杆。同学们都很重视，我们几个复读生还得将落下一个多月的课补上。好在我的基础打得牢，又喜欢读书，虽然紧张，却乐在其中。期中考试成绩出来，我在全年级名列前茅，作文还在"学习园地"张贴出来交流。记得题目叫《可爱的家乡》，当然是记叙文。我在文章中写了村前的小河、田园风光和乡亲们的辛勤劳作，字里行间倾注了真情实感，连自己都被感动了。

中考后我被调整为班学习委员。陈老师还送给我一幅画，上面有他的亲笔题字：才能是在不断的努力之中成长起来的。这句简约而蕴含哲理的话深深地烙进我的脑海里，并最终成为我人生的座右铭。

1961 年 9 月，我顺利考进本校高中。

三年的高中生活处在三年经济困难时期的尾巴上。农村经济在缓慢复苏。国家给中学生每月定量供应 20 斤大米和 4 两油，比前些年好了很多。但对于正在长身体的中学生来说是远不够的。我们住在学校，每天只能吃两餐，处于半饥半饱状态。食物仍然是同学们课余饭后的话题。

教学秩序恢复的速度似乎比经济快。文化知识课的主体地位被迅速确立起来。每星期只安排一个下午的劳动课。校舍南面山坡的大片菜地是劳动课的主阵地。大家种菜的积极性很高，从家里带来菜种和菜苗，每天轮流浇水施肥，菜地生机勃勃，瓜果蔬菜四季不断，成为师生有限的营养补充。

周云冰校长长相富态，气质脱俗，不怒而威。学校有位教生物的凌老师养了七八只北京鸭，每到下午放学，这群鸭子就

吱吱喳喳、大摇大摆地穿过校园赶往池塘，成为学校的一道风
景线。有人向周校长反映在学校养鸭子影响不好。周校长却委
婉地说：凌老师教生物课，不为经济目的，有点亲身体验，对
教学有帮助。由这样一位明白人来领导三年的高中生活真是我
们的福气。

　　其实，福气还不止这些，我们还碰上一个学科知识扎实、
有教养和敬业精神的教师团队。教政治课的教导主任黄玉立、
赖中如老师，教语文的郑培根、刘东轮老师，教数学的杨恩波、
张德尧、王水林、李达明老师，教几何的陈新老师，教地理的
凌玉珊老师，教体育的黄呈祥老师。他们一个个在教育教学上
都很有一套。杨恩波老师喜欢对例题进行深入细微地解剖，引
领我们进入数学世界的某个奇妙领域。李达明老师则用大量的
练习题来一番狂轰滥炸，磨练学生的思维反应能力。华南师范
学院毕业的刘东轮老师曾在广东师范学院执教。据说他的文言
文教学很有心得。果然，他的抑扬顿挫的朗读和对古文内涵的
准确诠释让我十分折服。我开始迷上有着如此丰富表现力的中
国方块字。那时候，我对《隆中对》《石钟山记》《桃花源记》
这些优秀的文言文背得很起劲，直到烂熟于心。

　　我总感到中学是个梦工厂，这里曾催生和孕育过无数的人
生美梦。我们上高中，是奔大学来的，这是我们共同的梦。那
时大学招生是严格按国家计划择优录取的（当然是在政审合格
的基础上）。进入笼子，就意味着干部身份得到国家的确认，从
此就吃上皇粮。那是我们这些农民子女改变命运的最有效途径。
但这条路子很窄，很拥挤，竞争之激烈超乎想象。当然，同学
们还有属于自己具体的梦，它们也许是独一无二的。记得有一

节政治课，讨论革命理想前途，黄玉立主任鼓励同学们将自己设计的人生目标说出来。那时的环境还不够宽松，但我们够单纯。单纯会尊敬老师，会讲真话。不知是谁带头响应，也不知是谁把珍藏许久的梦说出来。有人想当工程师、有人想当军人，也有人想当教师、作家、警察……课堂上溢满意气风发的味道。黄主任总结说：年轻人有梦，祖国才有未来。我们老师的职责就是在大家的心田里用文化知识铺设一条通往梦想的道路。他说了很多道理，后面两句最出彩，我们拼命鼓掌，手掌都拍痛了。

因为普遍的贫穷，我们常常饥肠辘辘。为省下一两分钱，晚自习课我总是舍不得将煤油灯挑得亮些。生活之窘迫可想而知。但物质上的贫困并不妨碍我们快乐，也不妨碍我们友爱，更不妨碍我们拥有浪漫的情怀及其背后发生的感情故事。

我们是在赶赴高考那天才离开联中的。考场设在连平县忠信镇，离学校 100 多里路。为了省车费，我们商定结伴步行。白天阳光酷热，便连夜起程。我们留下一路的重叠脚印，也洒下一路的青春笑语。那天晚上我们背着行李走了十几个钟头，大部分还是崎岖不平的山路。同学们真够坚强，什么苦都能吃。那是因为心中有梦，能激发你身上的潜能。

上中学的日子我们与梦结伴同行，有梦的日子真好。

人生总会忘记许多事情，但母校、老师和同学却是永远的例外。不管生活把我带到哪里，我都会时常感念他们，也感念那些曾经拥有的梦。

本文获"百年散文金奖"，入选《百年散文名家》第 2 卷。

玩具杂记

毽子

在全村的孩子中，我踢毽子是出了名的，能一口气踢出 100 多下，花式也不少。这可能是我一生玩过的体育强项。至今看见毽子，还会萌生一丝隐隐约约的冲动，重温一下当年的激情。

在老家，毽子俗称鸡毛燕子。自己动手做。两块小小的圆形橡皮垫，中间夹着一枚铜钱。难得的是插在上面的公鸡尾羽，五颜六色，金碧辉煌，是毽子的灵魂。它们曾经是某只公鸡生命中的一部分，在母鸡面前显摆过，在对手面前张扬过，都曾是乡村的流动风景。现在就站立在我的手掌上。那五六根灿烂的羽毛，无论是来自哪一只公鸡，都肯定遗传了公鸡的基因：骄傲、好斗。看，它现在与我较劲来了。那副趾高气扬的模样，分明在向我挑逗："有种的，踢我呀！""踢就踢，谁怕谁了！"所以每次毽子在手，我都会痛痛快快地玩一回。毽子也就随了我小小的脚忽上忽下，忽左忽右。时而在空中翻跟斗，时而在空中跳舞，化作道道彩虹，直至满身大汗，双脚发软。那时候，我已分不清是在踢毽子，还是毽子在踢我；也分不清谁胜谁负。但有一点是铁定的，我实实在在地疯了一回。

泥巴

身为泥巴，难免被小孩搓来捏去。

泥巴柔软、可塑、善变，深得我的喜爱。

在乡村到处都是泥巴，就地取材，零成本，任何一个小孩都可以拥有。理想的是一种叫黏土的黄泥巴，得费点功夫去找。玩泥巴没有人数限制。可以一个人专心致志地玩，也可以一伙人热热闹闹地玩。在那个年代，这种玩法确实给我们这些贫困的乡村小孩带来不少欢乐，让我受到陶器学的启蒙教育，滋润了内心世界。公仔、鸡、鸭、猫、狗、牛、碗……都曾出现在我的作品中。玩完后，也就随手丢掉。拿现在的流行语来说是重在参与。在我的作品中只有一个陶碗是例外，一直保留到我高中毕业。制作的过程至今仍记得清清楚楚。也就是一个夏日的上午，我跟三个玩伴在田野上闲逛，在一个黄泥坑前停了下来。坑内露出厚厚的黏土层，惹得我们手痒痒的。此时，黏土作为陶器的原材料正被几个挥汗如雨的小工运往对面山坡的陶器作坊。鬼使神差，几双小小的脚也跟随了小工一路来到作坊内。这里是一个大人玩泥巴的世界。作坊内黏土堆成几座小山，出窑的陶器高高低低一字排开，坡下陶器残片层层叠叠。在旋转工作台上，有位师傅玩得正起劲。周边的松林蝉鸣如潮，山风习习。这种玩法很快就将我迷住了，生出跃跃欲试的冲动。

师傅也看出了我的心思，就让我玩一回。稚嫩的双手随着他的指点左旋右转，捏捏拿拿，一个朴拙的陶碗坯就出来了。一个月后，经过上釉、煅烧，作品终于转到我手里，让我兴奋了好些日子。这是后话。

走出作坊下得山来，村民们还在田间耙田插秧，忙得满头大汗，溅得浑身泥水。刹那间，觉得田野也是个玩泥巴的超级大作坊。村民们一年到头都在田野上与泥巴打交道。相比孩子们和陶器师傅，各有各的玩法。事实上，村民们玩得更大气，更出彩。把大片泥巴玩得绿波荡漾，玩得生机盎然，化作缕缕稻香。想到这里，竟悟出泥巴有点魅力无穷的味道。不然的话，何以乡下人都玩泥巴，身上衣服上多少总沾点泥巴，掺和些泥味。相反，如果一身干干净净，反倒不正常了。

长大后我进了城，一待就是几十年，早已不玩泥巴。但每次出门总会留意空地上的泥巴。这可能与小时候玩泥巴的潜意识有关，也可能与我作为一个农民的后代对泥土的特别感受有关。总想印证当年经历的场景。但可惜的是城市对泥巴是绝对排斥的。凡有泥土裸露必定进行整治。在泥土之上总是覆盖着厚厚的混凝土。楼房也是混凝土造的。整个城市的外壳冷峻、坚硬，不具备乡村那种泥巴柔软的亲切感。这就是我心目中城乡的最大差别。

弹弓

此刻，我想起的是童年怀里掖着的那副弹弓。

村子后山上一根大小适中的树杈和一条破单车内胎，经过简单的切割加工，最终化作我手中的玩具。

有了它，我便对身边的小生灵耀武扬威，颐指气使。我用它散布死亡气息。蜻蜓、壁虎、青蛙、麻雀……纷纷倒在我的弹子之下。从中我获得征服的快感。

之前，荒山野岭的那根树杈曾为小鸟、昆虫们撑起一片小小的绿荫，让它们在身上蹦跶、游戏、歌唱，让它们在怀里筑巢安家，让它们得到庇护和欢乐。如今却成了死亡游戏的道具。

这是一种怎样的反差！

也许你会说是因为男孩子贪玩、不懂事。这话当然不错。错的是那个年月社会对暴力倾向过于麻木，过于宽容，过于放纵。父母忙于生计，没空管这种事。学校也不会设立尊重生命教育课。很显然，根本就没有相关的教育和矫正机制。我们这些男孩对自身的暴力倾向浑然不觉，日复一日地重复着类似恶作剧。有太多的男孩带着弹弓情结走向成年，走完一生。

如今我已不再年少，但仍然十分留意那些亭亭如盖的树杈，那些花团锦簇的树杈，那些鸟唱蝉鸣的树杈。这个世界的暴力已经爆棚了，树杈呀，你们别再化身为弹弓啦！

其实，相比现代武器，弹弓又算得什么呢？

故乡的一半在记忆，一半在现实

对于我这位游子来说，故乡的一半在记忆，一半在现实。记忆中的故乡亲切，现实中的故乡陌生。

在我还是小孩子的时候，就开始从玩耍中认识故乡。那时候村子里只有一个简陋的篮球场，没有别的游乐设施，但并不妨碍我这个农村小男孩玩耍的兴致。其实，可玩的地方很多，山林、河流、田野，天上飞的、地下藏的、水中游的，这些自然资源都是我的天然玩具。方法也不少，照样尽兴。夏天下河游泳、上山摘捻子；冬天上山捡锥果；晚上捉迷藏、掏鸟窝；白天抓鱼、捉蜻蜓。我和玩伴们常常将抓来的蜻蜓掐去一点点尾巴，在残留尾巴的空洞插上不同色彩的纸飘带，比一比谁放飞的蜻蜓飞得高飞得远。那是我人生开始的时候，不懂得生命，不懂得世事，只知道玩，没有世俗的压力。在玩耍中自然而然地发现了故乡山川地貌的许多细节，村子里和我一样贪玩的孩子也在不知不觉间走进了我的记忆。

粤北山区的一个客家古老村庄承载着一个男孩的简单快

乐和梦想，并将他送上了求学之路，最终又将他送进了城。现在，我已活了一大把年纪，趁着还走得动的时候间或回去一趟，故乡于我已经陌生。要见见熟人越来越难了。我还能说什么呢？看着我长大的长辈一个接一个走了。同辈的玩伴有的也走上了这条路，有的随孩子进了城，有的搬到别处新房。在我身边奔跑的孩子，正在经历我经历过的人生最美妙的时光。我和他们互不相识，但与他们的爷爷奶奶熟络。他们的父母大多进城打工去了，只有老的小的留守古老的村庄。父母打工赚了钱，最重要的是回家建一幢新房，这是光宗耀祖的事。大部分村民都不愿意在老屋基上拆旧重建，认为花钱费事，更乐意弃旧新建。河对面的农耕地就成了最佳的选址。耕地历来是村民最重要的生存资源，而在村民心目中的这种分量近些年也正在悄悄地减轻。多数村民只会耕种离村子不远的良田，那些偏远的山坑田已全部丢荒。自从国家实施减轻农民负担的一系列政策后，村民对种地产粮已不太看重，只满足够吃够用。不少村民在耕地上建房也不足为奇了。

　　在乡村看不到牛几乎是不可能的事。犁地耙田是种地最苦最累的活，一般都由牛来完成。牛有的是力气，经过调教就是耕牛。耕牛拉着犁、拉着耙慢条斯理地迈动四蹄在地里来来回回走，只有累了才歇一歇。它们似乎知道，耕地面积不管大小，都是自己的事，迟早都得干完。牛是村民耕田种地不可或缺的好帮手，所以，几乎家家户户都养牛。小时候，家里养过一头黄牛，全家人跟它都很亲。其实，在漫长的农耕社会里，牛早已成为农户家中的成员，并由此衍生出人与牛的亲情。如今，牛在故乡的地位正快速被农机代耕户所取代。拉犁拉耙的不再是有血有肉的耕牛，而是铁牛。牛们一旦失业，与村民连结的纽带也随之断裂。村民不再花功夫放养在耕地时派不上用场的牛。这时候，牛的出路只有一条，离开这个村庄，别无选择。养牛已成为专业户的事。故乡远离了牛，再也看不到它们甩尾巴的身影，听不见它们反刍磨牙的声音。牛在故乡的生活中消失了，让我心里空落落的。

回去一趟，免不了到村子里转转。巷子深处的老屋早已人去楼空，青苔上阶，墙倾瓦败，空气中弥漫着一股潮湿发霉的味道。一圈下来，让人有点感慨唏嘘。在村前沿河一带诞生出一个"寨下村农贸市场"，油盐酱醋茶、青菜、猪肉、豆腐或摆在店面柜台里，或摆上路边案板上。村民简单的日常生活所需无须再到10里外的镇上购买。商业聚集人气，这里也成了一条休闲街。村民们闲暇的时光多了，平日里聚到这里闲聊玩乐，甩扑克、搓麻将的声音此起彼伏。

村前小河曾收藏过我童年的激情。炎炎夏日，河中深潭让我尝试过跳水，学会了游泳，至今仍是我心中流淌的河。小时候看河，为的是好玩。长大了看河，是看它的用处。一个游子回来再看河，看的是水生态文明。一条河从村边流过，是大自然对村民的眷顾。一条让我童年心动的清流，如今已是满目疮痍，老态龙钟，气若游丝，日渐污浊，鱼虾绝迹。难怪家家户户都装上了自来水，但与小河无关。河水不再流进家家户户，村民们不再下河游泳，不再到河中洗衣服、洗菜……小河近在咫尺，与村民却日渐疏远，这是一件让我忧伤的事。

记忆中的故乡与现实中的故乡总是纠结在一起，但不管是什么模样，我都会常常思念它。

本文为"2011 中国北京第六届海内外华语文学创作笔会"入选作品，载于《散文选刊·下半月》2011 年第 9 期。同时获"当代最佳散文创作奖"，入选由中国散文学会选编出版的《中国散文大系·抒情卷》。

失落的生机

在我们生存的这块土地上，无数的村庄、农田、青山、绿水正在遭遇相似的命运，不断地被挤压、磨灭。人们的对抗是那样的苍白无力。曾经千姿百态的地表生机正在快速失落，恐怕大多只能活在人们的记忆中了。

乡村大逃离

乡村大逃离渐成定势，难以逆转。维系中国几千年来农耕社会的细胞，乡村在迅速崩溃。无数村庄十室九空，最终只留下供人怀旧的断瓦残垣和清风明月。

最先逃离乡村的是青壮年。进城打工是通用的逃离方式。凑足盘缠，背上行囊，动身加入农民工行列，成为城乡之间来来回回迁徙的候鸟。

长期形成的城乡差别、工农差别几近天壤，让农民置换身份、改变命运的欲望在 20 世纪 90 年代城市化的契机中集中爆发出来。近 20 年的持续大逃离，让乡村人气散尽。除了进城谋生，越来越多的农民加入到城市移民的行列，甚至拖家带口进城定居，只留下少数老人小孩。无数的空巢在岁月的风雨中一点一滴地浸蚀、坍塌。

对于故乡就在乡村的农民来说，故乡的意义不仅仅在于那里有健在的亲人，有朝夕相处的乡邻，有历代祖先的遗迹，有赖以生存的山水田园资源。故乡既是他们的生命发祥地和生存的栖息地，同时也是他们的精神家园。无论辗转到何处，他们总是将灵魂安顿在故乡。无论碰到怎样的挫折和不幸，他们都会从故乡那里寻求精神的力量。一个电话的倾诉，一封书信的交流，一个回忆的启示足以治愈心灵创伤，让他们重新振作起来。

但是，愈来愈多的农民最终却逃离甚至放弃了故乡。

少了人气的扶正祛邪，乡村的衰败日益显现。空房子的瓦楞上长出了青草，青苔爬满了台阶，荆棘杂草抢占了村道。少了人气的滋养，五谷丰登、六畜兴旺的景象也难以再现。乡村的活计通常都是农民落手落脚亲力亲为。近些年来，许多物事都在遥遥无期的等待人的侍弄过程中被荒废或湮没。每年细雨纷飞的清明我会回到故乡扫墓，故乡正处在同样的剧烈变化过程中，每次都发现村庄变得越来越陌生了。最让我忧心的是，人气越来越淡，乡情也跟着越来越淡。这种淡化的感觉揪得我的心隐隐作痛。

1964 年我以读书的方式成功逃离故乡。我一直固执地认为，当年的选择是正确的。公社化的乡村是一片苦海，农活多如牛毛，一年到头起早贪黑都干不完，而且常常连饭都吃不饱。当农民无异于做牛做马，又苦又累，实在让我受不了。但上了年纪之后，才发现自己其实一直没有离开故乡。就在我动身前往省城求学的那一刻起，我便将故乡浓缩进脑海里，以记忆的方式带着故乡在城市之间漂泊。当我思念故乡的时候，便打开记忆的闸门，像是坐上时光穿梭机，瞬间回到青少年时期的故乡，那些熟悉的场景便一一出现在眼前：与遇见的乡亲招呼，抚摸家中那头通人性的老黄牛，欣赏在风中起伏的稻浪……我常常陶醉于故乡的风物而难以自拔。

总体来说，乡村生活苦多乐少。我发现全跟土地有关。

以我这把年纪曾亲眼目睹乡村的几度兴衰。新中国成立初期，贫苦农民分得了土地，生产积极性空前高涨，连年获得丰收，农民敲锣打鼓给国家送公粮。1958年土地入社，农民丧失生产主动权，加上连年天灾人祸，农民饿着肚子干活，苦不堪言。改革开放后，土地承包到户，生机再度焕发，并于20世纪80年代中后期农村经济的繁荣度创出历史新高。农民种地，土地产出五谷杂粮，五谷杂粮养活农民一家老小。这是乡村几千年流传下来的生活方式。土地是农民的依靠和希望。说得重一点，土地就是农民的命根子。但无数的农民却最终放弃了土地，远走高飞。中国乡村史由此进入一个重要的拐点，乡村大逃离也由此成为中国乡村史的终结篇。中国农民曾经是世界上最勤劳的群体之一，也曾经是全世界最贫穷的群体之一。时至今日，以种地为生的小农经济穿越岁月的沧桑仍然保留着半原始状态，与正在崛起的工业经济财富创造力相比，土地的农业产出显得实在可怜。有了具体的比照物，有了"无工不富"的启示，农民脱贫致富的道路似乎别无选择。

究竟是农民在创造历史，还是历史在改变农民？好在历史还处在发展的过程中，无须匆忙去下结论。但毫无疑问，亿万农民洗脚上田、乡村加速解体是一个空前绝后的宏大历史事件。作为这一事件过程的一名见证者，我心里难免五味杂陈。我对中国乡村史毫无研究，一头雾水。但作为一个农民的后代，内心深处又岂会轻言放下。

虽然在城市生活了几十年，但充其量我只是一个侥幸拿到入城门票的乡村移民。现在，又成了一个拿着退休金过日子的自由主义者，换换生活环境也就成了圈子内的话题。有人还真的做出榜样，在乡村老家建起了房子，过上了农家乐的日子。其实，我也动过这种念头，不仅是因为城市化让我居住的这座城市人满为患，空间逼仄，空气、噪声、和水污染日趋严重，治安状况堪忧。城市人的冷漠也让我难受。大多习惯戴着面具，相互间提防着。即使是多年的老邻居，也是鲜有来往，形同陌路。但在工业化时代，故乡又岂能独善其身！环境污染同样随处可见，小河几近断流，树木砍伐殆尽。看来，无论是去或留，都难以兼享物质文明与自然生态文明。

于我于农民乡亲都没有回头路了。在我撰写这篇短文的时候，辽阔的乡村地区正在实施一项宏大的规划：城镇化和土地流转。悠久的中国乡村史行将画上一个巨大的句号。

寻找田园

从深圳出行南粤大地，从车窗游目四顾，存在于往昔的田园已难见踪影。城乡几乎一体化。纵横交错的高速公路切蛋糕似地把土地分解得支离破碎。城市化的潮水汹涌而来。高楼大厦像一排排冲锋陷阵的士兵迅速而果断地占领着田野。在圈地运动中被囤积居奇的土地失去生机，杂草丛生，一片衰败。

在传统农业社会，田野的基本功能是种植和产出粮食。城市化让土地的基本功能弱化，商品属性日益凸显。在经济学上，土地沦为商品，跟超市货架上的百货一样或明码标价，或公开竞标。土地经营产生的 GDP 和经济效益足以让地方政要为之雀跃，足以让土地开发商为之疯狂。

传统农业社会在日渐崩溃，这是个不争事实。现代农业却步履蹒跚。值得骄傲的是中国出了一位袁隆平，他花了大半生时光培育出亩产近千公斤的高产水稻良种。有些地区还从美国和欧洲引进玉米、马铃薯等良种加以推广。但更多的农作物还处于质次产低的状态。农田基本设施建设十分薄弱，机械化程度很低。从总体来说，农业投资周期长，产出率低。这让许多人对农业不感兴趣。但国情却是不能忘怀的。中国是一个拥有 13 亿人口的大国，以大米、小麦、玉米为主粮的中国，同时也是一个粮食消费大国。粮食危机始终是一个让人胆战心惊的话题。其实，自古以来粮食安全就是天大的事，故而有"洪范八政，食为政首"之说。当下，全球进入国际市场的粮食只有 5000 亿至 6000 亿斤，不到我国粮食刚需的一半。大米贸易量 700 亿斤左右，相当于我国大米消费的四分之一。即使有足够的外汇储备，国际市场上也没有能力满足中国的粮食进口。习近平主席还为此专门划出一道安全线："中国人的饭碗任何时候都要牢牢端在自己手上，我们的饭碗主要装中国粮。"粮食问题只能靠中国自己解决。中国百姓的生存基本需求最终还是离不开中国土地的农业产出。只有在田野上种植和生产足够的粮食，才能保障国泰民安。就是这样一个明摆着的理由却往往被许多人忽视。对耕地的伤害总是停不下来。20 世纪六七十年代有个响遍全国的口号，叫"备战备荒为人民"。虽然它是当年世界冷战时期的产物，但毋庸置疑，"备荒"确实是中国的永恒课题。轻视对耕地的保护，无异于漠视生命。

我的青少年时期是在农耕文明的浸淫中走过来的，农耕文明情结终生挥之不去。在我的心目中，庄稼之美无与伦比，是地面上其他附作物难以替代的。庄稼的站相与坐姿，五谷的色彩与气味，都让我感动不已。庄稼是田园的风采，田园是村民用农具饱蘸汗水描绘的一幅幅画卷，总是让我百看不厌。土地孕育庄稼产出美味的食物养育了我，怎能不让我心存感激。

前些日子我去了趟海参崴，坐火车途经东北，目光与窗外的广袤田园不期而遇。映入我眼帘的是无边的青纱帐。玉米相互簇拥，盘根错节的根须在黑色土地上吮吸水分和养料。它们在风中快乐地喧哗、嬉戏，化作一道道绿浪，追逐着火车直到远方的地平线。我不知道这片田野何时被人类开始耕种，但它们肯定经历了刀耕、火种、铁器和现代机械的洗礼。值得庆幸的是至今未被城市化的浪潮所淹没，它以甜美的甘霖一如既往地哺育着庄稼，为人类生长粮食。以无边无际的绿色为基调的田园风光确实生机盎然。这就是我心中要寻找的田园，是我期待并高兴看到的景象。

渴望青山绿水

当我有能力到各地去走动的时候，发现青山绿水早已在工业化和城市化浪潮中纷纷湮没，所到之处大都失去大自然的气息与灵性。少了洋溢着诗情画意的青山绿水浸染的大地，难免有些单调，有些粗糙，有些丑陋。我们不得不花上大价钱，经历长途跋涉，到那些已经为数不多的自然保护区或旅游景点去感知大自然的乐趣。

我对青山绿水的怀想，不仅仅是因为它那生机盎然、欣欣向荣的外观形态，更因为我始终坚信青山绿水是自然生态的文明符号。在青山绿水背后折射出来的是人类与大自然和谐相处的理念。

在色谱的序列中，青色介乎绿色与蓝色之间，绿到浓处便是青色。青色和绿色是养眼的生命之色。漫山遍野、铺天盖地的苍莽，更何况还有清水在其间流淌，有鱼樵农夫贩卒商贾的身影在其间约隐约显，浓来淡去。这样蕴含着生命意义的青山绿水，在我看来那是大自然特意给人类安排的家园。

自古以来，我们的祖先便与大自然筋骨相连。供养生命的资源无一不是取之于大自然：钻木取火、野菜充饥、狩猎为生……时至今日，我们生存的基本需求仍然是大自然供养的。呼吸的空气、饮用的水、照耀生存空间的阳光，以至于一日三餐的五谷杂粮，也是与阳光、雨露、泥土相连的，是大自然的间接供养。大自然是物质的，也是精神的。且不说参天大树、悬崖峭壁、激流飞瀑让我们的心灵震撼，一条清澈的小溪、路边的野花野草也足以让我们怡然自得，流连忘返。更何况游山玩水能寄情、修性、悟道。

我记得一部美国电影，片中的老人年轻时就居住在西部的一片深山老林之中，与当地印第安人一样长期过着尊重自然、回归自然、崇尚简单的生活，并与印第安人成为好朋友。当他行将离世之时，在城里与妻子一块长大成人的儿子突然到访，打破了当地居民生活的宁静。因为方圆数十平方公里的林地早已是老人买下的私有土地。如果身为律师的儿子一旦继承了这块土地，当地的印第安人还能继续在这块土地上过上自己喜欢的生活吗？故事情节的发展却出人意表。老人为了保护这片森林，在遗嘱中将林地无偿地赠送给了当地的印第安人。一个晚上，儿子发现父亲彻夜未归。当他找到父亲时，见他躺在自己预先挖好的墓穴中。刚刚去世的老人安详、宁静。印第安人闻讯后纷纷赶来为他送最后一程。几个月后，儿子终于理解了父亲，渐渐喜欢上了父亲的生活方式和当地的印第安人，并最终决定放弃城市生活永远留在这片土地上。我总觉得让这位年轻人心动的肯定是这里的青山绿水。

　　生态文明的衰落，是大自然的无奈与悲哀，是人类的无知与野蛮。人们特别是城里人对大自然的渴望与日俱增。我小时候欣赏大自然是无意识的，因为青山绿水还是大地的常态。时至今日，大地已是伤痕累累，我和许多人一样反倒刻意去追求与大自然亲近，并每每勾起对某些山水场景的回忆，似曾相识，倍感亲切。我终于明白，青山绿水已成为一种稀缺资源，成为一种奢侈品。于是乎，替代品应运而生就不足为奇了。无非是在阳台上种几盆花花草草，在庭院里栽几棵树，在城市中间建设几个公园，聊解城里人对大自然的渴望之苦。庭院、公园的美色确实能释放出观赏功能，一定程度上能满足人们对美的追求。但与青山绿水之美相比仍然有着质的差别。前者之美是人工设计的，循规蹈矩的，媚俗的。后者之美是野性的，蓬勃向上的，无拘无束的。至于青山绿水的生态功能更是无法替代。它们是我们这个地球村的保护神，能击退肆虐的风沙，能调节风霜雨雪，能净化空气，能平衡世间万物，能创造出一个最适合人类居住的环境。青山绿水作为大自然的瑰宝，我们本应该对其呵护备至，甚至当作神一样来顶礼膜拜才是。但恰恰相反，人们借工业化和城市化的名义，对青山绿水肆无忌惮地加以伤害。它们无力抗争，唯有退缩，退缩，再退缩。现在可是退无可退。青山绿水远离我们之后，大地风沙猖獗，冰冻成灾，旱涝异常，水深火热，地震海啸此起彼伏。频发的生态灾难以极端的方式一再向我们发出警告，难道还能熟视无睹吗？还能坐视不理吗？

人们还在一厢情愿，试图造出若干替代品来瞒天过海，自欺欺人。何其愚昧！何其肤浅！苍茫大地的自然生态是经历亿万年的孕育生长形成的，具有不可复制性和逆转性，一经破坏，连同栖息其间的动物都可能永远从地球上消失，又岂是区区几个自然保护区、旅游景点和城市公园所能替代的！放任人为的盲目土地开发，无疑是人类的自杀行动。有朝一日，这些供人观赏的替代品将成为拯救地球的诺亚方舟。如此的景象距离现实并非遥不可及。

多么渴望由大自然法则掌控的青山绿水回到我们的生命中。

深圳市作协副主席、罗湖区作协主席、《罗湖文艺》主编吴亚丁评介："叶明镜是我区老作家，近年来以散文杀入文坛，屡获各种全国大奖。本期中他的散文《失落的生机》，以独树一帜的语言魅力，撕开农耕社会乡村的日常风景，让我们看到乡村与自然背后的历史忧伤。"

第二辑

疯长的城市

那一场轰动全国的行政执法体制改革

全过程参与那一场轰动全国的行政执法体制改革，早已化作我生命中难以忘怀的章节。

1995 年秋的一天，上任不久的区长李意珍找到市法制局局长张建国，就请求市政府在罗湖开展依法行政试点问题进行磋商。当时，我以罗湖区委（政府）办副主任的身份陪同前往。结束后当场将具体运作事项交给市法制局唐泰来处长和我负责。

接到任务后，我深感责任重大。由于没有先例可以借鉴，心中的憧憬难免交织着几分忐忑。但我们凭借着一腔热情，迎难而上，很快迈上了试点的征程。搞调研，做方案。先花上两个多月的时间，摸清了区政府机构设置、人员编制、职能划分、运作模式、行政效能等基本情况。调研组除了唐处长和区法制科肖慧芳是政法大学科班出身外，在其他成员的知识结构中，法律知识非常薄弱，只能边干边学。所以每天调研回来，常常会自觉不自觉地围坐在一起，谈情况，抒己见，工作也常常延续到晚上。那段日子很忙，也很充实。第一手材料林林总总，杂乱无章。经过抽丝剥茧，缕分条析，渐渐地柳暗花明，豁然开朗。两项工作重点顺理成章地浮出水面：一是建立依法行政责任制，二是改革现行的行政执法体制。制订出《罗湖区人民政府依法行政试点工作方案》也是水到渠成，并于同年 11 月贯彻实施。根据方案要求，区政府成立了依法行政领导小组，下设办公室，我兼任主任。区长李意珍兼任组长，可见他对这项政府自身的法治建设工程寄托着怎样的厚望。

1996 年初，罗湖区被批准为市政府的依法行政试点单位。当即召开动员大会。其隆重程度出乎我的意料，能容纳上千人的凤凰剧院座无虚席。罗湖区大大小小的领导干部全部到会，台上市、区两级领导坐满两长溜。李意珍区长作动员，市人大常委会主任李海东和市委常委、区委书记王顺生讲话。这次会议轰动效应的最直接成果是对党政干部传统行政理念造成颠覆性的冲击，为公务员树起新的行为标杆。从此，依法行政的理念逐渐深入人心。盛大的揭幕在每位与会者的脸上写满了"震动"。对我来说，总觉得身后有一股强劲的推力，心中的使命感油然而生。也正是此时此刻，我才感悟到主动请缨是个多么精彩举措，是它让一股强大的动力和压力注入到区政府自身建设的进程中。作为一项政府法治建设工程，鲜明的超前色彩，折射出来的是决策者的胆识和智慧光芒。

为把试点工作落到实处，我们创新工作思路，在行政机关单位一个一个召开座谈会，发放调查问卷，摸清区内行政主体、行政程序、行政执法人员、行政执法监督机制和规章制度的现状。同时召开各种类型的管理相对人座谈会，听取他们的诉求，了解民意，找出热点和难点问题。在摸底的过程中，那些在平时熟视无睹的机关状况便以集中的方式一下子凸现在我们的面前。首先是罗湖区作为经济特区的一部分，经过十几年的高速发展和深化体制改革，商品经济的框架已基本建立。但区政府还是传统型政府，与内地没有太多的差别，对自身的角色定位不够准确，不够清晰。该管的管得太少，不该管的却管得太多太具体。政府机关的运作靠红头文件，靠上级指示，靠领导拍脑袋。其次是群众对机关作风不满意的地方还甚多。套用两句古诗的意思来说就是"不识机关真面目，只缘身在机关中"。针对这些突出的问题，我们的意图是，响应商品经济的呼唤，在方案中尽可能一揽子加以解决。方案设计的难度可想而知，但最终还是基本达成目标。在唐处长的主导下，经过一年时间酝酿、策划，罗湖区人民政府依法行政责任制于 1997 年 7 月底正式出台实施，限期落实。它包括两个部分，一是依法行政责任制工作方案，二是考评办法。工作方案的特点是对依法行政的构成要素逐项分解细化，按法律法规的规定提出具体要求，体现出行政首长和公务员职责分明精神。考评办法则对行政单位和公务员个人各项职责进行量化，以分数的方式来表达行政水平。科学性和可操作性都很强。责任制花费了唐泰来处长很多心血。他是个法律方面的专家，做事严谨，寡言辞而善学习，富激情而尚实干，实则是我的良师益友。为了责任制的尽善尽美，不知熬过了多少个不眠之夜，在他身边耳濡目染，也让我学到不少东西。

依法行政责任制方案既要在书面上完成，也要在实施的过程中逐个单位去检查、去指导、去考评。既要尊重各单位自查自纠，又要维护方案的严肃性，保证贯彻落实不打折扣。方案中有许多法学术语难以理解，我们便把各单位相应成立的领导小组成员集中起来学习。同时，通过典型引路，让他们具体掌握操作规程。这些经过培训的骨干跟我们同心协力，携手并肩，在各自单位做了许多卓有成效的工作。将行政责任进行具体分解，落实到岗位，落实到人。制定和完善办事程序、监督机制，承诺办事时间，并公诸于众。各科室悬挂的行政指南可谓琳琅满目。目的是让公务员在众目睽睽之下施政，让老百姓参与考评，让考评结果影响公务员的前途。

说到底，依法行政试点是一项法治建设工程，也是一项民心工程。在实施过程中经过不断的整改、完善和规范，许多老大难问题迎刃而解。促进了精兵简政和政府职能转变。区政府进行了机构改革，由原来的 28 个减少至 21 个，人员减少 21%。形成机构比较精干、行为比较规范、效率比较高的行政管理体制。政府的活动基本转到加强宏观调控、社会管理和社会服务上来。区政府各个职能部门均能在法制化、规范化轨道上运行。依法行政试点一步一个脚印，走到这一步不容易，效果开始显现出来。过去群众反映比较强烈的门难进、脸难看、踢皮球、程序不清、有法不依、效率低下、吃拿卡要、无利不办事、有利乱办事等机关作风问题明显好转。依法行政水平和效能自然就上来了。一个与商品经济遥相呼应的法治政府的雏形开始进入人们的视野。

接着我们展开了对行政执法体制的改革。我们在调查中发现，传统的行政执法体制是长期形成的，有它合理的部分，但积弊十分突出：执法主体与立法简单配套，形成执法队伍重叠、上街队伍过多、交叉执法、重复执法、执法扰民；重权力分配，轻职责落实，机关内部职责不清，或职能交叉；设立机构依据不足，造成机构臃肿，人浮于事，效率低下。李区长在多次会议上痛陈旧体制对投资环境的伤害，要求加大力度，加快进度，攻坚突破。依法行政办公室的同志自然有一种紧迫感。1997年5月，我们走访了北京、上海、青岛，同时请教了国家法制办的专家。改革方案经过反复论证，至年底终于定下来，并逐级报到省政府。我们的初衷是进入全国试点的笼子。区政府还成立了行政综合执法机构筹备小组，唐泰来任组长，我任副组长。但省已选定广州某区为试点单位准备上报，罗湖区的方案暂被搁置下来。老实说，我当时确实有点沮丧。已升任区委书记的李意珍同志听完汇报后说："深圳经济特区有立法权，我们走市人大常委会立法这条路子。"几天后，李书记把市人大常委会副主任张余庆请到罗湖听取行政执法体制改革情况汇报。其实，李广镇主任和张副主任一直关注着罗湖的这项改革。张余庆当即对改革方案给予了肯定，并表示将此项改革纳入依法治市的试点范围。李书记用自己的智慧让这项改革不至于停顿下来。我们又看到了成功的曙光。

　　行政执法体制改革的过程实质上是一次行政权力的再分配，同时也是一次与传统决裂的过程。传统的往往是根深蒂固的，阻力主要来自行政机关内部。为此，我们与综合范围内的行政部门反复协商，市人大常委会也召集市、区有关部门进行协调。反对的声音非常强烈。在协调会上不同观念的碰撞总能闻到浓烈的火药味，让改革进入瓶颈，也让我深感政府改革自身的艰难，好几次我都忍无可忍，居然与对方争辩得脸红耳赤。这场改革终究不可逆转，经市二届人大常委会第二十二次会议批准通过，罗湖区行政执法检查局于 1998 年 11 月 1 日正式成立。随着汤锦森区长一声号令，一支浴火重生的行政执法队伍出现在罗湖区的大街小巷。这支有 140 多人的队伍是由原来的 20 多支450 多人精简而来的。行使原由城管、环卫、计生、文化、房屋租赁、医疗、旅游等部门行使的行政执法检查和处罚权。时间用公正和无情的方式检验着他们，几年过去，时光终于将对这支队伍的种种疑问抛到身后。这支队伍文明执法的形象得到社会的认可。在同类的改革中罗湖走在全国的前列。罗湖的成功像一块问路石，立即在旧体制这潭平静的水面激起千重浪。130个城区先后踏访罗湖，人民日报、中央电视台等国家级新闻单位纷纷报道，罗湖行政综合执法的模式最终在全市铺陈开来。将智慧和心血挥洒在改革创新事业上的区委书记王顺生、李意珍以及唐泰来处长也先后走上更为重要的领导岗位。

亲身经历的那一场轰动全国的行政执法体制改革已过去多年，岁月送走了许多东西，也留下了许多东西，能永远留下的一定与深圳这块热土融为一体了。比如说改革创新，它已经成长为这座城市的灵魂。正因为这颗灵魂，才让深圳永远充满活力。

本文获"2011 年度第六届海内外华语文学创作笔会"散文类二等奖，载于《散文选刊·下半月》2011 增刊。同时获"深圳十大观念征文奖"。

疯狂的东门

在深圳，没有哪一条商业街的历史比东门更为悠久。

东门，裹挟着 300 余年的风尘，承载着太多人实现财富的梦想，从岁月深处走来。

在东门休闲广场，我看见一幅题为《老东门墟市图》的青铜浮雕。从画面上看，众多的人物社会属性一目了然。商人、店员、小贩、手工业者、赶集的村民，还有乞丐，各司其职。人们的脸上都无一例外地露出憨厚的笑容。正在进行粮食、蔬菜、家禽、鱼鲜、棉布、杂货交易的多个分组画面使老东门显示出交投活跃、市场繁荣的气息。这大概是东门老街当年墟日的真实场景吧！

明朝中叶，客家人从中原跋涉千里先后来到深圳，在这块野兽出没的荒地上停下匆忙的脚步，并定居下来，相继形成罗湖、湖贝、向西、黄贝岭、南塘、隔塘等村落。当地民生的需求催生出东门老街。村民从设摊摆卖农副产品的早期商业活动开始，逐步建成街道和店铺，并最终使它成长为热闹的深圳墟。

当地人则称它为老东门。东门老街的成片开发建设始于明末清初，其后又不断改建、扩建和完善。据史料记载，到了清康熙二十七年（1688年），老东门已是当时新安县远近闻名的墟市。老街林立的店铺、熙攘的客流、琳琅满目的传统商品和曲折幽深的小巷，流淌着岭南风韵的民居、骑楼、学堂、庙宇、寺院、祠堂、古钟、石板路和百年古榕，组合成为一幅绚丽的岭南民俗风情画。现在已被移植到《老东门墟市图》上面，化作凝固的历史，成为永恒的浮雕。

东门老街一直延续着旺盛的生命力。明末清初，它就在方圆数十里内奠定自己的重要地位，并逐步成长为新安县（宝安县的前身）中东部的商业中心。至1957年前，老街一直以自己的响亮名片召唤着周围邻县和九龙、广州的商贾云集于此，参与市场竞争。专业市场的分工，又给商人和消费者带来便捷和选择。过去，"谷行街"（今解放路）的农产品成行成市，"维新路"（今人民北路）是卖小吃和杂货的场地，"民缝街"的布匹买卖、服装加工生意兴隆，"鸭仔街"的家禽交易也同样活跃。深圳经济特区成立后，老街万商云集、车水马龙的繁华让我的心灵受到深沉的震撼。每当我在老街徜徉或伫立凝望的时候，总是情不自禁地问自己，是一种什么样的力量推动着老街的持续繁荣。我翻阅了相关资料，却难以找到这样的记载。历代的商人、店员、小贩、手工业者、村民，他们共同创造出老街的历史。但无情的历史往往忘记了他们，留下的只是模糊的影子。

与《老东门墟市图》相呼应的是竖在太阳百货广场门前的青铜"秤"雕塑。它本是经济活动中常用的衡器，在这里已化作象征东门商业传统——"公平"的艺术品。站在它的面前，人们在享受艺术的同时，灵魂也受到拷问。如果人们心中都装着这杆"秤"，就能培育出共同的价值取向，形成普遍认可的行为规则，任凭环境怎样变化，经济活动也不会偏离公平的轨道。由此，我想起当今社会某些人一夜暴富的浮躁心态，想起每天发生在身边的欺诈、倾轧和掠夺，心中便不免担忧。这些盘旋在我们头上的病菌，正在一步一步地腐蚀人们的心灵，一点一点地蚕食人世间宝贵的诚信。如果没有诚信去呵护心灵，我们还能拿什么去构筑公平的竞争环境，又能拿什么去维系人与人之间的和谐。

老街的店铺都是岭南骑楼，由青砖灰瓦建成。随处可见的贯通建筑之间的门廊，形成老东门的步行交通网络，让大热天和雨天逛街也变得轻松惬意。

当然，建筑都有衰老的一天。这些专为南方气候多变而设计的骑楼，穿过漫长岁月的风风雨雨，当初的风貌还依稀可辨。改革开放让地处黄金地段的老东门成为商家争夺市场的战场。长期超强度开发和利用，在提升市场繁荣度的同时，也彻底毁坏了这里的建筑设施。斑驳陆离的墙体、千疮百孔的门廊、凹凸不平的街道、功能不全的地下管网，这种破烂不堪的状况让人目不忍睹。时至 20 世纪 90 年代，老东门已被现代化城区所包围，成为城中烂街。它，徒有黄金身价，光芒却几乎被蓬头垢面的外表所掩盖，商业功能大打折扣。

命运已经注定，改造势在必行。经过充分的规划、论证，1998 年初，雄心勃勃的罗湖区党委和政府下决心将寸土寸金的老东门打造成寸土寸金的新东门。请来设计、经济、雕塑方面的专家，以艺术的情怀和经济发展的战略眼光审定设计方案并建设这项跨世纪工程。引进中国古典、现代和岭南风格的建筑元素，组建若干个特色鲜明的建筑群落，每个群落由长廊环绕。在中心区域纵横交错地铺设步行街巷，人们穿梭其间，享受观光、购物、休闲的乐趣。在休闲广场用文化艺术诠释老东门的内涵，人们可以到这里重温深圳商业的摇篮，追寻深圳商业的根。1999 年国庆前夕，首期工程完工。其后三年又相继完成二期改造工程。一个浴火重生的东门进入人们的视野。高低错落的建筑群落在阳光下闪烁生辉，美轮美奂。丰富的色彩、设计精美的装饰线让人目不暇接，妙不可言。

近年来，不知何故，我每次走进新东门，总是情不自禁地联想到财富。老东门 300 多年积累的有形资产与新东门相比，未免显得过于寒酸。首期成功改造的东门步行街占地面积 12.7 万平方米，商业区总面积 35 万平方米，是老街的五倍多。据说二期改造后新增商业、商住和写字楼面积更为可观，土地的使用价值被放大若干倍。东门改造让罗湖人成功上演一出点石成金的童话故事，实现了寸土尺金的梦想。

但说到底东门是个商业区。老街历代经年集聚人气，形成不可替代的商业中心地位，这是一笔价值连城的无形资产。如今，它已化作厚重的基石，托起一个崭新的东门。古老墟市终于完成轮回，藏进人们的记忆深处。但它传递的气息仍在风中飘散，溢满在大街小巷，荡漾于雕塑和建筑之间，让新东门在更高的起点上延续着创造商业奇迹的神话。每天的人流量、商品流通量、成交总额和商业利润究竟有多少，据统计，都是些让人目瞪口呆的天文数字。在数字的背后，我总是看见那些打拼的身影，他们有一个共同的名字，叫商人。促销活动，是新东门的盛大节日，上百万人掀起的购物潮在此间铺陈开来，满街热闹得滚烫，真让人有种疯狂的感觉。

　　本文获"中国现代散文奖"，入选《中国散文家代表作集》，同时获"时代散文榜样金奖"，入选《散文百家选》第3卷。

行到水穷处　坐看云起时

　　城市更新是件功德无量的好事，既能释放土地资源，又能改善环境，一举多得。所以全国各地都在做。做得好的，就是一篇锦绣文章。做得差的，就是一场拉锯战，久拖不进，即使最终做成了，也是纷争不断，民心不稳。做得糟的，很可能是留下一个不汤不水的烂摊子。甚至因为暴力强拆逼迁酿成人命官司，成为国人口诛笔伐的坏典型。见诸报端的种种极端事例不在少数，让人喟叹。所以，要把好事办好，各方利益主体都有责任。但主要责任永远在当地政府。

　　我是站在木棉岭片区棚户改造现场的废墟上想到这道命题的。

　　眼前的大型机械轰鸣代替了昔日的人声鼎沸和车水马龙。伴随着那些庞然钩机发力，一座座楼房接二连三匍匐于地。一阵粉尘弥漫散尽之后，只见碎砖残垣遍地，裸露出钢筋的狰狞。废墟在快速推进。业主和租户都走了，但原本就生活在这里的动物们依然留在这里。几只流浪猫惊慌失措地在乱砖头、水泥块堆里寻找往日聚餐的垃圾桶，它们似乎不甘心失去宝贵的食物来源。一群路过的戴胜站在砖堆高处四处张望，不明白这里究竟发生了什么，只是本能地感到此地不可久留，便"蓬"的一声飞走了。但我心里明白，这里正在上演生死轮回。不用太长时间，将托起一个花园式的住宅片区，也将托起许多人的梦想。

听说，同时动工的还有玉龙和布心两个棚户区。

那末，在一个新兴的现代化、国际化的大都市里，棚户区到底是怎样形成的？

我于1983年开始在罗湖区政府办公室上班。这些建筑就是在我的眼皮底下一座座冒出来的，年龄不算太长。记得建区初期，区委、区政府的工作重点就是抓"两个转变"（农村向城市转变，农民向工人转变），而新村建设更是具有里程碑式的意义。农民在国家划定的住宅基地红线内由村委统一规划、设计、兴建起一栋栋别墅式住宅，既是改革开放政策的成果，也是特区城市化的重要标志。那些年，每逢新村落成，我和一些同事都会应邀前去热闹一番，村民们很高兴，我也替他们高兴。原特区内的新村就是在那几年诞生的。至于木棉岭、玉龙、布心三大片区，虽在罗湖的行政区划内，但却被二线铁丝网拒之区外，成了罗湖与龙岗的两不管片区。后来又被称作二线插花地。插花地多为山地。地形、地质复杂，荆棘丛生，植被茂密，山高坡陡。正因为管理上的缺失，让插花地成了违法建筑野蛮繁殖的温床。除了本地村民的零星民居，大都是外来户通过各种渠道购得地皮在陡坡上建起来的。偶然驱车经过，看着坡地上一大片密密麻麻的楼房不断延伸、扩散，心里相当震撼。外来户们看好深圳的发展前景，才敢在这里赌一把。

经历了建房的兴奋、住房的满足、出租的回报。随着时光的流逝，建筑的"病态"也日益凸显。跟人一样，建筑的承受力也是有限的。在几十年时间和风雨的围剿夹击之下，加上超强度的功能使用以及先天不足，许多建筑已经遍体鳞伤，面容憔悴，不堪重负。山体滑坡接二连三发生，一些建筑的根基开始裸筋露骨。既失去了乡村的宁静与从容，也没有城市的华丽与便捷，甚至连起码的生命财产安全保障都没有。唯一拥有的是积重难返的脏、乱、差。到了这个份上，抱残守缺是没有出路的，综合整治同样无济于事，改造是唯一选择。

光明滑坡敲响警钟之后，深圳市委、市政府以消除重大安全隐患的名义，于去年底将插花地棚改任务交给了罗湖区委、区政府。乱象由来已久的棚户区终于迎来了洗心革面的重大机遇。棚改的目标就是要一揽子解决包括安全隐患在内的所有老大难问题。这确实考验区领导的执行力。

在深圳城市更新的进程中，原特区内的许多新村都一个接一个消失了，难免让人遗憾。代之而起的是一个个环境更好、更美、更宜居的花园小区。与时俱进，进一步改善住房条件，不正是老百姓追求的生活吗？让我不解的是，千疮百孔、危机四伏的二线插花地棚户区反而在风雨飘摇中存留下来。其实，这里的严重安全隐患时时都在牵动市区领导的神经，一次又一次进入领导者城市更新的视野，却一次又一次擦肩而过。改造，很难。不改造，更难。前者之难难在改造工程无从下手。后者之难难在如何向历史向人民交代。在两难之间，区委、区政府选择了积极应对、知难而为。在接到任务之前，他们就着手组织前期准备。调查研究，摸清情况；研究法规，依法行政。三片插花地加起来面积60多万平方米，建成楼宇1300多栋，居住人口9.3万人。产权关系与人口结构十分复杂。近10年来，我几乎没有接触过二线插花地，表面印象愈加模糊。现在与事实真相一比照，模糊的印象干脆就消失了，取而代之的是高难度的真实感。

以现在的建筑技术条件，将棚户区推倒重建再难也不会难到哪里去。真正的难难在决策上。让改造工程一推再推的原因正在于此。至于具体难到何种程度，区委书记贺海涛有一个基本判断："罗湖棚改是深圳建市以来难度最大的一宗拆迁改造项目。""棚改范围之大前所未有，建筑体量之大前所未有，复杂程度之大前所未有。"即使放在全国背景下考量，第一难也非罗湖棚改莫属。在纷纭复杂的节点上，如何找到一个切实可行的运作模式，同时设计出一套合情、合理、合法而又可操作性强的拆迁补偿政策，对领导者的智慧和创新能力确实是一种挑战。

从表面看，棚改工程项目是一块肥肉，理应受到开发商的垂涎，但事实并非如此。2010年以来，区领导主动拜访多家知名开发商，尝试以市场运作的方式推进棚改。而开发商都婉拒了送上门来的"肥肉"。集诸多疑难杂症于一身的棚户区，市场无法解决，最终让开发商望而却步。既然开发商不敢碰，不愿碰，那就转换思路，另辟蹊径。干脆政府接手。据我了解，罗湖棚改现行的运作模式是高效的。对市场无法解决的问题政府主动承担责任，从而形成为"政府主导+国企服务+保障性住房建设"的罗湖模式。国有企业是政府请的服务商，只负责拆棚建房。腾出的大量土地不是用来建设商业用房，而是用来建设保障性住房。让住房困难的市民也分享到深圳发展的红利，真乃善莫大焉！

　　现在，城市更新改造成了许多人心目中致富的代名词。它所创造的巨大利益十分诱人。在我们生活的深圳，因拆迁赔偿而致富的也确实屡见不鲜。说到底利益再分配永远是城市更新的驱动力，也是各方利益主体共同关注的焦点，政策的核心就是平衡各方的利益。但罗湖棚改有着绝无仅有的特殊性，在国内甚至全世界都难以找到参照系。庞大的历史遗留非法建筑占去建筑总量的大头。业主构成复杂，且散居在世界 10 个国家和地区。如果拆迁补偿政策不当，造成人心浮动，社会不稳，那将得不偿失。从我的观察来看，罗湖出台的补偿政策完全是一种创新设计，水平很高，很得人心。区委、区政府站在全局的高度，以承认历史、尊重法律、区别对待的务实态度设计出"下保居住、上管暴富"补偿政策的同时，还出台了具体的配套实施细则。没有出现人们所担心的违法抢建者在拆迁补偿中一夜暴富的情形。新建的回迁房仅用来满足业主的基本居住需求。对于置换面积在规定标准以下的棚户区业主来说，其实，他们也是在分享深圳发展的成果。补偿政策让该管的管得住，该保的保得了，得到社会的普遍认同，也得到了绝大多数业主的支持。所以，政策一经出台便掷地有声，不仅没有出现大家不愿意看到的质疑甚至反对的声音，相反，业主热情高涨，响应风从，化作一拨又一拨的签约热潮。许多住在外地的业主纷纷赶回来签约，生怕拖了后腿。在很短的时间内，签约率便飙升至99%。奠定了成功改造的基石。

　　罗湖棚改启动以来仅短短的 5 个多月时间，人去楼空的建筑已拆除 500 多栋，进展迅速顺畅，听不见利益博弈的喧嚣，也看不到钉子户。支持、拥护棚改几乎成一边倒的声音。这不能不说是个奇迹。

在推进棚改的过程中，人们不仅能看到罗湖区委、区政府坚强、有力、担当的一面，同时也看到了他们柔软、温暖的一面。

一个主政一方的政府，仅仅依靠管治的行政手段是远远不够的。如果能将管理融入服务之中，从而化作一种以人为本的执政方式和执政理念，那末，这个政府的人民公仆精神就能不断强大。一方水土的百姓如果摊上这样一个政府，无疑是交上了好运。

近几个月来，我听到许多发生在棚改过程中的小故事，生动地诠释了"人民公仆"的丰富内涵。在区委、区政府的作为中，不仅有政策先行，还有服务到家。这次城市更新动作之大前所未有。涉及清空 1300 多栋楼房、8000 多户谈判签约、9 万多人口和几千名学生安置分流，投入的改造资金 300 个亿，相当于欧洲国家一个中等城市的规模。难度之大不难想象。为了把政策落到实处，加快改造进程，棚户区被分成 76 个网格，区委、区政府从各级机关抽调干部、职工深入到各自的服务责任区上门登记。走家串户、散发传单、发送微信，广泛宣传城市更新的意义和政策。为租户分流收集提供廉价房源信息。教育系统把分流安排学位为己任，让所有的孩子都能上学。东晓街道义工联在木棉岭和马山两个社区设置两个棚改便民点，服务项目应有尽有，细致入微。包括咨询、道路指引、联系搬家公司、搬家物品照看、失物认领，甚至连老人、小孩上下楼梯不方便，义工都会上门帮扶。布心片区则组织专车接送签约业主。从区委、区政府围绕城市更新提供的种种服务来看，完全是从群众的实际需要出发，为群众排忧解难。不搞那些雨过地皮湿的花架子。尽管大都是一些琐碎的小事，但温热人心。人心热了，相关工作自然顺畅得多。

城市更新足以改变许多建筑的命运，也足以改变许多人的命运，甚至惠及整个城区。命运落差如此巨大，但结果美好。套用唐朝诗人王维两句诗就是："行到水穷处，坐看云起时。"建筑如人，是无法逃脱生命周期的，总有"行到水穷处"的一天。无非是衰败没落，再加上环境恶化。不就是陷入绝境了吗？但经过一番更新改造，又过渡到"坐看云起时"。地上的水穷尽了，就气化上浮为云。在古人的心目中，云是美好的象征。像木棉岭、玉龙、布心三大片区这样大规模的棚改，谁敢掉以轻心？我坚信会有一个美好的结果。结果很重要，毋庸置疑。既是一方百姓的福祉，也是为官一任的政绩。但罗湖区政府同样看重从"走到水穷处"到"坐看云起时"的整个过程。因为它承载的不仅仅是服务商的行为，同时也承载着政府的主导功能。如何将这一过程化作各方利益主体积极主动参与，心往一处想，劲往一处使，从而实现物质与精神层面的综合建构，显然，这才是罗湖区政府的目标追求。尽管三个片区改造还处于起步阶段，但精神层面的成果已渐见端倪。政府、服务商和业主、租户团结协作，社会和谐、稳定，让我们耳目一新。没有出现社会分化、对立的迹象。相比有形的物质成果，同样难能可贵。当然，物质成果还得若干年后才能兑现。其实，在这一建构过程中，罗湖区政府也在建构自身作为服务型政府的新高度。

好一座藏龙卧虎的大鹏所城

人世间的建筑设施多得数之不清，功能同样五花八门。有些建筑还被冠以固若金汤的美誉。但建筑无论有多坚固，功能有多先进、多完备，它总有衰败消失的一天。唯有那些因机缘巧合在历史的风云际会中横空出世、不同凡响的建筑才能为世人所瞩目而青史留名。

我的这番感慨源于一次到深圳东部大鹏所城参观的经历。站在南城门楼上环目四顾，10 万平方米的城区尽收眼底。历史记载中的城墙和护城河撑不住战争的破坏叠加漫长岁月风雨的打磨、搬运，早已踪迹全无。城区密密麻麻的低矮建筑占去绝大部分空间，唯有那些狭窄蜿蜒的巷道能引领人们抵达城区的深处进入建筑的腹部。冷冰冰的建筑就有了人气，也就有了温度。

我踏上青石板铺就的巷道，经过 600 多年的踩踏，路面的风采已荡然无存，塌陷处的修补痕迹却依稀可辨。两旁的墙面满布着风雨的涂鸦。迎面而来的是苍凉的风，我真切地感受到自己的情绪变化，似乎是要为即将进入历史深处作好心理预热。

抗倭英雄刘起龙将军府和抗英英雄赖恩爵将军府是两处开放参观的建筑，皆由青砖建成。天井、上厅、下厅、厢房、廊、柱等建筑构件一应俱全，是典型的客家民居。但这两处建筑最让人动心的并非是它们的面积和高度。能让它们脱颖而出的永远是丰富的文化内涵和叱咤风云的主人。在赖恩爵将军府能看到道光皇帝御赐的"振威将军府第"和对联，能看到众多流光溢彩的牌匾，还能看到能工巧匠们在两处府第留下的雕梁画栋。身为将军的两位屋主人的赫赫战功与壮丽的人生早已与自身的府第融为一体，你中有我，我中有你，睹物思人，难免让人生出缅怀之情，并在缅怀中感悟人生的意义，这正是这两处将军府存在的核心价值所在。

巷道两旁栉比鳞次的普通民居犬牙交错，相互镶嵌，浑然一体，很难切割分开。现在，外来打工者已经成为这些建筑的临时主人。我随机走进几户人家，只见墙面、地板陈旧，面积不大。这些被视作地处"广府、客家、潮汕三大民系"交汇点的青砖灰瓦建筑，也许糅合了三地的建筑元素，但眼前的一切又是那样熟悉，怎么看也是客家民居风格占了上风。在这些近乎简陋的民居中上演过的普通人的故事早已灰飞烟灭，文字记载中也同样难以找到蛛丝马迹。唯有民居建筑本身让我确信那些曾经的屋主人的真实存在。这大概就是普通民居与将军府第的区别吧！

在建筑群中有一处功能特殊的天后宫，供奉着海上保护神天后。于是，就有了拜祭天后祈求平安以及五年一次的盛大"打醮"习俗流传下来。这种极富仪式感的天后文化像一根无形的线牵动着大鹏所城的民心。据说，刘起龙将军和赖恩爵将军以及长期驻扎城内的大鹏营各级将官也常到天后宫拜祭，祈求天后保佑。如今，天后宫依然香火鼎盛，香客如云。看来，人们似乎是喜欢把保平安的梦想放在超现实的支点上。

但是，对于大鹏营的将士们来说，至关紧要的还是那些军事设施。因为它们才是保平安的现实支点。不过，至关紧要的东西也不一定有机会存留下来。在城外沿海五处制高点上设置的烟墩（叠福墩、大湾墩、水头墩、旧大鹏墩、野牛墩）是大鹏所城防御体系的重要组成部分，因为路远，我未能亲眼目睹。据说均已成为废墟，只留下遗址。

其实，这也是一种存留，一种沧海桑田、粉身碎骨的存留。

当年的烟墩在防区内对敌情的监控和信息传递发挥着不可替代的作用，是来犯之敌要过的第一道关。正因为这道关让敌人无法遁形，一头栽进大鹏营的枪口刀下。

南城门内右转约150米处有一排连体军粮仓库，是我看到的存留最完整的军事设施。当兵吃粮，用以养兵的粮食是极其重要的战略物资，是军队的命根子。而粮仓则是命根子的守护神，可以有效减少不必要的损耗和流失。大鹏营的将士人多时近千人，粮食消费相当惊人。地方官府征调的军粮常常是捉襟见肘，粮库空虚也是常有的事。因此，大鹏营曾几度实行屯田制。士卒战时为兵，平时为民，垦荒种粮，生产自给，弥补缺口。战备的驱动力让大鹏营的军粮储存逐渐步入制度化，从最初的大鹏仓、水盈仓修建开始，屡损屡修，续建，增建。我看到的大鹏仓实际上是第三、四代子孙辈，建筑年龄较轻，正是存留完整的秘密所在。近期的文物修缮，又让粮仓从完整提升到完好，得以重光。

　　建筑与人一样，有一个成长发育的过程。为抗倭斗争而设置、始建于公元 1394 年的大鹏所城经历了军事与民居功能相融合过程。同时，又经历了长期的军事设施建设、配套完善、加固维修的过程，是名副其实的军事要塞。无数的大鹏营将士在这里留下了血染的风采。

　　100 年前，大鹏所城的屯兵功能戛然而止。在随后的漫长岁月里，现代文明的吸引力，让一个又一个所城居民走出国门，成为近代的海外移民。大鹏所城日渐冷落。但冷落不等于遗忘。随着深圳特区的崛起，大鹏所城的文物价值和教育功能终于被挖掘、保护、激活、放大。迎来了"全国重点文物保护单位"和"中国历史文化名村"的双喜临门。一拨又一拨的游人让冷落的古村落重新温热起来。

　　抚今追昔，大鹏所城作为军事要塞在明清两朝成功运作了数百年。大鹏营的将士在烽火连天的岁月里，用刀枪醮着热血书写的悲壮战争史，至今读来依然让人心潮难平。

　　说到底，战争是淬火成钢的熔炉，也是将士们刻骨铭心的生死场。同为战争风暴塑造出来的英雄赖恩爵和刘起龙，尽管所处的年代不同，却有着相似度极高的人生。作为大鹏同乡，两人都是从大鹏营起步，屡立战功，一步一步登上水师提督的宝座，官居一品；两人都拥有只属于自己的成名战；两人都受到道光皇帝的夸奖，被封为振威将军；两人都选择落叶归根，在故乡大鹏所城安家。

　　1839 年农历九月，大鹏水师营参将赖恩爵临战受命，率领 3 艘水师船驻扎九龙寨，控制九龙湾海面，截断英国海军的补给线。四日中午 12 时正在巡防的大鹏水师与义律率领的 5 艘英国军舰相遇。英军悍然开炮袭击大鹏水师船。鸦片战争正式拉开序幕。此时的清军冷热兵器参半，除了一半将士配备火枪火炮，另一半依然手握大刀长矛和弓箭。相比坚船利炮的英军，武器装备明显处于劣势。但赖恩爵毫不畏惧。作为主战派的坚定追随者赖恩爵的内心是强大的。他一面命令九龙炮台开炮还击，一面指挥水师船集中火力将一艘英舰击沉，17 名英军在炮火中丧生，伤者不计其数，英军大败，狼狈逃窜。长期以来任由海上霸主英国海军横冲直撞的大海，如今成了埋葬霸主的坟墓。对于英国海军来说，大海的意义已走上了反面。相比失败者，胜利者的赖恩爵可谓风光无限，不仅受到道光皇帝赏戴花翎、点赞为勇士，而且官升副将。

精神的力量永远不可低估，战争中的将士更是如此。不久，英军移师香港岛海域，力量对比依然是敌强我弱。赖恩爵挟首战胜利雄风主动请战，并向林则徐立下军令状。成竹在胸的赖恩爵一面征调400多条渔船用作战船，一面观察海上天气变化。最佳的战机终于到来。他利用 3 天连续大雾天气作掩护，率领船队秘密潜行，以迅雷不及掩耳之势将敌舰包围起来，群炮齐发，打得英军落花流水，英军统帅也在战火中沦为独臂将军。

人的行为往往为情绪所支配，军队的行动也不例外。英军连吃两次败仗，丢了面子又折兵，在报复情绪的驱使之下，又接二连三发动军事挑衅。前后 6 次都败在赖恩爵的手上。结果是丢了更大的面子折了更多的兵。战争中，人的命运生死沉浮瞬息万变。赖恩爵在鸦片战争中成就了抗英英雄的英名而扶摇直上，连升三级，最终定格在广东水师提督的位置上。但胜利者不一定都是幸运者，最大的功臣林则徐反遭撤职查办，禁毒抗英的斗争形势迅速逆转。赖恩爵虽然手握兵权，却无奈地陷入了一条无为可作的英雄末路。最终于 1848 年在外忧内患和投降派的一片叫嚣声中以 53 岁的壮年之身忧郁而亡。可见，晚清是一个怎样的让英雄落泪的社会。

在国家多事之秋，从军是一条最有可能报国酬志的道路，也是一条最有可能成长为英雄的道路。早于赖恩爵成名的刘起龙年轻时在大鹏营入伍，一生都走在从军的路上，走出了一道英雄底色鲜明的人生风景。

与赖恩爵所处的鸦片战争相比，刘起龙置身的抗倭缉盗战场有着明显的差异。前者是刀对刀枪对枪明着干，后者是我在明处，敌人在暗处，有劲使不上。因此，巡洋抗倭缉盗就成了刘起龙最简单也最有效的战略战术。在巡洋中震慑敌人，在巡洋中发现敌人、消灭敌人，在巡洋中建功立业。

刘起龙的成名战发生于 1803 年 9 月，时任平海营右哨把总的刘起龙率领 25 人的小分队巡洋时，发现大鹏湾平洲岛有一股倭寇集结。刘起龙抓住战机率领小分队摸上小岛，如神兵天降。倭寇顿时阵脚大乱，斗志尽失，近 140 名倭寇成了刀下鬼，只有 10 多人乘船侥幸逃脱。从此，刘起龙抗倭英雄的威名如雷贯耳，让倭寇闻风丧胆。刘起龙一生指挥抗倭缉盗"十八战"，屡建奇功。1830 年 2 月，身为福建水师提督的刘起龙率领水师船出洋，正是在这次巡洋途中，他的人生突然降下了帷幕。刘起龙至死都没有离开巡洋。他的铿锵有声的军人品格连道光皇帝都感动不已，为他亲写《御祭文》。

当然，英雄并非是军人的专利。在平民百姓中也不乏英雄的基因，只要战争降临，他们就会揭竿而起，顶天立地。1571年，气焰嚣张的倭寇仗着人多势众，勾连海盗围攻大鹏所城。抗倭的根据地如今成了一座围城，而且一围就是40多天。援军又迟迟不到，城内难免人心浮动。守城的形势十分严峻，但放弃守城的后果将会更加严峻。大鹏所城需要一位英雄来稳定局面。危急关头，所城居民、社会名流康寿柏挺身而出，成功地说服大家坚决抗倭守城，把人心拢到了一块。在生死存亡的一战中，康寿柏不负众望，一马当先与倭寇展开搏斗，还大声高呼鼓舞士气。守城的军民群情激愤，奋勇杀敌。这一战以倭寇溃败撤离而告终，大鹏所城得以解围。保卫战的胜利康寿柏居功第一，受到当地官府的褒扬。

毋容置疑，大鹏所城是一座藏龙卧虎之城，是一座英雄辈出之城，是一座威震海疆之城。大鹏所城之所以让人流连，不仅仅在于它是一个明清古建筑群，更在于文物作为文化载体的价值。作为军事要塞的大鹏所城不但承载着黑暗的明朝中叶以来东南沿海抗倭缉盗以及抗英斗争的相关历史，而且还凝固了大鹏先人从军戍边的爱国主义精神。

三个多小时后，我又站在南门楼前，不同的是我是从城内出来的。这一进一出的感觉就完全不同了。仿佛刚刚经历了一次时光隧道的穿梭。里面是一群明清古建筑凝固的旧时光，外面是正在兴起的大鹏新区。进去，是去感受一段惊心动魄的历史。出来，是来体验新区日新月异的变化。初冬的阳光照在身上暖洋洋的，我很享受眼下的和平时光。大鹏所城的将士演绎的故事早已远去，但谁又能保证战争不会再次降临。大鹏所城的真实存在就是一种警示，并由此唤醒了我心中的感念之情。

在我们的国家和民族危难之际，大鹏所城的将士如出海的蛟龙、下山的猛虎驰骋在海防线上，甚至不惜以生命践行戍边安民的担当。感念他们乃人之常情。这也许就是英雄的感召力吧！我心中的这份情居然久久不能平静。正因为有了这份弥足珍贵的感念之情，我们才得以铭记、学习、传承，英雄的精神血脉才得以开枝散叶。

本文在由中国散文网举办的第五届中外诗歌散文邀请赛活动中，获得散文类一等奖，作品发表在中国散文网，同时入选《2018 中外诗歌散文精品集》。

处处闻啼鸟

　　天刚破晓，鸟啼声声洒落窗前，滑进我的心田，融化成一天好心情。

　　我蛰居的广岭家园，庭院中那些与楼房同龄的树木经过十多年的疯长，已然郁郁葱葱。绿草四季如茵，花开花落有时。

　　小区的东西面为两山夹峙，北面毗邻东湖公园，南面与香港新界隔网相望。庭院中扶疏草木与外面的绿色世界连成一派苍茫，既为小鸟的飘泊灵魂提供了安居之所，又能为它们提供源源不绝的食粮。在庭院中落脚的小鸟便日渐多了起来，至少有七八种吧。喜欢在人的眼皮底下显摆的有麻雀和俗称"白瓦片"两种鸟。麻雀，曾被错划为"四害"之一，饱受磨难，却生性难改，依然故我，打打闹闹，吵吵嚷嚷，单纯得没心没肺。"白瓦片"走有走相，飞有飞相。昂首挺胸、快速碎步宛如芭蕾舞姿美妙。贴近地面、忽高忽低、飘忽不定的飞行轨迹与航空表演无异，总能让人眼前一亮。俗称"竹丝"的小鸟个头小，只有麻雀的一半。胆子也小，成正比。一有风吹草动，便躲进草丛或树上，消失得无影无踪。常来串门的戴胜，成群结队，在树林中追逐戏耍，乐在其中。黄昏，倦鸟归林，那种温馨的气息，暖透了整个家园。

在庭院中出没的小鸟也不乏大丈夫。在电梯间门外，我曾亲眼目睹一只不知名黑鸟，个头不小，与成年白鸽相若。面对近在咫尺的两只流浪猫熟视无睹，大大咧咧，闲庭信步。在流浪猫的食谱中绝对少不了鸟，我担心它受到伤害，走上前去示意飞离。它似乎并不领情，只是用好奇的目光看着我。我试探着用手轻轻地抚摸它的背和头，它居然接受了。它的从容淡定让我大开眼界。人鸟互信、亲密接触的体验更是让我的内心漾起了久违的激动。我的童年是在山区度过的，知道小鸟对生存环境挑剔。现在，它们频繁地出没小区，在我的身边蹦蹦跳跳，欢叫不停，其中的含义不言自明。

如果说庭院是人鸟和谐共处的空间，那么，小区东面一栅之隔的广岭则是小鸟表演的舞台。

大凡小鸟都有表演天赋，也有表演激情。尽管水平千差万别，但这种与生俱来的活法是改变不了的。从乌鸦的呱呱乱叫，到布谷鸟的声声呐喊，再到鹧鸪拖腔拉调的民歌演唱，在广岭的山林中此起彼伏。它们都是鸟类中的高音演员，抢风头是它们的惯常做派。但风头不靠抢，靠的是实力。只要天才歌手画眉登场，它们都无一例外地成了配角。对于画眉来说，歌唱是生命的全部意义。婉转甜蜜的歌喉，力压群芳，独领风骚，甜美得让人窒息。在密林深处还常常上演小鸟大合唱。气势恢宏的场面，高低错落、浑然天成的配合，极具震撼力，将演出推向高潮。至于长尾蓝鹊的霓裳之舞，衣袂飘飘，流光溢彩，将飞翔之美演绎到极致。我感叹于小鸟的魅力。如果不是身临其境，我真的不敢相信，世上如此动人心魄的歌舞，竟然源于大自然的日常风景。

"处处闻啼鸟"在农耕社会是一种再平常不过的景象。更何况是在唐朝，人口本就不多，六七千万而已，国土大都处于原始状态，青山绿水遍地，花草树木生机盎然。这是大自然为小鸟准备的理想家园。地上的庄稼也不知化肥农药的滋味，食物安全是有保障的。我想，那时候的鸟类种群数量一定很多，生活幸福指数也很高。快乐了就叫几声，吃饱了也叫几声，荷尔蒙多了就更要多叫几声。所以，"处处闻啼鸟"是顺理成章的事。大唐子民是幸运的，因为他们可以无时无刻聆听小鸟的歌唱，免费享受天籁之音。诗人孟浩然当然也不例外，而且还从中获得灵感，成就了一首不朽诗篇："春眠不觉晓，处处闻啼鸟。夜来风雨声，花落知多少。"诗的意境有点伤怀，但很美，所以不朽。

在古代，游乐设施短缺，书籍来之不易，且价格不菲。但聪明的古人懂得，大自然是精神生活取之不尽的源泉。急流飞瀑、风声雨声固然荡涤心灵，花鸟虫鱼又何尝不能予人心旷神怡、宠辱皆忘。"感时花溅泪，恨别鸟惊心。"人的心灵与天地万物相通，灵魂便能得到净化、升华。我总觉得，在世上最不能辜负的就是大自然的慷慨恩赐，它带给我们的精神愉悦与幸福感是任何物质享受都难以替代的。

但曾几何时，"处处闻啼鸟"的景象在我们的生活中渐渐成为奢侈的事。工业化和城市化将农耕文明颠覆得底朝天。现在，人们大多进了城，活法与时俱进。爱住高楼、坐汽车，爱看电影、电视，爱玩手机、电脑。沉迷自我，与大自然日益生分。但一遍鲜之后，人们的幸福感又回到原点上。在享受现代文明种种好处的同时，又梦想回归自然，亲近自然，与鸟同乐。这并不足为奇。事实上，人世间许多有价值的东西都曾经历被时间和人心选择、抛弃、再选择的反复过程，并最终走向永恒。

　　我蜗居的深圳，高楼林立，车水马龙，人财两旺，聚集了来自天南地北的 2000 万人，密度超过日本东京。整个城市化过程不过用了短短的 30 多年时间，气魄确实够大。往具体里说，无论是人的精气神，还是所作所为，也一样的气魄不凡。深圳这方热土，体温高于它处。不然的话，何以能频频创造奇迹？比如国贸大厦建设，三天一层楼，玩钢筋水泥玩成深圳速度，让世人刮目相看。又比如蛇口人亮出一个惊世骇俗的口号：时间就是金钱，效率就是生命。公开挑战思想观念禁区。够响亮、够霸气、够震撼。再比如拍卖土地落下全国第一槌，力道很沉，余音未了，绕梁三日。还有各类国际体育赛事和高新技术产品博览会，客人来自世界各地，深圳人不怯场，办得很给力，很张扬，也很成功。还有中兴通讯的路由器，帮助中国的计算机实现了云计算。腾讯的 QQ 和微信瞬间缩短了人与人之间的距离，俨然面对面。这两家位居世界 500 强的高科技企业善于将复杂的世界简单化，简单到以秒为解决问题的时间计算单位。但最让我动容的还是城市绿化，气魄之大，简直是气贯长虹。市民有绿色的梦，城市规划建设便很快作出反应。说深圳人慷慨大方，一点也不为过。寸土尺金，生存空间昂贵，却乐意拿出来分享。最终让城市发展的过程演变为建设花园城市的过程和生态文明回归的过程。圈地便是梦想成真的通道。一条红线

　　将全市49%的土地圈进生态保护区，区内地形地貌依旧，仿佛时光倒流，还是农耕时代。一条行政区划分界线将全市圈进禁猎区，让所有的生命都得到尊重。同时，圈定991块大小不等的土地，先后建成991个公园。花呀草呀树呀，几乎占去半壁江山（绿化面积达45%），把深圳妆点得花团锦簇，群山叠翠。还有400多种鸟类在这里都有自己的安乐窝，活得有滋有味。未来五年还要拿出几百个亿治水。作为一座现代化国际大都市，深圳偏要把生态文明的分量看得很重。地绿了，还要天蓝水清。返祖现象自然是日益明显，"处处闻啼鸟"也是水到渠成。

深圳好声音

一座城市有各种各样的声音，但总有一种是市民喜欢的好声音。深圳的好声音是鸟叫声，和着风声，或许是雨声，又或许是风吹树叶的沙沙声，组合成一曲曲天籁，让人陶醉。

深圳山水多，花草树木多，在这里繁衍生息的小鸟自然也多，究竟多到多少，谁也说不清。每次出门，总会与小鸟不期而遇。它们用悦耳的鸟语与我招呼、寒暄。有些叫得出名字，格外的亲切，燕子、麻雀、八哥、布谷鸟、乌鸦、白鹭、伯劳……但更多的却叫不出来。其实，能否叫出名字并不重要，重要的是它们都是我的好朋友、好邻居。

山林草木繁茂，摇曳生姿，是小鸟亘古不变的乐土。人在山上走，只闻鸟语声。但只要停下脚步，仔细观察，依然可以窥见它们伫立枝头或穿梭于绿荫丛中的身影。有的独来独往，有的群起群落。山林是小鸟歌舞表演的超级舞台，也是我驻足流连的理由。画眉歌喉婉转，音色甜美，反复咏唱，气韵悠长。有人说：画眉活着的全部意义在于歌唱。有道理，说到点子上了。群鸟大合唱，浑然天成，时而惊涛拍岸，时而风吹杨柳，时而晨钟暮鼓，时而草木皆兵，极尽鸟语的无限能力。红嘴蓝鹊身披五彩羽衣，身后拖着超长的尾巴，美得抢眼、霸气。它的真本事是将每一次飞行演绎为舞蹈。不赞叹都不行。如今，爬山的市民越来越多，不知道是小鸟的表演吸引了市民前来爬山，还是爬山市民的欣赏激励了小鸟的表演激情。

同样是鸟，白鹭选择水库或河道为落脚点。谁让它是水鸟呢！尖利的喙、细长的腿、洁白的羽毛，形态飘逸。哪里有鱼就往哪里飞，一叼一个准，动作简单有效。

公园常年郁郁葱葱，花开不断。鸟多已成为常态。人在地上走，几只白腰文鸟突然从草丛中跳到跟前，让你眼前一亮。或者一只大乌鸦掠过头顶，"呱呱"地大叫几声，吓你一跳。

还有大街两旁的景观树也是小鸟的栖身之所。在人流、车流上空，麻雀、戴胜、竹丝（土名）呼朋引类，热闹非凡。但若刻意搜寻，却又难得一见真身。也许是它们的身材过于娇小，也许是树叶过于稠密。

入秋，深圳湾迎来一年一度的候鸟美食节。10万多只四方飘泊的候鸟像是同时接到请柬，纷纷从天而降，共襄盛会。普通的鸟类来了，珍稀的鸟类也来了，卷羽鹈鹕、白肩雕、黑脸琵鹭、黑嘴鸥……美食当前，它们好像不太分尊卑贵贱，各取所需，大快朵颐，尽情享用海鲜美味。一顿、两顿、三顿，一天、两天、三天，好像永远吃不饱，永远吃不厌。经过一些时日的养精蓄锐，许多候鸟会再次展翅漫长的迁徙之旅。但也有许多候鸟经不住丰富美食的诱惑，索性留下来，在深圳湾度过整个冬天。

　　候鸟的美食节也是市民的观鸟节。看着数之不尽的奇丽多姿的候鸟在海上戏水觅食，无不兴高采烈，纷纷将镜头对准它们。

　　候鸟是见过世面的。面对市民的热情和镜头，一点也不怯生，依然我行我素，想吃什么就吃什么。虾吃多了，就来一条鱼，贝类的味道不错，不妨尝尝。蟹、螺当然也不能错过。

　　无论是生活在陆地还是海上，小鸟都是安全的。深圳市民爱鸟、护鸟，还把这种意志上升到法规层面。有了安全感，心情自然放松，在这种情绪的支配下，小鸟常常载歌载舞，快乐了自己，也感染了市民。

在罗湖有几处与水有关的景

深圳水库：与民生有关

广岭一直被看作一座山，后来又被看作深圳水库东南面的天然屏障，再后来山上就修起了盘山道，仅登高望远就足以让人心驰神往，所以到这里爬山的人就日渐多了起来。在市区，人们无法用瞭望来实现视觉享受，因为城市到处都是障碍，视线还未展开就被冷冰冰的墙体、混杂的人流车流和杂乱无章的广告牌蛮横地截断了。唯一能做的是尽快把目光收回来，集中注意力，看好身边的一切，避免让自己的生命陷入某种险境。登上山顶就完全不一样了，能拦截目光的事物少之又少，任何一个登山者都可以纵目远眺，享受一顿视觉盛宴。除了北面连绵起伏的青山，目之所及，罗湖的景物高低错落依次展开。东面是莲塘新市区，十多年前还是空荡荡的罗沙路，如今被各种各样的汽车挤得水泄不通。南面是香港新界，还保留着几分农耕生态面貌，有零星民居掩映在绿荫丛中。西南面的中心城区，一座比一座更高的楼房笔直地竖立着，密密麻麻，不见尽头。在蔡屋围金融大厦问世之前，国贸大厦、地王大厦就是第一、第二代地标式建筑。街上的行人会停下脚步，向这三座庞然大物行注目礼，这是现代化大都市物业经济的普遍景象。

深圳水库就在西北面的山脚下，在大多的日子里，没有船和人类活动的影子，水安静地躺着，一平如镜。只有大自然的力量偶然改变它的外观形态。微风总是用温柔的手抖动水面，制造出一层层细密的涟漪，随即又将它抚平。当太阳不可逆转地升起或坠落时，会似出炉的钢锭将水面染得金碧辉煌，令人神摇目眩。但我更关注的是水库水位，因为它与深港两地的民生有关。

深圳水库本是 1958 年为保障农田灌溉而修建的水利设施。1963 年粤港大旱，一场罕见的水荒袭击香港。生活中缺了水，香港就慢慢变味，心理上的饥渴对水的意义就有刻骨铭心的体验。这场水荒惊动了中国最高层，并最终演变为修建引水工程的决定。1965 年 1 月，承载着香港同胞生命之重的引水工程就此诞生。深圳水库顺理成章地成为这项工程的最重要一环。它的北面连接着 136 公里外的惠州东江，南面连接着香港。水来自遥远的东江发源地——江西省寻乌县东江源村桠髻钵山。水源源不断地流淌而来，到了中下游就是东江，改道进入深圳就是水库，流进香港同胞的千家万户就是生命的乳汁。

1979 年，傍着水库深圳建市。要认识这座淡水资源稀缺的新兴城市，也必须从水入手。因为水库的存在，深圳变得从容，变得生机勃勃。水库连接着市民的生活，也连接着市民的梦想。水库与每个机关、学校、工厂、商店、工地都是相通的，与每个家庭也是相通的。连接它们之间的是那些输水管道。管道或粗或细，纵横交错，构建成网，隐藏在地下，我们很难看到它们的身影。如果心无旁骛，你会感觉到水在地下汩汩流淌。只要轻轻拧开龙头，清水就哗哗地流出来。流进我们的身体里，就化作生命的一部分，化作创造奇迹的智慧，化作建设者干一番事业的激情。

我终于踏上水库大坝，与水近距离交流。水泱泱的，默默无言。它们走了很远的路，有一段不平凡的经历，但它们不说，它们累了。

深圳河：与深港有关

如果要选出一种鸟来代表罗湖的形象，我肯定投白鹭一票。其实，在罗湖的鸟类中，比白鹭漂亮的至少有七八种。我之所以属意于它，是心里觉得白鹭清丽脱俗的气质对于罗湖的形象具有象征层面的意义。

受边境生活的长期熏陶，这里的白鹭警觉性颇高，一有风吹草动，就腾空而起，让萧瑟的边境线多了一分美丽。它们并不远飞，只是越过铁丝网，队伍就散了，有的停在树上，有的停在草地里。它们落脚的地方叫深圳河河套。确切地说，深圳河不能算河，充其量是条山溪，发源于梧桐山南麓，水流浅浅的、清清的、弯弯的。流经莲塘、罗芳、渔民村、福田岗厦村，最终汇入深圳湾，成为大海的一部分。少了河岸的约束，水就放荡起来，随波逐流，谁也不知道它们要去何方。

20 世纪 50 年代，边境管理的模式突然有了变化，在深圳河的两侧，中英双方各自竖起带刺的铁丝网。在铁丝网之间形成一条长达数十公里的狭长地带，这正是河套的成因。它是中英双方边境管理的缓冲地带，两侧的居民都严禁入内。

河水努力地滋润着两岸的土地，让荒凉的河套繁荣起来。在这里扎下根的杂草十分抱团，拉拉扯扯，互相搀扶，透着一股一荣俱荣一损俱损的劲头。树木的品种不够多，但长得够茁壮，它们特立独行，互相疏离着。距离让它们拥有充足的阳光雨露，却让它们孤独。

在河套的北面和南面香港新界有大片农田和水塘，小鱼小虾不计其数，成为白鹭的丰饶粮仓。捕鱼捉虾对于白鹭不再是生存的需要，而是一种快乐的活法。它们常常将捕来的鱼虾在嘴里叼上一会，再放回水里，来来回回地捉弄，目睹鱼儿惊慌失措的形态，乐得呱呱乱叫。如果口感不佳，就索性放生，换一处更有趣的地方。但白鹭心里明白，此处不宜久留，玩耍一会之后，便马上打道回府。进入人迹罕见的河套，白鹭才有安全感，神经也彻底放松下来，受这种情绪支配，它们叫声响亮，动作优雅。有了好心情，白鹭还会到河中洗濯整理羽毛，上岸后，使劲扇动翅膀，抖动身子，甩干上面的水珠，让洁白耀眼的羽绒张扬自己无瑕的美丽。

在深圳特区诞生之前，河套中的白鹭过的就是这种生活，幸福指数很高。如今，与人类共享的大片田园已经城市化，具体地说就是城市对农村的兼并。深圳河北岸的农田、水塘在一夜之间全部划入城市版图。农耕文明随之被清理出局。人们在这块土地上相继加进城市的各种元素，比如楼房、马路、电线杆、汽车、人群……这些元素按一定的规则排列起来就是城区，扩而展之就是城市。城市化对于白鹭来说可能是个打击。面对日益复杂的空间，白鹭双目迷茫，不知所措。但情况还不算很糟，待在河套里，至少衣食无忧。但不知什么时候开始，河北岸杂草丛中露出一些神秘的洞口，从那里不断流出黑糊糊的液体，气味很刺鼻，给深圳河带来灭顶之灾。一段日子过后，小河变成恐怖的黑河，将流经之处的生命赶尽杀绝。首先尝到环境污染恶果的当然是鱼虾，它们无路可逃，只得赔上性命。白鹭还算幸运，一把鼻涕一把眼泪，狼狈地逃出河套。它们中一部分去了深圳水库，一部分去了深圳湾红树林。

不知是谁动了河套这片空间的念头，并很快纳入深港经济合作的框架，紧随规划论证之后，莲塘口岸工程正在紧张展开。请不要责怪人类的挤兑，深港的土地实在是太金贵了。可爱的白鹭呀，你们就多多包涵吧！

偶然看见几只白鹭回到深圳河寻根。它们停在树上，合上翅膀，缩着脖子，缅怀曾经的好时光。

仙湖：与佛教有关

仙湖盛满幽幽的水，被珍藏下来。看上去，相当深邃，相当清澈。

仙湖是梧桐山的女儿，它依偎在山的怀抱里，文静、柔媚，那些细腻的波纹是她羞涩的笑靥。

树木是梧桐山的儿子，生性活泼、顽皮。和着风，交头接耳，窃窃私语，打打闹闹。

它们有一个共同的名字，叫仙湖植物园。深圳人对它都不陌生。

人们用游览的方式来感受这里的山和水，形态、颜色、山的肋骨皱纹和隆起的三大主峰就一一地呈现在视野中。人们用欣赏的目光来换取美的享受，顺便将大自然的气息揽入怀中。

人们用阅读的方式来理解这里的山和水。在探索的过程中文献资料的详尽记载也就成为我们的眼光，帮助我们简化若干程序，让直观的数字和事物的细节直接介入我们的思考。曾经的荒野之地，如今成为美的园林。作为市区内的植物园，它是阔气的，但作为植物园它是小巧的。5.74平方公里的园区，被不同功能分隔开来，天上人间、湖区、寺院区、沙漠景区和松柏杜鹃景区等五大景区错落有致地镶嵌在湖边山坡上。站在半山观景台展望，尽管景区的细节有些模糊，但丰富的色彩已构成水墨画的意境。

至于满山的花草树木，一个兴旺的大家庭，品种多达3000多个。它们无拘无束，迎风摇曳，搔首弄姿，没半点害羞。隐匿在山间的桫椤、银杉、金花茶、珙桐等名贵珍稀濒危植物，散发出古老生命气息，总让游人眼前冷不丁一亮，不由你不停下脚步。

在东北面湖畔有一棵高山榕，是邓小平他老人家于1992年种植的，正处于少年时期，枝繁叶茂，不甚粗壮，但够朝气，一副不惧风雨的样子。树很普通，但在人们的心目中却是极品。在它的面前，人们伫立凝视，用镜头记下永恒的一瞬。一枝一叶总关情。在凝视中，心中那份情会再次涌动。

水被群山所环抱，山被花草树木所覆盖，花草树木被轻烟所缠绕。在深谷幽林之间荡漾着一股灵气，成为深圳人在这里打造佛教圣地的理由。从梧桐山主峰之一的山巅至山脚划出一条中轴线，建造新中国成立以来国内兴建的首座寺院——弘法寺。建筑面积 3 万多平方米。红墙黄瓦，斗拱飞檐，水连寺，寺含山。庄严肃穆的建筑，凸显宗教的属性，一望之下，让人虔诚之心油然而生。

几年时间过去，弘法寺声名远播，香火鼎盛。香客中有本地人，也有港、澳、台同胞和海外华侨。逢年过节，进园香客坐的汽车队伍一直排到罗沙路。

神在天上，神的金身在寺中。从中轴线自下而上的山门殿、天山殿、大雄宝殿，以及两侧的祖师殿、观音殿、地藏殿、卧佛殿是供奉神的地方，神的金身分别在各个大殿中或站、或坐、或卧。他们以集体办公的形式，为信徒排忧解难，指点迷津。香客是神的粉丝，以烧香拜佛的直接方式与神的金身沟通，在心中默默诉求世俗的念想，祈求神的保佑。

与神直接沟通的方式要艰难得多。只有佛门弟子才能做到。藏经楼是僧人的精神家园，一个连接人间与天堂的地方。佛门弟子把全部身心交给佛经，在这里研读它、诵读它、理解它，在生活中践行它。在经义的引领下，人的灵魂沿着中轴线一路向上，到达山顶，升入天堂，与神相会。在这里聆听梵音片刻，你就大彻大悟，从此，佛就永远留在心中。

本文获第三届"嘉诚高新化工杯"华语散文大奖赛二等奖，入选《获奖作品集》。

有些与特区人发生过
千丝万缕关系的口号

在深圳经济特区初创岁月，有些与罗湖人（那时特区内只设有罗湖区，罗湖人即特区人）发生过千丝万缕关系的口号。人们在这块热土上追梦，很多时候就是冲着某个口号来的。这些口号魅力神奇，总能影响人们的思维，甚至左右人们的行为方式。人们就像着了魔，自觉不自觉沿着它表达的方向奋力前行。

三通一平

那些年，特区内除了深圳镇和零星的乡村，大片土地还是耕地和荒山野岭，处于原始状态，投资环境成为第一考量。土地开发也就成为改善投资环境的必然选择。但对于百业待兴的经济特区来说，资金捉襟见肘，银行可供贷款十分有限。资金短缺是困扰土地开发的瓶颈。出路何在？在于创新。经过摸索，一种"三通一平（通水、电、路，平整土地）"的全新开发模式脱颖而出。"三通一平"很快成为一句响亮的口号，家喻户晓。只花少量资金搞基本设施建设，省去建房投资这一环节。这种模式很快为开发单位和投资商双方所接受。后来，"三通一平"又拓展到"七通一平"。一块块经过前期开发的土地摆在特区的天空下，吸引着无数外商的目光。在香港制造业向内地转移的过程中，与香港一河之隔、一桥相通的深圳经济特区毫无疑问成为香港制造业转移的首选目的地。土地经过前期开发已具备投资的基本条件，加上特区土地价格相对低廉，港商纷纷自带资金和项目到特区投资兴业，掀起深港经济合作的首轮高潮。

后来，"三通一平"作为深圳特区的一种优化投资环境创新模式，在内地许多城市被推广开来。

穿针引线

特区初创，经济处于起步阶段。国家只给政策，不给资金。要为无米之炊，唯有外引内联，招商引资。特别是"三来一补"，很快成为深圳特区起步经济的引进主流项目。为了拓宽招商引资的渠道，充分利用民间资源，市、区两级党委和政府号召干部、群众"穿针引线"，为发展特区经济建功立业，并配套制订出对有功人员的奖励办法。口号一出来，可以说是响应风从。众所周知，深圳是个侨乡，旅居海外华侨众多。原居民与香港同胞多有血缘关系。相当部分村民还持有过境耕作证，出入境方便。村民们穿梭于香港与特区之间，将深圳试办特区的优惠政策、劳动力和土地价格低廉，以及招商引资的信息传递给香港、海外的亲戚朋友，最终在投资商和特区之间搭起一座座沟通的桥梁。村民们充当着"穿针引线"的角色，促成了一个又一个外资项目在特区安家落户。

"穿针引线"这个蕴含着特殊含义的口号，曾陪伴老深圳度过了一段激情充盈的岁月。

两个转变

试办特区，农村耕地势必被城市吞噬。大家心里都明白，这是迟早的事。

征地是特区乡村告别农业社会的盛大仪式。村民们失去的是祖祖辈辈赖以生存的土地，得到的是选择新的人生道路的机遇。路有千条、万条，村民们既兴奋又迷惘。

1981 年，罗湖区三级干部会议发出"两个转变"的号召，即农村向城市转变，农民向工人转变。这是对特区农村未来走向的一个清晰定位。在强力的行政主导下，征地费很快转化为新的生产资料，各村相继办起集体企业。伴随着产业转型，以粮为纲的传统农业土崩瓦解，取而代之的是工商业、酒店服务业、房屋租赁、汽车运输业，以及为市民生活服务的种养业。集体收入直线上升。村民在国家征地后划定的宅基地上陆续建起私房。私房出租和集体分红让村民过上了富足生活。一个个名闻全国的万元户村也先后问世。村民洗脚上田，成为新经济体的管理者或从业人员。随着一场在农村展开的"富起来之后怎么办"的大辩论，"小富即安"的小农意识很快被唾弃。村民的价值观在潜移默化。学文化、学技术、干事创业逐渐成为时尚。

1992 年，农村集体企业股份制改造完成。特区农村人口

49452 人一次性转为非农业人口。撤销村委会，建立居委会。深圳特区"两个转变"的路算是走到终点。

接待也是生产力

"接待也是生产力。"1983 年我任罗湖区政府接待科长时，这个口号已在业内流行。接待无非是把客人侍候好，吃喝拉撒住行安排周详便是，跟生产力何来关系？在外人看来未免过于夸张。

其实，这个口号的诞生与当年特区的处境有着直接的关系。当许多人还沉醉于姓资还是姓社的不休争论而不能自拔的时候，当年那些在今天看来再正常不过的先行先试举措都可能引起轩然大波，每一场风波都可能影响特区的命运。因此，争取内地社会各界的理解和支持就成为特区事业不可或缺的部分。对于每天都与中外客人打交道的接待人员来说更是一种使命。宣传特区理所当然成为每一项接待流程的主要课题。那些年，曾创造出"深圳速度"的国贸大厦和经历过沧桑巨变的渔民村是首选的参观考察行程。它们是邓小平老人家试办经济特区政策巨大成功的两座丰碑，感动过无数的中外客人。我们把每一次接待都演绎成释疑解惑的行程，让客人带着疑问而来，满怀激情而归。接待工作为特区事业凝聚社会各界人心起到了不可替代的作用。

遥想当年，这个口号真的是让我费思量，自难忘。

本文获"2010 最佳散文奖"，入选《2010 中国散文经典》。

铁丝网的南面北面

20 世纪 80 年代初，我在罗湖区政府接待科任职时，最常带客人参观的地方有两处：渔民村和沙头角中英街。

渔民村是罗湖口岸西侧的一个边境小渔村，有 20 多户人家。深圳成立特区后，渔民村的面貌开始快速变化，1982 年已是万元户村。20 多座新建的小楼，像是变魔法似地冒出来，从村口罗列到边境铁丝网边。邓小平、胡耀邦等党和国家领导人先后到这里视察，对村子的变化都动了感情。一个边境小渔村很快就名扬全国，成为宣传特区的典型。每次我们总是安排来访者先到文化室听情况汇报，然后去参观新村建设和村办工厂。村委干部一遍又一遍地介绍，客人们都露出渴望的眼神，很认真地看，认真地听，认真地记。真让我有一种满足感。

中英街是沙头角南面的一条小街，长不过三四百米。街中央有一条白色的分道线。分道线的西南侧是香港新界，由英国管治；东北侧由中方管治。成为一街两制，中、英分管的一条特殊街道。中英街的两旁是花花绿绿的商铺，陈列着包装精美的日用商品，有服装、有鞋袜、有牙膏肥皂、有水果、有糖果饼干、有即食面，还有金银首饰，价廉物美。改革开放初期，赴港出国对普通人来说还是禁区。因而每天办证到中英街的人很多。中方的管理人员会沿街吆喝类似的警告：不准越线，违者处罚。但街上人流拥挤，实际上吆喝归吆喝，大多数人都混着越线到港方商铺购物。我陪同的客人都揣着一颗好奇心，到了这里都很兴奋，什么都想看，什么都想买。

在驱车来回的罗沙路上可以看风景，大自然就在窗外，沿途有山有水，有野草，有山花，有农田，有村庄，有鱼塘，有劳作的男男女女。路上我特别来精神，一遍又一遍地为客人诉说沿途看到的事物，拿出莲塘、罗芳、罗湖几个边境农村的经济增长数字炫耀一番。人呀，即使到了中年，也难以脱俗，总有点虚荣。

罗沙路的南侧有一道铁丝网，特别扎眼。铁丝网的南面是香港新界，北面是深圳罗湖和沙头角。1840年鸦片战争爆发。1842年8月29日，兵临南京城下的英军迫使清朝政府签订《南京条约》，1860年10月24日又签订《北京条约》。根据两个条约，英国先后侵占香港岛和南九龙半鸟，据为"割让"地。1898年6月9日，再签订《拓展香港界址专条》，使新界划入香港。新界就是英国人新租借的土地，为期99年，至1997年6月30日止。新界位于原宝安县的南部，包括大屿山等200多个岛屿，面积975.1平方公里，农田4500亩，占原宝安县面积三分之二。1952年中英关系恶化，英方开始从沙头角至罗湖桥的边界竖起长约27公里的铁丝网。一个半世纪以来，在这闪着寒光的铁丝网两旁，有多少大起大落的历史被湮没，又有多少人间伤痛被雨打风吹去。战争是弱肉强食的战争，条约是不平等的条约。在这里，不见国家和民族的尊严，只见殖民主义者的意志和欲望。

老实说，至今我仍有那种历史情结。但20世纪进入80年代后，铁丝网两边确实有了很大的改变：北面的深圳特区正在迅速崛起，南面的香港也更加繁荣了。20世纪六七十年代逃港谋生的深圳人许多已陆续返回家乡定居。世事难料呀，真让我有种沧海桑田的感觉。

好像是1985年夏天，特区报开辟了一个"港深经济合作论坛"，我应征写了篇文章，记得上面有这些句子：香港与深圳一衣带水，隔网相望，一桥相通。"香港居民与深圳原居民许多都有血缘关系，香港居民是我们的骨肉同胞，血浓于水呀！""发展两地经济同样凝聚了港深同胞的一片深情。深圳、罗湖走的是一条发展外向型经济的道路，多年来，在利用外资方面，港商投资一直居第一位，功不可没。"文章见报后，还在办公室引起一场不大不小的争论。搞理论出身的老陈对我说："港商本质上是唯利是图，来这里投资是为了赚钱，可不是什么感情投资，有些界限是永远不能模糊的。"我回答说："我们深圳、罗湖不也赚了钱吗？还引进了先进设备和先进的管理经验，解决了许多人就业，这既是经济上的收获，也是感情上的收获，这就叫合作、叫双赢！"那时候，类似观念上的碰撞还真够尖锐的。

次年春节刚过，我第一次跨过罗湖桥，到香港参加罗湖区举办的春茗团拜会。在尖沙咀下车时，已是下午3时，天是阴晴交替，海风散漫，城市广场的花草树木已抽枝发芽，长出新叶。四周是一片科幻世界，高楼挨着高楼，商店挨着商店，汽车挨着汽车，人头挨着人头。在这个楼高路窄的繁华都市里，汽车在街上呼啸而过，走路的行人三步并作两步。快节奏大概就是香港人工作和生活的基本方式和态度。我觉得这是我在街上看到的与众不同的最感人的东西。香港的活力是多么充沛啊！

1997年7月1日，发生了一件举世瞩目的大事：香港回归。解放军途经罗湖的深南东路和文锦路于凌晨从文锦渡海关进驻香港。6月30日晚上，雨大一阵小一阵，我以联络员的身份穿梭于人民南路与文锦路口。街道是坦坦荡荡的街道，路旁是人海、花海、旗海。11点多，车队徐徐开过，年轻的官兵身着浅绿色军装，列队站在敞篷军车上，多么的帅气，多么的威武。车队所到之处，一片沸腾，口号声、歌声、锣鼓声，此起彼伏，鲜花和国旗在夜空中飞舞。我的声音沙了，手臂酸了。那时的深南路、文锦路真是激情澎湃呀！

第二天，罗湖区在深南路挂出巨幅标语："香港，早晨!"是对香港同胞的深情问候，是对香港回归的良好祝愿。寥寥四个字，又涵盖着怎样复杂的感情！我已经多年没去过香港。其实那里值得去转的地方很多。我几乎每天都看香港电视，看香港新闻。前些年，先是股票风波，接着是非典、禽流感，后来是民主政制发展的争论，闹得有点沸沸扬扬。老实说，还真让人有点担心。但是香港挺过来了。与10年前相比，香港民众变得对前途更有信心了。30万移居海外的香港人又回归香港创业。

今年夏天，我出国探亲，特意在香港作短暂逗留。第二天起了个大早，赶到金紫荆广场，已有100多人等候观看升旗仪式。海风依旧散漫，天是晴雨变幻。当鲜艳的五星红旗和绚丽的香港区旗在国歌声中冉冉升起的时候，我居然热泪盈眶。原来，人上了年纪就是这样的容易动情。我请身旁的游人帮我拍照，背景就是金紫荆广场。刚按下快门，雨点就打下来了，刹时，维多利亚港海面溅起白花花的一片。不能再到什么别的地方游览了，便打了个电话，约见在香港文汇报社当记者的一位老朋友。

我们在弥敦道的一家茶餐厅找到临窗的位置坐下来，随意叫了几个茶点，便聊了起来。我们都感叹于香港问题的敏感，感叹于国际背景的复杂。我对朋友说："香港经历一个半世纪的殖民统治是它的宿命，回归又是它的必然。不然，就不成其为香港。"我们谈起世人对香港10年回归的关注，谈起铺天盖地的新闻报道和评论文章。我说：最出彩的是美国权威杂志《时代周刊》。13年前，它的姐妹杂志《财富》判定"回归将令香港死亡"。最近出版的《时代周刊》却得出完全相反的结论："回归不但没有令香港死亡，香港甚至比以前更有活力。"美国人跟香港的历史恩怨没有多少关系，我相信他们这个结论是客观的、公正的。我想，能不能把这个结论刻在石碑上，就竖在金紫荆广场，让香港人和来这里的游人都能看到。我的想法似乎有点唐突，甚至还会招人笑话。但我仍然坚持。因为"活力"是香港的灵魂，活力四射的香港肯定美丽。北面的深圳也因为富于活力而美丽。但他们之间又有不同之处，深圳是个年轻的城市，香港则是一个正在脱胎换骨的城市，殖民痕迹正在渐渐消失。

离开茶餐厅时，天已放晴，突然有了灿烂的阳光。弥敦道已是干一块，湿一块。临近"七一"，街上的喜庆气息也弥漫开了。

本文获"中国散文福鼎笔会"征文二等奖，载于《安徽文学》2010年第12期。

罗湖的海拔

20 世纪 80 年代初，我有幸进入罗湖。

那年头，每逢大雨，水恣意地舒展着柔软的身躯，在地上乱转，试图融入深圳湾的苍茫中，但又完全找不出什么出路。相反，深圳湾的海水还倒灌进来凑热闹，超过水位警戒线的深圳水库也同时开闸放水，于是，罗湖便真的成了"湖"。洪水湮没了工地、街道和院落，深南路、人民路、新秀路的雨水汹涌着，俨然大河奔流。汽车贸然开进去十有八九死火，路上就有一长串趴下不动的汽车。一些民房和商场防备不周，雨水突然而至，损失严重。聪明的打工仔倒捡了个赚钱的机会，拉上板车，吆喝着："每人 10 元！"正在发愁的人们大喜过望，他们也许有生以来第一次坐上了这样简单的交通工具。板车在水中慢慢滚动，多了点诗意，却少了些尊严。

洪水就这样伴随着经济特区的初创，悄悄地进入了我们的生活，生活也就多了一分苦涩。这正是人们担心的事，罗湖的海拔，太低了。

　　我常常在罗湖的大街小巷转悠，试图在更深的层次去理解这块土地。在这里，人们过着比现在要简单和艰苦得多的生活，却干着复杂而繁重的劳动。在工地上蹲着吃饭、油毡纸、木棉瓦和竹子凑合而成的棚舍，成为人们做梦的摇篮。也许因为这里的海拔低，在天与地之间就显得格外空旷。随着摩天高楼一座座拔地而起，这块土地便充实起来。虽然规划有点粗糙，布局有些拥挤和凌乱，但罗湖却乐在其中。大厦提高了海拔，拓宽了人们的视野。其中，最为壮观的，先是国贸大厦，大厦的53层是一个在半空中旋转的餐厅，罗湖人一直以此为荣，津津乐道。后来，又有了地王大厦，在楼顶，你能感受到罗湖的繁荣、喧闹和天空的辽阔、宁静。在这种强烈的对比中，人们似乎领悟到了生活中某种更深刻的东西。

　　无论是用刻意的行走去探索罗湖，还是以参与的方式去体味这块土地，我发现，罗湖总是有一种精神感动着我。当然，精神是一种很抽象、很内涵的东西，但每当我触摸到这种东西的时候，脑海里就会浮现出许多新鲜而含意深刻的词语：改革开放的前沿、敢闯、杀出一条血路来、深圳是全国的深圳、罗湖是全国的罗湖、深圳速度、外引内联……这些词语并非是一些空洞的口号，也不是一些文字游戏，而是罗湖人行动的潜在或公开的规则，或者说这是罗湖人的一种精神状态，是心灵的海拔。站在这种"海拔"上，人们的视野、胸襟、见识、观念、勇气就能与这块土地，与这里的事业完美地融为一体。大概，罗湖人正是通过与这种精神上的联系，梦想才得以飞扬，奇迹才成为普遍的现实。仅仅20多年的时间，罗湖甩掉了精神上的桎梏，同时也甩掉了贫穷。历史的使命得以完成。

在时间的流淌中，我目睹着罗湖有声有色的变化，如今罗湖已是一个高楼鳞次栉比、马路纵横交错、人流横溢的现代化城区。20多年过去了，时光的飞逝让我感悟到人生的匆忙。我的生命很大一部分奉献给了罗湖，现在，我仍然站在同一海拔上，不同的是，水灾早已成为历史，只能留在记忆中去回味了。

当鲜花走进生活

一

时代真的不同了，花花草草也能上市卖钱。

今年的迎春花市仍设在国贸大厦南面深南东路。每年这个时候，总是人山人海，热闹非凡。今年亦然。

我步入花塔牌楼，置身于花海之中。远望，似朝霞，似彩云；近看，群芳竞放，争妍斗艳。微风吹过，香气扑人。"花气袭人"，信哉，斯言！我在花档漫步，盛开的杜鹃、玫瑰、贺年梅、水仙、牡丹……点缀在绿叶丛中。含苞欲放的山茶花，金果累累的金橘，碧莹莹的富贵竹、橡胶榕……一丛丛，一簇簇，都在笑靥迎人。月季，战战兢兢，含羞欲语。君子兰，绿得正浓，茁壮得很。

我停在一棵婆娑的山茶花旁，只见繁枝绿叶之间，缀满了待绽的花蕾，标价 150 元。有人问起花事，花主说：大年初一前一两晚，只需口含温水喷上去，年初一花就开了。看来，养花还讲究得很呢!

这时,游人愈来愈多,赏花、买花、卖花,人声鼎沸。一位娇俏的卖花姑娘正在向人指点。我向她打听卖花生意,她脸上露出甜甜的笑意:"生意还不错,上午两个钟头,卖了五六十盆,销售额 200 多元。过年啦,家里摆上几盆,既能美化家居,又有喜庆气氛。"我不禁笑了。

花市筹备办公室陈主任给我介绍说:今年花市兴隆,先搭了 300 米花档,可前来租档的单位和花农愈来愈多,供不应求,只好增搭了 50 米。到目前为止,花市近 200 档,近百个品种,来自全国 90 多个单位,有声名远播的山东牡丹,花中珍品长春君子兰,名贵的福建山茶花、水仙,还有深圳市园林公司几十种。吉林长春的君子兰是昨晚用飞机运来的。

说到这里,他那张圆圆的被晒红了的脸上露出沉思的神情。他接着说:往年花市由市主办,从今年起市政府把这个任务交给罗湖区。我们想把它办成卖花、赏花、文化娱乐的综合花市。首先在设计上吸取了往年的经验,中间道路面宽了,方便顾客流通。花坛下面的花圃,往年是公费买花摆设。今年实行改革,免费租给广州市郊芳村,既增加了档口,又节约了经费。还有花农住宿、吃饭,都得预先为他们联系好。公安、交通部门从早到晚巡逻,维持秩序……每一项服务都是很具体的。

后来我才发现,深圳的迎春花市一年复一年举办,而且越办越旺。花市催生了一条新的产业链,为鹏城洒满春光,鲜花渐渐走进寻常百姓家,成为生活的一部分,更是春节不可或缺的元素。在花市背后折射出来的是鹏城人生活的走向。

集中举办一年一届迎春花市早已沉淀为深圳的传统。不过,人世间一成不变的传统是没有的。随着城市建设的快速发展，迎春花市也渐成星罗棋布之势。2016 年在爱国路举办的第 35 届深圳市迎春花市结束的同时也为集中举办的方式拉下了帷幕。化整为零终成定局。迎春花市从 1982 年诞生起，共举办了 35 届。其中罗湖区政府承办了 32 届。我跟许多罗湖人一样与迎春花市都有一个解不开的情结。消息传来，心中难免怅然。

二

有文字记载的历史以来，便有了花卉与人类生活关系密切的记载。诗人把它作为歌咏的对象，热爱生活的人把它作为赏心悦目的资源，文人雅士则把它作为精神寄托的载体。爱屋及乌，"花"字也是上好的语言材料，构建成众多美妙成语：花好月圆、花团锦簇、锦上添花、闭月羞花、花容月貌、花样年华、心花怒放……专以诠释世上美好事物，字里行间便注满花的气息，美丽、芬芳，读者无不为之动容。

其实，最值得称道的还是花卉植物的生存智慧，这种从它生命中流淌出来的美应该成为所有地球生命学习的榜样。人类向来自视甚高，凌驾于一切生命之上，认定其他物种只有被利用、被支配的价值。但对花卉却情有独钟。人们爱花、种花、养花、赏花、惜花、护花，心甘情愿地充当护花使者。即便如此，人类对花的理解也往往停留在天生丽质的表象。人类与花卉分属动植物不同的生命体，但作为地球居民，花卉植物的资格就要老得多。早在史前的远古时代它们就在地球上定居下来，繁衍生息，家族兴旺，成员遍及地球各个角落。在亿万年的进化过程中，花卉植物成功解构自身的生存密码，掌握了极其阳光的生存艺术。它们以美的方式释放出观赏功能和商业价值，赢得人类的欢心，换取人类的呵护，成为利益共同体，生存概率自然大增。它们慷慨地奉献出自酿的花蜜，养育了无数的弱小生命。受惠的昆虫、小鸟则报以传播花粉，帮助它们不断扩大生存空间。敢于在演绎生命和薪火相传的过程中摒弃你死我活的传统竞争模式，与其他物种建立起互利共赢、共生共存的关系，从而让自己活得从容淡定、有滋有味。它们的巨大成功让我们看见了它们的睿智与魅力。

在现实生活中，人与人之间在空间、资源、机遇、利益等等问题上难免会产生矛盾，发生磨擦，你争我夺。这个过程通常表现为生存竞争，是人生不可或缺的部分。大的、小的，明的、暗的，成功的、失败的，鱼死网破的，互利共存的，形形色色的竞争将人生打造得跌宕起伏，精彩纷呈，甚至成为人生如戏中的高潮或亮点。要学会竞争，敢于竞争，善于竞争。竞争需要对手，但对手不是敌人。竞争也不是战争。无须斗争哲学，无须剑拔弩张，无须你死我活。竞争的最高境界是双赢，公平竞争是良级境界，恶性竞争是低级境界。竞争离不开智慧，它主导着竞争的进程，决定着成败。生存竞争首先是人品的竞争。人品的高低必然与三种不同竞争模式的品位相吻合，谁也不能出其右。生存压力人人难免，面对竞争能有多大的作为主要取决于个人的修行。一个人热衷于低级境界竞争，自然让人想起那些表面看来很强势，其实是个内心虚弱、阴险狡诈、为达目的不择手段的懦夫。即便胜出，也是千夫所指。只有那些阳光而有足够自信的人才敢于公平竞争，有足够智慧的人则善于竞争。阳光、自信加上智慧就能在高级境界竞争中如鱼得水，像花卉植物一样活得轻松惬意、绽放美丽。人生几十年，重要的不是你打败了多少竞争对手，而是你对社会的贡献以及你赢得了多少对手的尊重。既然有了花卉植物这个具有普世价值的竞争行为典范，何不借鉴它们的竞争艺术，换个活法。

怀念红红火火的"三来一补"经济

　　我怀念曾经红红火火的"三来一补"企业，它们是建区初期罗湖工业的主心骨。

　　红红火火是"三来一补"企业的天性。用工多，人气旺。生产繁忙，产品如山。满载产品或原材料的车辆进出口岸排长龙。不是红红火火，还能是什么？

　　在我的印象中，1979 年绝对是个好年景。深圳经济特区创立，罗湖区应运而生。改革开放发力，一举打开了禁锢已久的罗湖口岸。从此，外面的风，内地的风吹了进来，席卷这块与香港新界只有一河之隔但却是古老的土地，带来了童话般的变化。荒山、野岭、农田、村镇渐渐地褪去乡土的外衣，披上现代化城区的盛装。千百年来农民赖以生存的土地一块一块被国家征用。土地上生长出来的不再是庄稼，而是高高低低的楼房、大大小小的马路和万紫千红的公园……公社、生产队的干部、社员一样睁着迷茫的眼睛，一切都那么神奇，那么陌生，又那么令人振奋。失去土地，今后的生活道路该往哪里延伸？

路是逼出来的。罗湖人开始了各种各样的探索，一批新业态破土而出。其中，最引人注目的是"三来一补"经济。1979 年，以罗湖区皮鞋厂为代表的 30 家"三来一补"企业在招商引资的高潮中来到罗湖安家落户。它们一点也不怯生，在罗湖人的眼皮底下，你追我赶，各显神通，把各自的产能发挥到极致。年终盘点，共为罗湖贡献工缴费 477 万港元，比上年本土工业收入几乎是翻了两番。"三来一补"企业的财富创造力初试锋芒，便让人刮目相看。这是它们留给罗湖人的第一印象。第一印象至关重要。罗湖人不仅认识和接纳了它们，而且委以重任。承载着传统制造业的"三来一补"企业很快成为罗湖的起步工业和招商引资的主流项目，并最终成长为罗湖经济的一颗耀眼的明星。

罗湖人开始偏爱"三来一补"经济，当然是爱得有理。传统制造业一经插上"三来一补"（来料、来样加工、来件装配及补偿贸易的简称）的翅膀，就产生了质的飞跃，成为"两头在外，大进大出"的外向型经济，与中央对深圳"四个窗口"的定位相吻合。传统制造业是一种既有明显优势又有明显劣势的项目。技术含量偏低，且劳动用工密集，导致成本上升。在工业发达的国家和地区面临被淘汰被转移的命运。1979 年，香港、澳门、台湾的传统制造业乘着改革开放的大潮掀起了向珠江三角洲转移的第一轮高峰。传统制造业那些劣势在罗湖反而成了优势。不仅有助于罗湖居民就业，更有助于众多的外来农民工就业。大片规划工业用地也陆续派上用场，发挥效益。建区初期，罗湖缺资金、缺人才、缺技术，好高骛远自办先进工业不切实际。"三来一补"项目既然是成熟的传统制造业，易管理、见效快、创汇多，拿来主义，为我所用，又有何不可？

凭借中央赋予的特殊政策优势，毗邻香港的地缘优势以及

　　侨乡的人脉优势，从一开始，罗湖就站在了招商引资的制高点上，对"三来一补"经济的热情持续升温。在罗湖人的悉心经营下，"三来一补"项目像天女散花在区、街、村三级经济实体中铺陈开来，红红火火，并迅速成长为强劲的经济增长点。

　　偏爱意味着付出。付出才能筑牢招商引资的制高点。

　　罗湖人心甘情愿地为"三来一补"经济付出，且远远超过其他业态。尽管资金捉襟见肘，但对厂房建设投入却"大手大脚"。把财政收入、银行贷款、村集体收入和村民集资大都投入进去。专为"三来一补"项目量身打造的标准厂房建设经历了从见缝插针到成片开发、从单纯的厂房建设到完善配套设施的过程。星星点点的标准厂房撒落在罗湖这片热土上，形成为一个个大大小小的工业区。它们既是"三来一补"企业大展身手的舞台，同时也是罗湖工业成长的摇篮。

　　当年，我常常穿梭于工业区间搞调研，聆听钢铁机器铿锵有力的喧哗，目睹打工仔打工妹忙碌的身影，感受工业文明不一样的精彩。企业满负荷运作，产品源源不绝地流出厂门，再从文锦渡口岸源源不绝地流出香港、流向世界各地。这是无数的农民工在流水线上用青春和汗水描绘的一幅幅流动画卷，是一种能让人热血沸腾的画面。

　　为外商及其企业提供全方位的服务也是一种付出。服务工作具体琐碎，大至项目审批，小至进出口报关，哪一样都不能缺，哪一样都不能错，哪一样都不能拖。说到底，服务是一种软实力，是一种吸引外商投资不可或缺的能力。

　　在服务领域，罗湖人最讲究的是效率。有两段小插曲足以振聋发聩。

　　有一天，香港利时电子厂的老板找上门来，对引进办主任陈振涛焦急地说："我想到深圳办来料加工厂,可是转了两个月都没办成,手续很麻烦。这回想跟罗湖五金工艺公司合作,望多多关照。"陈振涛热情地把他带进洽谈室,边问长问短,边组织有关人员洽谈,草拟合同。只用了半天时间,合同审批完毕。老板大喜过望,连声称赞"罗湖速度"!

陈振涛操着客家普通话说:"引进工作需要进一步改革,引进办要直接参加洽谈,虽然辛苦些,但熟悉有关政策条文,避免走弯路。此前,我们制定了'标准合同',既节约时间,也使全区合同标准化,效率大大提高。现在加上直接参与,基本上就能做到审批项目不过夜。"

有一段时间,外商面对外贸公司报关组的招牌直摇头,像政府机关一样实行8小时工作制,有时8小时内也找不到人。满载产品待报关出口的载重汽车只好在文锦渡抛锚。个别人还有时托香港司机"买"点烟酒,司机敢怒而不敢言。意见反映到区委,区委果断地调整了外贸公司的领导班子。新班子旗帜鲜明,明确宣布外贸公司是全区唯一的商务单位,必须把精力转移到商务工作上来。并进行整顿,推行岗位责任制,加强政治思想工作。效率的龙卷风将公司的旧秩序冲撞得人仰马翻。

报关组实行超时有偿服务。外商货车随到随报关。

公司以第一时间帮助外商领取产品出口许可证,保证来料加工企业正常运转。

认真管理产地证申请,保证本区产品出口畅通无阻。

加强对"三来一补"企业的管理,维护协约的严肃性,维护双方的合法权益。

理顺了关系,明确了责任,商务服务很快步入了快车道。

标准厂房与高效服务为"三来一补"企业走得更快更远更

好铺平了道路。

我长期在区政府办公室搞文字工作，对各类经济数字特别敏感。总觉得数字是有灵性的，与它们面对面的时候，总会告诉我一些鲜为人知的故事。

1988年，办公室为"改革开放与香港理论研讨会"准备汇报材料。对建区8年来外向型经济进行了一次系统疏理。当那些鲜活的数字映入眼帘的时候，就像一个强力磁场，一下子把我牢牢吸引住了。这些数字在现在并不耀眼，但在当时却是名副其实的天文数字。短短8年，基本完成生产资料转移，建成厂房面积45万平方米，形成加工装配生产基地25个，还有20万平米厂房即将完工。这组数字用一种无声的语言向我讲述了一个罗湖速度的故事。其中既蕴含着罗湖人的智慧，也蕴含着罗湖人的梦想。8年，有828家"三来一补"企业在罗湖落户，创造工缴费从1979年的477万港元飙升至1987年的12021万港元，突破亿元大关。这组数字同样以一种无声的语言向我讲述了一个罗湖速度加效益的故事。1988年，工缴费收入进入2亿元时代，一直维持到1991年。

世事变化是一种常态，盛极而衰是一种宿命。

1991年，深圳实施产业转型升级，停止审批劳动密集型的"三来一补"项目。其实是一件好事，罗湖可以与时俱进，用高新技术产品来料加工取代已完成历史使命的传统制造业。

那些曾陪伴过我多年的劳动密集型的"三来一补"经济在我身边永远地消失了，心里难免有点失落。但它们所创造的那段红红火火的历史却依然温暖着罗湖人的心。

第三辑

——依稀的履痕

澳洲东南海岸印象

　　澳洲，你凭什么把天堂拥为己有？你凭什么让碧水、蓝天、白云永久地留在怀里？

　　千年万年，时间流淌。流平了多少高山，流干了多少江河湖泊，又有多少绿洲流成滚滚黄沙。而你始终矢志不渝，坚守着自己的一分信念，为人类生存的这个星球留下一方乐土。

　　澳洲是什么样子，天堂就是什么样子。这已经成为世人的一种共识和向往。

　　在向往和探亲的共同作用下，我终于实现了对澳洲东南海岸的一段探索旅程。

　　现在已经过去多年，因为岁月的洗涤，那些多姿多彩的印象反而更加清晰，并常常在记忆中复活。

　　悉尼是新南威尔士州的首府。我于三月初踏足这片土地，正值澳洲的深秋天气，清凉中乍现寒意，干爽、舒适。这种天气会一直延续到四月，尾巴拖得够长。我坐着亲戚开的小车，在悉尼的大街小巷转悠，看建筑、看唐人街、看街头艺术表演、看海滩、看土著、看硕大的鹦鹉在树林中飞翔，看一切能看到的东西。

寻寻觅觅中，我发现在山光水色的辉映下，悉尼的美几乎无处不在：市郊有大片的山地被原始森林覆盖着，有些兀然耸立的石壁和石柱，几只苍鹰在上空盘旋，无边的苍茫和纯粹的荒野，让人有点吃惊。城市的东面濒临浩瀚的南太平洋，站在岸边，可以聆听大海深处的呼吸，让温柔的海风轻轻抚摸，有种飘飘然的感觉。宽阔的海滨大道迤逦而去，两旁的参天大树笔直地竖立着，整齐划一，显然是人工种植的，表明了它们城市移民的身份。粗壮斑驳的树干见证着与这座城市共同度过的漫长时光。大街小巷的行人不拥挤，也不冷落，他们的衣着非常随意，连步履都是随意的，似乎没有明确的目的地。周末的邦迪海滩气氛渐浓，一群孩子正在玩球，似乎手脚并用，分不清是打排球还是踢足球，但玩得很起劲很开心。他们的父母则躺着晒太阳，目光游离在大海、天空和孩子身上。一群在沙滩上漫步的游人被孩子们的简单快乐所感染，情不自禁地呐喊助威。沙滩侧面的涂鸦墙色彩缤纷，象征和夸张的图案，让人发笑，也让人回味。

终于来到悉尼港，应该是上午 10 点钟。我发现自己进入一个童话世界。悉尼大桥是一座非常有名的城市地标，但在我的心目中，它更像一道彩虹横卧于海港的清波之上。隔着蓝色的海面，汽车、电车和火车在高悬的桥面上快速穿越的影子透出一丝诡异，能激发你的想象力。站在大桥弧形拱顶上可以纵目远眺。中心城区的高楼非常现代、亮丽、洁净。大桥下面的杰克逊湾是悉尼命运的转折点。1788 年 1 月，英国菲利普船长率领的船队就在这里登陆，开始了创建悉尼城市的历史。记得有一段记载澳洲大陆被发现的资料。早在 1422 年，中国的航海家郑和率领的船队曾经抵达澳洲，并多次登陆，还在新南威尔士的伊登和昆士兰的金皮建立小村落和瞭望台。但郑和是一位君子、一颗流星，只是雁过留声。跟他完全不同的是 300 年后的英国海军舰长库克，他率领的船队于 1770 年在澳洲东海岸约克角登陆。他毫不客气地做出三个大动作：在岛上升起英国国旗、宣称该岛为占有岛、把新南威尔士的土地圈进英国殖民地版图。随船而来的 1030 名士兵和犯人构成了澳大利亚殖民地最初的定居人群。为进一步落实英国对澳洲大陆的殖民地计划，18 年后，经过充分准备的菲利普率领的船队出现在悉尼。随船而来的有700 名英国官兵及家属和 736 名罪犯。在向陆地腹部开拓殖民地疆土之前，他选定悉尼为据点，强迫罪犯劳动，建立大本营。日月如梭，两个世纪过去，悉尼终于将曾经的蛮荒渐渐地抛到身后。

在距离大桥不远的一块伸进海湾的陆地上，横陈着一艘张满风帆的帆船巨雕。10 片排列有序的白色水泥蚌壳构成航船的风帆。这座梦幻般的建筑就是悉尼歌剧院，澳洲文化艺术的浪漫象征。在它神秘的腹腔内藏有 500 个房间，其中有四个主要场馆：歌剧院、音乐厅、戏剧场和娱乐场。这座建筑应该是属于全世界顶级表演艺术家的，一个造梦的地方。它那惊世骇俗的造型和一连串与它相联系的名字相得益彰。

离大剧院不远，有一处码头，一艘豪华游轮正徐徐驶离港口，打破了海湾的宁静。海水纤尘不染，在许多港口是难以看到的。湛蓝的海水从脚下一直延伸到天际，再延伸到天空，天空也就成为倒悬的大海。铺天盖地的湛蓝构成这座城市的底色，融进人们的生活。

我用一整天的时间来认识堪培拉。这座位于东海岸的山城，看上去怎么也难以与澳洲首都联系起来。它少了点威严和人气，却多出点秀气与宁静。一个格列芬人工湖横卧市区，国会大厦、商业中心、战争纪念馆、国立图书馆、国立美术馆、国立博物馆和高等法院一一屹立在宁静的湖畔。大片的天然森林和人工城市园林簇拥着稀稀落落的建筑。国会大厦辟出大片区域供游人参观。中午，我登上大厦楼顶露天咖啡座，俯瞰城市核心景观。几只乌鸦在身旁悠闲地踱着方步、等待与游人共进午餐。黄昏我来到湖边，欣赏着金子般的湖水。一群毛茸茸的小野鸭在母亲的引领下，叽叽喳喳地爬上岸边，在一块柔软的草地上争相依偎在母亲的翅膀下，构成湖畔一点点热闹。7点多钟，太阳已有落山的意思，地面上物体的影子拉得格外地长。驱车离开时，街上只有为数不多的车辆，零星的路人慢悠悠地走进某个商店。我带着堪培拉留下的有点落寞的印象回到悉尼。

马林布拉是悉尼南部的海滨小镇。从悉尼出发需要六七个小时的车程。但无需为旅途的劳顿担心。进入海滨公路，你会觉得在观看画作展览长廊。没有尽头的南太平洋断断续续地进入你的视野；水天相接处的潮涌白花花的一片，在阳光下，令人有点目眩；浪潮有节奏地拍打着海岸；那些海湾却显得风平浪静。海湾不仅数量多，而且富于变化。水深岸平的海湾被辟成码头，泊满洁白晃眼的游艇。远看那些铺着金色沙滩的海湾，却有点荒凉的感觉。因为不是节假日和旅游旺季，只有几个散步的游人，偶然会看见零星的垂钓者。有些海湾向陆地伸展得很远，拐上无数个弯，构成纵横交错的水网。但不管海湾如何变化，都看不到丝毫污染的迹象。海湾像镶在东南海岸的蓝宝石，晶莹剔透。我在其中一个海湾停留了半个钟头，看一对上年纪的夫妇将钓来的一桶海鱼切成块块，投喂塘鹅。既似乎奢侈，又似乎正常。在这里，动物是有权与人类分享自然资源的。

路上经过的大多是平缓的丘陵，还处于自然状态，满眼色彩缤纷。在山水间点缀着欧式海滨别墅，几乎都是工厂预制的木板房，高一、二层。在房子的周围是用木篱笆围成的花园。花园基本保留着原有的地形地貌，并按政府规定的面积比例种上花草果木，让建筑与周围的生态环境融为一体。澳洲天气干燥，木板不会腐烂变质。经风吹日晒陈旧后，只要稍加整修，刷上油漆，又成为新房。小镇是这些居民的经济、文化生活中心。通常是相距三四十公里就有一个。与分散的民居不同，镇上的建筑大多是钢筋水泥结构，密度也要大得多。有各种各样的店铺和小超市，还有电影院、运动场和教堂，以方便居民的日常生活。

到达马林布拉小镇后，用半个月的时光欣赏南海岸的众多细节，印证旅途的粗糙体验。

如果不想终止自己的旅程，还可以沿着海滨公路一直走下去，并最终回到原点上。因为澳洲大陆是个岛屿，周边环海。绕岛一周，3.3万公里的海岸线就大概看了个遍。当然还不包括其他小岛的3000公里海岸。海滨公路把海岸风光连缀起来，形成一条旅游观光线路。同时，它又是澳洲人最重要的生存地带。全国两千万人口中有七成居住在海岸地带。

深秋的海滨小镇一切都像被水洗过似的清清爽爽：天、地、天地间的一切，连同水和空气。人也变得精神奕奕，总有一种出门的冲动。当你迈进大自然，你就拥有了人世间最珍贵的资源：大海、蓝天、阳光、沙滩、森林，以及柔软的风和清新的空气。如果你想永远拥有，就在这里垒上一个窝。澳洲人就这样轻松地走进人间天堂，不奢侈，但悠然自得。多么写意的人生。

本文入选《国学、作家、诗人名鉴》。

经历一次西藏高原的朝圣

进入西藏我感觉最强烈的是信仰的魅力。

在红尘滚滚的拉萨，布达拉宫和大昭寺释放出来的宗教气氛在大街小巷、在空旷的山水之间飘荡。每天，太阳刚从地平线跃起，身着民族服饰的藏民的朝圣活动就此开始。他们一步一匍匐，全身贴在大地上，通过接触泥土，与佛沟通，聆听神的教诲，用心去领会经义。日复一日，年复一年，在一生的岁月里，要花上很长时间走完朝圣之路。我在大街上与藏民们擦肩而过，他们一个个把高原红和佛教信仰同时挂在脸上。

在拉萨，人们的目光总会在布达拉宫停留许久，还会产生进去的冲动。这座当今世上距离天空最近，规模最宏大的宫堡式建筑群，气势恢宏，庄严肃穆。它凝聚了西藏1300多年政教合一的历史，不走进去，你就无法读懂它。

跌宕起伏的内部构造，构成宫内的迷离境界。这座依山而修的古建筑，东西长360米，南北长140米，占地面积41公顷，建筑面积13万平方米。主体建筑为白宫和红宫，共13层，高达

117. 19 米。宫内殿堂众多，高低错落，曲径通幽。主要有灵塔殿、宫殿、佛殿、经堂、僧舍。最惹人注目的是八座灵塔殿，分别存放着各世达赖喇嘛法体。

我曾注意到，在古朴沧桑的殿堂里珍藏着各代雕塑、唐卡、宗教法器、各种典籍、绘在墙上的数以万计的精美壁画以及供奉的佛像。正是这些灿烂的藏传佛教文化把藏人信仰的魅力展示在世人面前。布达拉宫站在拉萨之巅，俯视着芸芸众生，震撼人的心灵。

在当今物欲横流的世界里，许多人都成了彻底的"唯物"主义者，想方设法用物质堆满房子，用数字填满银行账号，用肥美的食物塞满肠胃。在我们的生活中，物质占去所有空间，灵魂失去依存，精神空虚。我们沦为物质的奴隶，灵魂受重视的生活似乎已经远离我们而去。

所以，我们需要一点什么，来引领信仰的回归。

大昭寺与八角街是神与世俗完美结合的典范，是信仰与平常兼得的地方。在这里，我们也许可以完成一次自我超越。

位于老城区中心的大昭寺是一座浸润着 1300 多年历史、盛名远播的寺院。主殿内供奉着唐文成公主从长安带来的一尊"觉阿罗"——释迦牟尼 12 岁时的等身镀金像，这使得它成为西藏的佛教中心。经堂在这里，佛堂也在这里。佛像庄严，净水供奉，经筒旋转，梵唱阵阵。这里是信众心目中的净土和乐园。每天前来朝圣的人络绎不绝。

寺院的四周由八角街所缠绕，这是一条商业步行街，也是一条转经路。历代经年，在八角街的四周聚集成人烟稠密的老市区。藏民们在什么地方切入八角街，就在什么地方把经筒转起来；在什么地方起程前往大昭寺朝圣，就在什么地方开始朝拜。信众用精神洗礼的方式来表达对佛的信仰，把世俗纷扰、胜负得失抛到身后，让心灵得到升华。

从拉萨到纳木错湖一路向上，大地以倾斜的方式躺在那里。山的突兀、山的静默、天的辽阔、天的明净、雪的眩目、阳光的热烈，构成西藏高原的蛮荒之美。

雪水停在湖里，神话停在湖里，我的目光也停在湖里。这样一个面积1920平方公里的中国第二大咸水湖，站在它四周的是唐古拉山脉，水蒸气上升到山顶凝结成雪，雪融化成水流进山谷就成为湖，湖水晶莹剔透，冰清玉洁。天空、太阳、白云、雪峰，还有我自己，都情不自禁地投进它那宽广的怀抱，感受这里亘古不变的寒冷。

纳木错作为藏传佛教的著名圣地，即便在4178米这样的海拔高度，也不乏朝圣者的身影。他们往往要花上一个月的时间转湖朝圣，在意志的磨炼中让自己的功德修炼至圆满。千百年来，朝圣者留下的经石已堆成100多米长的码尼墙，并在湖边夫妻石挂满经幡。

在这样空旷辽阔的高原，空气只有稀释自己才能到达每一寸空间。但对藏民来说已经足够了，他们对物质的追求远逊于对精神的追求，连消费空气也是如此。相比之下，在我们生活的一些城市里，许多人都毫无节制地消耗着空气，甚至不惜以污染空气的方式来换取更多的财富和享受。只有在这里，在这样的海拔高度上，在一个圣湖面前，人们才真正感觉到空气是一种无价之宝，呼吸是一种超奢侈的享受。在这里，每迈动一次脚步，每呼吸一口空气，都是那样的费劲，那样的刻骨铭心。

那些在平时不起眼的，甚至被无情糟蹋的空气，以警示的方式，一下子凸显在我们的面前。

一个被太多物质迷失的灵魂，在这里经历了一次对朝圣者的朝圣，也经历了一次对西藏高原的朝圣。

本文获由中国作家创作协会主办的"第二届'龙吟杯'华夏诗文书画艺术大赛"诗文类金奖，入选《华夏诗文书画艺术大赛金榜集》。

在动物的岁月里

　　人的祖先抢先走完关键进化程序，从灵长类演变成人，并最终问鼎动物世界而成为霸主。这使得原本在野外自由快活的飞禽走兽不得不生活在人类的阴影之下，命运从此多舛。

　　杯中之物由粮食或水果酿造而成。本是为英雄豪杰壮行和庆功的饮料，也是节日和婚宴喜庆的必备之物。酒能乱性，一杯下肚，便发生心跳耳热的化学反应，让人壮怀激烈或热情似火。它在人们的交往中总是充当润滑剂的角色，干大事的人也常常借酒壮胆，多愁善感者则往往借酒浇愁。在一家药铺灯光昏黄的货架上，我见到另一类用爬行动物浸泡的药酒，据说适量常饮能让人强身健体，延年益寿，还能医治无名肿毒。蛤蚧、蜈蚣和毒蛇的尸体在金黄色的酒液中载沉载浮。它们被囚禁在几个精致的玻璃瓶内，仍然保留着生命结束一刹那的挣扎形态。人类用它们的生命来换取自身的健康，这是强者的逻辑。野外的蛤蚧于我非常陌生，蜈蚣的神秘身影也不常见。但在我老家粤北山区的乡间，行走于夏天的草丛中却常常与蛇狭路相逢，两种动物对视片刻，随即各奔东西。但有时候，它会昂首吐信，滋滋作响，让人毛发皆竖。其实不过是虚张声势的退敌伎俩。蛇是荒野中的闪电，出没于瞬息倏忽间。善于营造隐秘的气氛，擅长于展示纤细和婀娜。这种阴柔的行为特征，很容易使人联想到娇媚的女子。难怪一个传奇故事《白蛇传》能家喻户晓。由白蛇和青蛇幻化而成的女子，亦妖亦人亦仙，风情万种，吹气如兰，且刚柔相济，敢爱敢恨。虚拟的幻境，缠绵悱恻，美丽动人，让我少年时期行走于乡间荒野时平添了几分想入非非的痴迷。但眼前的一幕彻底颠覆了我对蛇的审美取向。近距离审视，药酒中的动物看相令人窒息。蛇身略显肿胀，表层的鳞片闪闪发光，变化莫测的线条如今蜷缩成一个大大的问号，悬浮于酒瓶之中。一条蜈蚣数条蛤蚧以僵硬的姿态淹没在酒液之中，纤毫毕现。药酒的功能扑朔迷离。我不清楚，这些动物能释放何种有效成分，让嗜药酒者如此着迷。但有一点可以断定，蛇选择昆虫老鼠为主食，对庄稼和农民有着实实在在的利益。我真不明白，人心何以如此轻易受到蛊惑，变得寡情薄义。

　　从偏僻的乡村小镇到繁华的大都市，野味餐厅的身影约隐约现。我曾经有过为数不多走进野味餐厅的体验。每一次都是亲眼目睹一种生命对另一种生命的剥夺。从四面八方抓捕来的果子狸、雉鸡、大雁、鹧鸪、斑鸠、麻雀、甲鱼、蛇、猫头鹰被关在粗糙的铁笼里。旅途的折腾，让它们身心疲惫，眼神呆滞。生命在这里被明码标价，死亡的仪式非常残酷，动物们却无法越过它，只能经历它，一经饕餮者点勾，随即斧钺相见。厨房不时传出惨厉的叫声，血腥味在空气中飘散，但端上台面的却是一盆盆弥漫着诱人香味的佳肴。经过舌蕾的一番品尝，食欲大开，人们一边聊天，一边津津有味地嘶咬、咀嚼。据说，如有熟人张罗，吃上穿山甲、娃娃鱼、老虎肉、熊掌也不是办不到的事。看来，野味经营已经没有底线。死亡与享受被粗暴结合，每天重复上演，去的次数多了，心肠就会变硬。

"以形补形"无疑是饮食文化的精髓。在国家地理频道可以看到许多让男人心旌摇曳的镜头。每逢交配季节来临，荡漾着荷尔蒙的雄性动物之间争夺交配权的战斗就此展开，激烈程度超出想象。只有胜利者才能妻妾成群，把优秀的基因传递给下一代，保证家族的兴旺和物种的延续。野生动物的超凡性能力匪夷所思。相比之下，在现代生活压力下的男人阳刚之气却大打折扣。餐厅适时推出各种动物鞭汤，将牛鞭、鹿鞭，甚至虎鞭熬成汤，色香味俱佳，并宣称有壮阳补肾、固本强基的功效。男人期望实现"以鞭补鞭"，吸收动物的荷尔蒙，提升性能力，拯救日益衰微的雄风。动物鞭汤正中男人心思，生意自然不错。

非说不可的是猴子。猴子很聪明，反被聪明误了性命。猴子的祖先一念之差，作出错误决策，选择继续留守森林，错过了进化的机遇，至今仍停留在灵长类动物阶段。但是，却有幸成长为森林中的精灵。由稍纵即逝的抛物线连接起来的生命轨迹，表明它们是最适宜在杳无人迹的深山老林生活的动物。它们乐意在优雅的舒展中演示生存的过程，无论是游戏、觅食，还是逃避天敌、保护配偶子女和捍卫领地，它们总是在树冠之间一闪而过，划出一道道流畅的抛物线，让生命快乐和延伸。话说回来，猴子终究是人类的近亲，这是不争的事实。它们的基因有百分之九十九与人类相似，大脑发达，智商很高。一定是猴子的天生聪明触动了某些人的神经，在"以形补形"的丰富想象中，猴脑顺理成章地成为人们提升智商水平的上佳补品。在专营猴脑的餐厅，上演着令人难以置信的一幕。在特制的圆桌下方，被五花大绑的猴子脑袋剃得精光，只有头顶暴露在桌子中央的圆孔之中。在利刃面前，猴子命如草芥，脑袋很快被切开一个洞。有幸享用的人总是很兴奋，眼睛放光，手拿铁勺掏出脑浆，在早已烧得滚烫的火锅中烫熟，一口一口地吞进胃里。猴子痛苦万状而又无法挣扎的表情只有一板之隔。当最后一滴脑浆被放进火锅，猴子也咽下最后一口气。想一想生命被慢慢谋杀至死的过程，真让人毛骨悚然。

在大城市都无一例外地建有动物园。说白了，动物园就是农耕文明的实验基地。人类的祖先在创造农耕文明的过程中，成功地将猪、牛、羊、马、狗、鸡、鸭、鹅等一批野生动物驯养为家畜家禽。现在，它们的身影在城乡随处可见。当然必须依附人类才能生存，代价是失去自由甚至付出生命，十分昂贵。野外生活的动物是天生的运动员。依靠力量和速度获取食物、争夺配偶、捍卫栖息地。对于它们来说运动就是活着，就是快乐，就是一切。运动能力一旦丧失，生命也就走到尽头。但是，被人类从地球各个角落掳掠至动物园之后，由大自然掌控的命运从此交至人类的手上。活法彻底改变。人的意志深刻地影响着动物们的行为，从日常饮食起居、交配权力至活动空间分配，都是管理人员精心安排的。食物对动物行为的改变起着决定性的作用。公园内实行食物供给，动物们不愁吃喝，无须为一日三餐奔波劳碌。它们被困在狭小的空间里，无所事事，养尊处优，渐渐忘记了与饥饿有关的掠夺和厮杀。身体在时光的流逝中越发的臃肿和懒惰。自由是野生动物基本生活方式。进入公园再无自由可言。生活的空间是按照不同物种划分的，四周是为了防止逃遁而设置的种种障碍。曾经拥有的宽广天地以及与此相联系的种种精彩只能在它们的梦中再现。许多动物进来之后，在野外求生的本能都在驯化中丧失了。事实上，它们已跨入或正在跨入家禽家畜和宠物的行列。

园内动物生存的全部目的是供人参观。为沉闷的生活制造一点刺激。百兽之王——老虎，随着鞭子的挥动，一次又一次地穿过火圈；身为森林之王的狮子，它的铁爪只是趴在皮球上，在地下来回滚动；猴子穿得花里胡哨，像模像样地学着人类的行为动作；大象的鼻子瞬间将人高高举起……它们的表演赢得阵阵掌声，也赢得一份更加可口的食物。更多的动物却没有这种一展风采的机会。它们身陷囹圄，只能老老实实地待着，对于一拨又一拨的参观人潮，早已习以为常，极少与人互动。在它们身上，我们只能感受到无奈和消沉。某公园猛兽区发生的一幕更是让人心酸。几位参观者与园方商定，购来一头强壮的雄性水牛，投放到老虎区内，老虎当然不高兴有限的栖息地与外来物种分享，慢吞吞地爬起来，向水牛围拢过去，发出低声的吼叫，试图文明地将外来入侵者赶出领地，对于送上门的美味大餐却浑然不觉。水牛面对天敌，依仗硕大的体型，公然对抗。在短暂的对峙中，四头老虎落荒而逃。王者之风荡然无存。作为大型猫科肉食动物，徒有天生的尖牙利爪和闪电般的奔跑速度，物种功能变得模糊。真正的搏斗还未展开，胜负已见分晓，出乎参观者的意料。老虎的失败不在于力量和本事，而在于精神状态。在无边的绿色世界滋养的老虎威风八面，一声长啸，地动山摇，百兽臣服。追逐扑杀之姿宛如战神。但是，环境可以改变一切。在长期的囚禁生活里，狭小的天地是肉体和精神的双重牢笼。可以断言，即便是身为天生杀手的老虎，在园中待上若干年，也照样情绪低落，精神抑郁，毫无斗志可言。英雄虎胆的豪情被活生生销蚀殆尽，让人唏嘘不已。

就生态平衡而言，一条生物链把纷纭复杂的动物社会组织得井然有序，众多物种被安排在最佳位置上，各自扮演着不同的角色，纷纭繁多的物种互相依存，又互相制约，构成强弱有序的食物链。在动物的岁月里，总是充满着希望与危机，"螳螂捕蝉，黄雀在后"的生存竞争固然残酷，但却是动物世界自我调控的有效机制。生命的全过程是由自然法则掌控的，没有任何人为因素。唯有这种方式对生态平衡才具有实际意义——一些动物的死亡换取另一些动物的生存，同时在汰弱留强的过程中将自身种群的数量控制在合理的范围内，避免因某些物种的灭绝或急剧膨胀带来生态失衡，酿成生态灾难，并最终实现动物社会的和谐。

但这些却被人为践踏了。据相关资料显示，现在平均三个小时就有一个物种从地球上永远消失，其中在中国的濒危物种就多达 160 个。数字触目惊心。与这些数字相联系的是人类的霸气。动物们有权过自己的生活，但现在可以坦白地说，这只是一种奢望。由于人类已深深介入，并沉迷于征服，对它们的权利不屑一顾，生杀予夺随心所欲，这就使得动物社会的未来岁月存在太多的不确定性，给大自然构筑的世界埋下重重危机。

本文获"百年散文金奖"，入选《百年散文名家》第一卷。

动物行径

地球生命历尽浩劫，无数的物种消失了，也有无数的物种存活下来。当然，也不乏更多新物种的诞生。我们共有的这个星球仍旧扰扰嚷嚷，香火鼎盛。这是否意味着众多生命终于完成了对自身生存密码的解构？让人眼花缭乱的动物行径似乎能证明这一点。

生存高手

生生死死，在动物世界里每天都发生着。今天还生龙活虎、蹦蹦跳跳，明天就可能暴尸荒野，甚至尸骨全无。生存，是所有动物都必须面对的课题。要在这个星球上占有一席之地，最好的办法是将自己打造成生存高手。

诚然，强中更有强中手，但对于弱小动物来说也不一定就是人为刀俎，我为鱼肉。反正是惹不起还躲得起。且不说躲避天敌是弱小动物的一种本能，更何况它还是生存竞争的一种策略。所以，在漫长的自然进化中，许多弱小动物都朝着这个方向演变，掌握了无与伦比的生存技能，并最终成为大师。

变脸大师首推变色龙。能将变脸绝活演绎得出神入化。皮肤颜色变化莫测。在环境、光线、情绪及健康情况的影响下，瞬间实现颜色置换，速度之快常常让人产生错觉，以为同时出现两种不同的动物。在大多时候，变色龙是让皮肤的颜色与周围的环境协调一致，成为环境的一部分。既能躲开天敌的加害，又能出其不意吐出黏性的长舌捕捉喜爱的猎物。偶然与天敌狭路相逢，变色龙会快速吸气膨胀身体，使自己看起来比实际要强大得多，加上走起路来怪模怪样，足以让对手知难而退。

相比其他动物类群，昆虫则工于模拟。模仿大师数目众多。昆虫占全球动物总数的七成，大多栖息在野外的花草树林中，能模仿植物的颜色和形态。整个野外仿佛就是舞台，不落幕的模仿秀大赛一直在这里上演。昆虫们扮鬼扮马，惟妙惟肖，以假乱真。竹节虫巧扮成竹枝，枯叶蝗宛如被虫子吃过的有缺失的树叶，木叶蝶拟态成枯叶。叶子虫更是拟态天才，不仅身上颜色与周围的叶片一模一样，连翅膀也进化成叶片状，在中央还约隐约现条纹状叶脉，腿脚的边缘也呈现出不规则的裂齿，活生生是一片不完整的树叶。还有一种花螳螂，主要生活在花朵上面，而它自己就像一朵美丽的鲜花。高超的模仿技巧，让昆虫完全融入环境。野外蛙鸣虫唱，热闹非凡，但往往是只闻其声，不见其虫。模仿大师既能逃避天敌的毒手，又能伏击喜爱的猎物，并最终让自己及自己的种群活了下来。而笨拙的模仿者则纷纷被淘汰出局。

蚯蚓穷其一生辛勤耕耘土壤，受到达尔文的热情歌颂。作为再生大师，蚯蚓同样值得称道。白天，蚯蚓多生活在土壤洞穴中，以躲避天敌。一旦受到攻击，会因恐惧而膨胀身体卡在洞壁中作拼死抗争。最终身体会断成两截甚至数截。但蚯蚓有超强的再生能力，一些时日过后，有幸留在土壤中的残缺身躯会长出一条完整的蚯蚓。与对手不期而遇的蜥蜴会自断尾巴。离开身体的尾巴仍然活蹦乱跳，以分散对方的注意力，自己则乘机溜之大吉，有幸躲过一劫。蜥蜴也是再生大师，断尾之后会长出一条同样的尾巴。可见，再生大师都有几分壮士断臂的气概，并以牺牲身体的一部分，来换取第二次生命。

浩瀚的海洋也不乏大师的风采。鳐鳚喜欢把身子埋在海沙里，露出张开的嘴巴，活脱脱是一道礁石裂缝。石头鱼索性把自己的身体打造成粗糙不堪的海底礁石。它们的共同目的是让天敌和猎物上当受骗。海星分身有术，甚至只留下一条腕，也可以再生出一个完整的海星。强大的再生能力铸造出海星不死的神话，让人叹为观止。

巧夺天工的生存技能，最终让大师们位列生存高手的行列。

大自然摆下的筵席少有定点定时，动物们只能随机就餐，吃了上顿没下顿是常有的事。饥饿是动物生存的一大杀手。面对这道难题，有些动物以放缓新陈代谢来对抗食物短缺，从而演化出超强的忍饥挨饿能力。娃娃鱼在断食期间，新陈代谢接近零。动物学家作过实验，一条成年娃娃鱼养上 100 天，不喂任何食物，体重不见减少。即使饿上三年，也照样存活。低能量消耗换来的是长寿，可以活到 130 岁。不过娃娃鱼在断食期间并不像冬眠的蛇处于昏睡状态，它是清醒的，如果发现食物，其进餐的凶相就暴露无遗。生活在新西兰的楔齿蜥、非洲岩蟒以及分布在世界多地的乌龟一族也以同样的方法克服生存障碍，进入寿星行列。蚂蟥在饥饿难熬、生命受到威胁时，会以消化除生殖系统之外的非重要器官的自残方式来维持生命。饥饿杀手在这些生存高手面前只能徒唤奈何。

达尔文在《物种起源》一书中说："最强者生存，最弱者死亡。"从海洋巨无霸到陆地的百兽之王，这些雄踞食物链顶端的物种，拥有惊人的力量和速度，追逐扑杀猎物如秋风扫落叶，生杀予夺，为所欲为，是没有天敌的天生杀手。它们的生存充满血腥，但鲜有悬念。是实至名归的金牌生存高手。

当然，对那些身怀秘密武器的小动物也不能等闲视之。毒魔眼镜蛇、黑寡妇、蝎子、蜈蚣、鸭嘴兽，烟幕弹墨鱼，背上长角的扁鲨，千变万化的章鱼，浑身是刺的海胆、刺猬，奇臭无比的臭鼬，能放电的电鳐、电鳗、电鲶……它们以独门武功行走江湖，并赢得生存高手的资格。

有些动物的生存智慧很高，仅次于人类，它们用聪明才智立足于世，竞争的策略十分高明。这些智慧性动物才是终极生存高手。动物学家彼德派尔曾长期跟踪研究逆戟鲸，有一次他在南非伊丽莎白港亲眼目睹了逆戟鲸与近亲海豚斗智斗勇的全过程。海豚同样是极具智慧和速度的动物。行动之前，逆戟鲸成员之间曾发出频繁叫声。猎捕行动开始，逆戟鲸各个击破，配合默契，很快锁定目标，并成功将目标从捕食沙丁鱼的上千条海豚群中分离出来，然后团团围住，其中一条逆戟鲸潜入海豚下方反复甩打猎物。这条海豚终因体力透支而成为逆戟鲸的美食。另一次是在旧金山外海目睹逆戟鲸与大白鲨生死博斗的惊险片断。这两种动物都是天生的强者，没有天敌。但大白鲨是独行侠。逆戟鲸协同作战，穷追猛打，消耗大白鲨的体力。大白鲨寡不敌众，筋疲力尽，被逆戟鲸顶了个底朝天，呈僵直性静止。此时，胜负已见分晓。有趣的是，逆戟鲸还将大白鲨拖到船边，向人类炫耀自己的战利品。

彼德派尔认为，逆戟鲸是一种很了不起的智慧动物，和人类一样有自己的语言，喜欢说话和社交。凭借学习、传承生存技巧和知识，加上社交能力，引领族群团结协作，不断创新捕猎的方式。它们是一群非常成功的终极生存高手。

对于动物而言，生存就是一切。只有生存才能拥有未来，才能拥有应该拥有的一切。为了生存，可以扮鬼扮马，可以自残身体，可以忍饥挨饿，可以以大欺小，可以不择手段。不过，只有那些将自身潜能发挥到极致的动物，才能成为生存高手，并由此轻松拿到走向未来的通行证。

多姿多彩的动物文化

日本人率先承认动物文化，并每每碰上猴子总要尊称一声"猴子先生"。这让许多人感到尴尬和困惑。

"降龙伏虎""敢下五洋捉鳖""六畜兴旺"。对动物的征服和收编历来被人类引以为荣。现在，终于有人站出来颠覆传统观念，对动物的态度来了个180度大转弯。

出于陌生和恐惧，大多数人对动物都会敬而远之，只有动物学家敢于长期近距离接触它们。动物一不做工务农，二不识字断文，文化（在漫长的人类历史中，人类创造的物质财富和精神财富的总和）创造力从何而来？但动物学家的研究成果却让人大感意外。

在动物的生存智慧中确实蕴含着丰富的文化内涵。动物对生存经验的积累、对生存知识的认知和传承，有了这个过程，动物便创造出自己的文化。

鸟筑巢、鼠打洞，众多动物安居乐业习性的本身就包含着建筑文化。就建筑品位而言，河狸的作品堪称一流。它们的梦想是打造水上乐园。从选址、选材、设计、施工，无一不说明这一点。地址一旦选定，河狸便全家出动，同心合力，不辞劳苦。先在岸边挖出一个宽敞的洞穴，作为居所。再用树干、树枝、石头、泥巴建造一座甚至多座拦河坝，工程浩大，数月才能完工。蓄水成湖。洞穴下方的洞口完全淹没水中。再在洞穴上方及四周横七竖八堆满木头。将洞穴隐蔽得很深。拙朴纯厚的建筑风格与水乡鲜活灵通的意境完美结合，构成河狸的理想家园。黄胸织鸟则以创意取胜，以草茎、草片、柳树纤维编织成巢，悬挂在公有营巢树上，高低错落，迎风摇荡，主人们出入其间，宛若童话世界。海洋贝类动物索性将一生仅有的一个居室（贝壳）打造成艺术品，形态各异，色彩缤纷，在海底世界争奇斗艳。更为奇妙的是，随着屋主人的成长，居室也一天天长大。蜜蜂善于解决建筑结构复杂的难题，备受列宁的称赞。为让庞大家族成员居有其室，它们将大本营建成一座迷城。城内屋舍众多，纵横有序；曲径深邃，贯秘通幽；构建缜密，功能完备。历代经年，不同的动物在地球的各个角落留下了丰厚的建筑文化遗产，昭示着众多生命形式存在的久远。

动物世界生生不息，自身所包含的性文化也不言而喻。异性、交配、传宗接代，让雄性动物神魂颠倒，激情澎湃。生活在北美针叶林地带的成年雄性驼鹿彪悍体壮，神威在于头上那双巨大的铲形叉角，助它登上北美森林之王的宝座之后，谁也不能与之争锋，唯有内部的情敌。雄性驼鹿视交配权重于生命。争夺战一旦打响，定要分个高低。最终弱者的梦想被击得粉碎，延续强者的基因才是王道。无论是父系社会的公猴，还是母系社会的母狼，一旦在族群内称王，对后宫佳丽都持有同样的帝王情结，交配权唯我专有，唯我独享。信天翁两情长久，不在乎能否朝朝暮暮，是性文化的一大亮点。斑点鬣狗水性杨花，口碑不佳。在鸟类中流行的"雄鸟为悦之者容"则融入了更多的浪漫元素。雄鸟大多天生丽质，羽毛华丽，能歌善舞。它们用才艺表演和雄性美来俘获异性。率性、张扬的性文化最直接的成果是生儿育女，让动物们香火不灭。

狩猎文化充斥着暴力色彩，散发出血腥味。"弱肉强食""生吞活剥""茹毛饮血""狼吞虎咽""螳螂捕蝉，黄雀在后"就是真实写照。但就掠食动物自身而言，狩猎是为了生存。当然，即使同为掠食动物，狩猎文化也有明显的差异。拿代表高级掠食动物的狮子与代表低级掠食动物的蜘蛛相比较，差异就在于：生命的强大与弱小。狮子的冰冷目光和慵懒的步态来源于对力量和速度的自信。蜘蛛凭借的是见不得光的伎俩。一声狮吼足以让百兽感受到君临天下、生杀予夺的气势。蜘蛛只能躲在阴暗的角落里吐丝结网，静候自投罗网的可怜虫。形形色色的掠食动物遍布世界各地，在它们的心目中只有食物。狩猎文化就是它们一路恶狠狠地吃出来的。猎物稍有不慎便成为盘中餐。何其残酷无情。也正因为这一点，在动物世界自我调控自我平衡的机制中，就选择它作为最有效的手段。

海、陆、空动物大迁徙，场面壮观，气势恢宏，也不乏悲凉。蕴含着对生存智慧的哲学思考。任何动物都斗不过大自然，只有顺应自然规律，与大自然和谐相处，才能获得生存的机会。四时更替，是为天道。秋风乍起，成千上万的候鸟便展翅蓝天，遵循祖先开辟的迁徙路线，飞往越冬区。春季已尽，大草原一片衰败，成群结队的草食动物似乎闻到远方雨水和嫩草的气息，百万大军被这种气息牵着鼻子长途狂奔，金戈铁马，尘土飞扬，赶赴下一个春暖复苏的草原。海洋掠食动物也是未卜先知，劈波斩浪，朝着猎物集结的海域长途奔袭。动物大迁徙实乃生命奇迹。行程之遥远，旅途之艰险，方位之复杂，都是对动物体能、智慧和意志的极端考验。在漫长的岁月中认知的大迁徙季节、目的地、大迁徙路线以及历练出来的方向感、意志力积淀为大迁徙文化，并在动物群体内代代相传。成为这些动物生存智慧的重要组成部分。

动物表演文化一片繁荣，完全有赖于一支天赋异禀、才艺出众的动物演员队伍。它们活跃在地球各个角落的舞台上，尽管演出的动因、内容和水平千差万别，但演出的效果是一致的，那就是为这个世界增添一分快乐。以野外这个大舞台为例，动物演唱会一路延续下来，从不谢幕。由小鸟、青蛙、昆虫共同演绎的天籁，是一首亘古不变的大自然之歌、是一首生命之歌。展示出我们生活的这个星球万物休戚与共、生命绵绵不绝的意象和追求。"鹰击长空，鱼翔浅底"，神乎其技。海阔天空，自由是最适合诠释的主题。鸟在空中划出一道道变化莫测、稍纵即逝的轨迹。鱼在另一个物质世界纵横驰骋、翻滚腾挪。自由是动物的基本生存方式，空间是自由的载体。在巨大的空间里，生命自由轻易就能获得酣畅淋漓的展示。"鹦鹉学舌"的诙谐幽默、"莺歌燕舞"的其乐融融、"孔雀开屏"的美不胜收，同样都有各自的表演主题。从陆地巨无霸大象，到猛兽狮子、老虎，到人类的祖先猴子，再到人类的朋友海豚等等，它们的才艺被人类发现之后，便一一被请进动物园、马戏团或水族馆。潜在的表演天赋被人类一再发掘、放大，终于成为专业演员，而且专为人类表演。在万众瞩目和欢呼声中，动物表演文化也被发扬光大。其实，它们最佳的舞台应该是大自然。回归大自然表演一定会好上一百倍一千倍。

有了多姿多彩的动物文化，有了"先生"桂冠，也不一定能改变地球动物的命运。在宇宙万物中，"人类总是高估了自己的智慧。"霍金这句话说得千真万确。所以，在生命面前，别指望人类与动物能真正实现平等。但在生命面前，人类至少应该常怀敬畏之心。

动物爱情面面观

动物狂野成性，有的甚至茹毛饮血，但对爱情却有着与人类相通的认识，许多情爱行为都可以从人类身上找到印证，确实耐人寻味。

天鹅雍容华贵，举止优雅，且生性温柔多情，一旦坠入爱河会从此形影不离，并做出种种相亲相爱的举动。交颈相拥，水上芭蕾，舞姿曼妙，出神入化。更难能可贵的是对爱情忠贞不二，如果一方离世，另一方会悲哀徘徊，郁郁寡欢，有的甚至终生不再择偶，令人感慨唏嘘。清丽脱俗的白鹭同样恪守一夫一妻制。进入青春期的雄鹭会披上美丽洁白的蓑衣来吸引异性的注意，互相还会采集树枝送给对方，以表达爱慕之情。当它们一旦结为夫妻，就用这些爱情信物共筑爱巢，厮守终生。金刚鹦鹉、鹈鹕以及聪明美丽的狐狸对爱情也有着同样的理解。不过，雄狐并非靠谈情说爱来赢得芳心，而是在比武招亲中胜出才能步入婚姻的殿堂。在日常生活中，这些恩爱夫妻会共同承担家庭的责任。对配偶子女总是一往情深，呵护有加。天鹅丈夫在妻子孵卵期间会担任警卫，保护妻子的安全。当子女三个月大后，夫妻会引领它们翱翔蓝天，锻炼子女的飞行能力和意志，为即将到来的迁徙作好准备。白鹭是出名的"慈父良母"，共同哺育子女，努力捕捉鱼虾带回巢中。狐狸妈妈对出生不久的子女寸步不离。狐狸爸爸则尽责尽力四处捕猎，养家糊口。小狐狸出生两个月后，父母就带着它们外出觅食。传授捕食和御敌的本领。一家大小其乐融融。

这些动物表达出来的爱情观，足以让人类为之动容。

一夫多妻制在哺乳动物中也相当流行。在海边沙滩象海豹群中，必然有一位雄性沙滩王。它是在同性之间决斗产生的。一旦确立起王者地位，同一沙滩的雌性象海豹都成了它的妻妾。其他雄性不得染指，否则就要受到惩罚。

其实，在所有实行一夫多妻制的动物种群中都有着同样的故事，情场如战场，只有优胜者才能拥有交配权，才能传宗接代。

不过，后宫佳丽众多也并非万事大吉。后宫起火在所难免。在一夫多妻的金丝猴大家庭中，妻妾之间争宠时有发生，勾心斗角，猜疑妒忌，甚至大打出手。有时还会在丈夫面前吹耳边风，煽风点火，挑拨离间，唯恐天下不乱。最常见的是唆使丈夫与"全雄群"（由单身雄猴组成的猴群）火拼，其结果是两败俱伤。况且，爱情霸主也不会实行终身制，在它们的生命过程中会不断受到新生力量的挑战，说不清哪一天稍不留神，妻妾易主变成现实，从此沦为孤家寡人，风光不再。

当然，配偶成群并非是雄性动物的专利。在母系动物社会里，也有权力至高无上的女皇，对交配权和生育权的专制一样疯狂。处于狼群中首领地位的母狼将所有公狼拥为己有，常常用撕咬袭击的粗暴方式监督群体内其他雌狼的爱情生活，严禁其他雌狼与公狼接触。否则，就要受到严厉的打击。有些雌狼不甘心爱情权被剥夺，愤然离开狼群，独自闯荡外面危机四伏的世界。为了爱情，甚至搭上性命也在所不惜。

露水姻缘也是许多动物追逐的爱情方式。每逢交配季节，放荡的性生活随处可见。独行侠雄性老虎在荷尔蒙的刺激下，热血沸腾，在山野间奔跑呼啸，寻找自己的另一半。一旦交配成功，便形同陌路，各奔东西，重返孤独世界。猎豹同样喜欢一人世界，只有在动情的日子里，才会与雌豹亲热。雌雄犰狳通常都有自己的领地，只有在夏末季节，雄犰狳才会走出家门拜访雌犰狳。就性开放度而言，斑点母鬣狗是数一数二的。在每年固定的 14 天发情期中，对雄性从不挑挑拣拣，总是来者不拒。在这些短暂的婚姻中，双方都是滥交者和性爱享受者。雄性动物的任务是交配，传播基因。而雌性动物最终成为单亲家庭，独自负起抚养子女的责任。

动物学家认为，谈情说爱已在动物中进化为一门表演艺术，方式丰富多彩，极具观赏性。生活在新几内亚的雄性极乐鸟，

凭借一身华丽羽毛和翩翩舞姿，能轻易让异性倾倒。大洋洲出
生的雄性花亭鸟与极乐鸟极其相似。不过，它们是天才建筑师，
为了谈情说爱，总是一心一意用树枝建造花亭。亭前用鲜花铺
成地毯，上面撒上一些果实。还会将人类弃置的一些闪亮的金
属、塑胶制品摆在前面。如果用豪华的花亭加上舞蹈还不足以
留住对方，它们还有一副金嗓子，动听的啼声往往总是能让约
会女友回心转意。雄性帝雉有着一副甜蜜的歌喉，每逢交配季
节，会不停地演唱情歌，以此俘获异性。其实，许多雄性鸟类
都是情场高手，不仅仅是因为雄性美，更因为能歌善舞的表演
天赋。美国动物学家达林断定，座头鲸中的雄性才是歌手，它
们用情歌打动异性与自己交配。雄性萤火虫以不停的闪光来照
亮爱情之路。公狮凭借脖子上的飘逸鬃毛彰显出威风八面的雄
风，并以此来吸引母狮。鬃毛颜色的深浅传递出来的是荷尔蒙
分泌状况的信息，颜色愈深愈能得到母狮的青睐。这就是达尔
文所说的性选择。雄性黑犀牛有着一套独特完整的求爱仪式。
不过，表演的方式和内容实在不敢恭维。先是低吼、攻击、以
头或角冲撞，以脚刨地，然后排粪并撒开粪便。整个仪式近乎
丑陋。但雌黑犀牛对这些肢体语言却有着自己的理解，也许在
它们的心目中是再好不过的。北极熊的求爱方式更为另类，雄
北极熊奉行的是打你就是爱你的信条，面对心仪女友，会大打
出手，直至双方遍体鳞伤。当雄性占了上风，夫妻关系才尘埃
落定。是名副其实的打擂招亲。

　　螳螂的爱情大多充满悲壮的色彩。在异性面前，公螳螂常
常以生死相许。如果如愿以偿，在交配的过程中母螳螂往往会
一口咬掉情郎的头，然后慢慢享用。公螳螂终于为爱情献出了

一切。不过繁衍后代需要足够的营养，作出的牺牲也是值得的。夺得交配权的雄狮，会残忍地将前夫留下的幼狮杀死，以促使母狮尽快发情交配，传递自己的血脉。两起悲剧不同的是，前者成全了一位伟大的父亲，后者彰显出一个自私的丈夫。

对于动物来说，"生命诚可贵，爱情价更高。"跟人类一样，在它们的感情世界里也需要爱情的滋润。更何况，爱情终究是生存竞争。赢得了爱情就意味着赢得了生育权，也就赢得了未来。

天下不散的筵席

谁都明白，生活在野外的动物一日三餐全凭上天的恩赐，但许多动物赴筵的场面和进餐的方式却远远超出人们的想象，极具震撼力。

陆生动物盛筵通常在大草原举行。每当春天降临，大地复苏，一望无际的大草原绿草如茵。成群结队的水牛、羚羊、牛羚、斑马、蹬羚和鹿象是不约而同地接到赴筵的请柬，一个个风尘仆仆，从四面八方蜂拥而至。大草原顿时宾客如云，一片沸腾。数百万头草食动物参加的超级盛宴场面壮观，气氛热烈。鲜嫩多汁的野草让它们胃口大开，尽情享受美食带来的快乐。这样的好日子至少能维持一段时间。丰盛的食物会唤醒繁殖的本能，草食动物们索性将这个超级宴会厅当作洞房，在这里结婚、交配、生儿育女。无数新生命的诞生，是生命接力赛的一次交棒，同时也给草原盛宴增添了几许温馨。

与此同时，狮、虎、豹、豺、狼……如影随形。它们都是些凶狠的掠食动物。显然是冲着草食动物来的。美食当前，它们很自我又很自信，虎视眈眈又不动声色，算计着那些容易得手的盘中餐。对于掠食动物来说，进餐就是杀戮的过程，总是伴随着腥风血雨和某些生命的猝然消逝。场景惨烈，让人目不忍睹。大草原的筵中筵确实残酷，但在掠食动物的食谱中又是无法删除的。弱肉强食的进餐方式会一如既往地继续下去。

一些时日过去，大草原一片狼藉，食物难以为继。反正宴会地点转移是迟早的事。于是，草食动物们拖男带女开始向另一个草原进发。浩浩荡荡的大迁徙铁流尽管会遭到沿途掠食动物的围追堵截，牺牲在所难免，但却丝毫动摇不了它们赴筵的决心和前进的步伐。说到底，食物是动物世界的永远指挥棒，所有动物都会自觉不自觉地围着它转。

相比草原盛宴，大象更喜欢家族聚餐。族长母象凭借长期的生存经验，率领象群在森林中四处游荡，一路上品尝可口的树叶、嫩芽和树皮。亲密的接触与沟通，让大象家族更加团结与安全。

哺乳动物沉重的脚步声招引来一伙又一伙卑微的食客，它们有一个不雅的名字叫屎克郎。面对大大小小的动物粪堆，屎克郎欣喜若狂，迫不及待地滚成屎球打包回府，埋藏在地下，在家中慢慢享用。对于屎克郎来说，屎球既是供养生命的食物，也是育婴堂。雌虫总是把卵产在粪球内，并将粪球作为幼虫的食物。幼虫的发育成长就有了根本保障。不过，在芸芸众生中，只有为数不多的动物能掌握这种繁衍后代的技巧。

有时，突如其来的天灾也会为动物筵席送上一份惊喜。

非洲草原的干旱季节，常常因闪电雷鸣引发大火，浓烟滚滚，火光冲天。动物们都吓坏了，慌不择路，四处逃命。但在火鸟的眼中却是赴宴的喜讯。它们不约而同地从四面八方飞往火灾现场。被大火和浓烟驱赶出来的蛇类、蜥蜴、蚱蜢、老鼠失魂丧魄，跌跌撞撞。此时，火鸟们却像儒雅的绅士，坐等食物送到嘴边。蛇是火鸟最钟爱的美食，平时靠着粗壮的双脚和利爪将蛇抓住践踏至死后享用。所以又有蛇鸟之称。当然，对于小动物、昆虫之类的食物也会来之不拒。草原火灾送上的美食最终让火鸟大快朵颐。

小个子蚂蚁作为个体，食量不足挂齿，但一支蚂蚁大军就另当别论。热带森林中的食肉行军蚁队伍常常长达数公里，多达数百万只。食欲旺盛，吃相疯狂，所到之处，昆虫、青蛙、小爬虫，甚至大型动物一扫而光。它们喜欢这种掠夺式的宴会。有些蚂蚁也会以合作的方式取得宴会的入场券。合作的另一方叫蚜虫。蚜虫过着家族式的群居生活，靠吸食植物的营养液为生。栖息地相对固定。蚜虫能喷洒出一种甜味的蜜露，这是蚂蚁最喜爱的食物。所以，蚂蚁一旦发现蚜虫的踪迹，会主动作出种种行为与蚜虫修好。用泥土为蚜虫修筑围栏，出口和入口会有工蚁把守，将瓢虫一类蚜虫的天敌赶走，让蚜虫安然吸食。当蚜虫繁殖过多，栖息地不够安置时，蚂蚁会把蚜虫搬运到别的树上，开辟新家园。蚜虫会对蚂蚁投桃报李，不再将蜜露随意喷洒，而是在接收到蚂蚁触须敲打的信号后才排出一滴蜜露，让蚂蚁的嘴巴接住。每只蚜虫一天排出的蜜露约 25 毫克，比自身重几倍。整个夏天与蚜虫交上朋友的整窝蚂蚁至少食物无忧。可见，弱肉强食并非动物世界的全部，有时也有合作共赢的温馨一面。

就胃口而言，任何陆生动物都无法与海上巨无霸相抗衡。

夏天来临，南极的冰雪开始融化，海中漂浮着大大小小的冰山。阳光照亮了海面，为南极磷虾筵拉开了序幕。经历 4000 多公里长途跋涉的座头鲸如期出现在筵席上。数目庞大的磷虾群，绵延数公里，多达数十亿只。这只不过是其中的一群。座头鲸食欲大开，狼吞虎咽，一口能吞下成千上万只，一天下来，至少吃掉两吨磷虾。座头鲸暴饮暴食是有道理的。它们知道，这样的好日子每年只有四个月。在这四个月中，要为日后食物短缺攒足脂肪。它们做到了。"以丰补歉"，这就是座头鲸的生存之道。

与此同时，基于一样的理由，京鲨也在狼吞虎咽。与座头鲸相比，两者个头不相伯仲。成年京鲨长达 30 米，重 30 吨。不过，它张开大口吞咽的是海洋浮游生物。京鲨的大嘴巴是个设计巧妙、性能良好的过滤器，能轻易将海水过滤掉，留下的尽是食物，然后化作生命的一部分。

动物学家认为：出于生存本能，动物为了食物往往会不顾一切，全力以赴。在动物的生命过程中，食物总是以压倒一切的重要性被摆在首位。尽管食物的种类、获取的方法千差万别，但有一点是相同的，那就是源自大自然的供养。只有大自然才有这种气度与能力，摆下天下不散的筵席，让地球上的动物们得以大饱口福，得以生生不息。

匪夷所思的动物行为

在自然法则的支配下，许多动物都会做出匪夷所思的行为，让人大开眼界。

响尾蛇是松鼠的天敌，但北美成年松鼠对响尾蛇蛇脱却情有独钟，常常在洞穴四周找个不停，一经发现，会如获至宝，嚼得津津有味，并将唾液涂满全身。当松鼠再次活动时，也就将响尾蛇的气味散布到洞穴及整个活动空间。

响尾蛇依靠毒液捕捉猎物，但成年北美松鼠对响尾蛇的毒液有免疫功能，而幼年松鼠却不具备这种优势，很容易沦为响尾蛇的美食。不过响尾蛇有一个怪僻——讨厌同类。且嗅觉灵敏，一经察觉，总是绕道避不碰头。成年松鼠抓住这一弱点，以蛇脱的气味作为退敌之策，以保护自己的子女，这种行为颇具智慧。

在非洲大草原，一头威武的雄狮张牙舞爪追杀一群猎狗。它的目标很明确，就是那头领头的母狗。一溜烟工夫，母狗一声哀鸣被扑倒在地，接着是咔嚓一声狗头粉碎的声音。狮子张开血盆大口，仰天长吼，地动山摇。然后扬长而去，留下血肉模糊的狗尸。

草原上，猎狗和狮子是宿敌。对于公狮和狮群来说，猎狗群并不构成威协，但对于落单的母狮和脆弱的幼狮来说却极其危险。为了争夺地盘，幼狮常常成为猎狗尖牙利爪的牺牲品。公狮身为一家之主，承载着保护配偶子女和捍卫栖息地的重任。猎杀母猎狗，并让其暴尸荒野，既是报仇，也是警示。而这种警示往往总是有效，猎狗们终于明白，谁才是非洲大草原的老大。

在黑暗的海洋深处，无数的发光鱼（占海洋鱼类四成）穿梭游弋，划出一道道光的轨迹，像是绽放的烟花，绚丽多姿。其实发光鱼是用这种手段与同类沟通或是寻找配偶。当然，发光对天敌也有警戒威吓作用。鮟鱇鱼则利用许多鱼类的趋光性，将头部的小灯笼当作钓饵，引诱猎物上钩。计谋往往总是奏效。

在繁殖季节里，孵卵的棕头鸦雀会偶然外出觅食，虎视眈眈的杜鹃则乘机将卵产到它的巢中。然后，寻找同样的机会将卵产到其他雀巢中。一个巢只产一枚。混在雀卵中的杜鹃卵明显要大得多，也许棕头鸦雀会有少许疑惑，但孵卵绝不会停顿下来。新生杜鹃个头大自不必说，让人难以理解的是那股狠劲。它会当着养父母的面将其他雏鸟顶翻至巢外摔死，以便独占养父母的哺育。面对胃口越来越大，个头甚至超过自己的小杜鹃，棕头鸦雀对其身份却毫不怀疑，仍旧为它更努力四处觅食。杜鹃损人利己，行径卑劣。但从生存竞争的角度来看，让其他鸟类代为孵养后代，杜鹃又不失为是一个活得很成功、很潇洒的动物种群。

大自然为蜂鸟设计出尖长的嘴和能在空中停留的翅膀，是方便蜂鸟吸食花蜜。一只蜂鸟每天要吸食超过自身体重一半以上的花蜜才足以提供生存的能量。所以每天都得造访 1000 朵花以上。但花蜜无法提供动物所需的蛋白质，所以蜂鸟同时又是凶狠的肉食动物，以捕食昆虫来满足身体的需求。方法很特别，在飞翔中进食，出击的精确度很高，鲜有失手的时候。由于蜂鸟体型小，飞行速度快，空中捕食的行为人们难有机会一睹为快。

刚刚出生的小海龟做的第一件事是奔向大海，而且方向绝不会错。这是由本能决定的。以尽快躲开烈日和摆脱天敌。如果顺利抵达的话，它们将一生以海为家。

严冬即将来临，英格兰的燕子开始了一年一度的大迁徙。对于出生才几个月的新生代来说，无异于生死考验。它们先花上一个月时间横穿欧洲大陆，然后继续南飞，越过一座座崇山峻岭和广袤的撒哈拉大沙漠，沿途要经受极端天气和饥渴的严酷考验。燕子们为了寻找水源，有时得飞上五公里的高空，这样视野半径就可以达到 100 公里。但还是有一部分燕子因为劳累过度或饥渴折磨倒在迁徙途中，还有一部分成为天敌的盘中餐。不过，半数以上的燕子却能坚持下来，足足花去三个月时间飞行一万公里，胜利地抵达目的地。这里气候暖和，昆虫无数，是燕子们避寒越冬的天堂。

第二年春天，燕子们又开始返回英格兰的大迁徙。凭借上一年的飞行经验，利用地球磁场和太阳方位的指引，燕子们仅用了 40 天时间就顺利返回出生地。其中有十分之一的燕子会回到旧巢生儿育女，另外九成会在出生地的附近安下新家。

在非洲大沙漠的早晨，只见无数的甲虫倒立着身子。它们当然不是晨练，而是让晨雾在背上凝结成露珠，然后流进嘴里。

这不失为在温差悬殊且异常干燥的沙漠中的生存之道。

　　同样生活在沙漠中的沙鸡则凭借一双翅膀到远方寻找水源，但羽翼未丰的小沙鸡不具备飞翔能力，它们的食水又如何解决呢？秘密就出在母沙鸡身上。每次外出觅水，它们都会在水中浸泡一阵子，这当然不是戏水。原来，成年沙鸡的胸毛有超强的吸贮水功能，等同于一个天然水壶，然后满载而归，为子女捎回足够的食水。沙鸡的这种特殊身体构造，为在沙漠极端环境下立足并成功哺育后代准备了必要的条件。沙鸡适应环境的方式可谓是独辟蹊径。

　　每当干旱季节，在亚马逊河的某些特定河段，成群结队的金刚鹦鹉每天都会准时前来造访。不过，它们只对河岸上的黏土感兴趣，一阵狼吞虎咽之后，又各奔东西。黏土之所以成为它们餐桌上的"美食"，也有着一个鲜为人知的秘密。干旱对亚马逊的最直接影响是植物果实锐减。为了生存，金刚鹦鹉不得不吃下大量来不及成熟的果实，不仅味道苦，且含有大量毒素。如果让毒素长期累积，势必危及生命。这些黏土恰恰能中和毒素，化解危机。聪明的金刚鹦鹉正是凭借祖传秘方安然度过一个又一个干旱季节，在亚马逊生存繁衍。

　　獴低着头聚精会神地挖掘藏身地下的昆虫，这很容易遭到攻击。于是它们便轮流站岗放哨，一有风吹草动，马上发出警告。可见，獴是一种有组织守纪律的社会动物。

　　在"适者生存"自然法则主导下的种种动物行为，看似匪夷所思，其实是面对弱肉强食、危机四伏的生存环境作出的生死抉择，往往能最大限度地保护自己及群体的安全，并最终让动物王国的物种多样性得以维护。

紧张刺激的深圳湾游乐场

从深圳市区往南十多公里有一处海湾，叫深圳湾。宽阔浩瀚的海面碧波万顷，波光粼粼。南面，一水之隔的香港元朗笼罩着一抹轻烟，山容楼影影影绰绰。海山葱茏，秀丽而不乏壮观！

深圳湾曾一度游人如鲫，除了这里的景色宜人之外，更主要的是因为这里建起了一座中国规模最大的纯机械性游乐场——深圳湾游乐场。游乐场背山面海，占地 6 万平方米，是深圳湾大酒店的一部分。哥特式建筑的门楼，像是五枚火箭，引而待发，把游人的视线引向高远的天空，足以撩拨人们的好奇心。

进入门楼就像进入现代技术的迷宫。

五颜六色的机械游戏机把场内空地切割成各种各样的几何图形。这些游戏机都是从日本引进的先进设备，项目有 19 个之多。门楼正前方是鲜红的旋转过山车，下面是赛跑车。北面有太空穿梭车、碰碰车、喷射船、幸运波、单轨列车、弹跳恐龙、弹跳大象、摩天轮、立体电影，南面有水怪八爪鱼、射击馆、高卡车、汽枪射击场。游乐机械运转的铿锵声与风吹海涛声交融在一起，旋律显得粗犷而急促。

旋转过山车是一个最紧张、刺激的音符，它用速度和惊险来表现游乐场的主旋律。430 米长的铁轨成一个山峦起伏的"8"字形，其中一端还打了两个大旋转。列车先由传送带从"山谷"慢慢爬上三层楼高的"山顶"，然后在惯性作用下，以每小时 200 公里的速度向下运动，转过两个大旋转。这时，乘客时而倒立，时而平躺，时而坐立，耳边只听见隆隆的风声，险象环生，实则是有惊无险，因为乘客身上都系上了安全带。当列车通过铁轨的立体交叉，速度开始减慢，最后回到出发地点，全程仅用 1 分 35 秒。

立体电影则在视觉上给游客以紧张、刺激的享受。巨大的球状塑料"电影院"，以 180 度的弧形大银幕，配以六声道音响，使人如身临其境，亲身经历影片的种种惊险。我看到的是一部名叫《活力纵横西域》的美国片，放映 15 分钟。在充满美国西部风情的高山、河流、莽原、天空的大背景下，反映的海、陆、空现代交通的种种非凡机遇。起初，观众如坐在"汽车"上在高速公路上奔驰，继而坐着"过山车"在轨道上穿行，接着又坐上"飞艇"在一条大河中逆流行驶，再坐上"飞机"在天空中或高飞、或俯冲、或仰飞、或盘旋，并在"飞机"上观看水上体育表演，最后是坐着"警车"追捕一个驾车醉汉。整个观赏过程，我的神经一直绷得紧紧的。这种身临其境的现场体验，正是立体电影的独特魅力。

进入射击馆，就像进入了美国西部一个硝烟弥漫的战场。

馆内俨然一间乡下酒吧，十七八个真人大小的男女塑像，有老板、歌女、侍者、客人。大部分则是荷枪实弹的土匪，3个警察正跟踪而来。战斗"一触即发"。馆内的人和物都打上标志，若游客用激光枪击中标志，则人和物就会自动倒下（一会又自动恢复原状），击中了"歌女"，她还会转身替你演奏钢琴。如击中人物的其他部位，"荷枪实弹"的"土匪"或"警察"就会不客气地"开枪"还击。射击馆安排得如此巧妙，自然是游客如云了。

说这里紧张刺激，还在于游乐设施的形多怪诞。我在场中穿行，只见"水怪八爪鱼"的八条巨足在空中盘旋飞舞，弹跳恐龙和弹跳大象样子极笨，但弹跳起来却颇灵活。还有直径二三十米的摩天轮以及单轨列车、秋千椅等，妙趣横生，是专为少年儿童设立的游乐设施。看来，紧张、刺激的游乐活动也是一种休息，是一种积极的休息，还可以锻炼胆识，增长智慧！

"什么是休息！"深圳人的这个观念正在悄悄发生变化。

可叹的是世事无常。游乐场早已在20世纪90年代初不复存在。就像一阵风吹过，消失得无影无踪。

惠州西湖你接纳过多少诗人的歌咏

文字记载，秦汉时期的惠州西湖胸襟开阔，气度不凡。

毋庸置疑，湖最爱的是水，无论是桀骜不驯的降雨，还是热情奔放的东江、西江水，西湖都兼收并蓄，拥入怀中。水浸淫山沟，以柔克刚，软化、溶解山体的边缘。水在低洼处左冲右突，一分一寸地推进自己的领地。大大小小的山头点缀在湖面上，看上去，西湖俨然是一个百岛湖。

惠州古西湖又是一个开放的湖，没有堤坝，水来去自由，不受约束。其实，西湖就是东江和西江的驿站。江水在这里停下匆忙的脚步，它们只是稍作停留。流动才是水的本能。即便是西湖也不能遏制水奔流的冲动。几个小时、几天、几个月，然后水又再次上路，回到东江或西江，不息地流向远方。流水不腐，流水在惠州的山川之间铺陈出一个清澈亮丽的西湖。一方水土养一方人，还有什么让惠州人更能心怀感恩之心呢？当然是西湖。

水深面阔，为水生态多元化提供了条件。鱼、苇、藕、蒲是西湖水的杰作，成为当地民生的一大支柱。

惠州古城人口不足一万，人类的活动以及对西湖有限度的开发建设不会改变西湖的原生态面貌。这就使得清澈亮丽成为惠州西湖的长期常态（大旱年份除外），使得惠州西湖的名声站在一个制高点上传播得很远。

寄情山水是人类共有的传统，而诗人是践行这个传统最杰出的群体。那末，惠州西湖曾接纳过哪些诗人的歌咏呢？每当我重游西湖，总会感觉到，在时间深处，在湖面上晃动的光影中一代代诗人幽暗的身影。在漫长的岁月里，他们或孤独地沉吟，或结伴唱和。他们的诗融进了岁月，融进了西湖，聚汇成独特的文化现象——西湖诗。

第一个抵达惠州西湖的著名诗人是晚唐的李商隐。这位名满天下的才子，年轻时就开始为声名所累，陷入牛（牛僧孺为领袖）、李（李德裕为领袖）朋党政治斗争的旋涡中。牛党执政后，不幸的命运就一直伴随着诗人，也就让他有机会跟随被贬的郑亚到达惠州（时称循州）。也许是诗人的内心过于绝望，也许是年久散佚，在《西湖志》中确实没有发现诗人的作品。一个拥有"春蚕到死丝方尽，蜡炬成灰泪始干"情怀的诗人，怎能面对西湖而无动于衷呢？这也给后人留下了一个千古之谜。

公元 1094 年，有一位大文豪确实以贬谪的方式出现在惠州西湖。他就是中国人家喻户晓的苏东坡。对于西湖，苏东坡简直是到了痴迷的程度。他特别喜欢夜游西湖，常常半夜起程，破晓方归。他写的《江月五首》，对西湖月夜的描写情景交融，也极具层次感。也许此时的诗人已忘记自己的处境，只对山水用情。在官场沉浮大半生的苏东坡在这里作出了他人生中的一个重大决定——在惠州与西湖为伴，度过人生的最后岁月。他买下东江边的白鹤峰一块地，倾其所有建造白鹤居。房子落成时，他梦想在这里过上"报导先生春睡美，道人轻打五更钟"的晚年生活。不幸的是，这副上梁文传到政敌、当朝宰相章淳的耳中。这时，章淳才明白，对于一位伟大的诗人来说最重要的也许并不是高官厚禄，而是西湖。于是又有了苏东坡被续贬海南的决定。

苏东坡在惠州生活了三年，目光始终离不开西湖。他的西湖诗与湖光山色相互辉映，相得益彰。惠州西湖在海内外享有盛誉，除了天生丽质外，很大程度上是因为苏东坡的抬举。

一百多年后，杨万里成为第三个到达惠州西湖的著名诗人。这位一身正气、宁折不弯的才子，可以对权倾朝野的韩侂胄请托写《南园记》不屑一顾。但对西湖却柔情万种。他先后任广东提举常平茶盐和提点刑狱时，多次到惠州巡察工作。进入市区时，必经西湖。湖光山色和苏东坡的遗迹在诗人的心中漾起阵阵涟漪，他即兴吟出《绝句》："左瞰丰湖右瞰江，三山出没水中央。山山寺寺楼楼月，清煞东坡锦绣肠。三处西湖一色秋，钱塘颖水与罗浮。东坡原是西湖长，不到罗浮那得休。"此时，在诗人的内心深处是否滋生出与苏东坡一样甘作"西湖长"的情怀。诗人不向炙手可热的权臣低头，宁愿弃官归家，也不趋炎附势。这种行为是否受到西湖和苏东坡某些微妙的启迪，我们暂且不论？但有一点可以肯定，在闲赋在家的 15 年中，诗人一样的忧愤国事，并将这种情怀注入他的诗歌创作中，成就了他作为南宋"中兴四大诗人"之一的美名。

翻开《西湖志》，唐宋元明清，直到民国，与西湖结缘的诗人不下数百人。在群星闪烁中，我们还可以看到苏辙、文天祥、俞大猷、章炳麟、丘逢甲等名垂千秋的诗人的身影。

文天祥也是个大有来头的诗人，以科举状元入仕，官至丞相。公元1277年到惠州探望时任惠州太守的弟弟。南宋王朝，在元军的大举进攻面前正节节败退。也许此时的他无心西湖美景，想的是利用惠州军事上的战略地位，为风雨飘摇的南宋小朝廷建立一块安身立命之所。他已下定决心与南宋共存亡，并以诗言志："人生自古谁无死，留取丹心照汗青。"这两句诗与他的鲜血最终让他成为妇孺皆知的民族英雄。

在歌咏惠州西湖的诗人中还有一位身份特殊的梁鼎芬。他做过溥仪的老师。于光绪十二年开始主讲丰湖书院。设立丰湖书藏，并四处奔走，捐集书籍四万余卷，成为广东最早的图书馆。梁鼎芬在教书育人的同时，不忘歌咏西湖。他在《浣溪沙》中把触景生情、勉励自己珍惜时光的感受写进词中："湖草湖花日日香，东坡去后几重阳，寻秋随时过黄塘。犹忆题词萧寺里，西风吹泪满衣裳，浮生也自惜时光。"

惠州古西湖作为诗人滋养心灵的栖息地，能轻易激发诗人的灵感，催生出无数的动人诗篇，原因何在？清康熙五十九年任惠州太守的吴骞有一首颇发人深省的诗："西湖西子比相当，浓抹杭湖淡惠妆。惠是萱萝村里质，杭教西湖媚君王。"惠州古西湖与杭州西湖的美有着质的差别。惠州西湖就像质朴纯真的乡村姑娘，不加修饰，风韵天然，让人眼前一亮。在诗人的眼中，更是一块无瑕的碧玉，有着"梦里寻她千百度"的意境，顺理成章地成为诗人向往和歌咏的题材。

但在西湖诗中却存在现代诗难以超越古代诗的现象。这也得从诗外去找原因。在发展现代经济的大格局中，惠州西湖一样面临着自然生态保护与西湖开发的矛盾。在现代人的心目中，经济考量总是放在第一位，这也无可厚非。问题在于西湖是否符合黄金切割率。在惠州，西湖始终是个绕不开的美丽存在，如果城市规划过分追求土地开发利益最大化，而对西湖文化之思则轻描淡写，不痛不痒，缺乏政策导向自觉，一刀切下去势必就落在西湖身上了。如今西湖已被高楼大厦所包围，超强度的开发建设，湖区面积锐减，"瘦西湖"名副其实，自然生态所剩有限。城市的商业繁华早已盖过西湖的风头。现在的惠州西湖也有着几许妖娆，但却是人工梳妆打扮居多，鲜有空灵气息。作为诗的表现题材价值大打折扣，要出好诗恐怕是勉为其难。

本文获由中华散文网、《诗潮》杂志社联合举办的"2014年中外诗歌散文邀请赛"一等奖，入选《2014年中外诗歌散文精品集》。

一杯付于罗浮春

东江糯米酒酿制历史悠久。《幼学琼林》中说："葡萄绿、珍珠红，皆为美酒。"珍珠红指的就是东江糯米酒。苏东坡还给它起了个雅号"罗浮春"。

东江糯米酒有幸走进苏东坡的生活纯属偶然。北宋绍圣元年，苏东坡因反对新法遭朝廷贬谪，惠州安置。初到惠州，寓居合江楼（即现在东西江汇合处），心情抑郁。于是借酒浇愁。当时他饮的就是老百姓用传统工艺酿制的东江糯米酒。一来二往，苏东坡竟喜欢上了。还兴之所至，请教当地百姓，在家自行酿制。时值秋残冬初，每到夜阑人静，风寒露冷，苏东坡或独酌吟诗，或与新结识朋友把盏唱和。这种酒味道浓郁，甜蜜芬芳，能提神醒脑，激发诗兴。苏东坡曾赋诗《寓居合江楼》记载这段生活。"海山葱胧气佳哉！二江合处朱楼开。蓬莱方丈应不远，肯为苏子浮江来。江风初凉睡正美，楼上啼鸦呼我起。我今身世两相违，西流白日东流水。楼中老人日清新，天上岂有痴仙人。三山咫尺不归去，一杯付与罗浮春。"诗的自注非常醒目："余酿酒，名罗浮春。"自此，东江糯米酒有了自己的雅号，也多了几分文化气息。

岭南客家人经营生命历来粗糙。唯独对自酿糯米酒不敢马虎，舍得下功夫。乡下人一般把它称作"客家黄酒"。据南粤笔记载："宋时酒皆官酿，岭南以烟瘴不禁民酿，坡公诗'万户不禁酒'。"这就是深层次的原因，与维护生命有关。在东江两岸客家人生活中那千年不散的酒香也引起诗人苏东坡的关注。"岭南万户皆春色。"苏东坡把民间酿酒的盛况定格在一句诗中。

我没酿过酒却是看过酿酒的。小时候在家里，大学毕业后在惠州工作时在酒厂里。我与惠州市酒厂为邻，在20世纪70年代，它是全市唯一的专门生产东江糯米酒的国营企业。我与酒厂的一位老师傅有缘，进厂参观顺理成章。所以对酿酒工艺也知道得七七八八。

酿制东江糯米酒工夫是绝对的讲究。酒厂采用的是传统工艺流程，并加以改进完善。全流程下来有八道：选料、浸渍、淘洗、上蒸、洗饭、糖化、储坛、过滤、烘烤、储藏、包装。生产周期六七个月。选料是有学问的，以纯净糯米为原料，不得夹杂半粒粘米。还得是产自东江两岸的良种。这种糯米颗粒饱满，糖分含量高。不然，酒的特殊风味是出不来的。上蒸、糖化等工序须格外认真细致、掌握分寸。弄不好会影响糖化，甚至变酸。东江糯米酒属甜色酒，按一般酿法，需增加糖、色素等添加剂。这样，酒味就会变得混杂腻口。东江糯米酒完全避免了这些弊端。属色酒而不加色素，属甜酒而不加糖。酒味浓郁，甜而不腻，醇而不杂，且性情温和，尽兴而不易醉。解决这个难题的办法是用糖化和增加一道烘烤工序。糖化后，米中的淀粉变成葡萄糖。烘烤却使酒中部分葡萄糖转化为焦糖，酒色也就由浅入深，呈金鱼红。接着进仓倒进大缸，储藏一个月，颜色继续深化，最后成为我们从市面上看到的商品颜色——深褐色。迷人的酒香也出来了。讲究的色、香、味此时一应俱全。

东江糯米酒滋补、健身，是客家女人坐月子的必备之物，佐以鸡蛋、生姜，味道绝对的可口，效果尤佳。1956年，东江糯米酒被评为全国名酒。酒香也就渐渐地飘向海外。如今，在北美、西欧、日本以及东南亚一带几十个国家都可以看到它的身影。

其实，有苏东坡蘸着酒写的雅号，"罗浮春"漂洋过海又有何难？

惠州泗洲塔史话

坐落在西湖狮山上的泗洲塔，是惠州现存的最古老的建筑物之一，至今已巍然蹲踞 300 多年。

泗洲塔下部是个圆形塔基，高出地面尺许，面积达 64 平方米。塔身是个八角棱柱体，分七层，全身用火砖彻就。每层之间以重叠式图案为界，图案状若葵花，涂以朱红，与白色塔身互为映衬。塔顶宝葫芦状。八个飞檐翘首凌空，像八只翅膀，鼓翅欲飞。浑厚、庄重的塔身高达 37.75 米，相当于 12 层高楼。这样的高度已足以让它登上惠州第一代标志性建筑的宝座。

据地方史料记载，这座塔的前身始建于唐末。取名泗洲塔是有来历的。在唐代龙溯年间，一个名叫伽倈的印度和尚到我国泗洲（今安徽泗县）传教，在长安坐化圆寂，唐中宗李显为他在泗洲建塔，以作纪念。唐宋两朝崇奉佛教，人们敬仰伽倈，故各地纷纷仿效泗洲建僧伽塔。惠州的泗洲塔就是在这样的背景下诞生的。历来塔内有佛像、神龛，香火不断。佛像体态丰盈，神态庄重，端坐在莲花上。展示出唐代的审美取向。

　　泗洲塔雄踞狮山。狮山临湖，湖波潋滟，清虚一片。每当明月东升，微波荡漾，塔影倒卧于清虚之中，随波袅袅晃动，像一幅酣畅的泼墨画。于是这里便成为西湖一景。北宋绍圣元年，苏东坡被贬谪惠州，寓惠三年多时间，常常夜半披衣而起，来到湖边观赏古塔倒影，并留下千古绝唱："一更山吐月，玉塔卧微波。"自此，古塔生色，声名远播，历久不衰。苏东坡在惠州写的诗中曾多次提到泗洲塔，有时称它为玉塔，有时称它为大圣塔。可见他对此塔感情。

　　明嘉靖四十年（1561），塔因年久失修倒毁。万历初，在旧塔遗址上改建为亭。现在的泗洲塔已非一千多年前的旧物，而是万历四十六年（1618）仿照原塔重建的。清朝光绪年间，塔顶又遭雷击，被轰塌一角，加上长期失修，砖身灰黯，满目疮痍，失去了昔日雄姿。解放后，大地重光，百废俱兴，泗洲塔也获得新生。人民政府于1955年和1959年对塔进行全方位修缮和装饰。在塔身外墙加衬24厘米厚的砖彻，粉刷塔身，修补塔顶，加铺楼面，并在塔内安装扶梯，供游人登高揽胜。可惜在"文化大革命"中，古塔又成为破"四旧"的对象，沦为鸟雀栖身之所。有一对失意青年男女竟在这里找到最后归宿。十年动乱结束后，惠州市政府再次拨款对泗洲塔全面整修，让宝塔重放光彩。

　　泗洲塔作为西湖一景，历来游客不绝。自苏东坡在这里吟唱生出示范效应之后，宝塔就成为重要题材让历代文人留下不少诗文。泗洲塔之所以引起文人的关注、游人的兴趣，除了古塔的历史价值，另一个值得考量的是它的天时地利。

　　泗洲塔在历史上是惠州最高建筑，狮山又让它的高度延伸一倍以上。"玉塔鸟瞰"就成为不可替代的地利优势。游西湖必游古塔。登塔凭栏，纵观山水之胜，北望罗湖群山，东西观两江奔流，近览西湖和古城，对惠州风物就有了一个总体的概念。

泗洲塔的精彩还在于，景色会因时而变。苏东坡为古塔月夜景观写下的千古佳句，确实让人玩味。后人刘志庄对苏东坡的诗句击节再三："不知若个丹青手，能写微澜玉塔图。"此后，"玉塔微澜"遂成西湖一景。

至于夕阳西沉，晚霞万道之时，人们又可以领略到"雁塔斜晖"另一番景致。"倒景入湖塔影长，湖光袅袅动斜阳。不知自起浮屠日，几度金乌下复翔。"从清康熙五十九年惠州太守吴骞这首诗可略窥其动人之处，也有人拿它与杭州西湖的"雷峰夕照"相媲美。无怪乎，此景亦被列入西湖传统八景之一。最为迷人的应推云雾飞渡之时，古塔若隐若现，虚无缥缈，如梦如幻，给人留下许多想象的空间。

改革开放之后，一个现代化的惠州正在崛起，高楼林立，"玉塔鸟瞰"的优势日渐弱化。但泗洲塔作为西湖一景，将会永远存续下去，因它产生的文化遗产也将永远为后人所享用。

蜡烛草的传说

　　我的故乡位于一个名叫和平县的粤北山区。那里草木繁茂，郁郁葱葱，构成故乡的底色和味道。草木曾陪伴过我的童年光阴，我热爱它们，常常将它们想象为沉默不语的乡亲，让我多了一分温馨，也多了一分牵挂。因而，每次回到乡下，总会去寻访它们。公和圳是一个常去走动的地方，那里有两棵姊妹古榕，五六个人才可合抱，据说已活了上千年。枝繁叶茂，遮天蔽日。树干上布满深刻的皱纹和巨大的伤疤以及数之不尽旁逸斜出的枝条，蕴蓄着古朴沧桑老而弥坚的气质，宛如祠堂里供奉的年代久远的历代祖先。我想，在悠长的岁月里，古榕肯定活出了某种灵性，庇佑着故乡的水土和一代代乡邻。可惜的是，其中一棵受毗邻水泥厂污染而亡，让我好一阵子痛心疾首。还有一次，我特地到几十里外的李田岩寻访一种传说中的蜡烛草，遗憾的是无缘相见。失望之余，难免怀疑其存在的真实性。传说中的蜡烛草长相普通：墨绿色，高可盈尺，茎直中空，叶稀而尖长，宛若一枝点燃的蜡烛。但传说却赋予了它民间文学的特质，让它活在乡亲们的口口相传中，让它的生命依托传奇故事的瑰丽色彩散发出永恒的芬芳。

当然，如果没有王阳明，是不会有这个传说的。当年王阳明来到我的故乡做县令，专程进入李田岩探险，结果成就了一段曲折离奇的故事。

李田岩洞内千回百转，曲径通幽；石室栉比鳞次，别有洞天。钟乳石形成的石桌、石凳、石笋，千姿百态；鸟兽虫鱼、人物、花草，应有尽有。石洞尽头，有一条地下溪流，进去之后，潺潺的流水声不绝如缕，如拨动琴弦，若断还续。照理说，是个游览的好去处。但是，在那个兵连祸接的年代，乡亲们又何来闲情逸致寻奇探胜？可惜，李田岩人间胜境，却无人问津。因而，当王阳明带着一班随从进去时，首先惊动了一群飞禽走兽。洞中很暗。他们先是用松竹照明，但刚进洞口，便被吹灭了。换了几种燃料，都无济于事。最后，换上蜡烛，居然成功了。而且愈进，烛焰愈发明亮。洞内胜境，使人流连。王阳明足足在洞里徜徉了一整天，点了一竹篓蜡烛。为了不致迷失方向，王阳明还叫随从挑着谷糠边走边洒，一直来到小溪旁边。这时，前面突然传来一个清晰的声音："来人还不速回，更待何时？"王阳明顿时毛骨悚然，纳头便拜。之后，赶紧沿着谷糠洒过的道路出了洞口。这时，他手中只留下三支点了一半的蜡烛。他诚惶诚恐地把烧剩的蜡烛插在洞口里，拜了几拜，才离洞回衙。第二天，人们发现插在地上的蜡烛长出了叶子。这就是传说中蜡烛草的来由了。有人说，李田岩是个仙洞，里面住着一位神仙，蜡烛因为受了仙气，才变成草的。

蜡烛草的传说，充满着奇幻的色彩，一直在和平民间流传下来。

　　著名学者余秋雨先生说："按照文化人类学的观念，传说和神话虽然虚无缥缈，却对一个民族非常重要，甚至可以成为一种历久不衰的文化基因。这在中华民族身上尤为明显。"即便身处穷乡僻壤的客家人也同样传承了这种文化基因。于是有了蜡烛草的传说。依托这个奇丽的精神背景，王阳明度过了在和平县主政一方的宦海生涯。其实，这个传说就是粤北山区客家人给王阳明生命精彩所作的一个铺垫。

被渐渐淡忘的惠州梅菜

　　传统特产——惠州梅菜，以它古老的传说，吸引着四方顾客。据说：很久以前，市郊住着个贫苦村民，靠上山打柴谋生。一天，在山上碰见一个少女迷了路，双脚被荆棘刺破了，鲜血直流。村民顿生恻隐之心，便向前相助，把她背下山来。少女非常感激，临别时送他一包菜种，并交代如何种。村民谢过少女，问她叫什么名字，少女说："我叫阿梅。"话刚说完，就不见了。这位村民回家后，就开了块荒地，按照少女的吩咐撒上菜种，天天起早摸黑，浇水、施肥。不久，菜苗破土而出。菜长得很好，获得丰收。吃不下，卖不完，就把剩下的腌起来，放在瓦缸里。最后缸也装不下，就在地头挖了个大坑，把菜藏在坑里。过了年，再拿出来，不料却变成金黄色，光鲜润泽，香味四溢，吃起来清甜爽脆。于是，他把菜拿到惠州城出卖，结果大受欢迎，一下子就卖光了。顾客们都说从来未见过这样的菜，问叫什么名字，村民想起送菜种给自己的少女叫阿梅，为了纪念她就说这菜叫梅菜。从此，惠州梅菜的名声就传开了。

　　美丽的传说给惠州的梅菜涂上一层瑰丽的色彩，但卖点还在于梅菜本身。

　　惠州梅菜的主要产地并不在惠州，而是在惠阳的横沥、梁化和惠东的平山、白花一带。其中以横沥土桥的质量为最佳。由于惠州是梅菜的集散中心，故而得名。近年来，随着生产的发展，东莞、博罗、宝安、惠州等县市也有些地方种植。

　　惠州梅菜，以鲜梅菜为原料，经过加工腌制而成。鲜梅菜与芥菜同一种属，形体很大，同芥菜差不多，但又有区别：一是芥菜茎扁平，梅菜茎略圆，中间凹陷成槽；其次芥菜味略苦，梅菜味甜。成熟的鲜梅菜一般高二三尺，重五六斤，大的可达10斤。喜欢在土肥、水足、天气干爽等条件下生长。每逢九十月整地下种，春节前收割腌晒，春节期间即可上市。梅菜腌制分晒菜、腌菜、分类、储存四道工序。需要一定的技术，对色泽、气味均很讲究。制成的梅菜分菜心、菜片、菜叶三种。所谓惠州梅菜，指的就是梅菜心。上好的梅菜心，长仅3寸许，粗细如拇指，顶上带花，状若秋菊。因菜心不见阳光，所以格外嫩脆。加上精工腌制色泽金黄透亮，宛若桂元干，所谓"龙眼肉、三寸心"，闻之清香扑鼻者，为梅菜上品。

　　梅菜不仅味道清香、甘甜，吃之爽脆、满口生津，且营养丰富。它不寒、不热、不燥、不湿，即中医说的"正气"。因此，历来又是病人的佳菜。惠州梅菜可做十几味佳肴，其中"梅菜蒸猪肉""梅菜扣肉""梅菜肉饼"等已成为东江地方特色菜。用梅菜煲汤，能消暑清热，又是夏天的膳食佳品。

　　梅菜贮藏时间久，方法简单方便，即用干稻草将梅菜藏置于瓦缸之中。一层草，一层菜，加盖密封。随取随吃。

　　惠州梅菜生产历史悠久，芳名四播，饮誉国内外，深受港澳同胞和华侨欢迎，成为出口、外销农副产品之一。

　　近些年来，随着食品的日益丰富，人们有了更多的选择，惠州梅菜也渐渐被人淡忘，金灿灿的身影只是偶尔出现在餐桌上。

一叶白茶一缕情

福鼎白茶成全了一次中国散文笔会。

其实，最初怂恿我成行的并非白茶，而是作家聚会。抵达福鼎后，才得知在中国大茶系中还有一个白茶家族。

白茶，白茶，好一个雅致、淡定的名字。出现在我下榻客房的茶几上。旅途劳顿，口干舌燥，自然生出喝茶的冲动。一阵子烧水、洗茶、泡茶的忙乱之后，一杯热气腾腾的白茶就在眼前了。

我是个地道的茶民，不可一日无茶。但又是个好茶而不善品的茶民，这跟故乡的茶文化有关。我生于斯长于斯的粤北山区是客家人的集聚地。乡亲个个忙于生计，终日劳作，汗水淋漓，喝茶就成为补充身体水分、生津止渴的生理需求。喝的都是自种自制的绿茶。客家人经营生命向来粗糙，茶事也不例外。大瓦壶泡茶，大碗盛茶，大口喝茶。一碗下肚，但觉通体舒泰，至于茶的味道并不讲究。直到 20 世纪 70 年代，村上办了个"寨下茶场"，种的为大叶、小叶两种绿茶。茶事一反常态，从种茶、管理、采茶到制作，样样讲究。功夫不负人意，醉人茶香四处飘荡，名气渐渐在广东全省传扬开来。省外贸还把寨下茶场定为出口生产基地。故乡茶漂洋过海，身价倍增。演绎出一场场以茶文化为媒介的经济交流，我迷恋茶香，也看重茶香蕴含的那分乡情。每当回一趟故乡，总要带上一包包茶叶送给亲朋及同事。乡亲们来看我也多以故乡茶为手信。平日里三五知己聚会，也必以故乡茶招待，在一片赞叹声中，也让我悟出些许品茶的门道。

也许是出于好奇，我一改往日大口喝茶的习惯，也细细地品了一回。但见杯中嫩白色针状茶叶载沉载浮，汁液清淡，气质内敛，香不外露，分明是大家闺秀。喝一口，茶韵悠悠。不是红茶的浓香，也不是绿茶的清香，而是平生品所未品的雅香，沁入五脏六腑，通身爽利。末了，以微苦收底。

在我看来，也是用心良苦吧！白茶既用香气去诱惑你，也用苦味去刺激你，当然，这苦是苦得恰到好处，苦得有理有节。它传递的是良药苦口的信息。足以引起人们对它的关注。让人刻骨铭心。

白茶在绵延起伏的福鼎太姥山铺陈出一个 20 万亩的大茶园，一方天地的灵气孕育出千年不散的茶香。我们上山时是第二天上午，天空扯着纤细的雨丝。四周是满山遍野的茶林，车子在蜿蜒的山路上颠簸，站成一排排的白茶向眼前奔涌而来，欢迎我们这些远道而至的客人。

车子终于在一个山坳中停下来，面前横着一列房舍。好客的主人打来山泉水，特地为每人沏上一杯白毫银针。毫香乍现，喝一口，沁人心脾，幽幽的，软软的。看着窗外的山、水、茶，一种似曾相识的温暖袭上心头，我恍然觉得又回到故乡。

一叶白茶一缕情。对于一位茶民来说，福鼎又何尝不是我的第二故乡。

第四辑

远去的背影

王安石的江湖

　　有人的地方就有江湖。身居宰辅、位极人臣的王安石也有自己的江湖。一个在庙堂之内，是官场江湖。一个在庙堂之外，是民间江湖。他用权力与梦想与每一个江湖中人建立起千丝万缕的关系。自从他主导变法运动之后，这两个江湖便被搅得沸沸扬扬，再也难以平静。常常是波涛汹涌，急流、暗礁、漩涡林立，险象环生。其实，此时的王安石是在浪尖上跳舞，随时都可能被卷走，被吞噬。

　　科举入仕的王安石胸怀大志，年轻时就开始为变法强国作准备，不仅注重了解社会，在地方任太守期间还进行了"青苗"贷款试验，取得不俗的成绩，受到农民的欢迎，还增加了政府的财政收入。

　　既然有了成功经验的指引，有了双赢方案的借鉴，还有皇帝宋神宗的大力支持，为什么当新政在全国铺开的时候却遭遇了水土不服，甚至与初衷大相径庭呢？原因还得从王安石自己身上去找。他显然低估了除旧布新的复杂程度，以为只要皇上支持，按照传统的做法，下发一道圣旨，新政就能顺利运作起来。并由此衍生出一系列的失误：急于求成，重结果、轻过程，以至于整个实施过程严重失控，偏离了原先设计的轨道。让变法陷入了一场危机。作为这场变革的设计师和领导者，王安石既没有察觉，也没有警惕，依然我行我素，最终失去了纠正错误、拨乱反正的时机。

在实施八个新法的过程中，严重背离设计初衷的莫过于"青苗法"。所谓"青苗法"，是指在春耕伊始，地方政府向有困难的农户发放贷款，以解决购买种子、农具之需，待夏收后本息一起还清。是一件利国利民的好事。但有两个前提：贷款自愿，利息合理。即不能超出贫苦农民的承受能力。这本是王安石"青苗"贷款试点的成功经验。然而在推广"青苗法"的过程中却完全变了样。王安石否定了自己设定的框架，而是把发放贷款多少作为考核地方官政绩的主要依据，多则升，少则降，甚至冠以阻碍变法的罪名予以罢官。其结果是许多地方政府强迫贷款，家家户户摊派任务。朝廷规定的利息是 15%，已经超出农民的偿还能力。许多地方政府的贪官污吏还层层加码，从中贪墨。农民实际 的利息负担居然高达 30%，为期仅 3 个月。收成好时还能勉强维持，一旦歉收，还不上本息，便被抓去坐牢。所以，许多地区的农民被逼拖家带口，背井离乡，沿途讨饭，甚至卖妻卖儿而逃亡。

既然变法失败的严重后果已经显现，当然就得有人对此担责。作为第一责任人王安石的命运似乎已经注定。

那末，淹没王安石的最后一朵浪花是什么？可能很多人都不知道，并非是那些反对变法的朝中大臣，而是一个王安石既熟悉又陌生的小人物，他便是皇宫门吏郑侠，一个门卫小头目。但小人物不一定就缺乏胆识与智慧，缺的往往是机会。郑侠就是这样一个小人物。现在他的机会终于来了。郑侠亲眼目睹成群结队的东北农民逃到京都，难民充斥大街小巷。巨大的心灵冲击，让郑侠寝食难安。他虽然人微言轻，但却是个有担当的男子汉。他深知宋神宗支持变法，也许是期望值太高，结果偏听偏信，对反对的声音非常反感，连宰相司马光、退休宰相韩琦以及范镇等元老重臣的劝说都听不进去，并将他们一一贬出京师，以图耳根清静。据此，他也深知，奏章对皇上来说已经麻木，必须换一种方式向皇上进谏。作为一名业余绘画爱好者，郑侠首先想到绘画也许比奏章更具视觉冲击力。于是，他画了两幅难民图呈给皇上。一幅画的是一群饥饿的难民，上身赤裸，顶着狂风暴雨在阳关大道上挣扎跋涉；另一幅画的是一群衣不遮体的男女或啃树皮草根，或戴着铁链，扛着砖、柴去卖了纳税。上面还附有简短的说明。几经周折之后，画作果然传到皇帝手上。宋神宗十分震撼，当即掉下泪来。随后又将画作带进寝宫与皇后、祖母、弟弟及其他家人边看边商议。第二天早上，皇帝决定中止推行包括青苗法、商法、免役法、保甲法、土地登记在内的八种新法。王安石也当即被罢相。

郑侠立下奇功，但并没有得到朝廷的奖赏，反而遭到御史台的立案调查，结果被判处流放广东。罪名是非法利用官差制度。其实，他曾尝试过直接向皇上献图，但皇宫官吏拒绝受理，原因是郑侠官卑职小，没有资格向皇上上奏章。但他没有轻言放弃，而是另辟蹊径，将难民图送到京城外的官差站，最终成功送达。罪名也因此相应成立。

　　郑侠在流放途中还发生了一件事，差点让他丢了性命。有一位参与审案的御史，对郑侠的所作所为十分钦佩，在郑侠离京时前去送行，并交给他两卷名臣奏议，全是弹劾御史台当权小人的文章，嘱咐他妥为保管。当时，王安石刚刚下台，他的亲信吕惠卿等人还在台上，手握大权。得知消息后，马上派人追上郑侠，搜缴了全部材料。不仅有关名臣后来一一遭到迫害，吕惠卿还要判处郑侠死刑。宋神宗还算个明君，没有答应。他说："郑侠谋国而不谋身，忠诚勇气，颇可嘉许，不可重罚。"郑侠才得以维持原判。

　　王安石变法虽然失败，但余波未了。他的江湖依然暗涌激荡。变法之争以及由此引发的朋党之争延续了数十年，旷日持久的内耗，让许多人才、精英备受摧残，严重削弱了北宋王朝的执政能力。

活在仇恨中的章惇

惠州古城是苏东坡的人生驿站，也是我的人生驿站。苏东坡晚年在这里谪住了三年，我则在年轻时在这里度过了 10 个春秋。10 载光阴已足以让我孵化成一名东坡迷。

中原常州早在近千年前收走了诗人的血肉之躯，但岭南惠州依然散发出诗人的儒雅气息。每次故地重游我总能强烈地感受到诗人的存在。这种存在感源于诗人的遗迹、诗人的诗文，乃至每一寸土地、每一寸山水、每一寸空间。

苏东坡作为惠州的谪居者，并非是一名旁观者，而是生活的积极参与者。他以自己的古道热肠、济世精神和文学天才温暖了这方收留他的土地。偏于岭南一隅的惠州纯朴民风和秀丽西湖也反哺着这位旷世奇才的心灵。

惠州是一方远离是非旋涡、堪与托付终老的祥和之地，让苏东坡在绝望中又看到了希望。但无望毕竟是苏东坡晚年的常态，注定了他与惠州的缘分只有三年。

在一个不同政见火拼的年代，你死我活的朋党斗争只会孕育出心中的仇恨。

来自朝廷的仇恨左右着苏东坡的命运。尽管他以光芒四射的文学才华享受着唐宋八大家之一的尊荣，但依然无法与仇恨的力量相抗衡。让他难以接受的是，这股针对他的邪恶力量居然出自自己的老朋友、当朝宰相章惇。

章惇是北宋官场的一位火箭式人物，祖籍福建，宋仁宗末嘉祐年间中进士。年轻时在湖北某地任太守，苏东坡则在凤翔任判官，两地相距不远。才华横溢、豪爽大方的章惇与苏东坡一见如故，两人遂成为官场朋友。一次，两人结伴前往芦关旅游，途经黑水谷时有一条深涧横于路上。涧深百尺，下有飞瀑急流，浪花四溅，轰鸣于耳。两侧大石壁立。景色奇丽。涧中架一窄小木板桥。章淳提议从桥上过去，到对面崖壁题字。这也是文人雅士游历时常有的举动。苏东坡摇了摇头。章惇胆气过人，不动声色，瞬间已到对岸，抓住一条前人留下的绳子，坠下悬崖，到对面小溪岸上，在岩上题了"苏轼章惇游此"六个大字。随后又若无其事由原路返回。苏东坡为他捏了一把汗，拍着章惇的肩膀说："终有一天你会杀人的。"章惇反问："为什么？"苏东坡答道："敢于玩弄自己性命的人自然敢取别人的性命。"不幸的是苏东坡一语成谶。他晚年的诸多磨难以至于过早地离开这个世界正是拜这位朋友所赐。

章惇聪明能干，颇有建树。熙宁五年，洞庭湖南北面少数民族地区发生动乱，章惇以湖北察访使的身份前往处置。他以又打又拉、恩威并施的两手制服挑头闹事的首领，很快平息了事态，彰显出他解决社会难题的非凡能力。后来，回朝升任参知政事。但他官运亨通、飞黄腾达主要是得益于追随王安石，全力支持变法。最终与蔡确、韩缜、张璪等人成为新党的四大金刚。不过，在升迁路上也曾遭遇过一次较大的挫折。自从王安石新政出台之后，北宋政局变化之快如同走马灯。不是新党压倒旧党，就是旧党压倒新党，两党轮番上台执政。公元1085年，神宗驾崩，年仅9岁的儿子哲宗即位，由太皇太后垂帘听政。高太后废除了王安石的新政，司马光等旧党老臣重新回朝掌权。新党四大金刚被旧党列为"四害"，先后被贬出京师到地方任职。元祐九年，太皇太后离世，哲宗亲政，在改年号为绍圣的同时决定恢复新政。新党再次得势，章惇因祸得福，被召回朝官拜为相。

王安石变法在全社会引发了一场大地震，且余震不断。同时引发了官场大分化。苏东坡倒向了反对变法的旧党。章惇与苏东坡从此分道扬镳。苏东坡对章惇的预言渐见端倪。俗话说：宰相肚里能撑船。肚量是当宰相的硬指标。仅这一条，章惇就不合格。他的官很大，肚量却很小，视旧党如毒蛇猛兽，必欲除之而后快。但迫于宋室祖先"不得诛杀大臣"的遗训，章惇无法大开杀戒。于是变着法子迫害旧党，千方百计找岔子往死里整。

有一次，上任伊始的宰相章惇向哲宗介绍新法，借机把矛头指向苏东坡，夹枪带棒，肆意攻击，毫不留情。无非是旧事重提，指证苏东坡在掌管内制时"语涉讥讽先朝"。这无异于给苏东坡定了个"大不敬"的罪名。很快苏东坡便遭到贬谪流放惠州的惩罚。对于年老体弱的苏东坡来说当然是沉重的打击。在经受了1500里关山重重的长途跋涉之苦后，在惠州的头一年又遭遇了丧妻之痛。好在苏东坡天性豁达，才帮助自己挺过了难关。寓惠三年，苏东坡已完全抛弃了北归中原、返朝做官的幻想，并做好了终老惠州的安排，在东江边白鹤峰购地一块用以建房。房子落成时，他写了副上梁文："报导先生春睡美，道人轻打五更钟。"岂料传到章惇耳中，再次引发他的强烈不满。在他看来，苏东坡在惠州之所以活得这样轻松惬意，是因为惩罚的力度不够。于是利用手中权力将苏东坡续贬海南儋州。一罪二罚，就是要让苏东坡吃二遍苦，受二茬罪。

章惇似乎是铁了心要从迫害苏东坡的过程中获得快感。苏东坡不死，决不罢手。本来，监督贬谪官员是流放地地方官的职责，但章惇对地方官不放心，隔三差五派出新党官员到流放地明察暗访。果然，苏东坡的前脚刚到儋州不久，朝廷派出的监察官员后脚就到了。而且还真的让他抓住了把柄。原来与苏东坡接头的是县令张中，他对天才诗人苏东坡佩服得五体投地，除了热情接待，生活上也颇为关照，让苏东坡住进官舍。因为残破漏雨，还用公款修缮了一番。张中对苏东坡的善待激怒了这位官员，不仅将苏东坡逐出官舍，还上报朝廷，将张中革职。

章惇既然心中充满仇恨，便把理智踩在脚下，对苏东坡的迫害也就难以停止。一些日子过后，他又听到风声，再次派人来找苏东坡的麻烦，发现镇上一处苏东坡曾租住过的房子，于是将屋主人传到官府，逼他作证苏东坡强租民房。屋主人是个有良知之人，不愿为虎作伥去陷害好人苏东坡。好在他保留了两人签订的租房文书，经过一番口舌，才顶住威逼利诱，得以脱身。否则，后果不堪设想。

1100 年，新皇太后摄政，元祐老臣得以赦罪。苏东坡踏上北上回乡之路，途经梅岭，触景生情，赋诗一首："梅花开尽杂花开，过尽行人君不来。不趁青梅尝煮酒，要看细雨熟黄梅。"
六年前，苏东坡曾以戴罪之身流放途经梅岭，也曾赋诗一首
（《赠岭上老人》）："鹤骨霜髯心已灰，青松合抱亲手栽。问翁
大庾岭头住，曾见南迁几个回？"诗人不幸，梅岭有幸。从此，
苏东坡与梅岭结下永恒的诗缘。梅岭是当年中原与岭南的交通
咽喉和必经之处，对于苏东坡来说，梅岭无疑是生命中的一道
坎。南下越过这道坎，是仇恨力量的驱赶，是流放，是惩罚，
也许是走上了一条不归路。北上越过这道坎，是赦免，是解脱，
是告别戴罪之身，是摆脱仇恨力量的挟迫。南下北上，一来一
回，不同的命运，不同的心绪。流放途中，前程迷茫，脚步沉
重，心情压抑，无奈、悲凉。登上梅岭，碰见老翁，一番对话，
痛苦的心情终于释放成诗。六年后，人们在梅岭看到的苏东坡
已判若两人，淡定、从容，甚至还有丁点喜悦。仙风道骨的苏
东坡依然是个纯真的少年，喜怒哀乐，直出胸臆，不矫情，不
掩饰。这正是诗人的可爱之处，也是诗篇的感人魅力之处。

其实，晚年的苏东坡一直都未能走出仇恨的阴影，回乡的
脚步依然是沉重的。为了远离仇恨，他不得不奏报朝廷批准将
家安在离京城较远的常州。但不幸的命运依然追逐着他。在途
中身染重病的苏东坡回到常州后不久便驾鹤西去。

表面上看，他是病故的。实际上是受章惇迫害而死。两次
流放，让苏东坡身心受到重创，健康每况愈下，生命力迅速流
逝，疾病乘虚而入。章惇杀人用的是钝刀子，时间长，不见血，
更痛苦，更残忍。

元符三年，哲宗皇帝去世。他没有留下子嗣，却留下了继
承皇位人选的难题。皇太后向氏主张立端王赵佶为帝。章惇反

对道："端王轻佻，不可以君天下。"但太后的意见在讨论中得到多数大臣的支持。赵佶顺利登基，史称宋徽宗。不久，便将反对自己继位的章惇罢相，流放海南，也就是苏东坡曾经遭罪的地方。章惇迫害苏东坡的种种行径早已在流放地官府传得人人皆知，现在又听说他得罪了当今皇上，地方官员见了章惇就像见了瘟神，避之犹恐不及，谁都不愿出面接待。章惇好不容易赶到贬所，却无人搭理，连个落脚的地方都没有，只得到镇上租房。转了一圈，发现一座宽敞的房舍，较为满意。于是与屋主人商议租房事宜。起初屋主人还挺热情，但得知对方是流放官员的身份后脸色大变，连连摆手："不租！不租！"章惇十分诧异，问及缘由。这世界还真小，原来这房舍就是当年苏东坡租住过的。屋主人便将租房惹来一场官司，差点给全家人招来不测的经过说了一遍。他并不知道此时站在自己面前的正是当年让他吃官司的章惇。章惇听后，脸红一阵，白一阵，恨不得脚下裂一道缝钻进去。

章惇自己种的恶果自己品尝，个中滋味只有他自己知道。这是报应。此时此刻，他是否在反躬自省，后悔当初，无地自容，不得而知。但有一点是肯定的，心里有苦难言。

章惇如此丧心病狂地迫害苏东坡，让人难以理解。年轻时，两人是朋友，并无个人恩怨。约在辞世前九年苏东坡为主考官时，亲自将章惇的儿子章援录取为第一名进士。也就是说，苏东坡是章惇儿子的恩师。有了这两层关系还是难以化解不同政见给章惇带来的仇恨。长期活在仇恨中，难免心理扭曲、变形，以至于人性丧失殆尽。章惇对苏东坡所做的一切，既是心中仇恨的发泄，也是人性泯灭的展示。除此之外，恐怕没有别的更合理的解释了。

仇恨是一团烈火，既毁灭别人，也毁灭自己。

本文在中华散文网举办的"第二届'中华情'全国诗歌散文联赛征文稿"评比活动中获金奖。入选《第二届中华情全国诗歌散文联赛作品选集》。

苏东坡那些人生碎影

林语堂笔下的苏东坡（《苏东坡传》）充满魅力，那些从诗人生命中流淌而出的天性，一下子拉近了我们之间的距离，仿佛他就活在我们中间，让我看到了一个真实的苏东坡。

柔软的感情世界

那些滋润心灵的手足之情、夫妻之情、朋友之情、师生之情构成了苏东坡内心世界最柔软的那一部分，虽经千年穿越，但血温依然可以触摸。

1036 年 11 月 19 日，苏东坡出生于四川眉州眉山城，两年后，弟弟子由相继来到世上。从此，兄弟两人一起玩耍，一起上学，一起成长。长大后又一起赴京赶考，20 岁的兄长与 18 岁的弟弟成为同科进士。

兄弟的成长史是紧密相连的。苏东坡 6 岁入读私塾。他聪明好学，10 岁已显示出文学天赋，能写出一手好文章，常常受到老师的夸奖。11 岁进入中等学府，为冲刺科举作准备。他用背诵记忆的方式熟读了大量的文学经典，书法艺术飞速长进，学术思想日趋渊博，渐成气象。对于子由来说，苏东坡的快速成长是天大的好事。他不仅有了一位关爱自己的兄长，还多了一位才华过人的良师益友。多重关系的重叠，让手足之情更为深厚。苏东坡对这段岁月的手足情深曾以赋诗的方式抒发出来："我少知子由，天资和而清，岂独为吾弟，要是贤友生。"

如果说入仕前兄弟两人是形影不离，那末，入仕后则是聚少离多。但并不会淡化兄弟的亲密关系。时间与距离只能将它化作绵绵不绝的相思。兄弟异地为官，平日里鸿雁传书、诗书唱和。相聚时就成了感情释放的高潮、成为快乐的盛宴。每一次分手都会出现十里相送的场景。1061 年，苏东坡开始走上政治舞台，被朝廷任命为凤翔府判官。此时全家已定居京城开封。赴任时，子由一直送出京城 40 里外，才依依不舍分手。苏东坡站在郑州西门外回望弟弟在雪地上若隐若现的身影，直到弟弟消失在古道上，才继续自己的行程。这是兄弟两人生平第一次离别。无奈的是，天各一方从此成为兄弟生活中的常态。让人始料不及的是，正是这份牵挂催生出一首中国文学史上的千古绝唱。1076 年的中秋节晚上，皓月当空，夜凉如水，时任山东密州太守的苏东坡信步庭院，仰望一轮圆月，想起不能见面的弟弟，心中思念之情如潮，一曲寄托手足之情的中秋词《水调歌头》就此诞生：

明月几时有，把酒问青天？不知天上宫阙，今夕是何年？我欲乘风归去，又恐琼楼玉宇，高处不胜寒。起舞弄清影，何似在人间？

转朱阁，低绮户，照无眠。不应有恨，何事长向别时圆？人有悲欢离合，月有阴晴圆缺，此事古难全。但愿人长久，千里共婵娟。

真乃精彩绝伦。在古往今来的中秋词中，没有能出其右者。

作为诗人，苏东坡为子由留下了不少诗篇。"嗟余寡兄弟，四海一子由。"既然弟弟是他的一生牵挂，手足之情自然成为他一生歌咏的题材。

大凡人间真情总是经受得住大风大浪的。

1079 年 6 月，苏东坡遭御史弹劾，罪名是他的诗文有蔑视朝廷之意。这起文字狱差点要了苏东坡的命。子由忧心如焚，赶忙写了一份奏札恳请朝廷赦免兄长，自己愿意纳还一切官职为兄长赎罪。其间还发生了一场误会。儿子苏迈每天要给父亲送饭，并约好只许送蔬菜和肉食，如若有坏消息，则加上鱼。有一天苏迈离京外出借钱，送饭之事由朋友暂代，但却忘记交代暗号。这位朋友一心想改善伙食，竟送去熏鱼。苏东坡大惊，以为案情恶化，于是写了两首诀别诗，托付狱卒转交子由。诗中既表示对皇恩浩荡无法图报而深感内疚，同时托付弟弟代为照顾全家 10 口，自己的孤魂将在荒山野岭与风雨相伴，并表示愿世世代代为手足。哀婉凄切。子由看后伏案大哭，但坚决不收。狱卒只好带回。正如子由所料，按规定这两首诗肯定会呈到皇帝手中。结果是皇帝看了十分感动，苏东坡得以从轻处分，被革去湖州太守一职，贬为常州团练副使，谪居黄州。子由因兄弟关系受降职处分，调任高安筠州酒监。兄弟风雨同舟，给手足之情平添了患难与共的色彩。

苏东坡是个心胸坦荡、肚里不藏事的人，无论是作诗、写文章，还是说话总是直抒胸臆。直言不讳的天性常常让他危机四伏。这正是子由担忧之事。苏东坡因"乌台诗案"被监禁解除之后，有一次子由突然捂住兄长的嘴，苏东坡当然明白弟弟的良苦用心，是让自己管好这张嘴。其实，这是从苏东坡生命中自然流淌而出的浩然正气，要管是管不住的。他曾用两句诗来诠释自己这份真性情："猿吟鹤唳本无意，不知下有行人行。"

子由算得上是个英雄父亲，一生养育了 10 个子女，其中 3 个是男孩，全都长大成人。苏东坡对他们视同亲生，对他们的婚姻大事尤其上心，全是他当"红娘"帮助撮合而成的。

1101 年，苏东坡从谪居地海南北归中原常州家园。此时，他已重病在身，却念念不忘与子由见上一面。7 月 28 日，64 岁的苏东坡带着人生最大的遗憾走了。从此，兄弟阴阳相隔。子由闻讯后心刀剜似的痛。遵照兄长的临终遗嘱，亲书墓志铭，并将兄长与 10 年前去世的妻子王润之合葬于自己家附近的嵩山山麓。

经历无数人生风雨的淘洗与发酵，苏氏兄弟的感情世界反而变得愈加柔软，手足情深既不会褪色，更不会变味。因为他们的感情不仅仅在于与生俱来的血脉相连，还在于他们的生命已深受传统文化的浸润，在精神层面建立了一个共有的家园，难解难分。

苏东坡一生有过三段婚姻，有四个女人与他的人生轨迹相交集，分别是结发妻子王弗、续弦王润之、侍妾王朝云，以及无夫妻之实的初恋情人堂妹。

1054 年，18 岁的苏东坡与 15 岁的同乡姑娘王弗成婚。王弗对青年才俊苏东坡既爱且敬。贤妻良母的天性让她将家庭经营得温馨幸福。她的作为还在于是一位贤内助。苏东坡大事明白，小事糊涂。但构成人生的多是不起眼的小事而非轰轰烈烈的大事。苏东坡为人直爽，从不掩饰自己的观点。因而祸从口出的风险伴随终身。她常常提醒丈夫："速成的朋友不可靠！"苏东坡对妻子的关切与担忧心领神会，所以事事处处都乐意听从妻子的意见。这对小夫妻的爱情细水长流，绵绵不绝，日积月累，愈加纯厚。不幸的是，王弗在 26 岁那年被病魔夺去生命，给苏东坡留下了一个 6 岁的儿子，同时留下了无法抚平的伤痛。在妻子去世 10 周年之时，苏东坡以一首词寄托哀思之情：

十年生死两茫茫，不思量，自难忘。千里孤坟，无处话凄凉。纵使相逢应不识，尘满面，鬓如霜。

夜来幽梦忽还乡，小轩窗，正梳妆。相顾无言，惟有泪千行。料得年年断肠处，明月夜，短松冈。

王润之是王弗的堂妹，出身书香门第，父亲是进士。王弗去世后第三年（1068），20 岁的王润之嫁入苏门成为苏东坡的第二任妻子。她对身为科举魁元的苏东坡佩服得五体投地，十分迷恋。尽管没有王弗那样能干，但性格柔和沉静。她打定主意做丈夫的守护神，用爱来经营好这个家。因为爱，她对丈夫的饮食起居照顾得体贴入微。因为爱，她先后生下苏迨、苏过两个孩子，对堂姐所生的苏迈视同己出，呵护备至。因为爱，她对丈夫信赖有加，对丈夫经常在外的应酬从不存疑。她用爱在丈夫与孩子身边编织起一张无形的网，让全家人都感受到家的温暖。在丈夫宦海生涯的沉浮中，这段和谐、幸福的婚姻维持了 20 多年。1093 年，40 岁出头的王润之因病去世。那时，正值苏东坡的人生高潮，在朝中先后任兵部尚书和礼部尚书。因而，丧礼得以尽享哀荣。苏东坡感念妻子的贤德，在祭文中除了赞美之外，还誓与她"生则同室，死则同穴"。

如果说苏东坡与两位前妻是在平实中见真情，那么，与王朝云的爱情则多出了几分浪漫。

苏东坡在杭州做官时，妻子王润之买下11岁的歌女王朝云作丫环。谪居黄州时，朝云已长大。在妻子的力主之下，被苏东坡纳为妾。苏夫人去世后，便顺理成章地成了苏东坡的妻子。王朝云不仅有美的基因、善良的天性、聪明的智商，还有艺术的细胞（能歌善舞）。这让他们的婚姻生活生色不少。有一次苏东坡拍着肚皮问身边的几个女人里面装的是什么？有的说是满腹经纶，有的说是满腹锦绣文章。唯王朝云一语惊人："先生一肚皮不合时宜。"既一语中的，也一语成谶。1094年，苏东坡被贬谪惠州，两人便成为患难夫妻。她不仅是丈夫精神的依托，更是生活的保姆。对丈夫的贴心照料，让苏东坡疲惫冰冷的心重新燃起热情与温度。寓惠第二年，30岁出头的王朝云因身患疟疾身故。苏东坡悲痛欲绝，将她安葬于惠州西湖孤山脚下，并亲立墓志铭。入葬的当晚，苏东坡梦见朝云浑身湿淋淋回到家里，照样给孩子喂奶，照样操持家务。苏东坡既惊且悲，问及缘由，朝云说是涉湖而至的。且好几个晚上都做同一个梦。于是苏东坡捐出从前大内赏赐的黄金钱，请和尚希固帮助修筑西新桥，让朝云免去涉湖之苦。后来，西新桥被当地百姓称作苏堤。还有一个故事。8月6日是朝云安葬第三天，晚上狂风暴雨，第二天早上，农民发现墓旁有巨大的脚印，猜测是有佛前来将朝云接到西方极乐世界去了。8月9日晚，苏东坡闻讯后同儿子一起去察看那些巨大的足迹。其实，在苏东坡为王朝云所写的众多诗词中，已经昭示出晚年的苏东坡与王朝云的爱情已发生显著变化，升华为共同追寻仙道理想生活的高尚友谊。这是一种超越生死的情感。处在这种精神境界的苏东坡，对妻子得道成仙之说应当是相信的。这也未尝不是一件好事，至少可以帮助他缓解丧妻之痛。

在苏东坡心灵最隐秘的一角还供奉着一个鲜为人知的女神，那便是他的初恋情人堂妹（名字不详）。按照风俗，两人不能成婚。苏东坡只能将这份情深深地隐藏起来。但还是露出了许多蛛丝马迹。年幼时两小无猜，青梅竹马。少年时，因叔叔科举入仕携家眷赴任而分离。长大后各自成婚而有了各自的人生。但爱是没有理由的。而且苏东坡对她终生不忘。直至流放海南，听到堂妹去世的消息，如晴天霹雳，心如刀割。在流放归来途经靖江，堂妹及其丈夫的坟墓就在此地，身染重疾的苏东坡仍然挣扎着和三个儿子及一个侄子前去祭祀。第二天客人来访，见他侧卧床上，面壁抽泣。伊人已逝，他无需也无法压抑心中那份情了。

喜欢交友是苏东坡的天性。在他的心目中，人人都是好人，人人都可以交朋友，在朋友面前皆可推心置腹。在这种交友观的主导下，他交友广泛，遍及社会各个阶层。他的第一个朋友圈，交的都是上流社会达官贵人和文人雅士。他们有知识、有文化、有理想，也有经济实力，交往的方式自然是丰富多彩。平日里，除了书信往来，还有诗词书画作品交流、家庭聚会、饮宴和旅游观光。有一天，被誉为宋朝三大家的苏东坡、米芾、李龙眠以及子由、苏门四学士等文艺界的名家欢聚于驸马王诜的庭院中，自然是意气风发，挥毫泼墨，各显神通，或作画、或题字、或赋诗。分散各处，形态各异。画家李龙眠兴之所至，便将聚会盛况凝聚笔端，取名"西园雅集"，米芾在画中题词。不仅聚会成了中国文艺史上的佳话，"西园雅集"也成了价值连城的艺术品，相互印证，千古流传。

在苏东坡被御史控告案中，有 30 多位官场朋友受到牵连，都以知情不报之罪受到处分。其中包括子由在内的 3 人受罚较重。驸马王诜被削去一切官爵，王固被发配到遥远的西北。张方平与其他大官被罚红铜30 斤，司马光、范镇以及其余 18 位朋友被罚红铜 20 斤。苏东坡谪居黄州时一一向这些朋友去信致歉。但在朋友的回信中却看不到半句怨言。这次世态炎凉的巨大冲击，不仅没有摧毁这个朋友圈，反而让他们日后联系更为紧密，许多人都成了终生的莫逆之交。除了苏东坡的人品学问备受敬重之外，还要归功于他的交友观。他交朋友重在交心，以心换心，自然换得朋友一片真情。

他的第二个朋友圈交的是社会底层的穷朋友。王安石变法之争以及由此衍生的朋党之争让苏东坡的人生跌宕起伏，先后谪居黄州、惠州和海南儋州。苏东坡不愧为一个交友大师，身上似乎有一种与生俱来的亲和力，随着生存环境的转换，身边便很快聚集起一班新朋友。他们中有和尚、道士、农民、渔夫、贩卒和樵夫。这些朋友虽穷，却大多善良淳朴，乐于助人。每当苏东坡碰到难处，他们便纷纷伸出援手，排忧解难。苏东坡到达惠州后，与宜兴的两个儿子以及在高安做官的子由失去了联系，彼此都十分焦虑。便有朋友自告奋勇，不辞跋涉千里之苦为苏东坡与亲人取得联系。流放海南儋州，上无片瓦，食物短缺，生存堪忧。苏东坡愁肠百转。他倾其所有，在县城南面购地一块，那些新结识的邻居，特别是那些穷书生的子弟纷纷前来帮忙，盖起了几间简陋的房舍。他把新居取名为"恍榔庵"。隔三差五还有朋友送来食物，让他不致挨饿。房后的槟榔林是野鹿的栖息地，黎民常常凌晨到此打猎。天亮时，便有人敲门送给他一块鹿肉。有了新朋友但不会忘记老朋友，一有机会，苏东坡便给惠州的林行婆捎去一些海南特产。现在，他家里是常常各色朋友满座。不然，他就去邻居家串门，或在椰林里与朋友席地而坐。每天都以拉家常为乐，这已经成为他精神生活的一部分。在那些艰难的岁月里，穷朋友给了他各种各样的帮助。同时，也给了他温暖和快乐，让他一次又一次走出人生低谷，一次又一次闯过难关。

1057 年 4 月 8 日殿试结束，苏东坡与弟弟同时金榜题名。苏东坡在 388 名同科进士中脱颖而出，名列第二。从此与主考官欧阳修结下了师生之缘。为他的感情世界增添了一道师生惺惺相惜的风景。

苏东坡以一篇精彩的策论《为政的宽与简》让欧阳修拍案叫绝，爱不释卷。阅卷期间，还拿出来与考官们分享。但期间发生了一段小插曲。以文章的内容与风格而论，欧阳修疑为出自朋友曾巩之手，为免遭议论，节外生枝，欧阳修忍痛将它从一卷降为第二卷。欧阳修的误判，让苏东坡与状元失之交臂。

但这次失误并没有影响两人的师生关系，也不可能掩盖苏东坡文学才华的光芒。

苏东坡长期在地方官场漂泊，与京城的老师天各一方。平时，书信来往、诗文交流便成为主要的联系方式。欧阳修桃李满天下，唯独对苏东坡这位青年才俊青睐有加，视作得意门生。他对苏东坡的文章评价极高，并将阅读他的文章视作享受。所以每每收到苏东坡的作品总是喜上眉梢，反复展看，细细品味，还拿出来与身边的同僚共享。作为文坛盟主，欧阳修的地位一直不可动摇。但随着苏东坡愈来愈多的佳作问世，欧阳修的危机感也愈来愈强烈。有一天，他对儿子说："记住我的话，30年后再无人谈论老夫！"他似乎已有预感：青出于蓝而胜于蓝。这就意味着苏东坡的风头终有一天要盖过自己的风头。他已作好了思想准备，甚至乐意助学生一臂之力以实现超越。要知道，作为文学权威，欧阳修的一言褒贬足以置学人于天上或地下。他对众多文人及其作品从不轻易发声，但对苏东坡其人其文却从不吝赞美之词，甚至到了让人嫉妒的地步。有一天，他对同僚说："读苏东坡的来信，不知为何，我竟喜极汗下。老夫当退让此人，使之出人头地。"欧阳修以爱才、惜才、育才为己任，深孚文人学子众望。对苏东坡的提携更是不遗余力。在他的亲切目光注视下，苏东坡一步一步地走上了接班之路，并最终登上文坛盟主的宝座。在苏东坡去世后10年内，无人再谈论欧阳修，而苏东坡则成为人们关注的焦点。其时，他的作品虽被朝廷列为禁书，但人们却在背地里偷偷欣赏。他的书画墨迹也成为达官贵人和文人雅士争相收藏的珍宝。

　　就感情生活而言，苏东坡是幸福的，因为在他的感情世界里充满了爱。有弟弟深爱着他，有妻子深爱着他，有众多朋友深爱着他，还有老师深爱着他。当然，苏东坡也深爱他们。他是与爱相伴走完一生的。

多彩的人生细节

苏东坡那些在民间流传的趣闻轶事像一道绚丽的彩虹，折射出诗人多彩的人生。

苏东坡以诗名动天下，让无数的人为之倾倒。因此，应邀题诗便成为他日常生活中的雅事。1084 年，苏东坡即将离开谪居四年之久的黄州，朋友们为他设宴饯行，期间有一歌女前来请求苏东坡在披肩上题诗。她跟诗人素不相识，苏东坡也从未闻其姓名，但他并不推辞，立即吩咐她研墨，挥毫写下头两句：

> 东坡四年黄州住，
>
> 何事无言及李琪。

至此停笔，继续与朋友们交杯换盏，谈笑自若。苏东坡题诗从来就引人注目。在座的朋友曾品味过不久前引起轰动的《赤壁怀古》："大江东去，浪淘尽，千古风流人物……"雄浑壮阔的意境不知撼动过多少人的心扉，对苏东坡纵横天地的诗才无不心生崇拜。但今天乍看之下，诗的开头未免有失平常。一会，歌女再次前来请求苏东坡写完。苏东坡重新提笔一挥而就：

> 却似西川杜工部，
>
> 海棠虽好不吟诗。

后两句画龙点睛之笔一下子让这首诗鲜活灵动起来，满座朋友无不击节称奇。歌女李琪也因名人效应得以千古流芳。

像李琪这样搭名人顺风车得以扬名的自古有之，但并非人人都有这种好运气。有一位文人也想搭苏东坡的便车，但却到了他不想去的地方，成为笑话。

一天，苏东坡家里来了一位自称是文人的不速之客，带着一卷诗集向他求教。一阵寒暄之后，便自顾自地朗诵起来，抑扬顿挫，声情并茂。尔后，自然是静候东坡先生的评价。苏东坡说："100分!"这位文人顿时喜形于色。苏东坡接着说："朗诵之美70分，诗歌之美30分。"

苏东坡长期在地方做官，司法审讯是一项重要职责。他却能以诗人的情怀将审案工作做得别有一番滋味，让人眼前一亮。

在杭州通判任上苏东坡曾判决一起命案。受害人是一名叫秀奴的妓女，凶手则是一名叫了然的和尚。了然既入空门却不守清规，有了钱便常去妓院寻花问柳，结果迷上了秀奴。最终钱财散尽，穷得叮当响，秀奴不再理他。一夜，他喝得酩酊大醉，竟鬼使神差去找秀奴，吃了闭门羹，便硬撞进去，把秀奴一顿暴打，直至秀奴一命呜呼。命案发生后，了然被扭送官府，办案官员在查案中发现他一只胳膊上刺有一副对联："但愿同生极乐国，免如今世苦相思。"罪证确凿，呈报给苏东坡。苏东坡按律判处斩首示众。当然要写判决辞。作为一种法律文书，判决辞是有规范格式的。但苏东坡偏不墨守成规，把判决辞写成小调：

这个秀奴，修行忒煞，云山顶上空持戒。一从迷恋玉楼人，鹑衣百结浑无奈。

毒手伤人，花容粉碎，空空色色今何在。臂间刺道苦相思，这回还了相思债。

小调全是当年的口头语，通俗易懂，如顺口溜，自然口口相传，为这位天才诗人增添了几许民间趣谈。同时，也在无意间放大了这起案件的警世功能。

　　苏东坡任杭州太守期间还处理过两起发人深省的案子。审案的过程最终演变成解危扶困的佳话，凸显了苏东坡做官为民之道。

　　其一是经济纠纷案。被告是一位子承父业做了扇子店老板的年轻人。去年父亲去世，留下一笔债务。但今春以来，阴雨绵绵，天气阴凉，扇子店生意惨淡，无力偿还债务。苏东坡看着可怜巴巴的被告，顿生恻隐之心。眼见案桌上的笔砚尚在，不由得计上心来。立刻吩咐年轻人回店拿一捆扇子来，说是帮他卖出去。那人很快回去拿来 20 把素绢团扇，苏东坡在扇子上写写画画，仅用了一个钟头，大功告成。20 把扇子全成了苏东坡的字画艺术品，将扇子交给年轻人："快拿去还债吧！"年轻人鸿运当头，大喜过望，对苏东坡千恩万谢，抱着扇子出了衙门。外面早已传开太守画扇出售的消息，早就有许多人在此等候。年轻人刚一出门，扇子便以一千文的价格很快被抢购一空。迟来一步的只有羡慕嫉妒的份。年轻人当即还清债务。原告被告皆为这场官司的奇遇兴奋不已。

　　另一宗是欺诈案。有一位上了年纪的书生从乡下赴京赶考，身边带着两大捆行李。问题就出在行李上面的纸条上，白纸黑字写着：交京都竹杆巷苏侍郎子由，下面落款是苏东坡。途经杭州时被衙役逮了个正着。现在坐在上面的审判官正是太守苏东坡本人。这位书生顿时傻了眼。聆讯之下，苏东坡得知里面装的是乡亲们送给书生作盘缠的 200 匹绸子，因担心路上税吏抽税可能造成近一半的损失，于是想出了这个避税的法子。苏氏兄弟素以才气过人和慷慨大方闻名于世，书生便斗胆冒用了他俩的名字，即使事情败露，料想苏氏兄弟也会体恤下情从宽处理。

现在，书生诚惶诚恐，一再向苏东坡谢罪，表示永不再犯。

苏东坡见其情可悯，便吩咐文书撕去行李上的纸条，换上自己所写的姓名地址，同时还给子由写了一封短信，托书生捎去。苏东坡对书生不仅不予责罚，反而予以帮助和鼓励，嘱咐他明年考中不要忘记自己。

似乎是冥冥中注定苏东坡是这位书生生命中的贵人。此时，书生如在梦中，惊喜万状。第二年果然考中。他做的第一件事就是给苏东坡写信，对他的大恩大德表示深深的谢意。

苏东坡对自己人性化处理这宗案子颇为自得。他的善意不仅保护了一个弱小无助的书生，同时为国家保护了一个人才。他在回信中邀请这位新科进士到家中做客，最终在家中小住了几天。

苏东坡靠俸禄养家糊口，生活并不宽裕，但他始终秉持乐观的心态。有时也会做出一些异常的举动，或让人捧腹，或让人钦佩。

谪居黄州时，"廪入既绝，人口不少"，他和家人不得不在房子四周开荒种地，帮补家用。苏东坡还想出一个奇特的预算方法，将每月的用度限制在四千五百钱，分成30份，分别装进袋子里，挂在屋梁上，每天用画丫挑下一袋作当天的支出。凡有节余，则累积起来，用以接待亲朋好友。以预防开支随意性可能造成入不敷出的困扰。苏东坡对自己的点子颇以为然，在写给秦少游的信中和盘托出，介绍经验。

1084年，朝廷将苏东坡的谪居地调到离京城较近的汝州。

苏东坡只得亲自打前站为搬家作准备。途经江苏时却干了一件让人匪夷所思的事。他迷上了这里的自然风光和田园气息，梦想奏报朝廷批准谪居地改在太湖一带。于是在朋友的陪同下在荆溪购得一处很喜欢的百年老宅，总共花去 500 缗。这是父亲的遗产加上他的全部积蓄。一天晚上，他与朋友外出散步，有一座房子里传出阿婆的哭声。打听之下，竟让他大吃一惊。原来阿婆正是他所购得的老宅的原主人，儿子不孝，将它卖了，她不得不从住了一辈子的房子里搬出来，很是伤心。苏东坡当即将契约拿出来，当着阿婆的面一把火烧了。第二天，他将阿婆的儿子叫来，对退还购房款的事只字不提，只是吩咐他尽快将母亲接回旧宅去。苏东坡一下子损失了 500 缗，这可是他赖以搬家的购房款呀！千金散尽为了一个素昧平生的阿婆。这也许是苏东坡的一时冲动，但试问：能这样冲动起来的天下又能有几人？

苏东坡有四个儿子。大儿子苏迈在地方上做一个小官。二儿子苏迨为科举作准备。三儿子苏过长期生活在父亲身边，耳濡目染，文学艺术水平大有长进，曾被宋徽宗秘密召进宫中作画，备受赞赏，还有诗作传世。但苏东坡的天资实为世上罕见，三个儿子无论如何努力，文艺及学术水平都难以达到父亲的高度。苏东坡却能抛弃望子成龙的心态，对儿子的作为不作苛求。小儿子为王朝云于 1083 年所生，名叫遁儿（不满周岁夭折）。在出生第三天举行洗礼时，苏东坡为儿子赋诗一首，以明心迹：

> 人皆养子望聪明，我被聪明误一生。
>
> 惟愿孩儿愚且鲁，无灾无难到公卿。

有点自嘲，有点无奈，但更多的是平常心。

　　1085 年，苏东坡的命运发生重大逆转，仿佛有股强大的神秘力量在背后推着他扶摇直上。从常州团练副使的位置出发，中间经历了登州太守、中书舍人。第二年，49 岁的苏东坡被定格在翰学士知制诰这个位置上。相当于副宰相，实为皇帝秘书，专责为皇上草拟诏书。此时宋英宗去世不久，儿皇帝年仅 9 岁，自然由英皇后摄政。苏东坡每天都得跟英皇后和皇帝见面。标志着苏东坡已进入最高权力核心。有一天，皇太后突然问他为什么这两年会升迁得这么快。苏东坡首先想到的自然是皇太后和皇上的信任，或外加上大臣的举荐。但都被皇太后一一否定了。苏东坡一下子急了，向皇太后表白说："臣虽不肖，但从不运用关系求取官职。"皇太后最后说："有一件事我老早就想跟你说，就是神宗皇帝的遗诏。"

　　宋神宗对苏氏兄弟在殿试中出类拔萃的表现印象深刻。为朝廷选得两位栋梁之才而兴奋不已。回到后宫后便高兴地对皇后说："我已经为子孙物色好了两位宰相。"这便是先皇遗诏。

　　其实，宋神宗也是苏东坡的崇拜者，对苏东坡的诗文十分着迷，在用膳时常常因看他的文字入神而久久忘记动筷子。他还经常夸苏东坡是不可多得的天才，打算委以重任，但还来不及安排已先行驾崩。

　　谈及先皇的知遇之恩，苏东坡不由得感激涕零。现在，他离宰相的位置只有一步之遥，只要有意为之，便唾手可得。过去，长期在地方任职，他一直拒绝跑官、要官、买官。现在，他同样耻于利用自己的特殊地位谋取上位。固然是苏东坡的一门心思不在升官，同时也是他的高贵人格使然。可是，苏东坡偏偏比许多曾经的宰相名气要大得多。原因很简单，对于文学才华经常井喷的苏东坡来说，文坛才是他事业的主战场，做官不过是副业而已。

造福杭州的人生小高潮

苏东坡的人生一直以文学家和官员的双重身份示人，但光芒四射的文学才华却几乎掩盖了他的官员身份，政绩也自然鲜为人知。

其实，在北宋官场中，苏东坡绝对是个重量级人物。一份《年谱》勾勒出的仕途轨迹一目了然。作为宋神宗心目中的宰相人选，苏东坡在朝廷担任过的职务都十分显赫。其中有进入最高权力核心的皇帝秘书，有令人仰慕的翰林学士和帝师，还有大权在握的兵部尚书、吏部尚书和礼部尚书。但政敌的算计与高处不胜寒的体验让苏东坡一次次被迫逃离。事实上，他的人生大部分光阴是作为地方官而存在的，足迹几乎遍及当时中国重要州郡。这就让他有了为官一任、造福一方的权力与机会。苏东坡从小就视范仲淹和欧阳修为榜样，立下读书报国之志，为做官为民的理念作了厚实的思想铺垫。纵观他的宦海生涯，在杭州太守任内（1089 年 4 月至 1091 年 1 月）算得上是个黄金时期。所以，政绩也大多集中在杭州。在那短短的几年时间里，摄政皇太后的信任与支持，政敌无从掣肘，让他得以集中精力一展拳脚，打造出一段人生小高潮，也为老态龙钟的杭州注入了一股新鲜活力。

主政杭州伊始，苏东坡走进社会底层，体察百姓疾苦，亲眼目睹许多民生工程，有的长期缺失；有的年久失修，破败不堪，形同摆设，甚至成为祸害。勤政爱民的苏东坡当然不会坐视这种状态延续下去。对相关项目的建设、改造很快启动。在当年的财力和技术条件下，面对如此庞大而又复杂的工程，困难之大不难想象。但苏东坡不负众望。从资金筹措到工程设计，再到民工调配，苏东坡殚精竭虑，知难而为，扎实推进。最终，让所有的工程都走向了圆满。

看病无门一直是杭州百姓的一大困扰。苏东坡从快处理，从国库拨出两千缗，自己还捐出 50 两黄金，在市中心众安桥建立起一家公立医院，取名"安乐坊"。这也是中国历史上的第一家公立医院。仅头三年，就接诊患者上千人。后来医院迁址西湖边，改名为"安济坊"。

杭州有两条南北走向的人工运河，是两条重要的水上运输线。一条是穿越中心城区的盐桥河，另一条是通过市郊的茅山运河。水源均来自钱塘湾，但夹带着大量的淤泥，运力每况愈下，四五年就必须疏浚一次。不仅耗费钱力，且挖出的淤泥在两岸堆积如山，臭气熏天，污染严重，两岸居民深受其害。苏东坡亲自与专家商讨对策，制定改造方案。一是改变水源，二是建设淤泥拦截工程。到任第三个月开工，仅用了一年时间便彻底改变运河的面貌。特别是盐桥河，水清河深，运力大增，且免去定期疏浚之苦，大大降低了管理成本。两条让历届杭州官府和百姓又爱又恨的运河，终于在苏东坡的手中成功化解了一个"恨"字。

杭州西湖是杭州百姓的大水缸，但百姓却经常陷于缺水之苦。其实，市区建有六座储水用的水库，水源来自西湖。问题出在输水管网上。老管网用大竹筒接驳而成，不仅输水量十分有限，且容易损坏，不易修复，经常处于停水状态，水荒成为家常便饭，严重影响百姓生活。苏东坡不愧为一个想象力丰富的诗人，将这种能力移植到工程建设上也同样出类拔萃。他很快发明出一种用黏土烧制而成的陶瓦管，用以代替竹筒，铺设在预先建好的渠道中，上面盖上具保护功能的石板，一举解决了老管网的弊端。供水工程很快正常运作，终于让杭州百姓告别了食用高价水或咸水的时代。

西湖面积辽阔，但野草繁茂，已蚕食湖区一半面积。长此以往，势必沦为沼泽。水源保护迫在眉睫。但苏东坡看得更为深远，他要将水源保护与利用其潜在的观赏价值结合起来。一个综合开发利用西湖的计划最终成为苏东坡的选择。他以务实的眼光和艺术的情怀设计并建设西湖。调集了数千名民工和船夫进行大会战，花了整整四个月时间，将湖中的杂草清理干净。然后废物利用，在靠湖的西岸，依南北方向，堆积成一条近二里的长堤，也就是现在的苏堤。堤的两旁种植垂柳，环以荷花。堤中建起六座拱桥和九个亭子。经过一番梳妆打扮，西湖再次亮相已是今非昔比。她的花容月貌惊艳四射，倾倒众生。仰慕者纷至沓来，不再寂寞。

追求完美是苏东坡的天性。他还想出一个以湖养湖的法子，开垦出部分湖岸供农民种菱角。种植户必须按时将责任区内的杂草清理干净。税收则专款专用，用以长堤和西湖的养护。

此外，苏东坡还利用与皇太后的关系，请求朝廷拨款 4 万贯，对严重损毁的城门、城门楼、26 座谷仓以及官舍等公共设施修缮一新。

政府工程从来就是一把双刃剑，既可以惠及民生，也可以滋生腐败。但苏东坡却做到两全其美。他主政杭州的系列项目建设既是惠民工程，也是廉洁工程。同时还成了他展示官品和施政能力的平台。

在惠州的人生段落

跌至人生低谷，不一定就是一事无成，更不一定就是世界末日，也许会柳暗花明又一村。君若有疑，请看看苏东坡被贬谪惠州的日子。

我曾在惠州寓居 10 年。在这座城市，特别是在西湖，许多古迹都与苏东坡的名字相联系。探访这些古迹就成了我节假日经常的行程。当我了解得愈深，对这位近千年前的古人就愈加不能释怀。这好比是一块蒙尘的黄金，经过反复抚摸，抹去岁月留在上面的灰尘，它就会在你的面前闪闪发光。

苏东坡的人生曾几度高潮迭起，风光无限。在朝廷做着礼部尚书或翰林学士。文学上的巨大成功让他位列"唐宋八大家"。他是一位开一代诗风的词赋大家，北宋诗文"革新"运动到他而达顶峰，从而奠定了在中国文学史上的显赫地位。苏东坡所处的历史时期正是王安石变法的前前后后。每一位政治家都无法绕过。对于亲眼目睹变法给农民带来深重灾难的苏东坡来说，说话、文章和诗词难免表露出他反对变法和批评新党的立场。因为这个罪名，他曾两次被降职放逐。

第一次是在元丰二年（1079），因作诗讽刺新法被捕下狱。出狱后谪居黄州，贬为常州团练副使。这次还算幸运，不久后东山再起，官升翰林学士知制诰。惠州是他第二次遭贬谪的安置地。处于人生低谷的苏东坡在这里经历了三年风雨飘摇的日子，却活出一段让人怦然心动的人生。绍圣元年（1094）旧党下野，新党再次上台。当朝宰相章惇、蔡京在朝中向皇帝宋哲宗介绍新法的过程中，论及苏东坡在掌管内制时语涉讥讽先朝，借机打击政敌苏东坡。对他的处置也就接踵而至。先是"以本官知英州"（今广东省英德县），尚未到任，再降为宁远军节度副使，惠州安置（节度使是唐朝的地方官制，每聚边境数州为一镇，设节度使，总揽一方军政、民政、财政和监察大权。节度使初设于边防重镇，后来内地普遍设置，形成藩镇割据的局面。宋代废除藩镇制度，节度使是优宠将帅大臣和宋室勋戚的虚衔）。此时的苏东坡已年近花甲，政治地位一落千丈，前途一片迷茫，曾经的辉煌再度烟消云散。心理上的落差和家庭破碎对他精神上构成双重打击。不难想象一位双鬓染霜的老人在南迁千里的路上是何等的凄惶。

苏东坡是于 1094 年 10 月 2 日到达惠州的。随迁的除了儿子苏过，还有爱妾王朝云。她年纪 30 岁刚出头，美丽善良，能歌善舞，且善解人意。他们俩相知最深，也相爱最深。她义无反顾地一路追随，是她的至情把苏东坡从人生的低谷中拉了出来。初到惠州苏东坡才发现这里并不是传闻中的"瘴疠之地"，相反惠州西湖的自然美堪与杭州西湖相提并论。惠州百姓大多是从中原流离而来的客家人，民风醇朴，对苏东坡的遭遇普遍持同情和欢迎他到来的态度。良好的生态环境和人文环境抚慰着苏东坡受伤的心灵，让他慢慢地走出了阴影，融入社会，展开了一段新的人生旅程。

仕途上的挫折，从"清贵显要"的翰林学士贬为受排挤遭打击的对象。从锦衣玉食的京都来到偏于岭南一隅的惠州，几乎是一撸到底。这就让苏东坡有了接触底层百姓，体察社情民意的机会。在惠州三年，他忍受着身心俱损的痛苦，走遍惠州的各个角落，在各界广交朋友。在了解民间疾苦的过程中，苏东坡的价值观发生重大变化，滋长并确立起"力必出己，志欲及物"的济世精神。从此，他把解决当地的民生问题作为己任，尽责尽力。他看见军队没有营房，散居民间，士兵扰民作恶之事时有发生，便亲自上书广东提刑程正辅，力陈利害关系，请求为军队建造军营 300 间。在他大力斡旋下，这件事终究办成了。秋收后惠州须向国家缴纳粮食 6.3 万余石，按照粮官的命令，凡是缴纳 5 万石以上的镇都得折纳现钱，苏东坡请令对惠州百姓纳税钱粮各便，得到了粮官的批准，解决了惠州民间缺钱的困顿。西江把县城与府城一分为二，他捐出皇上赐的犀带助道士邓守安修建东新桥，畅通两城的交通联系。西湖东西宽约 20 里，南北宽约 16 里，湖面浩荡，镇上的百姓要到湖对面砍柴、耕种和打鱼，每天都得蹚几次水，衣服湿透，十分不便。苏东坡就献出从前大内赏赐的黄金钱助和尚希固修筑西新桥。时人为了纪念他，又称作苏公桥，后改为苏堤，屡毁屡修，一直保留至今。据史料记载，西新桥自西村到栖禅寺，长 5000尺，下杙石为堤，以石盐木为桥，其间架飞阁九间。巍峨壮观，规模浩大。施工期间苏东坡与民工为伍，巡察督促施工。竣工之日，全城欢腾雀跃，在西村召开庆祝大会。"父老喜云集，箪壶无空携。三日饮不散，杀尽西村鸡。"苏东坡这首诗生动地记述了大会的盛况和作者的喜悦之情。他还把中原先进的生产技术带到惠州。双轮五杆水碓就是他教农民制造的。木杆上装上两个大轮，四周悉置风叶，水槽中的水冲击风叶，带动轮子转动，大杆上的小木杆再带动石舂，用来捣谷、舂米。轮子越大带动的水碓就越多。直到20世纪70年代在惠州民间还可以看到水碓的身影。插秧用的秧马也是他教农民造的。形状像条小船，船中可放秧苗，人坐在船头插秧，来回移动十分方便，对于提高插秧速度减轻农民劳动强度都有好处。

说到底，民生是地方政府和地方官的职责。苏东坡不在其位不谋其政，也在情在理。相反他主动过问、热心操持就有越位之嫌，容易同当权者产生矛盾，招惹是非。但苏东坡能跳出个人得失的局限，敢于承担。他这种精神一直受到惠州人民的尊崇和传诵。

惠州是一座岭南古城。从这里远望，北面的罗浮山脉重峦叠嶂，郁郁葱葱，飞瀑流泉掩映其间，时而云雾缠绕，气象万千，近看四周有西湖、东江和西江环抱，古城如飞鹅戏水。所以惠州有鹅城之称。苏东坡初到惠州，住在合江楼，窗外是东江和西江交汇处，水天一色，风韵天然。苏东坡为之倾倒，没住上几天，就发出"海山葱茏气佳哉"的惊叹。他对惠州西湖更是情有独钟。"予常游逍遥堂日暮，傍西山至罗浮道院已二鼓，回宿西堂"；"夜起合江楼，游丰湖，入栖禅寺叩罗浮道院，登逍遥堂，达晓乃归"。苏东坡所作的诗文自注足以反映他对西湖的痴迷。苏东坡爱西湖，西湖也因他而生色。"惠州西湖岭之东，标名亦自东坡公"。这两句诗客观地评价了苏东坡与惠州西湖的密切关联。他还经常浪迹罗浮山，沐浴于汤泉。三年来苏东坡的足迹遍及惠州的山山水水。"惠州山川秀邃"。从苏东坡这种感受，可略知他对惠州的一片真情。

每次重游西湖我总是情不自禁地想象一位落魄的诗人怎样踏着湖风月色如醉如痴，怎样选定东江河畔的白鹤峰，买地建房，以作终老之计。我仿佛听到湖水幽深处隐隐传来诗人在房舍落成时吟诵上梁文的声音："报导先生春睡美，道人轻打五更钟。"

苏东坡爱惠州，对惠州百姓也是有感情的。他喜欢与当地百姓交往，跟许多人关系密切。其中有西村的樵夫，东江的渔夫，也有抱道自守的邻居秀才翟夫子，借草笠给他的农夫，赊酒给他的林行婆，积极济世的和尚希固，道人邓守安。地方官詹范、方子容对苏东坡的才学、人品极为敬重，跟苏东坡的相交颇深。在惠州，苏东坡已把士大夫的架子抛到身后，以一颗平常心与百姓往来，和谐相处。这种交往是没有功利的。正因为如此，他与惠州百姓建立起的感情是质朴纯真的。

苏东坡在惠州的很多时间是作为一个文学家而存在的，始终保持着旺盛的创作热情，足迹所到之处几乎都留下诗篇。摆在我案头的《东坡寓惠集》就是他传给后人的一份珍贵文化遗产。上面共收录诗词 192 首，还有几十篇散文、序跋。是苏东坡在惠州的思想、生活的真实写照。"一更山吐月，玉塔卧微波""汤泉吐焰镜光开，白水飞虹带雨来"、"日啖荔枝三百颗，不辞长作岭南人"……这些蕴含着浓郁生活气息的千古诗句已从纸上走入民间。"东坡岭外诗文，读之使人耳聪目明，如清风徐来。"从当时与苏东坡齐名的文学家黄山谷的这些评价，可略知这部作品的文学价值。

"往事越千年。"诗人的事迹早已与惠州古城融为一体，化作凝固的符号。苏东坡曾一度居住的合江楼、嘉佑寺、白鹤峰故居，掩埋他侍妾的朝云墓、六如亭，他捐钱修筑的苏堤，他钓过鱼、摆过宴席的钓鱼矶，还有后人为纪念他而修建的东坡亭、东坡祠、丰湖书庄大多至今犹存。为纪念他以他的名字命名的"东坡酒家""东坡扣肉""东坡酒"仍香飘不散。历代名人题咏惠州西湖的不下数千篇，其中涉及苏东坡的愈半数以上。真可谓是古城无处无东坡。

是金子就会发光。在苏东坡跌宕起伏的人生中亮点无数。即使是在被贬谪的逆境之中，即使被命运驱赶到天涯海角，也不乏生命的精彩。惠州是苏东坡人生的一个重大转折点。在这里，他彻底抛弃了对仕途的幻想，及时调整人生方向，找出新的人生目标，成功地实现一次自我超越。在这里，苏东坡活成一个关心民瘼的仁者，一位普通百姓的朋友，一位惠州风物的不朽歌者。

凭吊朝云墓

掩映在荒草迷离的朝云墓埋藏着一个凄美的千年故事。

在惠州西湖孤山北麓，从北宋绍圣二年开始，一位年轻貌美善良的女人就一直躺在这里。紫荆、柏、松、梅，还有满湖的涟漪与她为伴。

王朝云，苏东坡晚年身边一位最重要的女人，因病去世后，被诗人安葬在惠州西湖的中央。不难想象一个女人怎能放得下出生数月的儿子和年老多病的丈夫，每天晚上她都涉湖回到合江楼，弄得浑身湿透。到家后一样的为儿子喂奶，一样的操持家务。这是诗人的一个梦境。于是他捐出从前大内赐的黄金钱，助和尚希固筑起一道长堤，让王朝云免遭涉湖之苦。这个穿越千年风雨的传说，至今仍掀动着人们内心的微澜。

我站在墓前默默凭吊，从《墓志铭》中细心地抽出故事的核心：王朝云，字子霞，出生在浙江钱塘（今杭州），是苏东坡首次赴杭做官时买的歌女，时年仅 11 岁。后为侍妾。朝云聪颖，始不识字，晚年学书，粗有楷法。学佛，亦略闻大义。朝云善歌，性诙谐，且为人诚实，贤慧。她跟随苏东坡24年，忠敬如一。绍圣元年，苏东坡因以诗讥讽先朝，被贬为宁远军节度副使，惠州安置。朝云不辞艰险，一路追随来到惠州。政治地位的急剧下降，给苏东坡晚年带来贫困的生活，且身心俱损。但朝云与丈夫患难与共，亲自操持家务，种菜、酿酒、浆洗缝补、采药煎汤。给苏东坡晚年的生活带来莫大的慰藉。苏东坡曾赋诗一首赞颂她的美德，描绘了朝云追寻仙道理想生活的美好愿景："不似杨枝别乐天，恰似通德伴伶玄。阿奴络秀不同老，天女维摩总解禅。经卷药炉新活计，舞衫歌扇旧姻缘。丹成逐我三山去，不作巫阳云雨仙。"

朝云产下一子，不满周岁便夭折了。来惠第二年七月五日，朝云不幸病故。临死前，诵金刚经："如梦幻泡影，如露又如电，当作如是观。"苏东坡悲痛欲绝。八月三日将她葬于西湖孤山，并亲立墓志铭。

王朝云的美德一直为世人所称道，这段感人的史话今简镌于墓南侧碑上的"墓志铭"中。朝云墓呈半圆形，碑石高盈五尺，顶缀葵花图案，朴素端庄。墓前覆以方型小亭，二丈见方，红柱绿瓦，飞檐低亚，为当年栖禅寺和尚希固所建，名曰"六如"。因朝云临死前诵金刚经句而名。亭名是著名书法家麦华三所题，笔力刚健遒劲。年深日久，风雨剥蚀，墓、亭早已损坏，历代名人留下的诗文早已散佚。现在的朝云墓和六如亭是1958年人民政府重修的。长期以来，当地有妇女祭扫朝云墓的习俗，在这里驻足凭吊的人就更多了。

随迁惠州，王朝云失去锦衣玉食，却得到一个完整的苏东坡，得到诗人的全部爱，也得以千古流芳。她，此生足矣！

魅力宋湘

　　清嘉庆四年冬的一天，北京城寒风凛冽，殿试考场禁卫森严，气氛肃穆。44 岁的新科进士宋湘今天状态很好，文思泉涌。治国之策这道考题是他在漫长的求学期间反复学习和反复思考过的。他掩卷凝思，在心里酝酿着文稿，不一会便奋笔疾书。他放弃了速度较快的草体，改用正楷，以示对殿试的尊崇。期间还发生了一段小插曲，在考试最后阶段，北风扬尘，墨汁开始黏稠，毛笔胶滞，试卷飘拂，书写吃力。有一名卫士上前用御寒风衣替他挡风，让他最终完成考试。治国之策是一个复杂的命题。宋湘在答卷中重点对"吏治"和"民本"这两个政治理念作出独到的表述。这正是当时大清社会不安定的两个主要因素。但宋湘的真知灼见并未得到嘉庆皇帝和主考官的赏识，最终未被录用而被雪藏起来。不过这并不影响宋湘拥有一个充满魅力的人生。

　　如果要用一句话来概括他的生命史，那就是"学而优则仕"。这是科举制度为读书人设计的人生。在科举的道路上能走多远，在很大程度上取决于个人的才学。宋湘从广东梅县白渡乡创武村的童子试开始，一路过关斩将，在清乾隆十七年广东乡试考取第一名中解元，在嘉庆四年京城会试中进士，最终走进殿试考场，靠的是文化软实力。宋湘从小就受到岭南客家重视文化学习传统的熏陶，血管里流淌的是一个书生的血液。四五岁时，他跟着私塾先生背诵似懂非懂的之乎者也。凭着过人的天赋，9 岁时已能写出一手好文章，在家乡被认定是"神童"。不断升级的科举考试成为宋湘学习的动力。他"学而优"的最大成功是成长为一位杰出的诗人和大书法家。科举制度下，诗词歌赋、八股文和书法是学生的必修课，但能登上艺术巅峰的却为数不多，宋湘就是其中之一。他把诗歌和书法创作作为演绎人生精彩的舞台，在这两个艺术领域如鱼得水，异彩纷呈。他不仅能"七步成诗"，书法更是出神入化，蔗渣竹叶在他手中也是妙笔一枝。嘉庆七年，主讲惠州丰湖书院的宋湘将再次赴京城应试，临别时登上澄观楼，面对西湖的山光水色，触景生情，写下了《湖上五别诗》：一别湖花，二别湖山，三别湖水，四别湖风，五别湖月。抒发了诗人留恋惠州西湖之情。五首诗并序，是宋湘信手在地上捡起一片甘蔗渣，略加整饰，然后饱蘸墨汁，在书院的墙上书写的。其中第四首《别湖风》："故人不别我，我别故人去，今夕湖水上，明日知何处，欲将旧钓丝，系在湖心树，湖树吹且长，钓丝理如故。"五首诗情景交融，直出胸臆，情真意切。书法行笔取势，点画劲挺，骨力沉雄，又不失潇洒俊逸，融刚柔于一体，有很高的书法艺术价值。据《西湖志》记载当时书成的情景：整个书院为之轰动，一时观者如潮。清末诗人丘逢甲称他是"竹叶蔗渣皆妙笔，米颠书法杜陵诗"。宋湘的名字在岭南客家地区如雷贯耳。人们欣赏这位才高八斗的书生，同样欣赏他的文化艺术作品。"宋芷湾（宋湘字）先生以书法名当时，零缣片纸得之者，拱璧不啻。"

如果说宋湘的前半生是以才学的魅力著称于世，那他的后半生就是以人格的魅力蜚声官场。

宋湘很快解冻，从做翰林院编修开始步入仕途。但他出政绩的主要地方是云南。他担任过四川和贵州主考。嘉庆十八年起先后在云南曲靖府、广南府和永昌府任知府。1825年出任湖北督粮道，第二年在任上去世。在9年的知府位置上，重农桑和民本思想始终主导着他的施政理念，为当地民生呕心沥血。在广南，年近花甲的宋湘亲自率领百姓开挖东西两塘，以满足饮水和灌溉之需；在曲靖，他把百姓穿衣难的问题放在心上，捐出薪俸购买棉花，教当地妇女织布，推广中原先进生产技术；在永昌，他捐出白银1700两，修复书院，传播中原文化。宋湘为官清正廉洁，把大部分俸禄捐献出来用在百姓最需要的地方。身故后其后人清理遗物时竟发现未留下分文。

宋湘所处的晚清时期，吏治腐败，官场黑暗，贪污收贿成风。正所谓"三年清知府，十万雪花银"。面对浩荡浊流，宋湘没有迷失，没有彷徨，没有动摇，坚定地拒绝同流合污。宋湘是泾渭分明中为数不多的一股清流，容不下污泥和沙子，始终坚守着一分清澈与明亮。其实他坚守的正是他人格中最高尚最富魅力的部分。这也许改变不了浊流的本质，但至少能为官一任，造福一方。宋湘理所当然地受到当地百姓的爱戴。江河日下，风雨飘摇的大清王朝又何尝不需要宋湘这个榜样。

本文获第二届"星光杯"全国诗歌散文大奖赛三等奖，入选《2009年度散文精选》。

宋湘那些故事

　　有着"广东第一才子"之称的晚清进士宋湘以一个诗人和书法家的身份较之以一个官员的身份在岭南客家地区的影响恐怕要大得多。至今在惠州西湖管理中心仍可以看到他赴京赶考前用蔗渣书写的"五别诗"拓本，惠州大学也珍藏着他主讲惠州丰湖书院所题的校名石匾，在其家乡梅县的档案馆还保存着他在清嘉庆四年的殿试考试卷。他的作品名重一时，被称为"米颠书法杜陵诗"。宋湘以过人的才华在诗文和书法的舞台上演绎出一个个精彩的人生片断，至今仍在客家民间广泛流传。

一

　　嘉庆七年，宋湘应惠州知府伊秉绶之聘，主讲惠州丰湖书院。在赴京考试前，他特地向伊知府辞行。伊秉绶邀请了惠州一班文人墨客，在西湖湖心亭设宴为宋湘饯行。时值阳春二月，阳光和煦，和风拂面。四周湖波荡漾，雏燕剪翅，桃红点点，垂柳依依。伊知府心里非常高兴，频频举杯，祝宋湘早日蟾宫折桂。一时间，颂扬之声盈耳。酒酣耳热之际，伊知府离席走到宋湘面前说："宋先生才华盖世，临别之时，何不赠我一副对联，内嵌东南西北四字。"宋湘凝思片刻，早有人递过文房四宝，他援笔立书："南海有人瞻北斗，东坡此地即西湖。"联语紧扣此情此景，满座无不叹服。

二

丰湖书院有两个学生整天把自己关在课室里苦思冥思，仍然写不出好诗，于是向宋先生求教作诗的秘诀。宋湘笑而不答。当时正值盛夏，烈日当空，蝉鸣树梢，又闷又热。于是宋湘带着这两个学生信步走出书院，来到东江河边。只见清波逐流，如银若练。河边有一株古榕，遮天蔽日。宋湘指着河水说："天气闷热，何不下去洗个澡。"此时，两个学生早把请教作诗的事丢到脑后，得了老师的吩咐，立即脱去外衣，挂在树枝上，跳到河里。他俩玩得正高兴，宋湘突然说："我出个上联，看谁对得上，就将作诗的秘诀告诉谁。"接着他指着挂在树上的衣服吟道："树木高高作衣架。"两个学生沉思了一会，同声答道："大河滔滔是浴盆。"宋湘高兴地点点头："你们已懂得作诗的秘诀了。"接着就讲了一番平时要留意观察事物，积累生活才能写出好诗的道理。后来，这两个学生在宋湘的诱导下，果然作诗大有长进。

三

宋湘在广东乡试考取第一名中了解元，乡亲们纷纷前来祝贺。宋湘见小时候和自己要好的一位街坊愁容满面，临走时便关切问他是不是家里有什么难事。老街坊吞吞吐吐地说："宋先生，我开了间小食店，但顾客越来越少，家里都快揭不开锅了。"宋湘稍作沉思，豪爽地说："我送你1000两银子。"街坊大吃一惊，以为是戏谑自己。因为上千两白银并非是小数目，宋湘家里也不富裕。宋湘看出他的心思，微微一笑："你就放心吧，快回去准备一支大笔。"街坊将信将疑，但还是照吩咐作了准备。下午，宋湘来到小店门前，用笔蘸饱墨汁，在店门上写了3个字"点心铺"。笔力刚健，神采飞动，字字珠玑。只是"心"字上面少了一点。宋湘为小食店题字已属异事，堂堂解元还写了个错别字。霎时间一传十，十传百，万人空巷，观者如堵。有看稀奇的，有欣赏书法艺术的。这件事传到邻县，前来看稀奇的人络绎不绝。小食店的生意自然兴旺起来，不到半年，店主人就赚了上千两银子。三年后，宋湘从外地教书回来。有一天信步走到小食店门前。此时的店主人已经今非昔比，成了大财主。他见宋湘仍是个穷教书先生，虽然口中热情招呼，但脸上不免露出得意之色。宋湘佯作不见，只是微微一笑，喝过茶之后，又叫拿出大笔来。店主人以为宋湘又要题字，高兴得手舞足蹈。宋湘不动声色，拿起笔在"心"字上面加了一点，说："送你1000两银子早就兑现了吧！"自此之后，看稀奇的人越来越少，只有少数读书人来欣赏书法艺术的。小食店的生意一落千丈。这位老街坊才恍然大悟，懊悔不已。

生命的高度

熙熙攘攘，我终于从人流中来到位于虎门的林则徐纪念馆，前来感受这位鸦片战争中的民族英雄的风采。虎门曾经是林则徐演绎人生的重要舞台。震惊中外的虎门销烟作为林则徐人生高潮的重头戏，当年就发生在纪念馆附近的海滩上。近两个世纪过去，呛人的鸦片烟味仿佛穿越历史的时空仍在上空飘散。

林则徐确实大智大勇，光彩照人。馆内陈列的图片资料及光电场景演示引领着我沿着英雄的足迹前行。

1839 年 1 月，林则徐受命于危难之际，领衔钦差大臣到广东全权负责指挥禁烟。他是一个雷厉风行的人。禁烟风暴瞬间席卷岭南大地。从收缴鸦片，到集中销毁，再到军事斗争，胜利一场接着一场，犹如在积弱的晚清上空炸响声声惊雷，让人振聋发聩。虎门销烟是广东禁烟斗争关键性的胜利。短短的几个月时间，收缴的鸦片二万零二百余箱，重达二百三十七万六千多斤。对于烟商和英国政府来说，这就是一座座金山、银山；对于中国人来说，这就是一把把架在脖子上杀人不见血的软刀子。

鸦片的数量如此庞大，即便在当今的安保、技术条件下，要干净彻底予以销毁也决非一件易事。但林则徐做到了。从销烟地址、销烟方法的选择，到销烟过程的安排，林则徐无一不经过深思熟虑和严密部署，让英国和不法之徒无空可钻。销烟地址历史地落在虎门，是因为它是当年的一个重兵把守的海防重镇，可以确保销烟万无一失。林则徐最终否定了火焚而采用化学的方法销烟。眼前的销烟池，是仿照当年的模样修建的，看不到人声鼎沸，也不可能看到鸦片，但我看到了英雄的智慧。林则徐深知鸦片对中国社会和同胞身心健康毒害的严重性，骨子里对鸦片是深恶痛绝的，绝不会让不法之徒妄图重新熬制火焚后渗入地下的巨额烟油膏成为可能。从 6 月 3 日起，销烟行动持续 20 多天。林则徐自始至终坐镇指挥，不敢有丝毫的疏忽。同时请来部分外国人监督销烟的全过程。让他们把中国人民坚决禁烟的立场和决心这个信息传递出去。

林则徐洞若观火，虎门销烟，销的是英国烟商的心头肉，销的是英国海军不可战胜的神话，销的是英国政府的尊严和钞票。

失去向中国倾销鸦片的烟税，英国政府每年财政收入就要减少 10% 左右，这可是一笔巨额财富。对于广东禁烟英国政府当然不会善罢甘休，军事斗争势在必然。林则徐积极备战，大力加强海防建设，抓紧练兵。在林则徐的战备思想中最为精彩的是他敢于突破清朝政治家们的顾忌，决心打一场人民战争，公开宣称"民心可用"，把沿海的居民和渔户组织起来共同参加抵御外侮。在当时，广东确实形成军民一心，同仇敌忾，士气高昂的局面。虎门销烟之后，英国兵船的武装挑衅接踵而至，鸦片战争正式揭幕。广东军民在九龙、穿鼻洋、官涌山，迎头痛击不可一世的英国海军。这几仗打下来，打赢了，林则徐就不愧为一个完整的民族英雄。

在广东吃尽苦头的英军转而挥师北上，寻找满清软肋。不久攻陷定海。1840 年 8 月 11 日，兵压天津大沽，清廷一片惊慌，竟然无应对之策。直隶总督琦善居然把战争起因归罪于林则徐禁烟过激。晚清是一个怎样的亲者痛仇者快的岁月，丧权辱国的事再次发生。无能的道光皇帝听信投降派的谗言，屈服于英军的武力威胁，不惜以制造冤案、牺牲功臣为筹码换取英军停战，下诏"重治"林则徐在广东禁烟"处置失当"之罪。如果说朝廷在仓促间无能为力，暂时作出妥协和让步倒也罢了，但如果无能到是非不分、颠倒黑白的地步，那就是昏聩。即使贵为一国之君，也只是个昏君。林则徐摊上一个昏君，悲剧便注定了。

我走出鸦片战争博物馆，再次站在销烟池旁，思绪穿越历史的时空回到硝烟弥漫的古战争。林则徐在这里打败了拥有坚船利炮的英国侵略者，粉碎了烟商利益集团的种种阴谋，在这里写下了中国近代史的光辉篇章，但却败在投降势力的鬼域伎俩。这真是千古奇冤。

对于林则徐来说，在虎门销烟中表现出来的斗争艺术近乎完美。他以统帅全局的能力，以过人的胆略和智慧赢得民族英雄美名而流芳百世。虎门销烟最终将他送上集军政大权于一身的两广总督的宝座，但在光环的背后却隐藏着波诡云谲的危机。林则徐履新不到一年，才华和抱负还来不及施展，两广总督的职权便戛然而止，屈辱和磨难也接踵而至。虎门销烟居然成为他被撤职查办的罪证。从林则徐的人生沉浮，不难看出昏聩的权力是一种何等剧烈的腐蚀剂，可以销融一切，林则徐领导广东禁烟的巨大成功倾刻化为乌有。

林则徐的悲剧，细究起来还可能有深一层的原因。说到底，满清政府的畏战情绪还是占着上风，除了底气不足之外，更因为害怕战争飘忽不定的走向会唤醒民众、动员民众、武装民众，对满清统治造成威胁。这可是满清政府的死穴。道光皇帝最终让投降派的代表人物琦善前来收拾广东禁烟斗争的局面。琦善可以置大清的颜面而不顾，在英夷面前像哈巴狗一样摇尾乞怜；可以置国家民族的利益而不顾，以割地赔款来换取苟且偷安。但对广东民众中间燃烧的反侵略反毒害的斗争烈火却恨之入骨，千方百计加以扑灭。在皇命在身的琦善看来，民众的力量才真正可怕。后来，琦善因私自割让香港岛被撤职抄家。接替他的奕山同样畏民如虎，公然提出"患不在外而在内""防民甚于防寇"的战略方针。可见，满清政府对民众心存芥蒂之深。林则徐偏偏反其道而行之，多种因素凑在一块，焉有不下台之理。

事实上，朝廷对林则徐的处置是很无情的。惩罚三步曲，一步比一步严厉。从 1840 年 9 月革职查办开始，先是以"四品钦衔"赴浙江军营效力，接着连"四品钦衔"也被革去，于 1842 年 3 月遣开封协助王鼎治水，最终于 1842 年 8 月流放伊犁。前后近 6 年之久。

林则徐瞬间从人生高潮跌入低谷，由封疆大吏变成罪臣。在人生最落魄受难的日子里，他对自己的人生追求和信念进行了一次理性的反思和梳理，并以赋诗言志的方式深刻、凝练地表达出来："苟利国家生死以，岂因祸福避趋之。"这正是林则徐生命中最可宝贵的东西，是一种高尚的人格力量。非但在艰难曲折、前程未卜的流放路上没有被磨灭，反而让他造就出一番新的人生景象。

先说协助王鼎治水。王鼎与林则徐一样是朝廷命官，有着大学士和军机大臣的双重身份。1842年6月16日河南祥符县张家湾黄河堤决口，洪水直冲省城，沿途成为一片泽国，灾民流离失所，死伤无数，惨不忍睹，地方官束手无策。王鼎受命为钦差大臣总理河工。以他对林则徐的信任与了解，提出要善于治河的林则徐作为助手的条件，并得到皇上批准。此时林则徐正在流放途中，接到"折回东河效力赎罪"的旨意后，以国家和百姓的安危为重，毅然拒绝了朋友的好意劝阻，再次临危受命。出发前赋诗一首："尺书来汛汴堤秋，叹息滔滔注六州。鸿雁哀声流野外，鱼龙骄舞到城头。谁输决塞宣房费，况值军储仰屋愁。江海澄清定河日，忧时频倚仲宣楼。"林则徐怀着这种对内忧外患的深切忧虑于8月16日赶到开封，并不顾长途劳顿马上奔赴工地住下，竭尽全力协助王鼎封堵决堤。从制定方案、组织民工，到筹集物料，再到具体施工，面对种种困难和压力，林则徐不敢有丝毫懈怠，不辞艰险，事必躬亲。经过五个多月的反复较量，于道光二十年二月初七决堤终于合拢，被驯服的黄河之水再次回到故道。

林则徐居功至伟。但奏报朝廷却不能写上林则徐的名字，因为他是罪臣。不达天听，以功折罪就是一句空话。王鼎是个性情中人，替林则徐鸣不平，在皇上面前据实力谏，但道光皇帝根本就听不进去。于是王鼎以自杀的方式"死谏"，虽然轰动朝野，却改变不了林则徐被流放的命运。昏聩的权力再次显示出让人心寒的杀伤力。

再说流放伊犁。此时的南疆一片荒凉，民生凋敝。林则徐以顽强的意志支撑着年老多病的身躯，在三年多流放的日子里，为解决困扰当地民生的水利问题呕心沥血。他在南疆行程两万多里，勘察、设计均亲力亲为，率领民众挖井修渠，垦荒屯田。经他改进推广的坎儿井，被当地民众亲切地称为"林公井"。他亲手设计并率领民众修筑的龙口段水渠，也被当地民众亲切地称为"林公渠"。当地民众对他的那份情早已定格在民间的口碑上，凝固成一段永不磨灭的史话。

人格的高尚与卑微往往在人生的磋跌颠踬中尽显本色。对于为官者而言，人格就是操守。权力尽管能让为官者铸造出事业的辉煌，但唯有操守才能让为官者升华生命的高度。国运艰危，身居要职的林则徐挺身而出；身处逆境，报国之志不变。无论人生舞台置换到何处，林则徐总是能绽放出生命的光彩。如果说人生真的如戏，那么，作为背景的巨大人生落差对林则徐的高大形象确实起到了无可替代的烘托作用，从而塑造出一个有血有肉的伟大生命在中国的大地上是怎样的与山河同在、与日月同辉。

本文获由中国散文年会组委会、《散文选刊·下半月》杂志社、《海外文摘》杂志社联合举办的"2014年度中国散文年会"征文二等奖。载于《海外文摘》2015年第2期。

试卷上的风景

　　清末著名画家李桂馨是广东惠州人。少年时曾在家乡参加童子试，赶赴考场需途经惠州西湖。当天雨过天晴，风和日丽，西湖烟波浩渺，水光接天，远山含黛，洲诸叠翠，亭台飞阁掩映其间。这位少年完全给眼前的美景给镇住了。他时而手舞足蹈，时而呆若木鸡。就这样迷迷糊糊进了考场，心不在焉地接过考官发给的试卷，脑海里仍然晃动着西湖的山光水色，于是，他信手在试卷上面画了几幅惠州西湖山水画。主考官徐棋见他交来的答卷没写八股文，而是画了几幅画，心里一惊。这在当时来说是严重违反科举制度的。但徐棋认真看过他的作品后，完全给上面描绘的西湖风景迷住了，认定这位少年有作画的天分，就破格录为诸生。此事在惠州一时传为佳话。

　　李桂馨淡泊名利，酷爱绘画艺术，勤学苦练，终于成为一位艺术造诣很深的画家。曾和高剑父、高奇峰等在上海创办艺苑。他创作的《西湖八景图》参加巴拿马赛会，获得优等奖，自此名噪大江南北。当年试卷上的风景，最终化作了一道亮丽的人生风景。

人们欣赏李桂馨的成功，我更欣赏徐棋破格选拔人才的眼光和勇气。因为录取李桂馨也是冒了违反科举制度风险的。在当今这个对人才需求日益增长的社会里，无法为不同人才的脱颖而出准备一个万能的评价标准，像徐棋这种有胆有识的伯乐就尤为重要。

其实，伯乐本身也是人才，而且是难得的人才。"千里马常有，伯乐不常有"，说的就是这个意思。

人才旺事业兴。这个道理谁都可以不上心，但像徐棋这样的为官者不能糊涂。司马光曾在《资治通鉴》中列举了许多历史事实来佐证人才的重要性。"昔周得微子而革商命，秦得由余而霸西戎，吴得伍员而克强楚，汉得陈平而诛项籍，魏得许攸而破袁绍。"人才决定事业的成败。不过，在这些功成名就的人才背后通常都可以看到伯乐的身影。正是他们的赏识、支持和重用，才让各类人才有了建功立业的用武之地，得以一展才华。历史上最具代表性的伯乐应该是唐太宗。唐太宗不仅有实践，还有经验总结。他将自己的成功归功于用人之道，又将用人之道归纳为五点经验：一是用强于自己的高人；二是用有缺点的能人；三是用人之长，避人之短；四是重用敢于讲真话的人；五是用人不讲出身，不拉帮结派。即使对于进入新时代的各级官员，唐太宗的用人之道依然有着积极的借鉴意义。

由此可见，为官者的最大学问不是别的，而是知人善任。做官，其实就是做伯乐，做到位了，就是称职的官员，就是优秀的官员，就是难得的人才。

九连山伏匪记

　　一个血与火锻炼而成的剿匪故事，就发生在我的故乡九连山区，参与指挥战斗的又恰恰是我曾经的顶头上司、惠州市文教办主任吴洋。

　　九连山地处粤北，纵贯连平、和平两县，北接江西，绵亘一百余里。险峰幻叠，林木苍茫，怪石嵯峨，云山雾罩，人迹罕见。在新中国成立初期，居然成了土匪游击队末路疯狂的天然屏障。虽经多次清剿，但活跃在两县交界处的两股残匪却异常凶残狡诈，一次又一次躲过了围剿部队的枪口，发疯似的袭击新生人民政权，杀害土改干部，抢劫翻身农民的财物，散布政治谣言……不难想象残匪的气焰是何等嚣张。

　　中共东江专署执行省委的指示，决定给这两股残匪以毁灭性的打击，并把这个任务交给了保卫东江土改的"东江七团"。

　　如今，半个多世纪过去，九连群山的累累弹痕、殷红血迹，年深日久，早已湮没。但却以口头传说的方式给后人留下诸多蛛丝马迹。我曾经向吴洋主任求证过，那些陈年往事便一一在我眼前清晰起来。

1951 年，20 多岁的吴洋是东江七团六连连长兼指导员。在教导队学习时，他的脚感染发炎，等到痊愈，东江七团到连平县围剿土匪"粤赣边区游击总队"已经出发三天。吴洋火烧火燎，先乘车到河源，再步行两天，于 7 月 17 日下午到达连队驻地——山坪乡中村。

山村空寂，他正想找老乡问问情况，突然，村东传来一阵阵口号声。寻声找去，绿荫下，一排长正带着战士们和老乡一起开诉苦会。诉苦会是当年共产党及其领导的人民军队开展群众思想政治工作的一种创新模式，是发动和团结劳苦大众支持和参加革命的一大法宝。这时，一个头发花白的老妈妈拿着一件血衣正声泪俱下地控诉土匪头子谢亚栋杀害儿子的血腥罪行。老妈妈 36 岁死了丈夫，与儿子相依为命。儿子孝顺，也有志气，20 岁参加东纵闹革命，还立过战功，却牺牲在土匪的手里。刹那间会场上群情激愤，口号声再次响起："消灭土匪！为死难烈士报仇！"

接连几天，都是做群众的宣传发动工作。在县中队和当地民兵的协助下，一方面上山搜索；一方面组织宣传小分队，在周围的村庄挨家挨户访贫问苦，调查匪情，宣传党的政策，组织大大小小的诉苦会。短短几天时间，就编织成一张天罗地网。

22 日晚上，夜色渐浓。10 点多钟，经过一天的战斗，战士们已经进入梦乡。突然，门外传来一阵急促的脚步声。一会儿，哨兵带进一个身披蓑衣的老大爷，灯下一认，是前天在谢村结识的谢大伯。他那张刀刻出似的饱经风霜的脸汗水涔涔，神色紧张，见了吴洋激动地说："吴连长，谢亚栋回来啦！""谢屋山我熟悉，我来带路，这次可不能让他再跑啦!"接着，他就把事情经过讲了一遍。

上灯时分，他一家老小刚端起饭碗，突然，谢亚栋偷偷摸摸地溜了进来，一家人都惊呆了。原来，这个土匪头子被部队进山的消息吓得屁滚尿流，慌忙遣散众匪隐蔽起来，自己也躲在谢屋山不敢动弹。几天粒米未进，肚皮贴到脊梁骨，今天再也熬不住，才下了山。他那又长又乱的头发遮住了大半个脸，瞪着一对铃铛眼，凶神恶煞似的。手枪桌上一拍，低声喝道:"他妈的，给我滚开!"接着，饥不择食，狼吞虎咽，将饭菜一扫而光。抹过嘴巴，又用手枪点着谢大伯的脑袋，强迫他明天天亮给他送饭，规定咳嗽三声为号。临走，还一个个点着脑袋吓唬说:"谁要是敢走漏风声，就全家一锅焖。"

听着他的话，吴洋心里琢磨开了，谢亚栋是这一带最大的恶霸，解放前还亲手杀害过 7 个东纵游击队员。解放前夕又接受国民党反动派的委任，竭力搜罗国民党的残兵败将、土匪流氓、乡保人员，对他们一一加以委任，组织了"粤赣边区游击总队"，自称司令，群魔乱舞，奸淫掳掠，无恶不作，把刚解放的山坪乡闹得乌烟瘴气。当地军民几次围剿，消灭了他一些虾兵蟹将。但是，这个地头蛇却一次又一次地成了漏网之鱼。俗话说:刨树要刨根，擒贼要擒王。不消灭这个土匪司令，终是大患。明天早上送饭是生擒谢亚栋的好机会，但是，他是个杀人不眨眼的惯匪，万一有点差错，谢大伯的生命安全……

谢大伯像是看透了吴洋的心思，焦急地说:"怎么!你还担心我这条老命吗?要是年青，刚才我就跟他拼了。我是怕打草惊蛇。"

吴洋心里霎时沸腾起来，有了像谢大伯这样冒着身家性命的危险支持人民军队的山坪群众，有什么困难不能克服？有什么敌人不能战胜？他站起来，紧紧地握着谢大伯那双老茧层叠的双手，把自己的想法说了一遍，大伯斩钉截铁地表示："吴连长，你放心好了，到时候我知道该怎么样做。"

深夜 2 点多钟，山风送爽，由谢大伯带路，六连悄悄地包围了中村北面 10 多里远的谢屋山，布下天罗地网。

山夜埋伏也是艰苦的，黑斑蚊叮人又痛又痒，可是战士们却一直忍受着。三星渐退，天将放亮，突然半山腰的鹧鸪"咕咕咕"地警叫了一会，术棱棱地飞了起来。接着一个黑糊糊的东西慢慢地向山下走来，战士们都做好了战斗的准备。快触到刺刀尖时，借着树叶筛下来的微弱星光，才看清是一只四五十斤重的大山羊。当时，由于土匪搔扰破坏，九连山区的老百姓生活还很艰苦，部队也不例外，战士们多想抓来改善一下生活。但是，为了不惊动谢匪，只好让唾手可得的大山羊跑掉了。

拂晓，只见谢屋村稀稀落落飘起几缕炊烟，偶尔传来几声鸡鸣、狗吠，大地显得格外寂寥。战士们虽然经过半夜的行军、潜伏，但仍然精神抖擞，个个刺刀出鞘、子弹上膛，目视前方。

过了一会，谢大伯挎着竹篮上了山，走到一棵大树头下，轻轻咳嗽了三声。谢亚栋听见预先约好的暗号，探头探脑地走过来，一面恶狠狠地说："他妈的，你怎么搞的，太阳都晒屁股了。"这家伙如惊弓之鸟，吃着饭，那对铃铛眼贼溜溜乱转，刚扒了两口，突然发现山下 20 多米远的地方有几棵小树摇动起来，他情知情况不妙，连饭带钵朝大伯摔了过去，掉头就拼命往山顶逃窜。

　　二排长古甲同志指挥的手枪队一直尾随着谢大伯匍匐前进，小树摇动，是一个战士不小心弄出来的。暴露了目标，二排长当机立断，指挥手枪队急起直追。几乎就在同一时刻，潜伏在山下的战士们个个像小老虎，一跃而起。霎时间，杀声震天，山摇地动，谢屋山就像有千军万马。

　　谢亚栋三魂掉了两魂，正跟跟跄跄地爬上山来，在繁枝茂叶之间又猛然传来炸雷似的一声吆喝："不准动！"谢亚栋一愣，又夺路向左逃窜。"哒哒哒"，潜伏在山顶的机枪立即在他的背后怒吼起来，只打得碎石四溅，枝叶纷飞。战士们闻声赶来，发现地下有血迹，人却不见了。显然谢亚栋已经受伤，大家马上分头搜查。

　　谢屋山是一片原始森林，山高林密，易藏难找，加上谢亚栋熟悉地形，搜查了一个多钟头还没有结果。九班长韦植生在山坳里发现一座古庙，前面的杂草有人踩过，上面还染有血迹，他估计谢亚栋藏在庙里。这时，周围不见一个战友，他本来身体瘦弱，又刚从医院归队，经过半天的爬山越岭，已经筋疲力尽。但当他想起烈士仇未报，老乡恨未消，顿时感到怒火烧身，力气倍增，几步冲进庙中。谢亚栋果然藏在神像后面，见有人进来，便先发制人，猛扑过来，要抢夺韦植生手中的步枪，一场生死搏斗开始了。韦植生顺势往后一拉，步枪飞出门外，谢亚栋也跌了个狗吃屎，屁股朝天，嘴巴啃地。韦植生一个鲤鱼跃龙门，骑在谢亚栋的背上，双手死命掐住他的脖子。谢亚栋起初还怕暴露目标，不敢开枪。这时，他急忙拔出手枪，但由于惊慌失措，枪穗缠住了扳机，几次击发不响。韦植生腾出右手，尽力一拨，手枪飞出一丈多远。谢亚栋又拔出一把寒光闪闪的匕首，铃铛眼一瞪，使足吃奶的力气，朝韦杆生的咽喉猛刺过去。韦植生用手一挡，额头中了一刀，口子二寸多长，鲜血直冒，顺着脸颊淌下来，浸湿了胸前的军衣。他咬紧牙根，双手抓住谢亚栋的右手腕，使劲一拧，谢亚栋"哎哟"一声嚎叫，匕首掉在地上。相持了一会，韦植生由于流血过多，只觉得头晕眼花，谢亚栋乘机翻过身来，张口咬住他的脖子，又从地上摸起匕首。在这千钧一发之际，门口传来两声清脆的枪声。谢亚栋握着匕首的右手无力地低垂下去，身子像一口袋粮食倒下来。

打枪的是副班长，他一脚踢开谢亚栋的尸体，见班长已经昏迷过去，惊叫一声，急忙从挎包里掏出一条白毛巾替他包扎。这时，谢大伯和战士们也陆续赶来。韦植生慢慢地苏醒过来，得知谢亚栋已经伏法，高兴得忘记了伤痛，挣扎着站起来。

击毙谢亚栋，为民除了害，平了愤。消息传开，民心大振。当地群众抬着礼物，敲锣打鼓，慰劳部队。

六连又趁热打铁，加强政治攻势，在土匪经常出没的地方散发传单，反复向土匪交代政策，指明出路。众匪听到谢亚栋身亡的消息，群龙无首，心惊胆战。在剿匪部队强大的军事压力和党的政策感召下，7 名土匪先后下山向六连投案自首。

与此同时，兄弟连队通过发动群众，依靠群众，在山坪其他地方击毙和俘虏了一部分土匪。到 8 月 3 日止，这股土匪已告全军覆没。

8 月下旬，吴洋率领六连移师北上，到和平县围剿粤赣边境高坑山区的土匪"中国人民剿共军粤赣边区游击总队第十大队"。消息传来，这股匪徒闻风丧胆，夹着尾巴向江西方向逃窜。老乡们高兴得奔走相告。

这股土匪是九连山区最后一股。大队长叫黄汉珍，是当地一霸。1947 年，他带着反动军队杀害过东江纵队 53 位同志，双手沾满了革命烈士的鲜血。解放前夕，又和谢亚栋相互勾结，狼狈为奸，接受大队长的委任，在家乡一带网罗党羽，利用两省毗邻的复杂地形，继续与人民为敌。他和谢亚栋一样老奸巨猾，是"粤赣边区游击总队"中幸存的两个土匪头子之一。谢亚栋一死，黄汉珍就成了肃清九连山区土匪的关键人物。

俐源乡方圆几十里，地形复杂，没有具体的线索，剿匪就是大海捞针。因此，六连指战员刚放下背包，就走家串户，发动群众，调查匪情。同时，为了不使土匪远逃江西，增加兄弟省的压力，留下后患，又故意放松军事进剿，引狼归巢。并和当地民兵一道，在土匪经常出没的山头设立岗哨，监视土匪行踪。土匪果然中计，8 月 25 日，瞭望哨发现与江西省交界的流木岭有可疑分子活动。

第二天，东方刚泛出鱼肚白，流木岭就一反往常地热闹起来。战士们和民兵经过三个多小时的潜伏，满身还散发着潮气，就兵分三路，在山顶、山腰、山沟向南向北搜查起来。为了不让土匪漏网，战士们拨开荆棘，爬上峭壁，脸和手被划出一道道的血口子。

搜查了一个多小时，转过两个山坳，突然发现远处山沟里飘着一缕淡灰色的烟雾。"有情况！"三个搜索组的战士们像出弦的利箭，迅速朝冒烟的方向扑去。

烟雾果然是黄汉珍等 4 个土匪做早饭时冒出来的。这股土匪到了江西之后，人地两生，又遭到当地军民的打击，归巢心切。发现我军放松了军事进剿，就错误地估计形势，分成几个小组窜了回来。黄汉珍得意忘形，住进以前搭的一个草棚，又将抢来的米菜拿出来，生火做饭。听见动静之后，顾不得饥肠辘辘，抱头鼠窜。

"砰"的一声，战士吴志强飞起一脚踢开虚掩的草棚门，第一个冲了进去，里面空无一人，一片狼藉，木头横七竖八，米菜洒了一地，草木灰随风飘飞。用刺刀挑开灶中的灰烬，里面还有火星。显然土匪刚走不久。

战士们立即跟踪追击，咬着土匪不放。一会儿，就发现土匪仓皇逃跑时洒在路上的大米、咸菜干。转过山坳，草丛中又丢下一个锅头，里面装着煮得半生不熟的米。战士们的情绪更加高涨，一口气追到山窝里。

"砰！"匪首黄汉珍首先向我军开枪。随着子弹闪着红光啾啾地从战士们头上飞过，黄汉珍的呵斥声也听得一清二楚。土匪以树木作掩护，边打边退，企图翻过山窝，甩开我军，逃往江西。

一组跑在最前面的副班长何详，怒火填胸，端起机枪，朝着躲在木棉树后面的黄汉珍兜头盖脑一阵狂扫，接着边打边追，压得黄汉珍抬不起头来。这时，第二、三搜索组的战士们也赶了上来，迅速从两翼迂回包围。

突然，意外的情况发生了，在离木棉树10多米远的地方，何详左脚陷进一个二尺多深的土坑，一个趔趄摔倒在地上，机枪飞出三四步远。他一个鲤鱼打挺，这时，木棉树后面飞来一颗子弹，他只觉得右膝盖挨了重重的一击，又倒在地上。

"不好，副班长负伤啦！"两个战士一跃而起，飞步朝何详跑去，刚跑出 10 多米远，山上又打来几枪，其中一个两手捂住肚子，鲜血像泉水一样从指缝涌了下来，身子摇晃了几下，倒了下去。

"同志们，狠狠地打！"吴洋再也按捺不住，驳壳枪一挥。顿时，步枪、机枪、喊杀声响成一片，硝烟弥漫，尘土飞扬。稍顷，黄汉珍一个倒栽葱，像一段木头滚下来。

两个受伤的战士被抬到土坎下包扎伤口。何详的膝盖被打碎了，他咬紧牙根，脸上沁出豆大的汗珠。但他一直不让抬，说："快去打土匪，别让他们跑啦，不要管我。"战士们安慰他说："土匪已经被我们三面包围，插翅也难飞出去，你放心好了。"

树倒猢狲散。匪副大队长陈添兴和匪众陈洪兴见主子一命呜呼，大惊失色，只恨爹娘少生两条腿，一面往山上跑，一面胡乱朝后面打枪。

像是为他们送行似的，背后同时飞来一阵弹雨，未能跑出几步，这两个家伙也送了命。

战斗结束了，当民兵认出被击毙的是黄汉珍和陈添兴时，战士们个个笑逐颜开，疲劳和饥饿也烟消云散了。炊事员指着缴获来的米菜高兴地说："同志们，今天打死匪首黄汉珍，我来慰劳一下大家，请等一等。"说着便挑起水桶下山去，战士们三五成群坐下休息。

一袋烟工夫，山下突然传来炊事员的厉声呵斥："快走！别装死。"抓到俘虏，战士们"呼"地围了上来。

俘虏瘫在地上，浑身泥水，像个落汤鸡，一问是钻在水草中被踩中的。战士们见了土匪新仇旧恨涌上心头，牙齿咬得格格响。有一个战士"咔嚓"一声，子弹上膛，喝道："再不起来就毙了你！"这一下果然有效，土匪触电似的跳起来。但两脚一软，"啪"地又跪下去，浑身筛糠，磕头如捣蒜，连声求饶。这家伙是怕死鬼，经过宣传党的政策，回答审问还比较老实，从他嘴里得知他是文书，叫陈亚才。这股土匪共有 23 人，分成五个小组，他这个组四个人，大队长黄汉珍也在内。至于其他组的活动地点，他答不上来。吴洋见他又赌咒又发誓，看来他的话像是真的，审问就结束了。最后还从他的包袱里搜出了"纵队"大印。

斗争在向纵深发展。根据连平山坪的剿匪经验，指战员对残匪加强了政治攻势，宣传党的"首恶必办，协从不问，立功受奖"的政策，宣传击毙黄汉珍的胜利，指明出路，分化瓦解土匪。到 8 月 26 日，其余四个小组共 17 名土匪，被迫下山向剿匪部队自首投案。国民党反动派在粤赣边区精心组织的"土匪游击队"顷刻灰飞烟灭。

后来，吴连长转业到惠州，才让我有机会与他一起分享这个荡人心魄的故事。遗憾的是，在我调离惠州市 20 年里跟他再也没有见过面。近来才得知他已于前些年离世，我悲从中来，不禁潸然泪下。

本文获"当代最佳散文创作奖"，入选由中国散文学会选编出版的《中国散文大系·军旅卷》。

第五辑

——茶余的闲话

科举制度下读书人的生存状态

　　人生有很多路，难走的莫过于科举之路。不过，话又说回来，最诱人的也是科举之路。否则的话，何以天下读书人都挤到这条路上勇往直前、抢关夺隘、前仆后继？读书人对科举的执着的确不遗余力，即使一生付出而无回报也无怨无悔。

　　科举的设计师是隋炀帝。不错，他是一个暴君，但同时也是一位有大作为的皇帝。隋炀帝聪明好学，自幼酷爱文学辞赋，对那些优秀的诗篇更是爱不释手，吟诵击节再三。公元 606 年，即登位第二年，隋炀帝决定对选拔人才的制度进行大刀阔斧的改革，在原有考试科目的基础上，增设一个以考试文辞为主的"进士科"，并且不用举荐，读书人可以自行报考。让这个落下千古骂名的暴君始料不及的是，凭自己兴趣设立的"进士科"竟成为中国科举制度正式诞生的标志。从此，读书改变命运这面大旗在封建王朝的上空高高飘扬了 1300 多年。

　　科举制度终结了一个时代，也开启了一个时代。世族豪门垄断政权的格局到此为止，文人开始走上政治舞台。对于天下读书人来说，科举作为封建王朝为他们设计的人生道路，充满希望，但确实难走。难就难在不断升级的考试。一次考试就是一处壁垒森严的关卡，一次逾越就是一场生死搏斗。在这条路上究竟能走多远，除了个人的天分，在很大程度上取决于在读书上面所下的功夫。因此，寒窗苦读就成为读书人求学阶段的基本生活方式。苦就苦在囊萤映雪，苦在头悬梁锥刺股，苦在皓首穷经。事实上，蟾宫折桂的青年书生几乎是凤毛麟角。正所谓"五十少进士"，当梦想成真时，大多已步入壮年，甚至两鬓染霜。对于绝大多数读书人来说，根本就没有机会享受金榜题名的快乐。他们只能在"两耳不闻窗外事，一心只读圣贤书"中终其一生。

另一方面，封建王朝还为一路凯歌到达终点的优胜者准备了丰厚的奖品。宋真宗的一首《劝学诗》就是一份奖品清单，上面列举得清清楚楚："富家不用买良田，书中自有千钟粟。安居不用架高堂，书中自有黄金屋。娶妻莫愁无良媒，书中自有颜如玉……"这就让读书人有了寒窗苦读的动力。如今，回首凝视科举的历史，就会发现能逃脱荣华富贵诱惑的读书人少之又少。

苦读的唯一目的是做官，而科举考试的成绩又是选拔人才的主要依据，于是应试教育应运而生。科举考什么，老师就教什么，读书人就学什么。僵化、狭窄的课程设置导致人才培养的单一性。唐宋两朝以词赋、书法取士，也是无心插柳柳成荫，最终让科举教育成为诗人和书法家成长的摇篮。在相关文化艺术领域人才辈出，创作一片繁荣。艺术家们以自己的优秀作品共同打造出唐诗宋词和"颜筋柳骨"这三座文化高峰，同时又以各自的精彩成全了自身神采飞扬的形象，也让他们能更轻易拿到入仕的门票。大诗人白居易初次应举时，曾向当时的名士、诗人顾况"行卷"（读书人将自己平时的诗文佳作投献给有名望的公卿、贤达，以求他们的赏识和向主考官推荐）。起初顾况对这位年轻人并不在意，见姓名中有"居易"二字，便嘲笑说："长安米贵，居亦不易。"但当他读到《赋得古原草送别》中"野火烧不尽，春风吹又生"时，不由得大惊失色："有才如此，居亦易矣！"从此，此诗在长安广为传诵，妇孺皆知。白居易诗名大噪，轻取进士。

可见，要入仕，最稳妥的方式就是让自己成长为诗人和书法家。因此，读书人除了苦读，文化艺术创作也是必不可少的功课。一方面是因为优秀的作品可以提高作者的知名度和社会声望，可以成名成家；另一方面还可以作为"行卷"对主考官选拔人才施加影响。纵观隋朝以后的历史，科举确实推动了创作，创作又繁荣了文化艺术、加速了人才的成长。事实证明，创作实践是读书人提升和积累文化软实力、实现人生梦想的有效途径，也是读书人演绎人生精彩的舞台。

科举在存续期内运作基本上是成功的。唐宋元明清共录取进士101630人。此外，隋朝录取进士、秀才（俊秀之才）10多人，辽代超过2500人，金朝超过1万人。至于历代各省乡试选拔的举人更是多达100万人。他们中的大多数最终都踏入仕途，成为隋朝以后文官队伍的主体。

相比世袭祖荫和卖官鬻爵，文人做官无疑是历史的一大进步。经过漫长的读圣贤书，读书人有知识、有文化、有理想、有抱负、有忠君报国的情怀、有关心民生的施政理念。科举入仕提升了统治集团的整体素质，优化了政治生态环境，促进了社会进步和繁荣。

人们往往只看到做官风光的一面。其实做一个有作为负责任的好官，日子一点也不轻松。把这种体验说得最深情的是北宋范仲淹。范仲淹跟所有志向高远的读书人一样，凭借寒窗苦读成才，在科举的道路上一步一个脚印，从秀才、举人而进士。但在一个缺乏励精图治明君的王朝里，坦坦荡荡、胸怀大志的范仲淹注定仕途坎坷。他屡遭政治圈子内小人的暗算，三次大起大落。北宋仁宗庆历三年（1043），在宋、夏战争中立下卓著功勋的范仲淹得到宋仁宗的倚重，在朝廷与富弼等人主持"庆历新政"。改革才进行了一年多，在保守势力的暗箭下，改革派一个个人仰马翻。范仲淹在副宰相的位置上被一贬再贬，政治地位一落千丈。因为长期操劳国事，又落下严重的肺病。真的是身心俱损。唯一不变的是他那颗赤诚之心。庆历六年九月，时任邓州知州的范仲淹受朋友滕子京之约写下了感动中国的千古名篇《岳阳楼记》。这既是范仲淹文学才华的展示，也是他对人生操守的自我总结和表白。"居庙堂之高则忧其民，处江湖之远则忧其君。然则何时而乐耶，其必曰：'先天下之忧而忧，后天下之乐而乐'。"范仲淹的肺腑之言不知让多少人为之动容。据说宋仁宗读过之后也几乎流下泪来。

在挥之不去的历史人物记忆中，科举入仕的狄仁杰、张九龄、韩愈、柳宗元、杜甫、王羲之、柳公权、王安石、包拯、苏轼、朱熹、欧阳修、文天祥、于谦、张居正、林则徐……他们中或以担当大任、政绩卓著，或以才华盖世、文章灿然，或以慷慨悲歌、身赴国难，或以国难当头、力挽狂澜而名垂青史。

权力实现了好官们的人生价值，操守升华了好官们的生命高度。

科举承载着太多读书人的梦想，经历了漫长的风雨历程。当晚清时期一个被八股文毁掉的科举制度行将终结的时候，反对的声音首先来自读书人。在他们的奋力抗争下，科举的寿命又延长了近 10 年。其实，废了更好。读书人终于能够与时俱进，选择新的人生道路。

本文在"2009 年度中国散文年会"征文大赛中获"中国百篇散文奖"，发表于《安徽文学》2009 年第 11 期。

唐诗背后也精彩

唐诗是中国历史上的一座文化高峰，只可仰视，无法逾越。

唐诗博大、浩瀚，穷天地之万物，让人叹为观止。

唐诗字字珠玑，惜墨如金，以少胜多，意蕴悠长，耐人寻味。

其实，唐诗背后的趣闻、轶事也同样精彩。

唐代诗坛群星灿烂，巨星迭出，李白、杜甫、白居易、李商隐、王维、杜牧……自成气象，争奇斗妍。追星一族应运而生。粉丝们为了表达对偶像的崇拜之情，为了传播偶像的诗篇，各出奇招，不遗余力。他们像一群天真烂漫的孩子耍娇般地做出种种让人啼笑皆非的举动。魏万是天才诗人李白众多粉丝中的铁杆，他的最大心愿就是当面聆听偶像对自己诗作的点评。于是，从河南出发，一路追随李白游历的足迹，跋山涉水，风餐露宿，行程 3000 多里，终于在扬州圆梦。还有比他更逗人的。荆州人葛青对偶像白居易痴心一片，干脆将白居易的诗歌纹在身上，多达 30 多首，直至"体无完肤"。或许在他看来，见诗如见人，从此便可以与偶像形影不离。晚唐诗人李涉官至太子通书舍人和太学博士，曾一度遭贬谪，流落桂林，途经九江皖口时遇到一伙强盗。强盗问他的名字，同行人替他回答说是李博士。强盗头目大喜过望："若是李博士，不用剽夺，久闻诗名，愿题一篇足矣。"李涉欣然命笔，顷刻作一绝句《晚泊润州闻角》。强盗们兴高采烈，扬长而去。原来强盗头目是李涉的粉丝。不过，大多数粉丝则行为较为理智，往往通过传抄、传诵、传唱诗歌的方式造气氛、壮声势，宣传偶像，支持偶像。

发表诗作是唐朝诗人最大的难题。那个年代没有出版发行的文化产业链，没有报刊杂志，更没有网络。不过，汉代已发明纸，唐代又发明了刻字印刷。尽管价格昂贵，但毕竟为发表诗作提供了一种规模化出版的科学方式。刻印出来的元稹、白居易诗集就曾被人沿街叫卖。但总体来说，发表诗作大多用土办法。最常见的就是写在"观寺、邮候墙壁之上"，俗称"题壁"。题壁既是唐朝的一种社会风气，也是唐朝诗人的一种特权。诗人无一例外都是书法家，将诗写在墙上无疑是件风雅之事，自然备受世人瞩目。其中，名气最大、流传最广的题壁唐诗莫过于崔颢的《黄鹤楼》："昔人已乘黄鹤去，此地空余黄鹤楼。黄鹤一去不复返，白云千载空悠悠。晴川历历汉阳树，芳草萋萋鹦鹉洲。日暮乡关何处是，烟波江上使人愁。"传说李白登上黄鹤楼看了崔颢的题诗说："眼前有景道不得，崔颢题诗在上头。"这个故事无论是真是假，但它释放出来的两条信息是真实的。一是唐朝文人相重，而不是相轻。二是崔颢这首诗深受黄鹤楼的管理者和游人喜爱。但必须有一个权威的评论。坐上大唐诗坛第一把高椅的李白出面说句赞赏的话再合适不过。其实，传说是真是假并不重要，重要的是顺应了人们的心理预期。题壁与传说之所以相得益彰，成为一道独特的人文景观，原因盖由于此 。

唐诗传播还有一种雅的方式，那便是歌唱。在唐诗中有一部分是适合谱曲歌唱的，还有一部分是专为地方流行曲谱填写的歌词。所以，唐诗入歌是一种常见的现象。余杭善弹箜篌的歌女商玲珑对元稹的诗情有独钟，曾为他唱过几十首。王之涣性格豪放，也常与乐工配合填词歌唱，名动一时。他的七绝《凉州词》就是一首凉州歌的唱词："黄河远上白云间，一片孤城万仞山。羌笛何须怨杨柳，春风不度玉门关。"在妓院中歌伎演唱唐诗就更为普遍。那些经过歌唱家演绎的唐诗往往不胫而走，成了当时的流行歌曲，连村野牧童都学习传唱，对唐诗的大普及功不可没。

在唐朝，诗歌不是单纯的文学作品。诗歌被广泛地运用到社会生活中，让它的功能溢出了文学艺术的范畴。

以诗取士的科举制度，将诗歌的重要性提升到关乎读书人前途命运的大事，从而大大提高了读书人学诗的积极性，甚至成为一生的必修课。通过读诗、诵诗、学诗、写诗来掌握做诗的技巧，包括韵律与对仗这两项基本功，以及反复训练思维能力和修辞手法。学而有成的读书人最终成文人，也就是诗人。在唐朝，只有不善为文的文人，没有不善作诗的文人。宋代严羽说："或问唐诗何以胜我朝，唐以诗取士，故多专门之学，我朝之诗所以不及也。"

科举既是诗人成长的摇篮，也是唐诗繁荣的主要推手。唐朝有明文规定：读书人可以将平时的诗文佳作投献有名望的公卿、贤达，以求他们赏识而向主考官举荐。也就是说，诗人日常的诗作水平对科举成功与否发挥着同样的影响力。这项举措确实推动了诗歌创作，催生出无数的优秀诗篇，并为诗人本身换来了应举成功的机会。大诗人白居易就是这项制度最大的受益者之一。初次赴京赶考时，他曾向名士、大诗人顾况敬献诗集。顾况起初并不为意，还拿他的名字开玩笑："长安米贵，居亦不易。"但当他翻开首页读到"野火烧不尽，春风吹又生"这两句诗时，不由得大为赞赏，马上改口说："有才如此，居亦易矣！"在他的提携之下，白居易诗名远播，初试及第，录为进士。

善加利用这一制度的还有王维。王维是位诗赋大家，且精通音律，善弹琵琶。不过，他的举荐人身份特殊，是唐玄宗的妹妹玉真公子。除了诗作得到玉真公子欣赏外，他的才艺风姿更是让玉真公子倾倒。有一次，公子在家聚会，青年才俊王维手捧琵琶款款上台，如玉树临风，一曲终了，满座如痴如醉，玉真公子感动得泪流满面。王维最终获得玉真公子举荐，科举及第。王维与白居易都是有真才实学的读书人，两人的成功反过来印证了举荐制度在唐朝人才选拔上面存在的价值。

既然诗歌创作是诗人的强项，在交友、送别、行旅、还乡、记人、记事、拜见达官贵人时，诗歌自然成为抒发感情、表达诉求的最佳载体。有时还能收到无心插柳柳成荫的效果。

南唐诗人李昉有一位诗友孟宾于，进士及第，被李后主封为滏阳令。因违法被判死罪。李昉赋诗一首寄给他以表关切之情，诗中有"明君晚事未为惭"之句。李后主见诗后，不仅赦免了孟宾于死罪，还让他迁任水部郎中。一首诗救了诗友一命，也算是回天有术了。

　　女皇武则天也是个诗迷。在一次游洛阳龙门时，兴之所至，便在群臣中举行诗赋比赛。最早交卷的是东方虬，武则天便赐他锦袍一件。岂料当她看完宋之问之卷后，便认定这才是头名。于是将锦袍从东方虬手中抢回来赐给了宋之问。一首好诗让女皇变成了纯真少女，率性而为，无拘无束。全然忘记了君无戏言的身份。

　　好诗往往能带来好运。郭震18岁中进士，官授梓州通泉县尉。但他官运亨通、建功立业却得益于诗作《古剑篇》。这首诗深受武则天赏识。武则天掌权后，便提拔他为凉州都督。从此，他参与边防，屡屡立功，名气如日中天。中宗时官拜为相，封为代国公。可见，好诗的神秘魅力确实难以估量。

　　读唐诗，其实就是读诗人的情怀、诗人的智慧、诗人的才华、诗人的灵魂。只有读懂它，才能爱屋及乌，对诗人留下深刻印象。唐宪宗李纯执政时，曾对同代诗人戎昱推崇备至，而且能随口吟出戎昱的"拒婚诗"："山上青松陌上尘，云泥岂合得相亲。举世尽嫌良马瘦，唯君不弃卧龙贫。千金未必能移性，一诺从来许杀身。莫道书生无感激，寸心还是报恩人。"唐宪宗不仅读出了诗背后的故事，更重要的是感受到了诗人的人格光芒。戎昱年轻时才华横溢，被京兆尹李銮看中，意欲招为女婿，但碍于戎昱的姓氏冷僻，便让人传话让戎昱改姓。戎昱以诗明志的方式拒绝了这门婚事。

　　唐宪宗是在朝堂上当着众多文武大臣的面吟诵这首诗的。当时正在讨论如何应对北方少数民族屡屡侵扰边境的策略问题。有人便提出西汉以来的和亲政策，并列举了和亲政策的种种好处。唐宪宗却岔开话题，对戎昱的诗作及人品大大地赞赏了一番。接着又提起戎昱的另一首诗《咏史》，有一位大臣便接口吟诵起来："汉家青史上，计拙是和亲。社稷依明主，安危托妇人。岂能将玉貌，便拟静胡尘。地下千年骨，谁为辅佐臣。"霎时间大臣们面面相觑。唐宪宗的倾向性再明显不过，谁还会不识时务而自讨没趣。一首诗左右到皇帝的决心和朝廷决策，可谓是奇迹。唐宪宗在位 15 年，颇有建树，面对北方强敌，他毫不怯懦，并最终战而胜之，赢来了边防的安宁。这与《咏史》一诗在他心中引发的共鸣与激励也不无关系吧！

唐诗是中国文化的瑰宝，其背后故事的精彩既可以激发我们学习唐诗的兴趣，还可以加深我们对唐诗的理解，是唐诗不可或缺的构成。唐诗是百读不厌的。如果从丰富芜杂的背景材料入手，读起来就会愈加有滋有味，愈加爱不释卷。

诗的教化功能

诗是用来吟诵的，诗是用来写景的，诗是用来咏物的，诗是用来言志的，诗是用来抒情的。当然，诗也是用来教化的。

能将诗的教化功能演绎到极致的，安徽桐城人张英就是一个。康熙年间，文华殿大学士张英在朝中做官时，突然接到家乡亲人书信一封，言及邻居建房越界三尺，言下之意是要借他的官威摆平对方。张英便以诗回复："一纸家书只为墙，让他三尺又何妨？长城万里今犹在，不见当年秦始皇。"

家人收阅后深受启发，心胸豁然开朗，怨气顿消，便主动退让三尺。邻居见状，既愧疚又感动，将在建的围墙拆了，也后退三尺重建。两家邻居的界墙由相争到互让，最终成就了一段世代相传的"六尺巷"佳话。如今，作为桐城一处著名古迹，每天游人不绝。

这首诗通俗易懂，朗朗上口，言简意赅。张英巧妙地寓家教于诗的艺术感染力之中，不仅成功化解了一场邻里纠纷，且成功培育出"礼让"家风而代代相传。他与儿子张廷玉均为朝廷重臣，在历史上被称作"父子双宰相"。张廷玉对"礼让"家风深以为然，并渗透到骨子里。当他的儿子张若霭参加殿试名列前三甲第三名探花时，他毫不犹豫地向雍正皇帝请辞，要将探花的名分让给天下寒士。至今，这首诗及其背后发生的故事仍为世人所津津乐道。

清康熙年间的著名清官张伯行也是以诗教化的高手。公元1709年，他上任江苏巡抚伊始曾写过一首很特别的诗，题为《却赠檄文》，被人称为"一字诗"："一丝一粒，我之名节；一厘一毫，民之脂膏；宽一分，民受赐不止一分；取一文，我为人不值一文。"然后下发全省各级官员，公开表明拒绝收礼。江苏官场顿时肃然，朝野为之震动。"一字诗"不胫而走，成为清官修身养性、实现抱负的座右铭，同时也成为诫勉贪官改邪归正的檄文。

"一字诗"是中国历史上清官文化的重要代表作之一。乍看似诗非诗，既像名言警句，但押韵上口，铿锵有力，又具诗的明显特征。因文中七次反复运用"一字"，故名"一字诗"。在数字系列中，一是最小的数词；在量词系列中，丝、粒、厘、毫、分也是最小的量词。两者结合构成最小的数量词。但在张伯行的心目中却重若千钧。"一"字既是为官的底线，也是为官的防线，凸显张伯行为官之道的价值取向和价值判断。"一字诗"针对的是吏治腐败、沉疴日久的江苏官场，但其影响却远远超出了这个范围。其实，"一字诗"又何尝不是张伯行意图净化整个官场的文化密码！因此，它释放的教化功能上合君心下合民意。就某种意义上来说，"一字诗"就是为一代明君康熙整肃吏治立言，同时也在某种程度上满足了民众清官情结的心理期盼。

"一字诗"也许约束不了整个官场，但却约束了张伯行自己的一生。他为官40多年，始终以"一字诗"严格自律，洁身自好，被康熙皇帝点赞为"天下清官第一"。身后只留下清风两袖以及清正廉明、爱民如子的官德，与"一字诗"交相辉映，并最终成为百官的楷模，得到百姓的景仰。张伯行长期身处暗潮汹涌的官场，但他没有惶恐，没有迷糊，更没有畏缩。他一次又一次公开向贪官叫板，自然招来贪官的嫉恨，一次又一次遭到诬陷，但一次又一次转危为安，不降反升，官至礼部尚书。除了得到康熙皇帝的赏识和撑腰外，他言行一致、为官爱民不爱财让诬陷不攻自破，这才是化解危机的首要力量。

中国是一个崇拜诗的国度。那些承载着教化功能的优秀诗篇及其演绎的精彩故事总能相得益彰，经过时光酵母的催化，诗味愈发醇正悠长。

进谏的成功之道

　　进谏是封建王朝顶层决策不可或缺的程序，是文武百官参政议政的重要渠道，同时也是文武百官的一项基本权利与担当。但是，进谏有风险。如果一味犯颜直谏，君臣相互碰撞，擦出火花，关系紧张，势必触怒皇上，惩罚在所难免，轻则丢乌纱帽，重则掉脑袋。人的生命只有一次，也许身后能挤身忠臣之列，但大都于事无补。更何况他们多为官场精英，于国于民于家都是莫大的损失。那末，有没有一种两全其美的办法？既不触犯帝王维护自身权威与尊严的底线，又能达成进谏的目标。答案当然是肯定的。既然不能要求每一位帝王都有海纳百川、从谏如流的胸怀，那末做臣子的则未尝不能趋利避害，规管风险，另辟蹊径。唐朝宰相狄仁杰的高超进谏艺术便是后世学习的典范。他凭借自己的智慧光芒照亮了君臣相处之道，敢于进谏，又善于进谏，进退有度，如鱼得水。他的成功在于审时度势，换位思考，充分做好进谏前的功课。

　　晚年的武则天一直为立太子之事所困扰。儿子李显与侄子武三思之间成了她的两难选择。在女皇身边各派政治力量围绕太子之争也日趋激烈。一方面是女皇的侄子虎视眈眈、志在必得，暗地里兴风作浪；另一方面是忠于李唐的旧臣忧心忡忡，认为机不可失，一个个站出来劝说女皇立李显为太子，还天下于大唐。武则天对这种说辞十分反感，一怒之下杀了好几位进谏的大臣。直至宰相狄仁杰的介入，僵局才一举被打破。狄仁杰注定是女皇侄子不可逾越的障碍。作为一位杰出的政治家，狄仁杰对太子之争洞幽烛微，他深知太子之废立关乎社稷之安危和百姓之命运。决不会坐视太子之位落入女皇侄子之手而成为现实。他之所以久久引而不发，是因为在等待时机以及找出打开女皇心结的钥匙。当有一次他和女皇独处时，狄仁杰认为时机已到，于是巧妙地将话题引到立太子上面来。如果换作他人，势必龙颜大怒，因为她一直把它看作是家事，不容他人插手。但现在她面对的是自己晚年最信任也最倚重的左膀右臂狄仁杰，这便给了她认真听下去的理由。狄仁杰举重若轻，从容劝说："陛下不妨想一想是儿子亲还是侄子亲？"接着又说："立子，则千秋万岁后配食太庙，承继无穷；立侄，则未闻侄子为天子而附姑于庙者也！"一语惊醒梦中人，武则天大彻大悟，接受了狄仁杰的意见，并亲自迎接庐陵王李显回宫，立为太子，唐祚得以维系。困扰女皇多年的心结也得以解开。后来，在狄仁杰去世后的神龙元年（705），李显终于顺利继承帝位，从而避免了一场可能因江山易姓而发生的战乱。狄仁杰的再造唐室之功也一直被后人所称道。

狄仁杰的说辞之所以能在女皇身上起到剧烈的化学反应，是因为他是站在对方的立场说话，以母子之情为切入点，以对方的利益为依归，动之以情，晓之以理。武则天那颗被血浓于水的亲情所融化的心也顺理成章地接纳了狄仁杰的建言献策，并最终上升为女皇的意志而付诸实施。

对于狄仁杰来说，他在太子之争中所展示出来的进谏艺术确实让人叹服。他以换位思考的思维方式提炼而成的心理战术一举融化了女皇的心理防线，并最终说服女皇而赢得再造大唐的忠臣义士美名而流芳千古。

无独有偶，北宋仁宗时期的副宰相欧阳修的进谏艺术与狄仁杰几乎同出一辙。宋仁宗也同样遇到立太子的困扰。他一生育有三子一女，三个儿子幼时均不幸夭折，唯有公主长大成人。但宋仁宗内心深处期盼由亲生儿子来继承皇位的念头却始终挥之不去。直到 1056 年，46 岁的宋仁宗依然没有亲生儿子问世，太子人选也一直虚位以待。但问题在于宋仁宗的身体开始出现状况，立太子之事迫在眉睫，其中的利害关系不言自明。因此，劝立太子的奏章一下子便多了起来。其中，欧阳修先后多次上书。不同之处在于他没有泛泛而谈大道理，而是抓住一些大事件的节点来触动皇上的心弦。一天，天降暴雨，水淹京城门，深达数尺。欧阳修利用这次天灾做文章，说是上天示警，立太子之事刻不容缓。八个月后公主出嫁，欧阳修借题发挥，又上了一道奏章，说是天伦之乐是人世间最美好的事，现在公主出嫁，与皇上相伴的机会当然就少了，何不在皇室中挑选一位合适的子弟收为皇子，立为太子，既可享受天伦之乐，又能让大宋江山后继有人。一举两得。同时列举了历史上正反方面两个例子。一是汉武帝早早选定太子，因此在百年之后权力能顺利交接。相反，后唐明宗，因迟迟未立太子，结果酿成争太子之乱，自己死于非命。所以说，早立太子其实也是为了保障皇帝的自身安全。欧阳修用的是一种温和进谏方式，动之以情，晓之以理。宋仁宗果然大受触动，逐步从不切实际的幻想中回到现实，接受了欧阳修的建议，从众多的皇室子弟中选定了赵宗实。但其间还出现了小反复。宋仁宗没有让赵宗实一步到位，而是封他为宗正寺。赵宗实坚辞不受。事情僵持不下。欧阳修深知宋仁宗的幻想还没彻底消除，于是进宫面圣，建议最终为宋仁宗所接纳，将赵宗实收养为皇子、立为太子。不久，宋仁宗病故，赵宗实继承大统，史称宋英宗。

攻心为上，情理并举。这大概就是进谏的成功之道，或者说是进谏成功的密码。

居里夫人的文学修养

　　世界著名科学家居里夫人的文学兴趣很浓，且修养颇深。这一点，恐怕注意到的人不多。

　　据居里夫人1926年回忆，她"对于文学，也和对于社会学和科学一样感兴趣"。读中学时，十分喜欢课外阅读，课余时间，除做功课外，经常阅读诗歌、散文、小说，或听父亲讲故事，念游记，朗诵诗歌。因此，她的文学成绩总在班里名列前茅。中学毕业后，因为家庭经济困难，曾一度辍学。这个时期，她边教书，边看书写作。涉猎了国内外许多名作家的作品，如俄国波列斯拉夫·布鲁斯，法国作家拉·芳丹、勒农·缪塞，德国作家马克斯·诺尔多、诗人海涅，丹麦文艺评论家布朗代等。仅诗歌她就熟记了几千首。由于大量阅读和写作，大大提高了她的文学修养，并学会了五国语言文字，这让她今后从事科学研究受益匪浅。她写过许多科学论文和实验报告，这些文章文法严谨，言简意明，逻辑性强。她对学生这方面要求也很高，她晚年主持镭学研究院一个实验室工作，虽然她不是个语文教员，但在批改学生的物理实验报告时，不仅改正一些业务上的错误，"她还要把整个句子重新写过，改正文法上的毛病。"

有位教育家说：没有一流的文科，就没有一流的理科，就没有一流的工科，就没有一流的大学。居里夫人的成长经历暗合这条规律。毋庸置疑，她是科学界的一棵参天大树——根深、叶茂、果硕。她从小就得益于文学的养分，并最终让她拥有过人的语言文字能力、睿智的观察分析能力、天马行空的想象能力。综合起来就构成为居里夫人的基本功，对于她从事科学研究工作起着经常性的作用。这好比一棵大树拥有发达根系，能不断地从土壤中吮吸水分和养料。否则，大树就难以站起来，更不要说开花结果了。

你想成才吗？那就从文学开始吧！居里夫人就是榜样。

本文载于《广东教育》

人生急转弯

　　2003 年的一场机构改革免我去一切职务，让我成为边缘人。从准退休到真正意义上的退休用了三年时间，最终成为一个拿退休金过日子的自由主义者。

　　退休是人生的重大拐点，是对职责的放弃，也是精神的解脱。从此，截断了与社会紧密联系的纽带，以家庭为中心的生活圈应运而生。我从一个社会财富的创造者蜕变为一个纯粹的消费者。面对突然而至的人生急转弯，显得手足无措，难以适应。时间不再属于职务，不再属于社会，只属于自己。过去这种被称作最宝贵的不可逆转的资源，如今多得难以消费。我顿时成为时间的富翁。这是一种不能储藏的财富，每天都得绞尽脑汁、千方百计把它们花出去。

　　一方面为眼前的时间过剩而发愁，另一方面又为来日可能无多而焦虑；一方面为失去职务待遇而深感不适，另一方面又为无事一身轻而高兴。这是典型的退休适应期综合征。

　　职务上的光环彻底褪尽。再也没有压力、责任这些催人奋

发的动力源。在好些日子里，我失去了人生座标，找不到价值
所在。人生到了晚年，已成凋零之势，难有大的响动，是客观
现实。当心情平静之后，又重拾自我，对闲赋在家的日子重新
定位，再次规划。

　　其实，在审视新生活带来的种种可能的时候不难发现，既
可以回到岁月的深处，找回那些曾经拥有的专长和兴趣，再把
它移植到未来的人生中；也可以拿出一点勇气，尝试新的领域。
那么，生活充实就不再是梦。我毫不犹豫地选择了前者，用文
字打造出一番新景象。整理出版了散文、小说集《守望家园》。
在后来的几年时间里，又撰写了近百篇散文。《走过这片田野》
《科举制度下读书人的生存状态》等 20 多篇作品在全国散文大
赛中脱颖而出。作品入选《中国散文大系》《全国散文作家精品
集》《中国散文家代表作集》《2009 年度散文精选》《散文百家
选》等选本及年选。受聘为《散文选刊·下半月》签约作家。
退休生活为我提供了时间和精力，或者说为我提供了圆文学梦
的一个空间。让我成就了一段新的人生。

　　感谢命运的眷顾，让我活到这把年纪。人都有老的一天，
永恒的只有时间。老，意味着身体机能不可逆转的衰退。在过
往生命与岁月相伴的日子里，我常常把关注的目光投向身体的
形象工程，哪里长出一个小包包，何时添了一根白发，皱纹是
深了还是浅了，却忽略了皮囊下深层次的五脏六腑。现在已步
入生命脆弱的年龄段，对生命的坚守源于对健康的坚守，健康
与长寿是相濡以沫的整体。过去只是一味的使用它，现在该花
点精力去了解它、护理它了。于是散步、爬山就成了我的日常
功课，想方设法让它处于正常运转状态。老同事、老朋友见了

面都赞我的心态好、气色好。我的自我感觉也确实不错。稍不留神，也许真能成为一个时间富翁呢！

　　本文获"2011年度中国散文年会"征文二等奖，载于《散文选刊·下半月》2011增刊（2）。

与岁月对话

　　大学毕业后，同学们各自在生命的河流中漂流，体验过旋涡，经历过险滩。但流向和流速大体是一致的。终于有一天，同学们几乎同时到达了人生的交汇点。从此，我们有了一个共同的名字——退休干部。

　　在此之前，我们的身份千差万别，但都有一份在人们心目中体面的职业，也许头上还顶着让人称慕的桂冠：教授、校长、处长、局长、社长、区长、市长、厅长、书记之类。现在，光环已随风飘散。此时此刻，我们是以华师大中文系一九六八届师生的身份来珠海聚会。在林林总总的人际关系中，我总感到师生关系、同学关系是最纯净的，纯净得几乎透明，不含半点杂质。这种关系的聚会大都是快乐的。或者说我们要在珠海举办一场快乐的盛宴。感谢曾德锋同学，他在这里任过副市长，他用自己的人脉为师生聚会搭建起一个平台。

　　下午4点多钟，同学们陆续赶到酒店大堂报到。几年甚至数十年不见，除了激动，更多的是感慨："要是在大街上碰上，谁还认得谁呢!"岁月以无情的方式在我们身体的各个段落进行着不屈不挠的加工,沧桑的味道侵蚀全身,把我们塑造成一个个陌生的"我",或者说一个个似曾相识的影子。

纵然有万千感慨,五味杂陈,也掩盖不住相聚的快乐。李存章、陈大川、杨国林和我,四个当年篮球场上同气相求的搭档,见了面劈头就问:"还玩篮球吗?"杨国林说:"可曾记得,当年我们辛辛苦苦抢来的球都传给了你,让你享受投篮。"李存章说:"老叶投篮动作确实潇洒,命中率高。"在大学的岁月里,我们常常用篮球文化诠释青春与活力。这种快乐又再次在聚会中复活。

三五成群,交谈是散漫的,似乎没有主题,但过往的一切都可能是主题。曾德锋、李树政、杨宝祥、陈心亮、陈国壮、陈澍基、陈刚还将自己的文学艺术创作成果拿出来交流,与大家分享。几天来,大家都一直处在亢奋状态中。

三天的聚会安排了两次集体活动。一次是到中山大学珠海分校参观。校园的面积很大,建筑很现代,风景很美。我把活动看作是组织者为我们设计的怀旧场景,让我找回失落已久的时光。当那些年青的男女学子拎着书包在我们面前匆匆而过的时候,自然让我想起当年求学的情景。记忆像吸足了水分的路边野草,生命力和扩张力一下子被激活起来。

联欢活动把快乐引向高潮。曼妙的舞姿、悠扬的琴韵、声情并茂的诗歌朗诵……让我们的心灵悄然浸润。会议厅的一角飘来王沛恩挥毫创作的墨香。他是同学中少有的几个书法家之一。书法艺术作为中国国粹,我喜欢。我欣赏王沛恩作品中那股男人味的阳刚之气。

也许是年纪的缘故，应邀前来的只有诸孝正、朱悦雄、陈永标3位老师。当年意气风发的青年教师如今已是70多岁的高龄。不过手脚还算灵便。同学们把"健康长寿"的祝福送给他们。其实这也是我们共同的心思。

近两年，我们先后从岗位上退了下来。退休既是社会对我们长期劳动付出的一种认可和回馈，也是一次身心大解放。从此成为自由人，生活方式趋于多元，含饴弄孙者有之、重操（返聘）旧业者有之、纵情山水者有之、舞文弄墨者有之……尽管个中滋味千差万别，但有一点是相同的，那便是一天天老去，谁也无法逆转。唯一能做的是延缓这一过程。甘当阿Q是最佳选择，忘记自己的年龄，无论发生什么事，都能保持年轻的心态。那么，"返老还童"就不再是梦。因为拥有一颗"年轻"的心才能牵引着我们走向更远的未来。

稍不留神，也许90岁还能来一次师生聚会呢！

笑问客从何处来

　　每每碰上客家人，自有一种亲切感。并非对这一身份特别看重，而是因为与他们同气连枝。确认身份的方法极其简单，只要听听对方谈吐便一清二楚。客家人说客家话，乃天性使然。即使置换成普通话，也大多是客家普通话，很难掩盖真相。

　　客家话不仅是身份的胎记，而且是客家人慎终追远、认祖归宗情怀的自然流露。

　　各地的客家话大同小异，隐藏着一个同样的秘密，那便是不改的乡音。乡音流淌在祖先的血脉里，渗透在故乡的山水中。经过学者的一番追溯，客家话的源头终于大白，它是与中原祖先的话语一脉相承。虽经千百年与各地方言融汇，但万变不离其宗。至今仍保留着中原祖先原汁原味的口音和许多习惯口语。典型的莫过于把爷爷说为爹、妈妈为娘、儿子为崽、他为 ji（发第二声）、我为 ai（发第三声）……他们一直珍视并传承故土方言。在我看来，那是客家人用这种特殊的方式来寄托对故乡的思念之情。

　　综合相关客家族谱的记载以及学者的意见，由战乱和饥荒引发的中原百姓逃难潮应当是始于公元四世纪（西晋末年）。大规模的逃难潮在历史上就有五六次之多。从河南、山西为中心的黄河流域流落四方，并最终演变为大迁徙，形成为中华民族大家庭中的一个客家民系。大迁徙的规模之浩大、路线之复杂、行程之遥远、路途之艰险，堪称是人类史上的悲壮之举。

　　目前，有 4000 多万客家人分布在全国 16 个省 228 个县居住，还有 500 多万分布在海外许多国家和地区。总人口约 5000 万。其中广东多达 2000 多万，约占客家总人口的一半，是客家人的主要避难所或者说大本营。

　　至此，客家民系的源头和成因已有一个清晰的轮廓。不过同样值得解读的还有客家人的生存术。纵观遍及全国各地客家人的落脚点便不难发现，在夹缝中求生存求发展是他们薪火相传的不二法门。它涵盖了客家文化创造力的种种元素。

　　无论大迁徙把客家人送到何处，落脚点的选择总是第一要务，因为它关乎生死存亡。插足成熟社区，与土著分享生存空间是最理想的结局，但势必发生冲突，显然行不通。他们基于对客家身份的认同，深知选择权十分有限，与其想入非非，倒不如放弃不切实际的追求，坦然接受命运的安排，夹缝便成为适当的选择。这种夹缝指的就是偏远山区。南迁广东的客家人绝大多数都集中在粤东、粤北、粤西的崇山峻岭之中。作为生存空间，山区缺乏耕地，交通不便，虎狼出没，瘴疬肆虐。客家人不仅要克服地理环境、气候、人文等方面的困难，还得克服由此带来的种种心理障碍。"逢山必住客，无客不住山"。既是一种无奈，也是一种智慧。正因为生活条件艰苦，山区大都荒无人烟,自然资源处于无主状态,为客家人的最初立足提供了一个相对和平的环境,让他们能集中精力建设家园、重构社会关系网络,并最终在山区站稳脚根。客家人的成功楔入展示了超凡的生存适应能力。

客家人过于敏感,常常风声鹤唳。这种说法有点夸张,但若是指早期的客家移民却大致中肯。他们新来乍到,人地两生,缺乏根基,生存权难以得到保障。这种焦虑自然转化为强烈的自我保护意识,完全是陌生环境催生出来的。有点像人类的远祖猴子,成天待在树上有安全感,偶然下地,总是东张西望,神经兮兮,生怕闪失。这种意识直至新中国成立后才渐渐稀析淡化。

落户广东的客家人通常以血缘关系为纽带,以同姓宗族为单位建村居住。族长由德高望重且有能力的长者担任,族内大事由族长指挥处置。平时,乡亲们守望相助。一旦与外界发生摩擦,族长一呼百应,全族共同进退。

所谓摩擦是指宗族械头以及与土著或土匪冲突火拼,在旧社会时有发生。小时候我住在粤北山区一个叫寨下围的客家屋村,周边还有十字围、军团围等众多客家村落。围就是用高墙围闭村子。墙上高低错落着许多洞口,外窄内宽,便于对外观察和射击。在旧时,家家户户都配有步枪、火药枪和关刀。至少我家里三件武器是齐备的。武器装备、围墙加上宗族组织构成客家人的防御体系,是客家人自我保护意识的物化。千百年来,客家人穿越岁月的风风雨雨,却能绵绵不绝,开枝散叶,人丁兴旺,跟自我保护意识有着直接的因果关系。

立足山区,但并非偏安山区,满足现状。他们中许多人都梦想走出大山，融入更广阔的天地，表现出一种自强不息的开拓精神。

耕读传家是许多客家人的生活方式。传统农业作为客家人的主要经济活动，为生存提供物质基础；读书则为圆梦提供动力。

历史上，客家人同样受科举取士制度的广泛影响。以读书谋出路的理念以及读书之风不敢说在所有客家地区盛行，但在广东的大部分客家地区却是真实存在。重视教育，供养和鼓励子女上学读书，在客都梅县表现尤为突出。出生于梅县的晚清进士宋湘，作为才子，以诗书双绝著称于世；为官，则以作为和清廉蜚声政坛。卓越的国家领导人叶剑英、铁骨铮铮的将星叶挺，参加革命，戎马一生，军功卓著，彪炳千秋。历代客家名士青少年时期甚至一生都曾与书结缘，书本就是他们脚下的坚实基石。更多的客家书生则以知识和才干走南闯北，甚至走出国门，融入当地社会，在各行各业显山露水，其中不乏翘楚。

在客家人的性格中，知足常乐备受肯定。不外乎是日求三餐，夜求一宿。在物质享受上没有非分之想。

还是以广东为例，粤菜、潮菜、客家菜呈三足鼎立之势。前两者讲究色、香、味，后者顺其自然，少做甚至不做表面功夫，但有自身的特色。山区相对封闭，物资流通困难，客家菜的原材料基本上是家禽家畜、四时果蔬和野味，称得上是自供自给的绿色食品，且成本低廉。主食则是米饭和杂粮番薯、芋头等。只有年年节节，餐台上才有荤腥。平时一日三餐多为粗茶淡饭，菜的味道也偏咸，能填饱肚子便心满意足。这种饮食习惯与客家人的身份处境相吻合。足以印证客家人知足常乐的品性。时至今日，菜式没多大变化，只是日常餐台上多了荤腥。

在客家菜谱中有一道招牌菜酿豆腐，据说是广东客家人参照中原祖先包饺子创新出来的。有些人会觉得味道不怎么样，但对客家人来说确实是一道美味，从心底里喜欢。也许是乡情太深，深到连仿制的故乡菜也充满魅力。

2012年5月，我到台湾观光，参观了位于台北市郊的一座客家博物馆。四周车少人稀，相当宁静。馆内的展品似曾相识，大多是客家农耕社会使用的传统农具和日常生活用品：犁、耙、锄、箩筐、禾板凳、水车、石碓、斗笠、蓑衣、梳妆盒、床、家织布、大襟衫、四方桌、竹椅、轿子……这些曾经在我的生命中执意要抛弃的东西，如今突然在一个遥远而又陌生的地方惊鸿一现。我敬畏地凝视着它们，像是凝视着先辈们的古老灵魂。馆内弥漫着浓厚的怀旧气息。生命和岁月积淀的客家文化以粗糙的实物方式凝固在这片有限的空间里，成为我重温客家文化的系统资料，引领着我走进时间的深处，去感受客家人的忧愁与欢乐，还有漂泊与梦想。作为客家文化的创造者，他们不管流落何方，在何处落地生根，也不管根扎得有多深，对客家身份的理解和对故乡的认知永远都不会改变。足见客家人都有一个无法解开的故乡情结。在我看来，这一点才是客家文化中最能打动人的东西。

本文获"中国梦杯·诗词家志·飞天奖"。同时获金、银、铜等级提名奖。入选《中国梦杯诗词家志优秀作品集》。

想起样板戏

在"文化大革命"这个特定的历史时期，就社会效益而言，任何文艺作品都无法与革命样板戏相媲美。

跟许多经历过那场动乱而又酷爱文化生活的人一样，我对十部样板戏至今记忆犹新。它们是：现代京剧《红灯记》《智取威虎山》《沙家浜》《海港》《龙江颂》《红色娘子军》《奇袭白虎团》《平原作战》《杜鹃山》，现代舞剧《红色娘子军》。这些剧目再熟悉不过。至于那些主角大腕也同样牢牢地定格在我的记忆中。每当我打开记忆的窗口，让回放的聚光灯照射大脑荧屏，钱浩梁扮演的李玉和、童祥苓扮演的杨子荣、谭元寿扮演的郭建光、李丽芳扮演的方海珍、李炳淑扮演的江水英、冯志孝扮演的洪常青（京剧）、宋玉庆扮演的严伟才、李光扮演的赵勇刚、杨春霞扮演的柯湘、刘庆棠扮演的洪常青（舞剧），就会一一在眼前活灵活现。时至今日，主角们都老了，当年勃发的英姿不再。但偶然出现在公众面前，还是会让我眼前一亮，免不了品头论足一番。

　　我没有机会观看样板戏原班人马的演出，但从舞台搬上银幕，就为样板戏的普及打造出一个超级平台。遥想当年公映的盛况是何等的空前。撇开其他种种因素，对于普通民众来说无疑是一场文化盛筵共享。印着主角大幅舞台形象的海报贴满大街小巷，大大小小的电影院不分日夜连轴转。在那个动乱的年代，门票是统一分配的，各级组织居然把观众安排得井然有序。人们大多表现得宽容大度，不计较时间段。即便在凌晨三四点钟，各电影院照样人头攒动，座无虚席。

　　在更多的时候是通过广播喇叭和收音机聆听样板戏。古老的音符在山水间跳跃，熟悉的旋律一再响起，一条千回百转、意象万千的河，流淌在心田里。人们耳濡目染，烂熟于心，在脑海里扎了根，轻易不会忘掉。那些个性鲜明的选段自然而然成为流行音乐。在样板戏红得发紫的时候，有些人张口就是样板戏选段。学唱样板戏更是蔚然成风。南方人难以掌握唱腔技巧，缺乏京味，但并不妨碍学唱的热情。老实说，我个人对样板戏是十分欣赏的，特别是那些抒情味浓郁的唱段更是让我百听不厌。例如《杜鹃山》选段《家住安源》《黄连苦胆味难分》，《沙家浜》选段《祖国的好山河寸土不让》《定能战胜顽敌渡难关》《有什么周详不周详》，《智取威虎山》选段《迎来春色换人间》……它们从大腕们的口中流出来，便成为天籁之音。跌宕起伏，字正腔圆，扣人心弦。那时候我才20多岁，有激情。一有空便对着收音机学唱，居然学有小成，能从头唱到尾的就有十几首，有板有眼，在圈子内还小有名气。这种自唱自娱的文化生活方式曾陪伴过我多年。

　　地方剧团移植或排演样板戏对样板戏的普及同样功不可没。

我大学毕业分配到惠州市工作那阵子，惠阳地区汉剧团就有琴师黄祖柏，女演员陈前英、陈服英三位老乡。与汉剧团一墙之隔的《东江文艺》主编范怀烈先生也是与我投缘的好朋友。有了这两层关系，便有机会先睹为快。陈服英在移植汉剧《杜鹃山》中出演过柯湘，在京剧《红灯记》中出演过铁梅，把人物个性演绎得相当到位，唱功也颇为扎实。在样板戏红透半边天的时候，样板戏选段及其折子戏往往也成为整台地方戏的重要支柱。下基层巡演一个来回，多则演出上百场，少则也有几十场，社会效益相当可观。许多地方剧团的台柱子也因此成为样板戏的模仿秀，出了名。

样板戏之所以能广泛传播，除了自身确实有过人之处甚至堪称为精品之外，主要原因还是当时对古今中外的文艺作品一概采取大批判和绝对排斥的态度，文艺一片荒芜，全国几成文化沙漠，样板戏一花独放。八亿人民八个戏（后增到十个戏），民众没有选择的权利，唯有被动接受。

对样板戏的评价历来众说纷纭，也不乏走极端的说辞。持全盘否定的干脆把样板戏看作是政治附庸。绝对肯定的则认为样板戏代表了京剧现代创作的最高水平。作为一种文化现象，样板戏确实深深地烙下了"文化大革命"的印记。经过时间的沉淀，成败之笔也日渐明朗。部分样板戏及其折子戏至今仍是京剧舞台的保留节目，不少唱段仍在民间流传。在时间和群众这两个公正而又严厉的考官面前，它们被接受、认可、喜爱、流行。我想，这就是样板戏最大的成功之处。

样板戏是磨出来的。这一点不假。据说《红灯记》前前后后修改不下两百遍。创下磨戏的吉尼斯纪录。磨，不仅出戏，还出理论。"三突出"就是样板戏创作经验的理论概括。"突出正面人物,突出正面人物的英雄人物,突出英雄人物里的主要英雄人物。"在这个条条框框的主导下,改来改去,主要英雄人物经过无限拔高,个个"高、大、全",料事如神,武艺高超,战无不胜。但生活气息却越来越少,人性也越来越少。文无定法,贵在创新。硬用这种理念指导文艺创作,只会让人物塑造陷入僵化的死胡同。

想起样板戏,别有一番滋味在心头。

手中乾坤

　　除了脸部，双手应该是人体裸露最多的部位，也是自身目光经常触及的部位。于是，便有了"了如指掌"的说法。其实，对于大多数人来说，充其量了解的是外观形态及其基本功能。至于双手隐藏的秘密还真的知之甚少，甚至一片茫然。

　　双手在世上留下最丰富的作品是指纹。一个人的指纹与生俱来，是上天为人类编排的身份密码。借到助放大镜，指纹纤毫毕露，类似树木年轮，一圈一圈向外扩展，排列井然有序。指纹看似平淡无奇，实则暗藏天机。

　　很早以前，我们的祖先就懂得利用这种秘密资源。在立约、诉状、收结据上都会留下当事人的指纹，彼此就像吃了定心丸。如果离开指纹，还真不知道有什么更好的办法来相互取信。人们信任指纹，却不明白信任的理由，岂不是有点无奈？于是，便有人对指纹产生出好奇。18 世纪英国一位学者就是专为解决这道难题来到世上的。他将采集来的大量指纹进行跟踪、对比、统计、综合。一个个指纹扑面而来，似曾相识，眼花缭乱。尽管天机是那样的深藏不露，但在放大镜下的一次又一次注视，真相也在一步又一步地接近。无穷无尽的指纹形状居然没有重复的图案。每个指纹都是独一无二，无法替代。稳定性同样超乎寻常，在漫长的生命过程中，经历成长、衰老以及日复一日的磨损，指纹却终身不变。指纹形状的无限性来源于箕形纹和斗形纹的尽情演绎，既能归类，也能识别。显而易见，指纹是人类天生的身份密码，起区分作用。巨大的利用价值不言自明。长期潜心研究的成果《指纹》一书于 1892 年横空出世，在学术界引发出一阵震动。由此，指纹一步迈进科学殿堂，成为一门学问，受到学者的热捧。人类也由此有了一个全新的身份识别系统。当然，身份识别的信息来源可以有多种多样，包括相貌、体型、语言、脚印、笔迹、DNA 等。但唯独指纹信息具有唯一性和排他性。指纹的确认就是身份的确认，就是最权威的确认，就是最终的确认。时至今日，人们敬畏指纹，指纹涉足的范围便日益扩大。在经济、文化、司法、民事等诸多领域的活动中常常能见到指纹的鲜红身影，它们代表着主人默默地坚守着自己的方寸之地，尽忠职守。有人作奸犯科，指纹便让他无法遁形。

有一种职业，是专为研究双手设置的。俗称为手相学。研究的具体对象包括指纹、手指、指甲和掌纹，并将人的命运与四个人体部位的状态及其变化联系起来，以对应和影射一个人的事业、健康、婚姻、感情、性格、能力、财运、官运等等。相互印证，互为因果。手相学既深奥又玄乎，干这一行有很大的难度，非得有偏才不可。

那么，这四个人体部位究竟藏掖着哪些鲜为人知的信息？

指甲因贫血而苍白。手指像春笋白嫩源于良好的保养，终日劳作让手指粗糙僵硬。无数次的伸展与握拳刻出蛛网般的掌纹，映入眼帘依稀可辨。冥冥之中命运是否已经注定？在我国，最早破解这些信息的是战国时期的鬼谷子。他将自己创立的手相学融进《鬼谷子》这部著作中。后来的手相学家也争相著书立说，传之后世。民间的算命先生根据《鬼谷子》《白鹤神相》《人伦大统赋》等书中描绘的手相术替人卜算命运前程。不过，大多学艺不精，一知半解，鹦鹉学舌罢了。常人陷入其中，疑虑在所难免，我命真该如此吗？更有江湖术士混迹此业，招摇撞骗。真正的大师少之又少。

　　包括九条命运线在内的掌纹是经常改变的。不过，改变的只是干扰纹，而不是主干纹。于是，有人便想出用整容手术来改变掌纹，主宰自己的命运。但无论是激光还是手术刀，都无法刻出永久性的掌纹。一些时日过后，手术纹渐渐淡化，并最终消失。只是一场水中捞月的游戏而已。

　　人的一生要做的事实在太多，几乎都跟手有关，双手就是专为做事而存在的。手乃血肉之躯，是身体的一部分，听命于大脑神经中枢，反应灵敏，动作快捷。一双正常的手能顺利完成各种各样的基本动作：拿、握、提、点、指、拍、拧、卷、缠、挽、击、挥、拖、揉、槌、打、压、挤、掐、抬、划、招、推、扯、夹、掸、转、解、拆、绕、劈、举、托、撑、抓……动作的多样性既是对双手功能的细化，也是双手功能的构成。双手做事，就是做动作。或许是某个动作的重复，或许是在身体某个部位甚至全身的配合下，诸多动作连缀成复杂多变的手上运动。动作的质量决定着做事的质量。在个人能力范围内，无论是做工务农，还是习文修武，事无巨细，通常都能手到事成。更何况，双手能使用工具，以一当十、当百，甚至当千也不是不可能的事。

在日常的工作、学习、生活中，人是高度依赖手的。既是对双手功能的充分利用，也是别无选择。离开双手，一个人的世界就会一蹋糊涂。由此，便有人想到要为双手做点什么。在寒冷干燥的冬天，有的手被抹上润肤霜，有的手被戴上手套。在炎炎夏日，有的手被抹上防晒霜。平日里，所有的指甲被适时修剪，有些女人的指甲被涂上亮丽的指甲油。有的手还受到发自内心的赞美。"我的双手——拿过工具，拉过爱人的手，抱过孩子，捧着圣经，一生也没有放下。"这是长眠在德国梅岑根墓园的一位老人临终前为自己撰写的墓志铭。其实，相对于手的付出，人们对手的作为是微不足道的。

先天生成的双手，经过后天严格专业培训，学会一技之长，手就不是原来的手，而是行家里手。少数有天份的人掌握了一门高超技能便是高手。通常情况下，奇迹是高手创造的。钢琴大师演奏动人乐章，画家创作传世之作，设计大师描绘惊世骇俗的建筑蓝图，举重运动员刷新世界纪录，航天员驾驶飞船遨游太空，武松乱拳打死吊睛白额猛虎，鲁智深三拳要了镇关西的命……每个时期都有新鲜热辣的高手问世，他们凭借一次巨大成功刺激着人们的视听感官，成为万众崇拜的偶像。当今世界各行各业高手如云，大多只能在一定范围内扬名立万，唯有顶尖高手才能留名青史。

好朋友相见，两只手就紧紧地握在一起。再次离别，两只手又紧紧地握在一起。握手的动作实现了人的感情表达功能。

彭德怀元帅在战争年月与属下将士握手的场景曾进入作家丁玲的笔下："每一遇到一些青年干部或是什么下级同志的时候，看得出那些昂奋的心都在他那种最自然诚恳的握手里显得温柔起来。"战争让人心变硬，握手却让人心变软。说到底，握手是人际交往的一种礼仪，握手是情感交流的一种方式，握手是社会和谐的一道风景。我们都有一双手，与周围的人多握握手吧，对生活的感受肯定会更加美好。

罗湖需要文学为自己设计形象

　　我身边的宜居元素——草地、田野、山林……一个接一个消失了。我知道这是迟早的事。现在包围着我们的是林立高楼、车水马龙、潮涌人流。在世人的心目中，罗湖是块寸土寸金的黄金宝地。

　　罗湖用自己创造的"深圳速度"，仅花了 30 年时间，就完成了世界上许多城区要用上百年甚至数百年才能完成的角色转换。罗湖的传奇应当受到文学的眷顾。文学不要为在商业中分得一杯羹而忙于赶场。文学应当静下心来。罗湖就是一个让文学静下心来的好理由。

　　毋庸置疑，罗湖正在被精心地经营。

　　这里毗邻香港，是连接海外的一块宝地。

　　这里是一块开展改革开放试验的宝地，甚至杀出了一条血路。

　　这里是一块产业布局的宝地。金融、证券、商业、信息、物流、黄金珠宝、现代服务、网络、文化都在这里扎根，吮吸养分，成长为摇钱树。

这里是一块人头攒动的宝地，从腰缠万贯到身无分文，从官员到百姓，从老总到职员，都在这里追梦。

这里是年轻人有所期待的宝地，也是冒险者流连忘返的宝地。

这里承载着历史的重任，同时也承载着太多的在俗务中奔波飘泊的心灵。

我曾一次又一次回到历史的深处，在罗湖的初创岁月流连。不知为什么，我总是对那段逝去的时光情有独钟。其实打动我这位老罗湖的是那些原汁原味的人和事。

当年，历史在这里打了个急转弯。土生土长的村民双目迷惘。土地是生命的一部分，耕地被征用后，脚下的路也失去了方向。两位村干部拎着麻袋到信用社提取征地款准备私分，但却被急匆匆赶来的附城公社领导制止了。这是罗湖农村城市化的序幕。接下来上演的一幕幕，场景恢宏，气象万千，动心荡魄。

罗湖绚丽多彩的生活让经济产业出风头，也定能让文化产业出风头，让文学放出光彩。因为罗湖需要文学为自己设计形象。如果没有文学等文化作支撑，经济做得再大再强，充其量也只是暴发户。

罗湖与文学双向选择，定能共赢。

善用乞丐文化资源

　　乞丐在金庸的武侠小说中是不可或缺的角色。在这位文学大师的笔下，丐帮弟子个个都是身手不凡、侠肝义胆。帮主更是武功盖世、义薄云天。他们依靠行乞维持生计，却干着行侠仗义之事。在衣衫褴褛、蓬头垢面的背后是一个个英雄豪杰。金庸用小说的方式演绎的乞丐文化确实让人怦然心动。但在现实生活中，每当提起乞丐，许多人却有着负面的反应。为什么反差如此之大？难道乞丐文化只在文学世界绽放光彩？

　　在我们生活的这个世界，乞丐是一个特殊群体，他们身无长物，专靠行乞度日。乞丐的存在源远流长，且覆盖面极广。不仅在经济落后的国家有乞丐，在经济发达的欧洲和社会保障完善的澳洲同样不乏他们的身影。贫穷是乞丐的标志。在战争、政治动乱、自然灾害、政治腐败、社会分配不公、个人机遇和生存能力等等因素的作用下，人类社会贫富不均的现象长期存在，这是乞丐文化产生和延续的温床。

　　在这个特殊的文化领域，有三种类型的乞丐特别引人注目。

一是和尚。印度是佛教的发源地。《金刚经》曾在一段文字中津津乐道佛陀从祇树给孤独园到舍卫城乞食的前后过程："如是我闻，一时舍卫国祇树给孤独园。与大比丘众千二百五十人俱。尔时世尊食时著衣持钵入舍卫大城乞食。于其城中次弟乞已。还至本处饭食讫。收衣钵洗足已敷座而坐。时长老须菩提在大众中。"从佛陀时代到现代的僧侣都坚持这种托钵乞食的传统。当年的舍卫城是印度最重要的商业中心之一，经济一片繁荣。唐僧取经曾到过这座城市，但此时已开始衰落。不过印度的乞丐文化却长盛不衰。主要是有佛教和印度教的教义作支撑。佛教教义把乞食作为"上品之人"的食法。佛教名著《大智度论》推崇"用清洁乞食活命"。因此，托钵行乞、云游四海就成为佛门弟子的一种生活方式。

二是义丐。清末乞丐武训，以终生乞讨积累创设"崇坚义塾"和"馆陶杨三庄义塾"，免费供穷人的孩子上学，被人们称为义丐，受到满清朝廷的嘉奖。

三是持牌乞丐。在西方一些城市，政府对乞丐实行资质审查。对符合条件的发给牌证。持牌乞丐在指定的地点以自己的技艺娱乐众人，路人的施舍全凭自愿。持牌乞丐大多衣冠楚楚，不失自尊，没半点可怜相。

乞丐文化不仅植根于宗教文化，同时也植根于人们的思想观念和民俗。在印度人的心目中，人的罪恶与生俱来，只有经受行乞之苦方能赎罪。同时认为"乐善好施"是为来生积累功德。因此，行乞和施舍都得到鼓励。在印度，除了佛门弟子，民间乞丐数量之众更是惊人，也就不难找到解释了。中国与印度的国情毕竟不一样。我国历史上崇奉佛教，经义中"行善积德"思想在民间广泛流传，直到今天还受到鼓励。同时，民间的"因果报应"的理念也主张"乐善好施"。但不赞成穷人变身乞丐行乞，认为很丢脸。而在民间又流传小孩生病时乞食百家米的风俗，认为乞食可以避邪，让小孩早日恢复健康。20世纪 90 年代，我在香港看见一块警示牌则明白无误地写着："政府忠告市民，不要鼓励行乞！"对乞丐文化反应的多元现象可见一斑。

乞丐文化的核心价值是通过行乞机制的运作来实现民间救助的功能，让这个特殊群体获得生存的基本物质需求。对乞丐来说，行乞不是自我救赎，就是无奈，却在情在理。对于施舍者来说是一份社会责任，也是行善积德。乞丐文化具有调节物质分配，化解矛盾，对维护社会稳定有着积极的作用。

有一个时期，把乞丐文化视为社会丑恶现象，对乞丐的管理实施收容遣送，既欠人道，也有悖于生存权优先的原则。现在，这种管理办法已被否定。在我生活的这座城市，各级民政部门都设立起救助站，市还设立福利中心，对包括乞丐在内的有需要的人员实施救助。这是社会一大进步。但仅靠政府行为是不够的，更大的救助能量藏在民间。要使这些能量释放出来，就必须善用乞丐文化资源。

也许乞丐文化为许多人不接受，但它生存的土壤确实存在。在当今世界，战争和自然灾害仍然是民生的两大杀手，由此产生的灾民量大面广，救助不及时不到位，许多灾民势必沦为乞丐。我们不希望这样的结局。我们不提倡行乞，但不能不正视。靠堵是堵不住的，还不如改堵为导，导入一条为民间普遍接受而又文明的渠道。这就要创新思路，建立起一套既能体现乞丐文化核心价值，又能避免乞丐到处行乞的民间救助机制，主动承担社会责任，对重大灾难能及时作出反应。由社会慈善机构出面牵头，充当"义丐"，向社会各界募捐，将所得财物转送灾区人民或需要救助人手里。这不失为一种好办法。近几年，我国连续发生重特大水灾、旱灾、雪灾、汶川大地震，社会募捐发挥了重要救灾作用。社会募捐的基础在民间。"行善积德""乐善好施"的理念是乞丐文化的一部分，在民间有广泛的群众基础，这跟我们倡导和培育的"助人为乐""奉献爱心"的美德是一致的，应继续加以鼓励。同时建立和完善制度和法规，对募捐所得的财物流向实行全程监管，透明收支使用状况，把民间救助效果放到最大。

不过，乞丐文化中鱼龙混杂的状况却让人忧心。作为行乞的价值是获得救助，但却有人冒充和尚化缘，以此敛财。更有甚者，组织残疾人或将小孩致残后展示残疾，博取路人的同情，以此敛财。这种玷污乞丐文化的行为应当受到谴责和打击。

可是，我一想到金庸笔下声势浩大的丐帮，想到举世无双的打狗棍法，我想是不是该由丐帮自己来清理门户，把这些败类绳之帮规。

《命运》的一点遗憾

　　毋庸置疑，电视连续剧《命运》是一部极具震撼力的成功之作。无论是专家学者，还是普通观众，特别是深圳市民，都众口一词，给予了很正面的评价。跌宕起伏的情节，个性鲜明的人物，给人印象深刻。让我对特区的初创岁月追忆不已，心中漾起强烈的共鸣。但在纷纭激动的思绪背后，却有一股意犹未尽的滋味袭上心头。我这位老深圳心里总觉得缺了点什么。在寻寻觅觅中，那一群祖祖辈辈在这块土地上繁衍生息的村民代表人物始终没有出现。他们对特区的成功曾作出过不可替代的奉献。但《命运》却没有将他们纳入视野。

　　深圳的历史不能回避，也不能遗忘这个群体。

　　一、土生土长的村民是深圳经济特区崛起的最大受益群体，同时也是作出最大奉献的群体之一。这种奉献是不可替代的。深圳改革创业初期，优惠政策、廉价劳力和土地资源构成特区吸引外资的投资环境。三者缺一不可。土地资源是不可再生的。从某种意义上来说，特区初创时期也是农村城市化过程。深圳这座新城并非空中楼阁，它是在大片耕地和荒山野岭中建立起来的，而土生土长的村民正是这片土地的主人，土地是他们生命中的一部分。但当特区建设需要时，罗湖的村民及基层干部却毫不犹豫，把赖以生存的土地奉献出来。这里说奉献并非言过其实。在特区初创时期，征地费是极其低廉的。有些土地甚至在征用数年后补偿费仍未兑现。到 1983 年底，在罗湖农村总耕地面积 13458 亩中有 76% 被征用。到 1990 年，耕地已所剩无几。在长达 10 年的征地过程中，从未出现过大的波折。其中的得与失相比，可以说村民作出很大奉献。正是这种奉献精神为特区的狂飙突进加了一把不可或缺的推力。

二、在土生土长的村民和基层干部中不乏有识之士和脊梁。原渔民村党支部书记吴伯森就是一个。他的经历颇具传奇色彩。特区刚刚成立，香港一个黑社会组织看中渔民村的特殊地理位置，想在这里建立走私据点，遭到吴伯森的严词拒绝。于是悬赏 1 万港元收买他的人头。吴伯森也泰然处之，拒绝歪门邪道，坚定地带领村民走改革创业之路。1981 年，富裕起来的渔民村统一规划兴建新村，每户一栋小洋楼。村民提议论功行赏，优先照顾老支书。吴伯森知道后婉言谢绝了村民的好意。他说干部不能闹特殊，并提议抽签决定权属。结果，他分得靠北一座，近马路，尘大有噪声。可他却高高兴兴搬进了新居。

身为社会转型期的基层领导，胆识和智慧受到挑战总是难免的。1981 年的一天，罗湖区两位农村干部拎着麻包到信用社提取征地款分给村民。附城公社党委书记汤锦森得知后，火烧火燎赶到信用社制止这一行为。接着，公社党委和罗湖区委相继作出决定，严禁私分征地费。只能用作建厂房，购买运输工具，转化为新的生产资料，解决征地后村民的生产生活出路。汤锦森对私分征地费风波的快速反应，果断处置，对特区农村集体经济产生了重大影响，催生出中国第一批村办集体股份公司。征地费作为酵母让集体经济在短短的几年中快速膨胀起来，并最终成长为区属经济的半壁江山。

三、特区农村的沧桑巨变曾是当年宣传特区的典型。边境渔（农）村的发展速度确实惊人。到1982年，渔民、罗芳、渔农三个边境小村已成为闻名遐迩的"万元户"村。邓小平和胡耀邦等党和国家领导人曾先后到渔民村视察，对渔民村的快速变化都动了感情。从此，这个边境小村风靡海内外，慕名前来的客人络绎不绝。我时任区政府接待科长，每天都会陪同客人前来参观考察。

特区农村的沧桑巨变，除了政策的因素，也离不开村民和基层干部敢闯敢试的精神。创业的过程中，村民们从事过过境耕作，搞过为城市生产生活服务的种养业、交通运输业和酒店餐饮业。同时大力发展来料加工和物业经济，渔农村向村民集资建厂房，为解决集体经济发展资金不足找出了一条新路。村民安居乐业，边境渔（农）村欣欣向荣。许多逃港谋生的村民又返回家乡创业。

"滚滚长江东逝水，浪花淘尽英雄。"在改革开放的大潮中，生于斯长于斯的村民的表现确实多姿多彩，可圈可点。《命运》是从边民的逃港潮中拉开序幕的。那么，坚守在这片土地上是边民命运又将如何？边境渔（农）村又发生了怎样的变化？现实生活作出的答案异彩纷呈，亮点无数，同时也为文学创作提供了丰富的人物原型和素材。对于这个老深圳关注度很高的问题，后来剧情的发展却留下了空白。同时留下的是《命运》自身的遗憾。但话又说回来，没有遗憾就没有艺术，这也许是艺术作品的宿命。

城市新文化形态

　　城市新文化形态在不同的切入点走进日常生活，让市民备尝酸甜苦辣。

泛滥的宠物文化

　　鸡鸣犬吠之声相闻，在我生活的这个小区常常会上演扰人清梦的一幕。我当然知道，是左邻右舍的宠物在练习嗓门。

　　养宠物，在民间自古有之，那不过是个别人的爱好。能广泛流行开来，并成长为一种新的城市文化形态，还是近 10 年期间的事。经济繁荣，物质丰富，滋生出闲情逸致，精神生活趋于多元，加上西风东迁，宠物文化渐成时尚，并以前所未有的速度进入平常百姓家，成为众多市民精神生活的重要载体。他们将时间、金钱、精力甚至感情投放到这方面，收获的是精神上的种种享受，或愉悦、或慰藉、或刺激……

　　在庞大的宠物群体中，除了猫、狗、猪、斗鸡等少数人工驯养的物种外，绝大多数都是在野外环境中奋斗求存的动物。它们中或以天生丽质，或以天赋异禀，或以才艺出众，或以乖巧伶俐，或以名贵珍稀，或以古怪另类征服了人类，被一一列入宠物的花名册。

被人类看中很可能不是一件好事。事实上，人类对野生动物的征服和占有从来就没有停止过。宠物文化的兴起只不过是火上浇油。一条完整而又活跃的宠物文化利益链最终得以形成。它的上端是狩猎者，中端是贩运者，终端是消费者。与之相配套的宠物医院、宠物店以及药品、食品、日用品的生产、销售与服务环节也相继完善起来。在利益链的疯狂运转过程中，越来越多的野生动物被迫妻离子散，背井离乡，受尽磨难，死伤狼藉。幸存者们最终进入某个陌生家庭，从此成为主人的心肝宝贝，养尊处优。但同时也必须委身于主人的阴影之下，失去尊严与自由。这些表面看来已走进安乐窝的动物，其实心灵已受到深深的伤害，是郁郁寡欢的。

在宠物群体内，就个体物种数量及受欢迎的程度而言，宠物狗排在首位是不容争议的。在市民身边经常出现的宠物狗，尽管品种多样，个头、体貌、毛色各异，但大多是西方的舶来品。它们的祖先是欧美国家的科学家经过基因筛选和驯养出来的哈巴狗。乖巧伶俐、善解人意、长于互动是宠物狗品性中最受人欢迎的部分，也是宠物品性中最珍贵的部分。宠物狗一旦有了主人，便很快进入角色，与主人一家建立起亲密无间的关系。平日里，主人的一举一动、一颦一笑都牵动着它的神经，会在它那里及时得到恰到好处的反应。宠物狗表达感情的常见方式是亲昵、撒娇和争风吃醋。当主人出行时，它会跟到门口轻吠几声，表示出无限的眷恋，并流露出跟随主人一起外出的期盼眼神。当主人回家时，更会受到狂热欢迎。它会直起身子，在主人的身上、脸上亲吻。会不断扭动身子，在主人的身前身后大献殷勤。当在主人面前受到冷遇时，它也会以不理不睬作为报复。它们与主人一家度过了漫长的快乐时光，并将自己的智慧发挥到极致，共同演绎出许多让人感慨唏嘘、动人肺腑的小故事。这些小故事偶然从邻居的口中娓娓道来，让我这个局外人也备受感动。

溜狗时光是宠物狗的狂欢节。凡是一条狗的正常欲望，宠物狗都会抓住机会尝试。它敢于挑战看不顺眼的同性，与之比划比划拳脚；它会兴奋莫名，追求偶遇的异性交配；它会呼朋引类，满地追逐嬉戏；它也会毫无顾忌，随处拉屎撒尿；它还敢于对主人的招呼充耳不闻，将自己的追求继续下去。此时此刻，宠物狗终于找回真正的自我。这些平日里百依百顺的可爱生灵，其实骨子里还是有野性的。

诚然，人们很享受宠物文化，但对其背后的阴影切勿视而不见。宠物文化的泛滥，已将许多物种推到濒危甚至灭绝的边缘。公园、街巷臭味难闻的宠物粪便，被遗弃的猫、狗流浪街头的足迹，大型猛犬若隐若现的身影，声声入耳的半夜狗叫，对城市环境已造成无法绕过的困扰。市民因为爱而养宠物，因为爱的放纵让宠物文化泛滥成灾。

无奈的提示文化

不难发现，提示文化已渗透到城市生活的诸多方面。数不尽的"温馨提示"牌散落在城市的各个角落、大街小巷，形形色色的提示语刺激着市民的眼球。它们就像一个个文明卫士，默默地坚守在各自的岗位上，以书面的方式向路人发出一条条指令。除了指点迷津，更多的是矫正那些不文明生活陋习："请勿乱扔垃圾""严禁随地吐痰""严禁吸烟""红灯停绿灯行""饮用水源，严禁在水库游泳、捕鱼""严禁翻越隔离栏"……

简洁明了是提示语的基本语言特征。可以是一篇短文，也可以是几句话甚至一句话。前期的提示语大多板着脸孔示人。近些年涌现出一批较优秀的作品，一反以往居高临下、语言枯燥、口气生硬的文风。显得生动活泼，有文采也有人情味，营造出一种温和亲切的气氛，释放的提示、教育功能易为人接受。不妨举例若干："花草有生命，脚下请留情""来时送你一路芬芳，走时还我一片洁净""来也匆匆，去也冲冲"……

我曾注意到，提示语的内容大都是日常生活中连小学生都懂得的常识。提示文化的建设者们何以要大费周章，煞费苦心？因为这不仅仅是为了规避风险，更因为这是一分责任。传统的生活陋习总是要顽强地表现自己的：在交通繁忙路段横冲直撞，在山塘水库捕鱼游泳，在山坡搭棚居住，在雷雨天气登山远足……潜在的危险不言自明，弄不好就得搭上性命。此时此刻，在习惯思维的主导下，最先受到来自各方拷问的往往是提示文化。它们被置于众目睽睽之下，被检查，被研究，被问责。只有完美无缺的提示文化才能经受住问责的风暴。但归根到底，最让人痛心的还是那些猝然消逝的生命。

我还注意到，不论是哪个时期的提示文化，其背后大多有相应的法规作支撑，约束力不言而喻。可惜的是，不是所有的市民都能感觉到这种分量。不然的话，在传统的生活陋习面前，提示文化的功能就不会总是打上不同的折扣。

在提示文化欠繁荣的欧洲，中国游客根深蒂固的行为习性便表现得十分刺目：乱扔垃圾、随地吐痰、大声喧哗，甚至在国际航班飞行途中大打出手，创下了不文明行为的吉尼斯纪录。最终被某些国家列入最不受欢迎的游客的行列，这也是很自然的事。

文明是社会的体温。体温正常与否，直接反映社会的健康状态。提示文化的核心价值就在于矫正那些传统生活陋习衍生出来的种种不文明行为。这也许是持久的，也是必要的，但更像是一种无奈。

变味的信息文化

当今世界，由文字、声音、画面、电波构成的信息流在空中快速穿越，编织成网，铺天盖地，让城市进入信息时代。信息改变生活，甚至绑架命运，不管你是否愿意。

信息时代的来临，让许多浮躁的灵魂变得欣喜若狂。他们对信息就是财富深信不疑，千方百计在信息流中淘金。个人信息就成了他们的重点经营对象。

记得还在上班的时候，新录用的公务员都得填写一份登记表。上面涵盖的全是个人信息，从姓名、年龄、性别、籍贯、出生年月，到住址、电话、个人特长、社会关系、工作简历等等。经过若干程序之后，登记表被装进个人档案卷宗，最终进入档案室保管起来。从此，在黑暗中沉睡。年长日久，档案渐渐变黄变脆。如果要调取个人档案，也有着严格的审批程序。可见，要从这个渠道获取个人信息比登天还难。

市场经济的建立，让个人信息从狭小的人事档案室走向广阔的社会，成为个人置业、从事经济活动和办理相关业务的身份符号和联系方式。具体地说，在购买房产、汽车、保险，安装有线电视，办理手机、证券入户和银行账号等等活动中，市民都得亮明和登记个人信息。随着个人信息的广泛使用，越来越多的业务部门掌握了大量的客户资讯。个人信息失控的风险自然也是水涨船高。在一个对个人信息监管滞后的城市，个人信息资源潜在的商业价值轻易就能诱发贪念，地下交易终于成为现实。卖方是掌握客户资讯的相关人员，买方则是信息流淘金者。让人匪夷所思的是，这种非法交易居然在网上广而告之，而且愈演愈烈。信息文化开始变味，市民徒唤奈何。因为我们连动这些人的一根汗毛的法子都拿不出来。无所作为，无疑是一种放纵。

个人信息泄露的风险，不仅仅在于让市民饱受各种各样的业务、产品推销电话、信息骚扰之苦，更在于成为信息诈骗的目标。我曾有过多次的经历。有一天，突然接到一个陌生电话，能准确说出我的姓名、地址，说是我这个手机用户号码年终抽奖获得一等奖3000元。只要将百分之二十即600元税费打到指定的账号上，奖金随即寄出。我的第一反应是诈骗。因为破绽太过明显。我说：在奖金中直接扣除税费不是更省事。对方无语、挂机。

其实，又有哪个市民未接收过诈骗信息和诈骗电话。否则，反倒不正常了。

社会上流行的信息诈骗版本花样翻新，大多经过精心设计，天衣无缝。针对不同的群体，不同的心理，不同的需求，设下圈套，或诱之以利，或动之以情，或陈之以害。台词更是经过反复推敲，无懈可击，操控着受害者一步一步坠入陷阱。在受害者中，倾家荡产者有之，赔尽棺材本者有之，被榨干打工血汗钱者有之。闻之，无不让人咬牙切齿。

信息诈骗究竟吞噬了多少社会财富，毁了多少幸福家庭，又让多少人的美梦跌得粉碎？恐怕是个天文数字。

破解之道在于处事冷静，心无贪念，骗局则不攻自破。更何况还有身旁的亲朋好友和警察也定会伸出援手。

现代科技的介入，让信息文化一片繁荣。不法骗徒的利用，则让信息文化变味。清除这些异味，我估摸还要相当的时日。

沉重的出行文化

市民大多每天都得出行，除了偶然的远足，通常都在市区穿梭，为生计劳碌奔波。立体交通网络的建立，让出行方式日趋多元。除了步行、踩单车，更多的是乘坐地铁、公交汽车或的士，而数量庞大的私家车只占去运力的一小部分。有一个每天重复出现的场景：每到出行高峰，马路上的汽车长蛇阵总是举步维艰，走走停停。人们除了焦急，还是焦急。夹缝中不时有摩托车、电单车迂回穿梭，上客落客。偶然的擦碰事故更是让交通雪上加霜。人行道上行色匆匆的路人也是打足十二分精神，提防可能来自不同方向不同种类车辆的突然袭击。这一幅混乱、无奈又不失壮观的画面注定要成为一个人口超级大市沉重的出行文化的样板式诠释。

出行难是所有市民都必须面对的课题。但在某些人眼中看到的反倒是商机。其实，地下非法客运市场从来就没有停止过运作，日益加剧的交通拥堵最终成为这个市场快速扩张的酵母。

作为地下客运的主要工具，数之不尽的摩托车、电单车散落在大街小巷，它们以灵活机动抢占市场。

其实，大家都心知肚明，无论是摩托车还是电单车，均属机动车。但车主们大都怕麻烦，不愿意参加正规的资质培训。车子买回来后，向老乡或朋友请教一阵子，再自学一阵子，便摇摇晃晃上路了。现在，我是以一个旁观者的身份来观察这种交通方式的。我担心的不仅是他们的驾驶技术。而且更担心车主们对交通法规的一知半解，甚至漠视。他们大都敢于无牌无证上路，靠的是胆量作支撑，以生命作赌注，在车水马龙的马路上横冲直撞。冲红灯、逆向行驶、超速行驶、乱变线、乱改装如同家常便饭。整个市区仿佛就是他们的竞技场。

车主们都是来深打工者。有的拖家带口，有的与老乡结伴，租住在老村民房里。偶然的机会让他们加入到跑地下客运的低门槛行当，成为养家糊口的工作方式。比起进厂打工显然自由自在。拉一趟客最多十几二十分钟，十元八元到手，钱来得快。为了多拉几趟客，就得抄近路；为了逃避运政人员和交警的查处，就得在车流人流中穿梭。无论是路人还是汽车司机，提起摩托车和电单车都有点谈虎色变的味道，称他们是深圳的敢死队。相比铁包肉的汽车，肉包铁的摩托车和电单车的高危性显而易见。把生命押在这种不靠谱的出行方式上胜算究竟有几何？其实，他们心里都明白可能付出的惨重代价。他们跟其他正常人一样怕死。但入了这一行就身不由己了。侥幸也就成了他们的护身符。但说到底，侥幸，是一种渺茫的希望。希望灾难不会降临到自己身上。

侥幸，让摩托车和电单车成为某些人的代步工具；侥幸，让某些人成为摩托车和电单车的乘客；侥幸，让摩托车和电单车成为某些犯罪分子打劫的作案工具。其实，侥幸是最靠不住的。几乎每天，在深圳的某个角落总要上演车毁人亡的血腥场景。任何一个车主和乘客都有机会成为悲剧的主角。只是不知道出演的具体时间和地点而已。

沉重的代价。一切都发生在瞬间，谁也无法改变。能改变的只有这种出行方式，但前提是先要破解出行难。

火热的防盗文化

一外商来深圳洽谈生意，路经一大院，门岗是荷枪实弹的武警战士。高墙内，绿树掩映着一幢洁白的多层建筑，窗口均安装有整齐划一的不锈钢防盗网，大楼门口还有头戴大盖帽的保安把守，戒备森严。外商不由赞叹说："你们的监狱建得真好！"陪同的老板指着挂在门楼上的牌子解释说："是政府机关，不是监狱。"

这便是外国人眼中的中国式防盗文化。

在浩浩荡荡的城市化浪潮中，财富和人流向着经济发达地区的城市快速集聚。胸怀发财美梦的梁上君子混迹于人流之中，眼观六路，耳听八方，寻找作案的目标和下手的时机。他们或翻墙入室，或顺手牵羊，或声东击西，或浑水摸鱼，或连偷带抢……他们的手伸到哪里，就在那里留下噩梦。

防盗文化也就是在噩梦醒来之后痛定思痛孕育而成的，并踏着城市化的节拍乘势而上，日渐火热。防盗文化气息最终在空气中弥漫开来，笼罩着整座城市。高度普及的防盗设施，随处可见的防扒提示，一双双警惕的眼睛，构建成一张张有形的和无形的防盗网。网全天候张着，静候不速之客的降临。

市民似乎很享受在自己营造的"监狱"里待着，起码有一种安全感。住宅，作为防盗文化的重要载体，硬件设施普遍到位。窗口和天台会装上结实美观的防盗网，防盗门更是不可或缺。也许还备有保险柜，用以存放贵重物品。安全防范功课做足了，晚上睡觉自然踏实许多。

安全文明小区建设则将防盗文化创新发挥到极致。在 20 世纪末，罗湖区在蔡屋围搞试点，探索出一种物防、技防、人防三位一体的防控体系。在住宅小区外围建设围墙，实行全封闭式管理。小区内安装监控摄像系统、门禁系统和自动报警系统。设立管理处，配备保安队伍，实行全天候值班巡查。多管齐下，层层设防，天衣无缝。蔡屋围模式最终在全市推而广之，机关、学校、医院、工厂、商厦、写字楼等依样画葫芦。"三防"样式的实用价值得到普遍的认可，并以燎原之势在众多城市铺陈开来。为了对付无孔不入的盗贼，市民不得不画地为牢。

软硬兼施是成功防盗的不二法门。

在防盗文化的构成中，硬件设施不仅仅是因为有形，更因为高投入而备受注目。事实上，防盗产业链已经成长为城市的新兴产业。除了标准化生产厂家，更多的是散落在大街小巷的作坊式门店。环顾四周，那些金属切割的刺耳噪声、电焊的四溅火花，便是有声有色的业务广告。源源不绝的产品最终进入消费领域，为某个空间的防盗工程添砖加瓦。日积月累，一座城市的防盗系统工程也日臻完善，固若金汤。但城市是一个动态的发展过程，只要盗与防盗的博弈停不下来，这个产业链的运作就会继续下去。一座城市的防盗硬件投入究竟有多少，包括人力、物力和财力，确实难以统计，但肯定是个天文数字。高度繁荣的防盗文化产生的高消费让人心里总不是滋味。

在防盗文化构成中的软件，因其无形容易被人忽视。其实，作为防盗文化的软实力，安全意识和防盗知识潜在的功能无须质疑，是市民理所当然的必修课。形形色色的案例便是生动的活教材，让人惊悚，让人醒悟，让人开窍，让人铭记。大凡这门功课的好学员，软实力就是不一样，他会在大庭广众之中多长一个心眼，留意身边陌生人的一举一动。在自我保护意识的驱动下，他常常会做出一些有悖于常理的举动。会在人流混杂的场所将挎包挂在胸前，会在遥控锁车后拉拉门把确认一番，会在下车时将贵重财物随身带走，会在酒店进餐时将财物置于可控的范围内，会在复杂场所消费时拒绝电子支付而用现金，会叮嘱小孩别和陌生人说话……这种活法确实累，但是值得。最重要的是，多一分软实力，就少一分财物失窃的风险。

说到底，蟊贼是社会的蛀虫，任其猖獗，社会肌体就难以康复。防盗文化唯一能做的就是无情狙击花样百出的偷盗行为，打压蟊贼的生存空间。

防盗文化如此火热，是不得已而为之。其实，市民最期待的还是天下无贼。

要耐得寂寞

耐得寂寞是一种定力、是一种修为、是一种境界。面对外界的吃喝玩乐、声色犬马等种种诱惑，能清心寡欲，不为所动，不改初衷，一心一意专注于自己的人生目标。这种人就是耐得寂寞的人。

在三百六十行中，有些行当是注定与寂寞为伴的。著书立说的写作者最为典型。写作是一件单打独斗的事，寂寞在所难免。寂寞意味着成功排除各种干扰，潜下心来，进入状态。表现对象才是写作者的整个世界。起初，表现对象以各种生活体验和知识积累的方式存在于写作者的脑海之中，零碎、无序、模糊。写作者的责任就是创造性地用文字把它建构成一个奇妙的、引人入胜的全新世界。贾平凹说得好："漫长的写作从来都是一种修行和觉悟的过程。"研究、构思、提炼、铺陈，一字一句，发自肺腑，呕心沥血，而且始终孤身一人，自说自话。个中的甘苦恐怕很难为外人所能体会。当然，耐得寂寞也不一定有成功的回报，但一部成功作品的背后就肯定有一个耐得寂寞的人。

谈迁便是其中一个。他是我国古代著名的历史著作家。生活于明朝末年，是浙江海宁一个穷秀才。他不去追求功名利禄，29 岁就开始埋头编史。努力了 27 年，六易其稿，终于写成了一部 500 多万字的史书——《国榷》。这时，他已经 56 岁。可是这部他呕心沥血写成的书稿，却被小偷窃走了。谈迁伤心得大哭了一场。但第二天又埋头重新干起来。整整花了 10 年光阴，写成第二遍书稿。这时的他已皓首白须，老态龙钟了。但他却高兴地对人说："虽死而瞑目矣！"

马克思"耐得寂寞"的故事更是为人们所熟悉。他从 1849 年 8 月定居伦敦直至逝世，除了参加社会活动外，其余时间，几乎每天从上午 9 点到晚上 7 点都在大英博物馆的图书馆里度过。由于经常坐在 D 排 2 号座位上，以至把座位下的地板踩出了两个明显的鞋印。正是由于他有这种"耐得寂寞"的精神，才完成了划时代的巨著——《资本论》。

耐得寂寞，说起来容易，做起来难。因为我们每一个人都活在现实的世界里。如果说现实生活的种种诱惑是耐得寂寞的公开"杀手"，那么，成名就是成功的写作者的隐形"杀手"，也就是平时说的为名所累。对于写作者而言，作品获奖无疑是成功的标志。其中，关注度最高的莫过于诺贝尔文学奖。外行看热闹，内行看门道。还真有人发现了一个不大不小的秘密。诺奖得主获奖后的作品都无一例外难以超越自己。也就是说，作品质量不升反降。有的甚至干脆就此封笔。难道全都江郎才尽？当然不是。写作者不仅有寂寞相伴，前面也有鲜花与掌声。不过，那是为成功者准备的。诺奖得主一夜红得发紫，自然就有许多人惦记上了，找上门来，邀请剪彩、演讲、庆祝者有之，聘请担任评委、嘉宾、顾问者有之。名堂不小，态度诚恳，意义重大，报酬丰厚，难以拒绝。当然，还少不了各路记者追踪采访。在热热闹闹的招架中忙得不亦乐乎，淡化写作也是再自然不过的事。得奖作品从此也就成了巅峰之作。

　　显而易见，耐得寂寞既是写作者成功的秘诀，同时也是成功的写作者实现自我超越的不二法门。

不要辜负灵感

在传统文化中，诗歌是最早为华夏儿女提供的精神食粮。从情真意婉的《国风》到古朴厚重的乐府，从气象万千的唐诗到理思缜密的宋诗，再到多元的明清诗，源远流长的诗歌长河，名篇、金句琳琅满目，世代传颂，历久弥新，不知滋润和陶冶过多少饥渴的心灵。可见，好诗的生命力是无与伦比的。

其实，又有哪一位诗人不希望自己的作品流芳百世？但问题在于是否有能力让梦想成真。诗歌是文字中的精灵，是写作技巧孕育出来的。但光有写作技巧还不够。光有写作技巧，容易掉进类似骈体文这种写作误区。像诗歌一样，骈体文也讲究对偶声律，更讲究文字华丽，堆彻词藻，却内容空洞。意寡词多是骈体文的硬伤，虽曾流行一时，却注定短命。因此，诗歌创作还得有灵感。灵感是一种智慧，也是一种能力，而且是一种更重要的能力。灵感能力大多与生俱来，是成长为诗人必不可少的天赋。与写作技巧相比，灵感永远是第一位的。一方面是灵感能引发激情和冲动，为创作注入动力。另一方面是从生活中获得的灵感可以为创作提供鲜活的素材，让诗歌充满生活气息。正像歌德说的："不要说现实生活没有诗意。诗人的本领，正在于他有足够的智慧，能从惯见的平凡事物中见出引人入胜的一个侧面。"不妨拿最负盛名的唐诗来说事。唐诗之于你我是名副其实的千年等一回。那么，诗中究竟写了些什么？中唐诗人白居易明确主张："文章合为时而著，诗歌合为时而作。"他之所以能诗名远播，在很大程度上得益于他自己提出的现实主义诗学观。白居易所处的时代各种社会矛盾渐渐浮出水面。宦官与藩镇相互勾结的危害日益凸显。现实主义的诗学观哺育出白居易的强大诗心，让他有能力有胆识走出"流连风景"的局限，将诗歌的触角直刺大唐病灶的深处。并最终让作品与社会人心产生强烈的共振而广泛流传。白居易的诗歌不仅常被人沿街叫卖，还能卖出好价钱。而且每逢新作问世不出三年便会传到日本。

其实，唐代诗人都不乏现实主义的文化自觉。他们既是大唐社会生活的经历者、感受者，同时也是记录者。当然，他们是用诗歌艺术来记录的。翻开全唐诗，便不难发现绝大多数诗篇都与大唐社会生活气息相通，筋骨相连。时至今日，我们在获得唐诗带来的审美享受同时，依然可以从字里行间和韵律中感受到大唐社会脉搏的律动，触摸到大唐社会的质感和纹理。唐代诗人不仅写作技巧娴熟，高明之处在于能在日常生活中捕捉到只属于自己的独特灵感，然后用准确、鲜明、形象、生动的语言概括成常人想说又说不好的共有感受。这正是唐诗广受欢迎的秘密所在。"江畔何人初见月，江月何年初照人。人生代代无穷已，江月年年只相似。"江月的一脉清晖照过古人，也照着今人。身临其境，谁又能不受感动。"锄禾日当午，汗滴禾下土。谁知盘中餐，粒粒皆辛苦。"农民下地劳作辛苦，一粥一饭当思来之不易。这些自然现象和生活现象比比皆是，司空见惯，习以为常。常人常常熟视无睹。但却能触动诗人的灵感，挖掘其中的涵义，提炼成同类题材中具有普世意义的人类共同体验，因而能在读者中引发强烈的共鸣而被广泛认可、接受。许多诗句还成为人们津津乐道的金句，常被引用。"欲穷千里目，更上一层楼。""海内存知己，天涯若比邻。""不识庐山真面目，只缘身在此山中。""同是天涯沦落人，相逢何必曾相识。"这些金句因浓缩了深刻的生活哲理，启示功能胜过千言万语。且深入浅出，朗朗上口，流行起来力度更大，通行无阻，妇孺皆知。

　　关于灵感，清代诗评家袁牧在《续诗品》笔记《神悟》一文中用极其简约的语言对这一概念作了形象生动的表述："鸟啼花落，皆与神通。人不能悟，付之飘风。唯我诗人，众妙扶智。但见性情，不著文字。宣尼偶过，童歌沧浪。闻之欣然，亦我周行。"神奇的自然现象是与心灵相通的。对于普通人来说，就像风吹耳，过去也就过去了。但对诗人来说就完全不同了。奇妙的自然现象有助于智力开发，脑洞大开，生出奇思妙想，也就是灵感。灵感的力量是神奇的。能让诗人上天入地，遨游四海。灵感如电光火石，稍纵即逝，抓住它唯有及时。也就是苏东坡告诫的："清景一失后难摹。"在诗人的认知中，灵感有时是一个场景，有时是一份情感，有时是一种哲理，有时是一种体验。做诗离不开灵感。如果说，写作技巧塑造了诗歌的躯体，那末，灵感则塑造了诗歌的灵魂。只要灵魂足够强大，诗歌就能永生。毫无疑问，生活是灵感的源头活水。生活是慷慨的，为诗人准备了取之不尽的创作灵感。但生活又是严厉的，不会让灵感自动送上门来，也不会让你假借他人之手。唯一的办法是走进生活的无限中去，去亲身体验，亲手撷取。

说到底，灵感能力是人生的宝贵资源，也是上天的一种厚爱。不要辜负灵感。辜负灵感无异暴殄天物，浪费才能。要学会尝试，用灵感点亮诗心，放飞梦想。

请高提贵笔

　　与文字打交道的人现在大都得了电脑依赖症。疏离了笔墨，无异于疏远了汉字。电脑打字带来便捷，且容易修正。但也有负面影响的一面。当人们重新提起笔的时候，便不难发现手中的笔似有千斤重，不听使唤。写出来的字乱了章法，歪歪扭扭。更为可悲的是，还常常碰上写不出字来的尴尬，而写不出来的居然多为常用字。于是便有了包括中国书法家协会主席苏士澍在内的百余位全国政协委员联名发出"写好中国字，做好中国人"的呼吁。

　　有了电脑普及，回归动笔写字又谈何容易？除非在这方面有兴趣爱好。兴趣爱好来源于对汉字之美和书法艺术的认知。当务之急就是要在民众中普及汉字的基本知识，用汉字自身的魅力来激发民众的兴趣爱好，让兴趣爱好成为民众"写好中国字"的永恒动力，愿意提笔，乐意提笔。

　　那么，汉字的魅力究竟在哪里？

　　汉字是中华民族最具代表性的文化图腾，其意义之重大比中国古代四大发明有过之而无不及。古人造字从商代晚期的甲骨文和金文开始，至今已有 3000 多年的历史。中间经过历朝历代创新、传承，最终定格为今天的简化汉字。并分化成楷、行、草、隶、篆和现代美术字等字体。各有各的笔法，各有各的风韵，各有各的美感。一言以蔽之，汉字是古人的智慧与历史的选择共同作用的结果。

往具体里说，汉字的魅力首先在于内涵丰富。古人造字如育人，一笔一画总关情。把汉字的审美和道德引导功能有机地融为一体，是一种大智慧。古人对汉字的功能设计不仅仅是为了表达，同时也是传统伦理道德的载体。汉字俗称方块字，字体方正是汉字给人的第一印象。富于美感和表现力的线条与疏密有致、浑然天成的结构让汉字从里到外散发出艺术的气息。这种秀外慧中的气质正好是人格方正的象征，对理想人格塑造无疑起着潜移默化的作用。此外，汉字中的点、横、竖、撇、捺、勾的行笔走势讲究章法，也就是书法理论常说的阴阳相生、刚柔相济、虚实相间、计白当黑，带燥方润、将浓遂枯等等，与做人讲究做人的道理如同出一辙。无章无法写出来的字必然斜眉吊眼，做人失去传统伦理道德的约束势必走上邪路。所以说，从中能受到如何做人的启发引导也不言而喻。

汉字的魅力还表现在书法艺术得天地之造化。黑格尔说：中国书法最鲜明地体现了中国文化精神。评论精辟到位。这句话告诉我们，只有从文化的视觉，才能感受到汉字更深刻的魅力。汉字美轮美奂，有赖于书法艺术的鬼斧神工。历代书法理论非常丰富，其中影响最为深远的基础理论是《"永"字八法》，为东晋王羲之所创，对指导练笔写字居功至伟。王羲之似乎是专为书法来到这个世上的。他一生心系书法，一生钻研书法，即使游山玩水，也放不下练字这门功课。有一次上天台山游览，本该让他赏心悦目的天台山却成了他练字和钻研书法的超级书房，成了他首创中国书法基础理论的福地。山峦雄奇、人杰地灵的天台山不仅强化了他苦练毅力，同时给了他写好中国字的灵感。据说他每天练字不辍，清洗笔砚，把一池清澈见底的清水都染黑了。有一次练笔至深夜，困极伏案而寐，梦见一白发白眉老人乘着一朵白云前来指点迷津。醒来后，果然发现手掌上留下的一个"永"字。聪慧的王羲之反复思考，终于明白了个中的含义。"永"字看似结构简单，实则涵盖了所有汉字的笔画和架构，是汉字中难写之最。"永"字写好了，就等于掌握了写好中国字的诀窍。从此，王羲之苦练"永"字，并将心得归纳成《"永"字八法》。

王羲之以一篇《"永"字八法》为写好中国字创立了章法，还以一篇《兰亭序》为书法艺术树起了标杆。

《兰亭序》是公认的"行字第一"。它的美是一种如诗如画之美，是一种出神入化之美，是一种震撼心灵之美。《兰亭序》是中国书法艺术的一座高峰，只可仰视，不可逾越。在仰视者中能看到一位九五之尊的身影。他就是唐太宗。唐太宗绝对是王羲之的超级粉丝，先后搜集到王羲之的笔迹1300多件。但他并不满足。他的最大心愿是得到《兰亭序》。《兰亭序》是王家的传家之宝，从不轻易示与外人。传至第七代孙智永，因出家断了香火，遂传给第子辨才。这一消息点燃了唐太宗的希望，他三次召辨才入宫，赏赐甚丰，想从中探出《兰亭序》的下落。辨才谨遵师训，不为所动，守口如瓶。唐太宗无奈，只好送他回到永欣寺。明的不行，就来暗的。他派出监察御史萧翼微服暗访。萧翼不辱皇命，在永欣寺上演了一出智取《兰亭序》的好戏。唐太宗得偿所愿，如获至宝，置于枕边。还下旨让当朝书法家欧阳询、虞世南、褚遂良写成各种摹本，在朝堂上与大臣们共赏，一时轰动朝野。唐太宗至死都逃不脱《兰亭序》的诱惑。临终前（672）还念念不忘《兰亭序》，召见太子李治，嘱咐用《兰亭序》陪葬。

如今，世上流传的《兰亭序》都是历代书法家的摹本。真迹是否与唐太宗一起长眠于昭陵已成为千古之谜。

传说与故事有点玄，但人们乐意听，愿意信。因为它们是中国传统文化的一部分。用它们构成的厚实铺垫足以将书法艺术托举得更高、更醒目、更诱人。

汉字是中华民族的瑰宝，天天都在我们身边，一路与我们为伴。但许多人却熟视无睹，对它的前世今生知之甚少，甚至一片茫然，成为名副其实的灯下黑。固然是科技进步、电脑打字普及使然，让动笔写字渐行渐远。但与社会上刮得停不下来的浮躁之风也不无关系，把许多人刮得晕头转向，利令智昏，静不下心来。政协委员的呼吁正当其时，振聋发聩。要抓住这个契机，乘势而上，在传统与现代的结合上创新思路，找到最佳的契合点，实现优势互补。关键是要有人去推动，让写字成为民众生活的一部分，成为一种文化享受，成为一种向善向美的力量。

俗话说，字无百日功。虽然夸张，但也足以说明写好中国字并非高不可攀，问题在于你是否乐意高提贵笔。

天下柔莫过于水

　　水是地球上一种极其普通又十分丰富的物质。丰富得让许多人不懂得珍惜。

　　关于水，古人曾有过不少经典的表述，从不同的侧面对水的特质形象化。"天下柔莫过于水""水无常形""水善利万物而不争""水者，何也？万物之本源也，诸生之宗室也""人，水也，男女精气合而水流形""水能载舟，亦能覆舟""随风潜入夜，润物细无声"。水的状态、功能、性格之传神跃然纸上，够得上一句顶一万句。

　　水拒绝庸常，醉心漂泊。在天地间的各个角落几乎都留下了它的足迹。它时而气化上浮为云，时而凝固落地为雨，时而冻结坚硬为冰，时而奔流不息为河，时而静如处子为湖，时而浩瀚无涯为海。四海为家，逍遥洒脱。

　　水深深地植入人的一生，并有足够的理由掌握人的生死大权，因为它自身就是人类生命的一部分。在人体构造成分中，水占了七成。人体失去50%的水分而不及时补充，生命也就走到尽头。

水，一个浩浩荡荡的大家族。占据着地球表层的七成面积，总水量约为 13.7 亿立方公里。水滋润着大地，是一种液体与一种固体的神奇联姻，孕育出地球的生态文明，千百万个物种在这里繁衍生息，构成一个生机勃勃、波澜壮阔的大千世界，我们人类就是其中的一员。

由流动的水构成的万古江河是人类文明的摇篮。人类将生命托付给江河，是因为水是哺育生命成长的乳汁。其实，江河无论大小都是人类的母亲河，并由此衍生出饮水思源的感恩情怀。

逝者如斯，不舍昼夜。江河万古流淌，但不会白白流淌。水从源头一路汇聚流向大海，其间有多少事发生？几乎都跟流水有关。在整个流域，流水一直发挥着不可替代的作用，提供着舟楫之便、灌溉之利、饮用之需。江河塑造着相关流域的形态，也塑造着相关流域的经济、文化和人民的生活。水活化着沿途的一切。田野的肥沃、物产的丰饶、生命的奇迹、文化的灿烂，都是在水的流动中实现的。

万古江河都是大自然的儿女，各奔各的前程。

尼罗河从布隆迪高原出发，浪迹天涯。怀着莫名的冲动，在非洲 10 个国家的大地上游走。一路上携带着累积的淤泥和渴望，以一种一往无前的姿态奔向地中海。地球上最长的绿色长廊是尼罗河与干旱的非洲大沙漠最奇妙的结晶。在下游，淤泥终于告别流水停下脚步，谷地河三角洲就在这里诞生。日复一日，年复一年，尼罗河奔腾不息。6670 公里的行程实在太长，注定了它是世界第一长河。

流程 6400 公里的亚马逊河成为世界排名第二长河。其后依次是长江、密西西比河、黄河、澜沧江（即湄公河）、伏尔加河、黑龙江……在排名前八中，中国境内和流经中国的长河占了一半。作为华夏子女，饮水思源的感恩情怀更为强烈。但换成地球儿女的目光，我更倾向于以对地球生命的贡献作为排名的尺度，更能彰显江河母仪天下的大美。

就沿河流域物种生存状况而言，亚马逊河排名第一当无争议。一条创造生命奇迹的泱泱大河应该有的，亚马逊河都有。它将 1000 多条支流集合而成的占地球表面五分之一流动的淡水拥入怀中。它打造出全球最大的流域面积达 800 万平方公里。它培育出地球上面积最大的热带雨林，释放出占全球五分之一的氧气，是名副其实的地球之肺。有了这些杰出的天赋，亚马逊河就是一位伟大的母亲，能养育比任何一条河都要多得多的物种。

就供养人口数量而言，排名第一的当属长江。胸怀宽广的长江以 180 余万平方公里的流域沃野，成为中国的鱼米之乡，成为 4 亿炎黄子孙的休养生息的家园。

人类根深蒂固的水情结，来源于漫长的农耕社会。水滋润田园，哺育庄稼，决定收成，左右人的生活与希望。对水的高度依赖，让江河流域成为人类的集聚地，成为人类最重要的生存地带。

工业革命对传统观念不可避免地带来某些微妙的冲击。现代人最看重的不再是水的灌溉之利、养育之恩，而是其潜在的巨大商业价值。

水在阳光下呈现金黄色，在月光下泛着银白色。看上去，流动的江河就像一座座流动的金矿银矿。由于现代科技的介入，像金矿银矿一样宝贵的水资源开发确实带来了滚滚财富。

一条江河就是一条水路。水路上行走的是船。传统意义上的木船盛着船户的生计，也盛着船户一辈子欢喜忧愁的日子。在水路繁忙的季节，能看到千帆竞发的壮观或帆樯点点的诗意。

船从远古行走而来，从未离开水的怀抱。于是收费水路诞生了。巴拿马运河就是其中的杰出代表。船从这里经过，留下买路钱。水在、路在，就能永远经营下去。船主缩短了行程，节省了时间和金钱。互利共赢是收费水路生存下去的完美理由。

进入工业化时代，水路繁忙也进入常态。除了木船，更多的是钢筋铁骨的成千上万吨级的巨轮。这些庞然大物速度快，吞吐量大。正是这些现代运载工具，让一条条水路变成财路，拉动着整个流域的经济繁荣。

谁都遏制不了水往低处流的本能。在巨大的落差中，江河之水以排山倒海之势、雷霆万钧之力奔流而下。震耳欲聋的轰鸣，翻腾不息的浪花，代表的就是巨大的能量。于是有了收集和转换水能的科技手段，有了水力发电。水便以电的方式进入人类活动的诸多领域，打开了一个个梦的通道，干着现代人梦想成真的事。电，不可一日或缺。江河之上的水电设施与日俱增，工程日趋浩大，终于出现了超大型工程三峡水电站。无论是对于用户，还是经营者，电都是件好东西。"滚滚长江东逝水"，最后化作源源不绝的电能，为各行各业注入强劲的财富创造力。

对于水，人类除了感恩，也有恐惧。水承载着人类的命运起起伏伏。因为水的狂野和任性始终是人类难以破解的难题。

这种坏性子会做的事水都做得出来。它会冲毁堤坝，吞噬村庄和城镇。它会伴随海底地震生成海啸，滔天巨浪席卷途经的海岸线。它会与山上的石头、泥土搅和成泥石流，把沿途的一切夷为平地。它偶然会遗忘地球某个角落，让那里的江河断流，植物枯萎，生命煎熬……水作为地球上最柔软的物质，刹那间化作杀人不见血的软刀子，化作毁灭世界的软暴力。人类的正常生活也在瞬间被撕成碎片。

其实，每一滴水都一样的美丽脆弱，每一滴水都一样的可爱可恨，每一滴水都凝聚着类似的故事。

随着工业革命的到来，祖祖辈辈叠加在当代人身上的对财富的渴望终于爆发，让工业革命从一开始便演变为拼资源时代。水资源首当其冲，以对水的无度挥霍来换取更多的产品，更大的利润。

更可怕的是，人类在享受水带来的生命力和经济发展的快乐的同时，又无情地伤害着水。水的不幸，水的多灾多难往往是人为造成的。

恒河藏污纳垢，触目惊心，已受到印度圣人的抗议。大量细菌繁殖，让原本的生命之河渐渐沦为生产疾病的流水线。

在我国，清澈见底的江河已难得一见，大都成了流动的垃圾收纳场。仅长江一年就得承受 250 亿吨垃圾的污染。

丰富多彩的自然资源是地球为人类准备的，足足花了 45 亿年，遍布世界各个角落。资源是难以替代的宝贵财富，因其公有性性质，轻易就能点燃人们心中的占有欲。掠夺式开发利用便是最常见的占有方式。其实，当代人掠夺的是子孙后代赖以生存的资源份额。直到有一天，人类为了喝上一口干净的淡水而不得不大费周章的时候，也许心里才彻底明白，拼光了地球资源，人类还能凭什么走向未来。不要以为这是很遥远的事，与我们无关。其实，触目惊心的水浪费和水污染已足以惊醒我们，让我们看清了人类的生存危机，不能再麻木不仁，不管有多艰难，也不能放任这种事发生。

万古江河作为生命之源，它流向哪里，生态文明和人类文明就延伸到哪里。俗话说：人过留名，雁过留声。任何一个民族都可以从相关江河流域发现祖先一步一步进化而来的足迹，都可以从相关流域发现祖先留下来的文化遗产。哺育过古人又哺育着今人的万古江河不仅是大自然对人类的慷慨恩赐，同时也是人类的历代祖先悉心爱护利用传给后人的传家宝，是我们面向未来的自信和依仗。但这种继承应当是全面的。在与江河相处的岁月里，我们应该学会尊重历史，缅怀先人，传承先辈身上那种饮水思源、知恩图报的情怀。并以此去珍惜和呵护江河，停止对江河的无度索求，停止对水的伤害，水才会永远陪伴你的生命旅程。2009 年 1 月 1 日，《循环经济促进法》开始实施，也许就是人均淡水量只有全球人均淡水量四分之一的中国科学开发利用水资源的新起点。

我期盼明净的江河湖海，幻想自己驾一叶扁舟荡漾于清波之中，从此流连忘返。

本文获由华文作家杂志社举办的"首届 2012 全国散文、短篇小说评选"散文类一等奖，入选《2012 年中国散文经典》。同时入选《中国散文大系·哲理卷》。

故乡的河

　　说起来，老天爷还算是公道的。在我故乡和平县的地下并没埋下什么宝藏，但地面上却到处安排了青山绿水，也有肥田沃土。在漫长的农耕社会里，乡亲们就是凭借这些生态资源一代一代地延续下来。

　　我有篇短文《一段水世界》，写的是故乡家门口那条小河。上大学前，我的生命过程就是在小河边经历的。没有这条小河，我的童年就没有那么多的快乐时光；没有这条小河，村民的生活就少了几分从容。让我最心动的是它那清澈亮丽的模样。河床铺满鹅卵石和金色的沙子，构成小河的自我净化系统，排淤能力很强。在洪水过后不到一两天，水流中的泥巴杂质就迅速被过滤和冲涮掉，水质很快恢复过来。口渴的时候，在沙滩上掏个沙井，沙井水就成为我童年的直饮水，我常常开怀畅饮，但从不会闹肚子。作为一条小河，流量还是满大的。水源来自上游几十平方公里范围的深山幽谷。当年，山上长满松杉和杂树，有的几个人才可合抱。在 1958 年之前，许多山头都可以称作原始森林。山上砍下的木头，有的扎成木排，有的散放，顺水漂流，一直运到河源、惠州甚至广州。石峡、上河背、大陂头是村前河段三处深潭，深达两三米，每逢夏日，村里的孩子常常聚到这几处游水。在下游约 20 里处，小河和浰江汇集成马塘河，水面和流量顿时演变成坦坦荡荡。繁忙的水上交通运输也由此开始。木船将家乡产的香菇、木耳、茶叶、茶油、木炭、土纸、松香、柿饼、木器和竹器顺流直下到达东江，运到沿河的城市，再从这些城市运回糖、烟、酒、食盐、火柴、煤油、棉布、咸鱼等日常生活用品。现在水流越来越小。1958 年大炼钢铁运动之后，大树古木被砍伐殆尽，森林面积锐减，蓄水功能严重退化。至于清澈见底的景象也只能在梦中再现。原因是河床中的沙石被掠夺性采空用以建房。现在的河床满是淤泥，一有风吹草动便浑浊不堪。加上在河边倾倒垃圾的陋习，河水受到污染显而易见。当年河中小鱼成群结队嬉戏觅食的情景也已不复见。在农药、化肥和滥捕的共同作用下，水中的生命几乎绝迹。

　　每次回老家，县城是必经之路。当年的环城和平河与我家门口的小河一样的迂回曲折，一样的清澈亮丽，一样的小鱼成群。不同的是前者污染的速度和程度遥遥领先。城市化让县城快速膨胀，越来越多的生活污水未经有效处理直接排入河道。10 多年前，在县城河段的下游筑起了一道拦河坝，原意是为居民打造一段水景，但结果适得其反。"不废江河万古流"是硬道理。一旦废流，小河就失去排淤净化能力，污染日积月累，积重难返。近年路过县城，发现环城河段几乎被污染成黑河，站在旁边可以闻到一股腥臭味。河中是否还存在生命不得而知。

古往今来，河流不论大小都是人类的母亲河，都拥有我们向往的诗情画意。人类往往选择在河边居住繁衍生息。河流是流动的生命线，它滋润着一寸寸光阴，承载着千家万户的生活和梦想。人与河流就是这样一种亲近和信赖的关系。

在传统农业走向工业化的转型期，许多人都急于脱贫致富，急功近利的行为大行其道。甚至不惜以牺牲生态资源为代价来实现眼前的利益。长此以往，就无异于杀鸡取卵。田园牧歌是老天爷恩赐给我们的珍贵礼物，同时，也是我们从祖先那里继承下来的一分丰厚遗产，在几十年之后到底会是个什么样子？那些河流的命运又怎能不让人担忧？

人类的幸福生活不仅需要丰富的物质，同时也需要良好的生态环境。呵护好河流，善待它们，其实就是善待人类自身，也是善待子孙后代。

赚钱的门道真牛

常言道：君子爱财，取之有道。但世上偏偏有这么一群牛人，既不做工务农，也不在生意场上打滚，而是专捞偏门，钱反而来得更快更轻松，一个个盆满钵满。这些牛人赚钱的门道究竟是什么？但有一点可以肯定，大凡纵横旁门左道，必然落下骂名滔滔来。

权力经济

古今中外的商人无不为一个名叫吕不韦的投资商所折服。他的投资项目确实独一无二，投资策略也确实胆大包天。

"当今之世，拼命种田，出力耕作，到头来只能混个吃饱穿暖。若能定国立君，把一个国家的头儿买到手，不仅一生吃穿不愁，而且荣华富贵可泽及后世。我就想做这笔生意。此奇货可居。"

上面是战国末年商人吕不韦在卫国濮阳家中向父亲禀报投

资意向时说的一段话。公元 262 年的某天，吕不韦越过刀光剑影的秦赵两国对垒的战场，再次出现在赵国都城邯郸，寻找他已物色好的奇货，即秦国公子异人，也就是子楚。此时，子楚正作为人质生活在邯郸。两国交战，殃及人质，不仅日常生活受到赵国的虐待，而且还随时有掉脑袋的危险。两人见面后一拍即合，谈判进展很顺利。吕不韦开出的条件有三条：一是出五百金供子楚用以结交赵国权贵；二是再用五百金购买珍奇玩物，亲自替子楚到秦国游说，让子楚父亲安国君及华阳夫人立子楚为嫡嗣，为将来立为太子铺平道路；三是帮子楚逃回秦国。子楚听完这个计划后感激涕零，对吕不韦连叩三个响头。同时开出了丰厚的报酬许诺："我当政后，愿分秦国土地与你共享！"

在吕不韦的主导下，计划一项一项得到落实。在此期间，吕不韦还实施了一项临时计划，将怀上自己骨肉的美女赵姬顺水推舟送给好色的子楚为妻。第二年，赵姬生下一个男孩，取名嬴政，也就是后来的秦始皇。子楚在祖父和父皇先后去世后，顺利登上皇位，称庆襄王，并遵守诺言，拜吕不韦为相，封文信侯，食邑河南、洛阳 10 万户。从此，秦国就像吕不韦与皇上合作经营的股份公司，吕不韦终于实现了一本万利的经营理念，富可敌国，仅家中童仆就达一万多人，还养有士人 3000 多。可见，任何一种经济形态的丰厚利润都无法与"定国立君"相抗衡。在中国，吕不韦无疑是经营权力经济的典范。他的巨大成功对后世一直发挥着影响力。

权力转化为财富是封建王朝普遍现象。转化的结果往往是成正比的，一国之君自然就是最大的富翁（或富婆）。否则，就难以支撑王室骄奢淫逸、挥霍无度的生活方式。拿日常生活来说，清初规定，御膳每餐 120 道菜，另有果品、点心、主食、粥品三桌，咸菜一桌。仅银餐具就重达万两有余。有人算过一笔账，慈禧太后每天御膳开支可买大米 2400 斤。至于红白祭祀等大型活动，消费更是惊人。清同治皇帝载淳大婚，共花费两千多万两白银。在内外交困的环境下，慈禧太后还能拿出巨额白银为自己建造颐和园。不过她动用的是国库。这就是皇帝攫取财富的最直接方式。皇帝富甲天下也就不难理解了。说白了，皇帝有权乱花全国纳税人的钱。至于朝廷文武百官和地方各级官吏，他们无权动用国库，但一样可以把权力经济经营得有声有色。效益如何，不妨作个测算。"三年清知府，十万雪花银。"刨去朝廷发的俸禄便是。明朝和清初实施低薪养廉，官员的岁俸很低，还不足以养家糊口。据史料记载，明朝七品县令岁俸白银只有区区 45 两，按当时官吏的生活水平，每月只能维持五六天。清初官员俸禄也很少，一品岁俸 180 两、二品 155 两、三品 130 两、四品 105 两、五品 80 两、七品 45 两。雍正皇帝反其道而行之，实行高薪养廉。对京官发放双俸，对地方官发放养廉银。据《大清会典》记载，直隶总督养廉银高达 1.5 万两，布政使、按察使 4000-9000 两，道员 3000-4000 两，知府 2500 两，知州 1240 两，知县 1000 两左右。一任知府三年不吃不喝，养廉银加上基本俸禄还不足一万，跟 10 万实际收入如此悬殊，效益之巨可见一斑。经营权力经济丰厚利润的结果最终让权力成为财富的象征。不仅政治圈子内的官们能经得起诱惑的少之又少，连圈外的人也为之心动，想方设法挤进去。晚清时期，国库空虚，财政支绌，朝廷大开捐纳之门，明码标价卖官鬻爵，有钱的地主商人看准这个机会，纷纷捐钱买官，转行经营权力经济。福建有三位商人财力有限，于是合股买官，一人出面做县令，一人做稿案门子，一人做账房师爷收账，把县衙门当作股份公司，收益按股均分。创下权力经济一大奇观。

　　相比这些小打小闹，真正厉害的角色还是和珅。他的聪明之处在于重视权力资源质量。身为军机大臣兼九门提督的和珅仍然底气不足，深知权力来源于皇上。皇上可以授予，也随时可以剥夺。因此，侍候好皇上就成为和珅的日常功课，并最终取得乾隆的宠信。有了乾隆做靠山，手中权力的含金量自然非同小可。和珅经营权力也很有自己的一套，最擅长的是充当贪官的保护伞。贪官们有的是财富，无论是出于感恩，还是出于自身安全考虑，都会将搜刮来的部分民脂民膏自动送上门来。和珅足不出户同样财源滚滚。在历代文武百官中，和珅是出了名的大贪官，位列 18 世纪全球首富。嘉庆四年，乾隆去世的第二天，失去靠山的和珅被逮捕治罪，抄家时发现和珅家中藏有黄金 3.2 万多两，白银 300 多万两，还有大量珍珠、玉器和古玩。"和珅跌倒，嘉庆吃饱。"嘉庆把父亲身边的这个大红人给治了，很大程度上是冲着财富来的。和珅处心积虑经营了一辈子，到头来给嘉庆捡了个大便宜。

　　公权力原本设计为治理国家的公器，但一旦落入贪官手里，便会毫不犹豫地抛弃原有的设计理念，并用私欲重塑它、用私欲驾驭它，肆无忌惮、无法无天地实现对财富的占有。

　　欧阳修说：公罪不可有，私罪不可无。私欲不除，何以为官？贪官不除，何以安天下？

　　说到底，权力经济不是创造财富，而是对社会财富的巧取豪夺。当社会财富高度集中到官们手中的时候，也就为一个王朝的动荡不安甚至覆没准备了炸弹。

海盗经济

国际社会普遍认可的海盗构成要件有三条：以暴力手段掠夺人、财、物，发生地在海上，对历史有重大影响。比照上述标准，海盗最早出现的时间是公元 9 世纪，发源地当属北欧。直到 11 世纪，浩瀚的大海一直是北欧海盗横冲直撞的舞台。

但真正开始把海盗作为一个经济产业加以扶持发展的是 16 世纪的英女王伊丽莎白。在她的大力倡导和培植下，英国几乎成为一个"海盗培训基地"。

胸怀强国之梦的伊丽莎白上台之后，发现财富对国家的强盛、对王室的奢侈生活是何等的重要。她同时惊喜地发现，在征服海洋的过程中，海盗对实现财富的梦想变得轻而易举。为着同一个目标，伊丽莎白很快与海盗走到一块。她下决心将这个产业做大做强，并进行了三方面的投资：首先是感情投资，主动与海盗拉关系，开始与海盗头目交朋友；其次是物质投资，暗中赞助海盗远征；再次是政策投资，在登位第二年，她颁发允许私掠特殊证书，让海盗以英格兰的名义堂而皇之去开拓殖民地，抢劫过往商船。在女王的怂恿下，英国很快进入海盗发展的黄金时期，有些沿海地区到达了狂热程度。海盗头目纷纷通过招股入资和借贷的方式筹措资金，购买船只和武器，招募船员，扩大海盗队伍，开展更远程更大规模的海盗活动。整个加勒比海弥漫着一股恐怖气氛。那些成功劫掠返回港口的海盗船受到热烈欢迎。1580 年满载着从西班牙人手中抢来的财宝回到普利茅斯港的大海盗德雷克就获得英国朝野英雄般的礼遇。

有了英女王的支持，英国一些公民也抓住机遇，转行做起海上抢劫生意。于是海盗史上就出现了一位成功转型且与英女王关系密切的霍金斯。

约翰·霍金斯于1532年生于普利茅斯，出身于商业世家，从小就跟着父母在海洋贸易场上打滚。1554年父亲去世后，霍金斯子承父业，开始往来于各大贸易港口的航行。在这期间，他发现俘获和贩卖黑奴的利润要远远高出正行生意。于是他决定转行从事海盗经济，拿出全部家当加上借贷，很快组织起一支强盗船队往非洲大陆进发。到了西非几内亚附近，发现了一个黑人部落，霍金斯船队马上露出狰狞的面目，用剑影和枪声俘房了整个部落共计300人。接着船队把黑奴运往印度群岛卖掉，收获甚丰，不仅还清了债务，还有盈利。

这是英国历史上第一次奴隶贸易活动。胆子大一点的商人开始入股。霍金斯名声大振，从商业港口一直传到女王的耳中。他的胆大妄为让女王大开眼界。霍金斯很快被召进王室，成为女王的朋友。1564年，女王亲自赞助他的第二次航行，以一艘名为"耶稣号"的船只作价4000英镑入股霍金斯船队。1565年船队满载着抢劫来的黑奴到达南美的委内瑞拉卖掉，然后带着换来的金币回到英国。女王陛下作为合作经营者当然得到了"应该得到的那一份儿"。

霍金斯海盗船队实质上已成为与女王合股经营的股份公司，胃口越来越大。1567年，霍金斯组织了200名精干的雇佣军，配备大量的枪支弹药，在西非塞拉利昂海附近的一次战斗中，共俘获470个黑奴。这是霍金斯从事海盗经济利润最丰厚的一次活动。

英女王的示范效应，让贵族大臣纷纷效法加盟，经过数十年的扩张，海盗经济几乎成为英国的支柱产业。英女王及其国家不仅从海盗经济中获得巨大的经济利益，同时也带来了政治上、军事上的巨大成功。由于海盗头目都是女王的朋友，能征惯战的海盗队伍就成为英国一支编外的强大海军力量。1588年"英西大海战"，当年的两个大海盗霍金斯及其表弟德雷克此时已是女王心目中的大红人。正是他们俩率领的英国皇家海军和海盗联队一举击败了不可一世的西班牙海军。从此结束了西班牙的海上霸主地位，英格兰一跃为海上强国。海盗经济为大英帝国的最终崛起立下了汗马功劳，虽然充满着血腥和肮脏，但英国却从中得到了实实在在的利益。

近几年，索马里出现了现代版的海盗经济，完全按现代企业制度来运作，一点也不含糊。产业基地集中在离索马里首都摩加迪沙东北面约400公里处的一个名叫哈拉代雷的小镇。海盗组织都是股份公司，而且还能在当地一家专为海盗活动募集资金的"股票交易所"上市。金钱、枪支、弹药、船只，一切有用的物品均可入股。生意火爆，发展迅速。到2009年底，挂牌上市的公司已达72家。这些公司的经营模式千篇一律，无非是在海上劫持他国的货船和人质勒索赎金，然后按股分红。真是匪夷所思。在现代经营理念主导下的索马里海盗经济利润丰厚。2009年一艘货船的赎金高达200万美元，比上年翻了一番。仅2009年海盗劫持的货船就有30多艘，人质超过450人。但海盗经济毕竟是高风险产业，不知哪一天惹怒了国际社会，无边的大海也许就是海盗们的葬身之地。

不幸福的经济

巴西前农业部长、经济学家何塞·卢林贝格创立了一种有趣的学说叫"不幸福的经济学"。在他的眼中，经济活动中的短期行为、盲目发展，不仅不能为人类带来"幸福"，正好相反，带来的是严重危机。

向大地无度索取财富是当下常见的经济活动方式。人类是大地骄子，总能得到大地的眷顾。从住的、吃的、穿的到用的，哪一样都离不开大地的供养。人类赖以生存的家园，气象万千，美不胜收。既有赏心悦目的青山绿水，也有荡人心魄的高山峡谷。既有婀娜多姿的江河湖海，也有游目骋怀的无边大草原。还有数之不清的鸟兽虫鱼，无论生命体的强弱大小，都是人类的朋友或邻居。目之所及，哪一样都离不开大地的孕育生成。大地的一切付出都是为了让人类活得精彩、滋润、幸福。这种无微不至的关怀，世上只有母爱才能做到。所以，我们一直把大地看作是人类的母亲。高原是大地母亲挺起的胸膛，平原是大地母亲的腹部，地表地貌是大地母亲的肌肤，江河湖海是大地母亲的血脉。大地博大、丰润、华美，充盈母性的光辉，照亮并温暖着人间。然而，现代人并不看重更不珍惜这份感情。现代科技在泄露大地母亲秘密的同时，也膨胀了现代人的欲望。一处处矿藏被发现，被探明，被算计。金、银、铜、铁、铀、石油、天然气，乃至裸露在外用以盖房铺路的沙石，在现代人的眼中都是财富。以掠夺为目的的矿藏资源开发遍地开花，不可收拾。一次次地在大地母亲身上开刀剖腹、狂挖滥采、掏空、吞占。洗劫一空后被遗弃的矿区便成为永远难以愈合的伤疤。血肉模糊，一片狼藉，触目惊心。无良的矿主双脚踩着大地母亲伤痕累累的身躯，双手瓜分着大地母亲的宝藏，炫耀占有的快感，身上还沾满来不及洗掉的大地母亲的鲜血。贪婪泯灭了人性，彰显了野蛮。

向耕地无度索取生长力是当下另一种常见的经济活动方式。耕地温润、朴实、内敛、松软、肥沃，为人类生长并产出美味食物。条件是必须坚持传统的种植方式。这也意味着必须付出更多的劳动。农药、化肥的出现和普遍使用彻底颠覆了传统。人们惊讶地发现这场种植"革命"能轻而易举地提高耕地产量，能轻而易举地杀死种种为害庄稼的害虫，能轻而易举地消灭与庄稼争地盘的杂草。但随着对化肥农药高度依赖而来的是一场浩劫。食物的传统美味尽失，几同嚼蜡。耕地日渐板结，瘦弱贫脊，哺育庄稼渐无能为力。星罗棋布的耕地，一望无际的耕地，经历了一代代先人的开垦、耕种、呵护、传承。成熟的耕地由地表 60 厘米左右厚度和饱含庄稼所需养分的土壤构成。它的全部意义在于产出美食。但无数的良田却毁在现代人的手上，毁在急功近利的观念上，毁在农药化肥的滥用上。地表的耕地可是大地母亲的肌肤呀！时至今日，大地母亲已然是体无完肤。失去了光泽，失去了圆润，失去了弹性。一处处备受摧残的耕地也早已裸露出大块大块病变的斑痕。

农药残留最终成为隐形杀手。它们顽强地附在农产品的缝隙中，伺机入侵食用者的身体。它们挥发到空气中，随风飘散。它们潜入地下，绑架地下水狼奔豕突。所到之处将弱小的生命赶尽杀绝，人畜的安全也同样受到威胁。

后果是灾难性的，再也难以逆转。

在生产过程中向大地肆无忌惮地排放有毒有害物质也是当下一种常见的经济活动方式。无论怎样看，大地都是那样的辽阔、壮美、结实。无论是行走，还是乘坐航天器遨游太空，大地永远都是人类的落脚点。作为我们的母亲，大地永远是人类的温暖怀抱。但是，无良的厂家却无视这种关系的存在，一次又一次向大地大泼脏水，那可是饱含各种重金属或化学物质的工业废水。它们溶入江河湖海污染水体，那可是大地母亲的血脉。它们溶入地下污染土地，那可是大地母亲的骨肉和五脏六腑。在大地的上空，一道道黑烟直冲云霄，遮天蔽日，毒害大气。毒水、毒地、毒气与日俱增，我们究竟还有多少干净安全的立足之地？

在"三毒"面前，一切生命都得退避三舍。而毒地的净化过程十分漫长，至少在上百年内失去使用功能，不能盖房，更不能种植。

孙子兵法云："智者之虑，必杂以利害。"发展经济与用兵同出一理。缺乏全局战略，何以筛选项目？缺乏利害权衡，何以趋利避害。

在大地母亲面前，现代人缺乏起码的敬爱、孝悌和感恩。予取予夺，为所欲为。以糟蹋大地母亲的血肉之躯来换取经济利益。其实这不叫经济，该叫不幸福经济，准确地说是罪恶经济。

黑网吧经济

伴随着网络文化普及而来的是黑网吧在城中村快速繁殖。这些躲在阴暗出租房里的怪物原本就是网瘾青少年的孵化器。

紧跟其后的是吐丝结网，全天候对青少年实施引诱、网罗、控制，同时取走他们身上仅有的早餐费和零用钱。

黑网吧因为没有合法的身份，随时都有可能鸡飞蛋打，全军覆灭。降低违法成本和地下操作就成了吧主的主要经营手法，能省则省，不该省也省，结果可想而知。门窗紧闭，空间逼仄，灯光晦黑，空气污浊，电线乱拉乱接，电脑陈旧，连起码的安全保障都没有。但许多青少年却乐在其中，流连忘返。少则一天半天，多则十天半个月，有学不愿上，有家不愿回，吃喝拉撒全在里头。有的直至父母报警，警察找上门来，查封了黑网吧，才被迫离开。多么荒唐，又多么无奈。

其实，真正吸引他们的是摆放在桌面上的电脑。作为孵化器的核心，别小看这些其貌不扬的机器，它们可是用高智商设计并用高科技制造出来的百宝箱。只要移动鼠标、轻点键盘，一个辽阔的世界便出现在眼前。层出不穷的宝贝，亮丽悦目的宝贝，变化莫测的宝贝全在里头。好玩的、动听的、好吃的、好穿的、好用的、刺激的、美丽的、丑陋的、恐怖的、淫秽的，全由这块十几寸见方的荧屏一次次生成、展示、切换、收藏。

在让人眼花缭乱的无穷无尽的宝贝中，网络游戏始终是青少年的最爱。那些依附在比武、打斗、赛车、搞笑、偷鸡、摸狗等紧张、刺激的情节之中的网络游戏能释放出强大的娱乐功能，与青少年的好玩心态高度契合，但绝不是偶然的巧合。一如吧主的初始设想，孵化网民、培育客源从涉世未深的青少年入手。零门槛、低消费便是最佳的诱饵。让他们进得来，留得住、玩得爽。一旦染上网瘾，便成为黑网吧的永远回头客。就个体消费而言虽然微不足道，但细水长流，积沙成塔，小数堪计。这便是黑网吧普遍的业态，也是它们的生存之道。

青少年的生命是那样鲜活，那样美好。从呱呱落地，一路走来，由稚嫩而青涩，始终离不开好玩的天性。在玩耍中与黑网吧结缘，迷上了网络游戏。但青少年的成长仅靠网络游戏的陪伴是远远不够的，它需要的是一个广阔的现实世界，包括社会、亲情、友情、学业、理想、情操、体魄等等。这一切唯有青少年亲身去体验、建构、维系、呵护。而黑网吧却像一座座大山横亘于网瘾青少年与现实世界之间难以逾越。青少年难免有成长的烦恼、青春的困惑和价值的迷茫。这些问题必须在现实世界中解决，但在现实世界中经过长期努力也未必能很好解决，而在网络世界里恰恰提供了一条虚拟解决的捷径，轻轻松松就能获得成功的快感和感情的宣泄以及实现自我超越。这种对网络人生的全新体验是网瘾青少年沉迷网络游戏的深层次原因。

虚拟捷径存在的全部意义在于强化网瘾青少年与网络游戏的联系。轻则泥足深陷，难以自拔，荒废学业，疏离与现实生活以及亲朋好友的联系。重则以网络人生的是非为是非标准，甚至效仿网络游戏人物的行为举止，颐指气使，为所欲为，触犯法律底线。美丽的青春之花还来不及绽放已先行枯萎，让人痛心疾首。

黑网吧经济是靠赚取昧心钱作支撑的。吧主将手伸向涉世未深的青少年，在掠走他们身上钱财的同时，也掠走了他们的青春年华和未来。这种祸害子孙后代的缺德事只有缺德的人才干得出来。

章炳麟先生说："道德衰亡，诚亡国亡种之根基。"道德是立国之本，是做人的根基。黑网吧之所以屡禁不止，屡封不绝，吧主缺乏自我道德约束才是主因。一个人可以缺这缺那，但不能缺德。因为缺德不配做人。

"狗仔"经济

无论是至高无上的总统，还是工商巨贾、体育影视明星，抑或是社会名流，都常常为一些被称作"狗仔"的偷拍摄影师所困扰。这些"狗仔"确实无孔不入，在他们的长焦短炮面前，名人的隐私沦为商品，照片可以卖给小报、杂志，也可以让当事人直接赎回，价格当然高昂。

"我就像罗宾汉，从名人身上拿走金钱，然后把这些钱变成我自己的。"

上述这番话是意大利大名鼎鼎的"狗仔"之王法布里奇奥·科罗纳在 2007 年的一个公开场合，对自己所从事的"狗仔"经济作出的形象诠释。

科罗纳敢于将见不得光的"狗仔"经济拿出来在阳光下晒一晒，绝不是心血来潮或得意忘形。他的自信得益于自身的人生经历。年轻时他还是个私人司机，替娱乐经纪人勒·莫拉开车。有了这层人脉，科罗纳可以随时打听到名人的活动动向。35 岁时他又成了意大利最著名的小报记者，还投资兴办"科罗纳图片社"，自己当老板。对名人隐私照片市场了如指掌。事实上他已掌握"狗仔"经济这条产业链的各个环节。转行从事"狗仔"经济也就顺理成章，而且得心应手。他不仅偷拍成功率很高，而且常常卖出高价。

"狗仔"经济的从业人员大多单打独斗。科罗纳的过人之处是敢于开展集约化经营。他把"狗仔"们组织起来，形成一支训练有素的偷拍摄影师队伍。同时按企业制度运作。他充分利用手中的信息资源和生产力，偷拍政客、明星等名人隐私照激增，效率比单打独斗高得多。科罗纳在名人隐私照市场打滚多年，深知名人心态。他们有名誉、地位、事业和金钱。面子是他们的遮羞布，大都不会让自己的隐私照暴露在大庭广众之中。因此，科罗纳总是信守当事人优先的原则，照片集中到他手中之后，总是第一时间与当事人周旋，让当事人高价赎回，交易往往总是成功。科罗纳占据着市场优势，还有小报、杂志等他的产品，也可以在自己的图片社发表。这就让当事人无计可施，只得乖乖就范。2006 年，当时还在 AC 米兰效力的球员科科在夜店被偷拍到与一名变性人举止暧昧，只好花上 6000 欧元赎回这张照片。2007 年老贝的女儿芭芭拉在一次醉酒后竟然与一名陌生人在米兰的一间夜店前上演了长达数小时的激吻戏，被科罗纳手下的"狗仔"拍了上千张照片。结果科罗纳开出 2 万欧元的价格与当事人父亲成交。

"狗仔"经济的规模效应让科罗纳轻易地实现了致富的梦想。仅短短的几年时间，便从一个穷小子跃入富人的行列。现在他拥有一所价值 200 万欧元的豪宅，香车、美女也接踵而至。

以偷拍名人隐私照转手卖钱的"狗仔"经济，最终吃哑巴亏的是名人。英王妃戴安娜更是不胜"狗仔"之扰。甚至有人把她命殒车祸也与司机逃避"狗仔"追逐联系起来。

说到底，狗仔经济是个偏门产业，效益高风险也高，总有东窗事发的一天，吃官司在所难免。2009 年 10 月科罗纳被意大利检举人控告涉嫌勒索犯罪，被法院判入狱 3 年零 8 个月。这就是报应。

珍惜缘分

在我的生命旅程中，逛公园消磨了我不少的闲暇时光。

也许是与公园有缘，几经搬家，最终都与公园为邻。在惠州与西湖毗邻而居。在深圳，先是与荔枝公园近在咫尺，现在又与东湖公园只有数十米之遥。既然是上天的眷顾，又岂能辜负这番美意。

这三个公园各有各的主题，各有各的风情，各有各的诱惑。

以水为主题的惠州西湖内涵十分丰富。有厚重的文化积淀，是看不见的。还有看得见的，如苏堤、朝云墓、泗洲塔、元庙观等众多与历史名人相联系的古迹。也有天生天养的花草树木、青山绿水。它们像众星捧月托起一个风情万种的西湖。但辽阔深邃的湖水始终是西湖的灵魂。有了水西湖才有生命，有了水西湖才鲜活灵动，有了水西湖才有诗意，有了水西湖才有迷人的魅力。

晚饭后到西湖边漫步成了我每天不可或缺的功课，在山光水色和落日的交相辉映中送走了一天又一天。

其实，西湖还有一个鲜为人知的副功能。惠州百姓靠水吃水。初始的古西湖是作为生产资源而存在的。水涵养万物，物产富饶，以鱼、苇、藕、蒲为主。直至 20 世纪 80 年代初，西湖养鱼依然方兴未艾。西湖鱼肉嫩味鲜，曾是惠州人的口福。对西湖的生产功能我还有亲身体验。我偶尔会下湖捞田螺，少则三四斤，多则六七斤。用清水浸干净锅中一炒，就是全家人的美食。我还在西湖放养过鸭子。那时我住的市委宿舍是由下角小学的一排旧教室改建的。家家户户的门前都有一块空地，围起来就是院子。虽为市委干部，但大家的工资并不多，养鸡养鸭就成了帮补家用的好法子。有一年，我养了六只鸭子，一天我突发奇想，将半大不小的鸭子赶进西湖，让它们自食其力。意想不到的是它们挺有灵性，几个来回之后，在太阳落山时它们居然识路回家。湖中鱼虾多，食物丰富，鸭子长得很快。一天早上，我发现鸭子开始下蛋，先是两个，几天后，五只母鸭同时下蛋，这让我高兴莫名。鸭子由西湖供养，每天我坐享五个鸭蛋，无异于天上掉馅饼。但这样的好运气也就维持了半个月，鸭子突然失踪。虽然找了好几天，但却无功而返。这让我难过了好一阵子。后来转念一想，既然缘分已尽，又何必那么执着！于是就释然了。

我在西湖边住了好几年，两种不同的体验一直让我难以忘怀。惠州西湖不仅以天生丽质愉悦过我的身心，同时，又以产出的美味让我享受到口福。收获之丰，实在难以言表。

东湖同样以水为主题，但由于水的功能不尽相同，感受也有明显的差异。走近东湖，首先映入眼帘的是一堵雄伟壮观的大坝，上砌"深圳水库"四个大字。表明了东湖是人工建造的身份。登上堤坝，一片汪洋在眼前晃动。水清如镜。洁净的水体，表明了水的属性。东湖水的价值不仅仅在于观赏，更在于食用。是与香港同胞和深圳市民的生存紧密联系在一起的。

如果说，游西湖能让人赏心悦目，那末，逛东湖更多的是一种精神洗礼。

东湖之水东江来。在沿途抽水泵站的作用下，东江水克服了水往低处流的物理属性，一路向上，爬升 46 米水位，流进东湖。难度之大可以想象。超大的工程量也同样是个难题。巨大的库容、固若金汤的大坝、83 公里长的输水管线以及库区与沿线移民安置，任何一项工程都需要莫大的付出。

难题还在于动工的时代背景。1963 年，中国内地刚刚挺过三年严重自然灾害，经济上还没有缓过劲来。至于工程所需的大型机械设备更是无从谈起。要启动这样一项超级工程，如果没有天大的理由、没有天大的决心、没有天大的权力也同样无从谈起。

对于香港市民来说，1963 年是个坏年景，也是个好年景。当年，香港大旱，靠天吃水的香港山塘水库干涸，市民备受水荒的煎熬。消息惊动了中国最高层。这年年底，周恩来总理在出访回国途中特意停留广东，亲自主持对港供水工程的总体规划，并当场拍板拨出 3800 万元专项建设资金。在当年，这可是一笔巨款。此时的国家又是那样的困难。周总理在会上的一句话道出了下定这个天大决心的天大理由："因为香港百分之九十五以上都是我们的同胞。"

对港供水工程由此启动。1964 年 2 月，从东莞桥头到深圳三叉河的 83 公里长的工地上拉开了大会战的序幕，来自广州的知青和宝安、东莞、惠阳等县的农民 2 万多人，历经一年时间，硬是用锄挖肩挑的原始劳动完成了这项举世瞩目的工程，一举解决了困扰香港民生的天大难题，改写了香港靠天吃水的历史。

1965 年 3 月，东江水再经 3.5 公里长的输水涵管流入香港，从大大小小的水龙头喷涌而出，水花四溅，像是迎来了一个盛大的泼水节，香港一片欢腾。男女老少或围着自家的水龙头，或来到储存东江水的船湾淡水湖，唱呀、跳呀、笑呀，尽情地分享祖国的甘霖。

饮水思源是人类共有的感情。深圳居民与香港同胞同饮东江水，共同的生活体验让我们对祖国和骨肉同胞这两个词的涵义有了感同身受的认知。由此我想到人们常说的一句话：祖国是我们的母亲。这不仅仅是一种感情表达，同时也是一种事实存在。母亲是伟大的，是因为母亲对子女的爱是无私的，对子女的关怀是无微不至的。对港输水工程就是一个活生生的例证。

荔枝公园是深圳经济特区成立以来建设的首个公园。以荔枝为主题且以其命名实至名归。人在园中游其实就是在荔枝林中走。荔枝是一种四季常青植物，枝繁叶茂，浓荫匝地，像是一把把巨大的太阳伞为游人撑起一片片清凉世界。到了六月艳阳天，一串串成熟的荔果挂满枝头，就像挂满红彤彤的小灯笼，让公园平添了些许喜庆气氛。有些嘴馋游人经不住诱惑，爬树摘果，抢先尝鲜。或将荔果抛洒地下，逗得孩子们蜂拥而上，你抢我夺，嘻嘻哈哈，欢呼雀跃。也许有人觉得这等行为不够文明，不合规矩。但在我眼中看到的却是农耕文明的世俗图。作为岭南佳果，荔枝散发出来的魅力无人可挡。连大诗人苏东坡都来捧场，拿它入诗："日啖荔枝三百颗，不辞长作岭南人。"

活脱脱是个荔枝迷。苏东坡的点赞，不仅让荔枝有了文化内涵，而且实实在在地提高了荔枝知名度。

荔枝公园及周边地区原本是一大片荔枝林，是附近几个生产队的农民为生计垦荒种植出来的。特区创立之后，荔枝林的命运彻底改变。除了辟为公园的荔枝树保留下来，其余的全都砍伐殆尽。从此，荔枝失去了乡土、失去了主人、失去了伙伴，却得到了一方雅致的小天地，身份也变得娇贵起来。原本的果树摇身一变为景观树，身价倍增。但荔枝依然保持着农耕时期的质朴与热情，依然保持着果树的本性与初衷。在我看来，荔枝是一种有情怀的植物。尽管身份地位发生了变化，但它们决不会迷失本分。总是守着季节，结出甜蜜爽口的荔果回报那些照料呵护自己的人，也包括我们这些欣赏它们的游人。

与荔枝公园的反复接触，让我对荔枝文化及公园的前世今生有了更为深刻的认识。尽管名堂变了，但荔枝身上散发出来的清甜气息不会变，它们所折射出来的农耕文明的光辉不会变，对游人精神上的熏陶不会变。

行文至此，想到一句佛家语：众生皆有缘。说的是缘分是一种广泛的客观存在。对于个人而言，缘分是一种人生际遇，缘分是一种人生历练，缘分是一种人生财富。精彩的人生离不开丰富多彩的缘分。缘分浅薄的人注定活得寡淡无味。人的一生要走很长的路，要与许多人和事打交道。打交道的过程其实就是结缘的过程。面对不期而至的缘分（有违道德法律的除外），无须惊慌失措，无须熟视无睹，无须绕道回避。需要的是勇于面对、珍惜与呵护。说到底，缘分是一种人生宝贵资源，有助于走好人生路，也许还能给你带来意想不到的快乐与幸福。

后记

一个梦做一辈子

我属于 20 世纪 40 后，从小生活在粤北山区，是吃着番薯半年粮长大的。在我长身体的那些岁月里，连温饱都是个问题，物质享受当然无从谈起。文化生活同样在贫困线以下，一年看不上一场电影或一台戏是再正常不过的事。不过，穷人有穷办法。讲故事就是一种最常见的文化生活方式。讲故事不用成本，不受时间地点限制。乡亲们只要聚在一块，肚子里藏着故事的人就可以主讲，听众还可以插话补充。气氛自由活跃。我的文学启蒙就是在听故事中自然而然接受的。直到有了基本的阅读能力，才变被动为主动，更多的从阅读中吸取文学养分。由于普遍贫穷，有藏书的家庭十分有限，我家里只有两三本旧体小说。我看过的连环画以及《西游记》《三侠五义》《薛仁贵征东》《薛丁山征西》等章回小说大都是从左邻右舍的手中借来的。每一本都看得津津有味。那时候，只要手头有一本好书就高兴得跟过年一样，躲到一个安静的地方，迫不及待地走进那些用文字打造的超现实世界，用心灵去感受字里行间的风雨、

冷暖、奋斗、命运，还有喜怒哀乐、生离死别。说实在话，我
十分迷恋文学阅读的过程，却讲不清迷恋的理由。后来才明白，
文学阅读作为一种高级精神享受，是文学给予读者的丰厚奖赏，
但必须经过阅读才能获取。除此之外，别无它法。

文学是我少年时期的教母，她潜移默化的教诲和荡人心魄
的魅力，让我对文学生出深入骨髓的眷恋。虽经时间长河的不
停冲涮，但对文学的兴趣却始终没有褪色、没有淡化，并最终
成为我人生最具活力的基因。

文学兴趣源于课外阅读，却左右到我的课堂学习，兴趣天
平明显倾斜，语文成了我的心仪课程。这正是上学读书期间我
的语文成绩总是领跑其他科目成绩的原因所在。我在故乡就读
过的中小学都无一例外地设置有校、级、班三级学习园地，功
能之一是张贴学生的优秀考卷、作业、作文。俗称贴堂。在我
的心目中，作文贴堂无异于在校刊上公开发表文章，让人有一
种成就感。其实，作文是一种让学生相当煎熬的语文作业。我
偏偏将煎熬当作享受，是因为我对作文有所期待，也有激情。
与此同时，作文贴堂也就成了我的梦想孵化器，文学兴趣不再
停留在阅读的层面，渐渐成长为当作家的梦想。

1964 年参加高考，我毫不犹豫地报考了中文专业，并被华
南师大中文系录取。从专业的角度来说，能说会写是中文系毕
业生的基本境界，这正是我追梦的能力要求。

之所以提起这些芝麻绿豆的陈年往事，就是要说明一个道
理：梦想通常是行为的动力。

我们这一代人成才的路子少之又少。"文革"结束后，许多
年青人扎堆挤在文学这条路上，但坚持下来的很少，成功的就

更少。我属于那种坚持下来但又看不到有多大成功希望的写作者。

我的文学梦是在发表豆腐块和遭遇不断退稿的尴尬中起步的。在投稿的过程中结识了《东江文艺》主编范怀烈先生，常常与惠阳师专中文系青年教师陈乃学结伴到编辑部拜访。偶尔也会到我家聚会，管一顿饭、几杯小酒。范先生毕业于中山大学，原是省作协主办的《作品》杂志编辑，"文革"期间下放到惠阳地区主持这份地级文艺杂志。他十分健谈，口若悬河。每次见面，我们俩只有听的份，但很兴奋。因为从他的嘴里能听到许多内幕消息。他对形势和一些敏感话题的解读十分尖锐，毫无顾忌，让我长了见识，也心惊肉跳。当然，文学始终是个绕不开的话题。说实在话，对我们俩的扶持是真心的，凡有投稿从不敷衍。我在《东江文艺》发表的作品中，对纪实性散文《九连山伏匪记》留下的印象最深。因为它直接导致了我的一次工作调动，而且是上调上一级领导机关。文中的主人公吴洋在新中国成立之初任东江七团某连连长兼指导员，曾率领全连官兵到我的故乡九连山剿匪。这段充满传奇色彩的人生经历以他口述我执笔的方式写成回忆录，刊登在这份地级刊物上，这让吴洋很引以为自豪，对我也有了一份特别感情。他时任惠州市文教办主任，便一纸调令将我从市教育局要走了。文学改变命运，在我身上多少得到了印证。

1982年我调入深圳市罗湖区。作为改革开放的前沿，特区初创，经济建设热火朝天，一片繁荣。来自天南地北、五湖四海的建设者们携带着各自的文化基因、道德观念、价值取向在这片热土上相互碰撞，擦出火花。同时，与外来文化融汇、扬弃、整合，最终生成独特的文化生态。当时在罗湖有一批业余青年作家非常活跃，除了宣传部副部长廖虹雷、《罗湖文艺》主编蓝运彰两位本土作家外，还有新调入的区委组织部副部长陈乃学、桂园街道党委书记蔡伟强等。我作为其中一员创作热情空前高涨，打更熬夜成了一种常态。作品发表的数量一下子就上去了。1984 年底，我到上海长宁区医院住院治病，一次散步时意外地从公园门前的阅报栏中看到自己的短篇小说《五百万》发表在《深圳特区报》，并获得"国庆征文"二等奖。当时的心情可谓兴奋莫名，连病情都好了大半，至今记忆犹新。

1985 年冬开始，全国刮起了全民经商潮和出国热。在这两股风潮的裹挟之下，我熟悉的一些作家有的投笔下海，有的走出国门，财富梦取代了文学梦。对于穷怕了的中国人来说完全可以理解，毕竟生存是第一位的。而我却傻傻地坚守着。像我这种既没有多少天分、成功希望渺茫的业余作家来说，文学梦是靠兴趣支撑的，虽然没有多少成功的快感，但却享受了过程。

2003 年内退后，我做的第一件事是自选出版散文小说选集《守望家园》，既是对创作历程的一次回望，也是对创作能力的一次再认识。终于明白自己的强项不在于编故事造情节，而在于驾驭文字的能力。扬长避短，有所为有所不为，也许还有一线突破的希望。因此，散文也就成了我晚年写作最适当的体裁选择。

我是故乡放飞的一只不肯断线的风筝。虽然在外面漂泊了几十年，但心中依然恋着故乡。乡愁顺理成章地成为我散文创作计划的开端。退休为难度写作准备了时间。所谓难就是难在写作技巧的提升。说到底，技巧也是散文创作的生产力。我尝试抛弃传统套路，以语言艺术和视觉两方面为突破口，自己难为自己。一篇篇有味道的故乡系列散文断断续续成文，与其说是写出来的，倒不如说是熬出来的。那些日子满脑子都是故乡的影子。那些熟悉而又亲切的父老乡亲、山水田园、风土人情从心中走出来，来到纸上，在凤凰涅槃中重生为文字。

远离故乡，在城市之间迁徙与栖居的生活历历在目。长期在体制内按部就班，守着一份工薪，守着一分责任，守出了一头白发，也守出了几许人生感悟。久在它乡即故乡。平淡的生活也许更接近生活的本真。不过，在我的记忆深处也不乏值得书写的精彩，经过一段时间的纠结，对第二故乡的追忆也次第进入我的文字。

也许是敝帚自珍吧，后来每每回头捧读都不厌其烦。在上百篇30多万字的作品中，我选出部分作品参与各级文学组织、各大媒体、传统杂志和散文网站联合举办的"全国散文作家论坛""中国散文年会""全国散文奖"等散文大赛，前前后后加起来已有20多篇作品获奖，且多数是一等奖。除了入选多种选本外，其余的都发表在《散文选刊·下半月》《安徽文学》《海外文摘》《散文家》及《晶报》等报刊上。还受聘为《散文选刊·下半月》签约作家。

《罗湖文艺》是罗湖文艺家的一块宝贵阵地，虽为内刊，但来自全国的稿件却像潮水般汹涌而至。我是沾了罗湖作家之光，前前后后发表了好几个散文特辑。2014年《罗湖文艺》第五期推出"南方叙事"，我的"散文作品集萃"作为首发。选登的有《天下柔莫过水》《手中乾坤》等6篇在全国获奖的作品，在读者中引起了一定反响，评点推介起了导向性作用。均出自主编吴亚丁先生（市作协副主席、区作协主席）之手，文字简约，如雷击斧劈，铿锵有声，直抵作品内核，过目难忘。也正是这种笔下硬功撑起了他众多获得政府大奖的作品。

尽管读者的阅读兴趣、欣赏水平和批评能力千差万别，但有一点是相同的，那便是崇尚精品。随着文学作品生产日益丰富多彩和阅读方式的不断创新，读者的眼光也越来越高。强势的选择权倒逼作家关注读者的声音。因为阅读是一道严格的作品质量检测程序，读者的反馈意见就是最权威的检测报告。只有受读者欢迎的作品才是合格的作品，只有能为读者带来精神力量的作品才是精品。

最早反馈《散文作品集萃》读后感的是退休在家的邻居彭桂华和温天庆。前者是原罗湖区委副书记，曾长期分管全区宣传文化工作。后者是原区政协秘书长。他们对作品给予较高的评分，让我颇为激动，也提升了我的自信。

对于作家而言，读者对作品认同的意义不仅仅在于鼓励，还在于强化社会责任感和精品意识。

我与蓝运彰（原区作协主席）是无话不谈的老朋友。至今，他依然坚守着作为一名老编辑的眼光，每每看过我发表的作品，总会来电话交流一番。他习惯于逐字逐句地读，生怕遗漏文中的点滴。凡有精彩之处或不尽如人意的地方，小至错别字都一一记下来，然后跟我商榷。他对文章一丝不苟的态度，确实让我肃然。

晚年生活，社交圈子变化很大。老乡圈、同学圈趋于活跃，每次聚会，一聊就是大半天。我偶然带上作品，以文会友。在片言只语的议论中便完成了对作品的简单探讨过程，也许缺乏深度，但他们对作品所表达出来的阅读兴趣已让我心满意足。更何况还有池锡雄、陈振昌两位老同学的一番肺腑之言。池锡雄原是市工商局的处长，在他的退休生活中总有散文阅读相伴。他说："散文的精妙之处在于读之欲罢不能，读后回味无穷。看老叶的作品就是这种感觉。既有内容深度，又有生活情趣，还有文字灵气。"话说得干净利落，画龙点睛，确实让我热血沸腾了一番。

陈振昌（原河源市作协主席）也是一位作家，每次见面三句不离本行。他曾长期处在《河源日报》副刊主编的位置上，既发表别人的文章，也写自己的文章。退休后与我一样迷上了散文，相互切磋顺理成章。在他的心目中，我晚年的作品较前又上了一个层次。表现手法日渐丰富，尤以细节描写拿捏分寸精准见长。同时，以我们早年联系不够为憾事。他说："假如我们与曾庆瑞同学三人联手，定能有一番作为。"曾庆瑞也是高中同班同学，初出道为和平县文艺宣传队编剧，"文革"结束后任县文化局长。他的作品曾一度受到香港《文汇报》记者的关注，评价不俗。让人唏嘘的是，数年前已因病作古。

其实，这个世界又何来"假如"。

理智通常会让人把梦想放在现实的支点上。既然"假如"子虚乌有，又何必为它大伤脑筋。而我却不以为然，相信"假如"自有其存在的理由。至少能让我们放飞梦想的翅膀，让我们在这个想象的空间里开创一片新天地，实现自我超越，从而获得精神上的满足与快乐。大凡人都有过类似的精神享受过程，在这个凡事都讲现实的世界里，给自己留点超现实空间也未尝不是一件好事。

　　一个梦做了一辈子。时至今日，终于在文学路上踩出了些许痕迹，总算对自己有了些许交代。

　　说到底，人生就是一趟远足。只有学会放弃，减少负累，才能走得更远。当年，那些曾经深深融入我的生活乃至生命的东西，大多都一一离我而去了，虽然惋惜，但我没有刻意挽留。唯独对文学梦不离不弃，它的一路陪伴，不仅让我有了方向感，同时给了我动力源。让我走得精神，走得快乐，走出了一道人生风景。